L'ŒIL DU SILENCE

DU MÊME AUTEUR

L'Impromptu de Madrid, Flammarion
La Nuit des masques, Flammarion
Carnet de bal, Gallimard

Marc LAMBRON

L'ŒIL DU SILENCE

FLAMMARION

© Flammarion, 1993
ISBN 2-08-066790-4
Imprimé en France

« Il en est des plaisirs comme
des photographies. Ce qu'on prend
en présence de l'être aimé n'est
qu'un cliché négatif, on le déve-
loppe plus tard, une fois chez soi,
quand on a retrouvé à sa disposition cette chambre noire intérieure dont l'entrée est condamnée
tant qu'on voit du monde. »

Marcel PROUST,
A l'ombre des jeunes filles en fleur.

« Une peinture qui contiendrait
tout d'une femme en particulier et
qui ne ressemblerait à rien de ce
qu'on connaît d'elle. »

Pablo PICASSO,
Conversation.

« Lorsque tu descendais à l'Hôtel
Istria
Tout était différent rue Cam-
pagne-Première
En mille neuf cent vingt-neuf
vers l'heure de midi... »

Louis ARAGON,
Il ne m'est de Paris que d'Elsa.

PROLOGUE

Le 10 septembre 1981, à huit heures trente-cinq du matin, le Jumbo « Lope de Vega » de la compagnie nationale Iberia se posa sur l'aéroport de Barajas. Un soleil de fin d'été éclairait la *meseta* de Madrid. La température au sol était de dix-sept degrés centigrades. Deux hélicoptères vinrent se placer en vol stationnaire au-dessus de l'appareil qui roulait lentement vers le terminal de l'aéroport. Au sol, le dispositif Alerte rouge était en place. Des véhicules Seat des services spéciaux espagnols avaient pris position en bord de piste. Dans le salon des Ambassadeurs du terminal A, une trentaine de policiers en civil resserrèrent leur dispositif de protection autour des autorités de l'État, membres du corps diplomatique et invités du gouvernement espagnol. Les journalistes accrédités travaillaient au téléobjectif depuis une terrasse spécialement aménagée. Des radios ne cessaient de grésiller à l'intérieur et à l'extérieur de l'aéroport ceinturé par des unités de la sécurité d'État.

Le Jumbo s'était immobilisé sur la piste. Un fourgon blindé attendait au bas de la soute. Des agents de manutention se précipitèrent vers l'avion, tandis que sortaient discrètement par la porte arrière de l'appareil trois experts en terrorisme ETA, un expert en terrorisme GRAPO, un expert en terrorisme anarchiste, un expert en terrorisme d'extrême-droite et deux agents du FBI qui avaient voyagé ensemble dans le 747 depuis New York.

Les treuils hydrauliques étaient entrés en action. Des applaudissements crépitèrent lorsqu'apparut au

11

soleil un étrange sarcophage. Cette urne de bois avait les proportions d'un cercueil de géant : huit mètres cinquante de longueur sur trois mètres de largeur, pour une hauteur d'un mètre soixante dix centimètres. Des sceaux rouges étaient apposés sur le coffrage. On vit distinctement l'un des manutentionnaires effleurer l'objet de la main, puis se signer comme s'il avait touché une relique. L'urne fut rapidement installée à l'arrière du fourgon blindé. On verrouilla aussitôt les portes. Des motards en uniforme vinrent se placer autour du véhicule et l'escortèrent jusqu'à la sortie de l'aéroport. Le fourgon blindé s'inséra alors dans un impressionnant cortège d'automobiles banalisées qui démarraient toutes sirènes hurlantes en direction de Madrid. Dans le ciel, les hélicoptères prirent le sillage du convoi.

Le 26 avril 1937, vers quinze heures quarante-cinq minutes, une quarantaine d'appareils avaient décollé des bases de Burgos et de Vitoria. Le général Emilio Mola venait de lancer l'offensive sur le front de Biscaye, jetant dans la bataille les cinquante mille fantassins de la 61ᵉ Division de Navarre appuyés par la 23ᵉ Division de marche italienne et les troupes italo-espagnoles des Flèches noires. Les deux groupes d'avions firent leur jonction au-dessus de l'océan avant de remonter le cours de la rivière Mundaca. L'escadrille se composait de Junker 52 et de Heinkel 51 encadrés en protection par des Messerschmitt BF-109. Ils emportaient cinquante tonnes de bombes, contenant chacune un mélange d'aluminium et d'oxyde de fer qui dégageait à la déflagration une chaleur de 2 700 degrés centigrades. Ces bombes furent lâchées sur un village de sept mille habitants. Posté avec son état-major sur une colline voisine, le lieutenant-colonel Wolfram von Richtofen observait les évolutions de la Légion aérienne qu'il commandait. Le bilan officiel décompta 1654 tués et 889 blessés.

A Paris, un peintre que le gouvernement républicain avait symboliquement nommé en juillet 1936 directeur du musée du Prado commença à travailler dans les premiers jours de mai sur une toile de trois mètres cinquante et un de largeur par sept mètres cinquante-deux de longueur. Cette toile, aussitôt acquise pour une somme de 150 000 francs par l'ambassadeur de la République espagnole en France José Arisquistain, apparut en divers lieux à compter du jour où elle quitta l'atelier du 7, rue des Grands-Augustins, dans le VIᵉ arrondissement de Paris. Elle trônait dans le pavillon espagnol de l'Exposition universelle de 1937, non loin d'un mobile de Calder actionné par du mercure prélevé dans une mine des Asturies. En 1939, elle passa des murs d'une galerie de Londres aux cimaises de la galerie Valentine de New York. La guerre arrivant en Europe, ce fut le musée d'Art moderne de cette dernière ville qui la prit en dépôt. Elle circula dans quelques expositions aux États-Unis avant de revenir deux fois en Europe après la guerre. Le Palais royal de Milan l'hébergea en 1953. L'expert Pellicioli, qui venait de restaurer *La Dernière Cène* de Rembrandt, s'y livra à quelques travaux d'entretien. Elle revint à Paris en 1959 pour une exposition au musée des Arts décoratifs.

L'urne que l'on convoyait un matin de septembre sur la route de Madrid contenait cette toile. Elle cheminait avec l'assentiment des sept héritiers du peintre, le conseil de maître Roland Dumas, du barreau de Paris, et les recommandations du Dr Simon Levie, du Rijksmuseum d'Amsterdam, fort de l'expérience acquise lors de la nouvelle présentation au public de *La Ronde de nuit*. Une souscription ouverte aux États-Unis pour le transfert de la toile avait permis de recueillir 250 $ à Hollywood, 535 $ à San Francisco, 208 $ à Chicago et 1 700 $ à New York. Manifestement, les Américains ne voulaient pas la laisser partir. On avait même vu à l'aéroport de New York une larme couler sur la joue de Mrs Nelson Rockefeller.

La destination finale du tableau était le Casón del Buen Retiro, une ancienne salle de bal de Charles III au plafond décoré par Tiepolo. La toile serait exposée à inclinaison de 10 degrés derrière une vitre blindée de 19 mm d'épaisseur, luminosité de 150 lux, humidité relative de 66 %, température constante de 22 degrés centigrades.

Pour la première fois en quarante-quatre ans d'existence, le *Guernica* de Picasso venait d'entrer en Espagne.

Les manifestations qui entourèrent l'inauguration officielle par les rois d'Espagne, le 24 octobre 1981, se déroulèrent dans un climat euphorique. En février, le roi avait fait plier les officiers qui menaçaient le pays d'un putsch à l'antique. Son autorité était désormais légitime, l'Espagne rétablie sur ses bases. Les seules fausses notes émanèrent du leader nationaliste basque José Aspuru qui déclara : « Nous fournissons les morts, la Castille récolte le tableau » ; du peintre Antonio Saura qui lança une diatribe paradoxale contre « les pleureuses hystériques et tondues de Guernica, les braillements des poupards de Guernica, les simagrées des demoiselles toreras de Guernica, les oreilles trépanées et mamelons-vis des dames de Guernica », diatribe assortie d'invectives contre Rudolf Arnheim, Frank D. Russel et Anthony Blunt, auteurs de livres sur Guernica et selon lui tous trois éminents agents du KGB; enfin

14

de Blas Piñar, le dirigeant de *Fuerza Nueva,* qui vitupéra violemment le sacre satanique du rouge Picasso. A ces exceptions-là, ce ne furent qu'éditoriaux enflammés, rétrospectives sur les écrans de la TVE, longues files d'attente dans l'avenue Alphonse XII.

Le 26 octobre s'ouvrit un colloque au Círculo de Bellas Artes de la rue Alcalá. Soledad Becerril, ministre de la Culture de l'UCD, avait convié à Madrid un aréopage d'amis de Picasso, d'historiens de l'art et de directeurs de galerie. Le programme annonçait des interventions de Douglas Cooper, William Rubin, Dominique Bozo, Klaus Gallwitz, Patrick O'Brian, Pierre Daix, David Schuman, Santiago Amón, Dora Vallier, Harold Rosenberg, Jean Leymarie, John Golding. On espérait la présence de l'écrivain José Bergamín. En 1937, Picasso l'avait chargé d'accompagner la toile dans ses déplacements et de coller sur le tableau, à l'endroit qu'il jugerait utile, une larme découpée dans du papier rouge. Mais le vieux solitaire ne daigna pas descendre de la soupente de la plaza de Oriente où il mourrait dix-huit mois plus tard.

Ce fut Rafael Alberti qui ouvrit le colloque en lisant son poème sur « Guernica, douleur de rouge vif ». Sa longue crinière blanche entourait sa tête comme une auréole sous les flashes des photographes. Quand il se tut, la salle applaudit debout. José Luis Aranguren, qui faisait office de modérateur, présenta alors le premier orateur inscrit, Douglas Cooper. Il fut lui aussi passionnément écouté. Cooper était l'un des rares hommes au monde qui ait vu *Guernica* à la fois dans l'atelier de la rue des Grands-Augustins en 1937 et derrière la vitre blindée du Casón del Buen Retiro en 1981. Il enchanta l'assistance par ses variations sur le peintre tel qu'il l'avait connu. Il se souvenait de Picasso debout devant les croquis préparatoires, grommelant : « Je voudrais qu'ils montent se placer sur la toile en grimpant comme des cafards. » Cooper confessa pour finir que le tableau ne lui avait jamais paru mieux à sa place que dans son dernier site d'exposition. Les Espagnols l'applaudirent sans réserve.

Quand David Schuman lui succéda, on vit une stature d'élégant colosse se caler derrière le micro. A soixante-seize ans, il portait encore beau. Dans les écouteurs, ses premiers mots couvrirent la voix de la traductrice. Schuman avait attaqué sur un ton mi-grave, mi-ironique, en assenant : « Ce ne sont pas des peintres qui ont vu les premiers les destructions de Guernica. Ce sont des journalistes. » Et de citer George Lowther Steer du *Times*, Christopher Holme de l'agence Reuter, Mathieu Corman de *Ce Soir*, Noel Monks du *Daily Express*. Ceux qui dans la salle connaissaient le passé de Schuman échangèrent un sourire.

Assis au troisième rang de l'auditoire, je n'en perdais pas un mot. J'avais vingt-quatre ans. J'étais venu à Madrid pour rencontrer David Schuman.

Au risque de paraître fastidieux, je dois pour éclairer ce qui va suivre rappeler que l'homme qui parlait ce 26 octobre 1981 à la tribune du Circuló de Bellas Artes de Madrid était devenu avec les années l'une des légendes du monde de l'art.

Sa réputation première devait beaucoup à un revirement de destin qui l'avait rendu énigmatique ou attachant à plus d'un. Jusqu'à l'âge de quarante ans, Schuman avait été l'un des plus brillants journalistes de *Life*, une de ces plumes qui avaient inventé le reportage moderne, l'investigation serrée, l'écriture rapide. Quand on relit ses articles de la fin des années trente, on y trouve une densité de ligne, une probité dans le compte rendu qui masquent ce qui, peut-être, faisait le fond du personnage : une colère ancienne contre les choses, et pour tout dire un refus biblique du monde tel qu'il est.

Schuman était revenu en 1946 du front européen où il avait couvert la fin de la guerre pour *Life*. Inexplicablement, sa vie avait alors bifurqué. Il démissionna de son journal et entama une nouvelle carrière. Bénéficiait-il de protections, mettait-il son prestige et son énergie de correspondant de guerre au service d'un métier qui n'est pas exempt de stratégie, toujours est-il que ses débuts furent brillants. Julien Lévy, qui avait été l'un des introducteurs du surréalisme en Amérique, le patronna. Alfred H. Barr ne le découragea pas. En quelques mois Schuman pénétra ce milieu, puis obtint un prêt de John Hay Whitney qui lui permit d'ouvrir une petite galerie. L'histoire de son premier vernissage est restée dans les annales. Schuman avait gagné la confiance de ceux qu'il appela plus tard devant moi « mes amis de la 104ᵉ Rue », Esther et Bill Baziotes. Baziotes accepta d'être son premier peintre exposé. Le local qu'avait déniché Schuman était riverain de Parke-Bernet, la Mecque des salles des ventes de New York. Le jour du vernissage, une foule nombreuse encombrait la rue. Baziotes et Schuman se frottaient déjà les mains, lorsqu'ils s'aperçurent que Parke-Bernet mettait ce jour-là un Rembrandt aux enchères...

Mais Schuman tenait le bon fil. Edward Allen Jewell, du *New York Times*, ainsi qu'Emily Genauer, du *World Telegram*, saluèrent élogieusement ce nouveau venu qui avait été quelques années auparavant leur collègue de *Life*. Son amitié avec Baziotes le conduisit en 1948 vers le Studio 35. C'était une école d'art de la 8ᵉ Rue animée par Bill Baziotes, Robert Motherwell, Mark Rothko et le sculpteur David Hare ; la peinture américaine y devenait adulte en

17

s'émancipant du surréalisme. Schuman avait accompagné le mouvement avec plus de présence, plus d'à-propos que n'en surent prodiguer des marchands d'art aussi installés que Pierre Matisse ou Valentine Dudensing. Schuman était l'ami de ces peintres : il devint tout naturellement l'un de leurs courtiers.

David Schuman se distingua alors par un coup d'éclat qui l'installa durablement sur la scène newyorkaise : il fit revenir Mark Rothko sur les cimaises. Les rares spécialistes de Rothko savent qu'après son exposition de 1949 chez Betty Parsons, le peintre opposait un refus intraitable aux directeurs de galerie. Il ne voulait plus exposer. Lloyd Goodrich en fit les frais pour la Whitney, puis en 1952 ce fut Dorothy Miller qui essuya un refus lors de l'exposition du MOMA, *Fifteen Americans*.

Par on ne sait quel pouvoir de séduction, David Schuman avait obtenu de Rothko qu'il revienne sur sa décision. Ce fut l'origine de la grande exposition de 1953. Schuman fut par la suite l'un des destinataires des lettres que Rothko écrivit d'Italie, celle notamment envoyée de Paestum où il note : « J'ai peint toute ma vie des temples grecs sans le savoir », celle aussi écrite en 1958 à Pompéi où il décrit ses « affinités » avec les fresques de la Villa des Mystères. Lorsque Philip Johnson pressentit Rothko pour décorer le restaurant des Quatre Saisons du Seagram Building, ce fut encore Schuman qui joua les intermédiaires.

Sur cette lancée, Schuman connut une maturité faste, à la mesure de l'épanouissement des peintres qui le soutenaient. Willem de Kooning et Philip Guston exposaient chez lui. Sa maison de Boyceville, dans les Catskills, était devenue un repaire de complices dont certains avaient du génie, et aussi une galerie de jolies femmes, car Schuman était un *womaniser* notoire. Peut-être se lassa-t-il vers 1960 de ce métier, car il fut moins que d'autres présent dans le cartel du Pop Art. Schuman assista aux rixes feutrées entre Larry Rubin et Leo Castelli sans s'y mêler beaucoup. Sa partie était jouée, sa fortune faite. Il regardait vieillir ses amis sans amertume, comme il les avait aimés.

Il y avait donc pour moi trois hommes en Schuman ce jour de 1981 où il parlait au colloque de Madrid : le journaliste devenu marchand d'art après la guerre; l'acteur essentiel de la deuxième génération de l'art moderne à New York; l'ami de Rothko.

C'est ce dernier personnage que je venais solliciter, pour des raisons qui prêteront peut-être à sourire. J'achevais alors dans une université parisienne un cycle d'études en histoire de l'art. Mon sujet de mémoire portait sur l'œuvre de Mark Rothko. D'un bout à l'autre de mon étude, j'avais été frappé par la présence chez ce peintre de deux veines contradictoires. D'un côté, une inspiration grecque, antique, qui s'épanouissait sur ses fresques murales des années cinquante. De l'autre, une inspiration judéo-chrétienne qui conduisait à l'obsession finale de la lumière ou de l'effacement. Avant de se suicider en février 1970, Rothko disait de ses dernières toiles : « Ce ne sont pas des tableaux. » Cette contradiction apparente m'intriguait. Je savais qu'après sa mort les amis proches de Rothko, et plus particulièrement Bonnie Clearwater, Dora Ashton, Elaine de Kooning et David Schuman, avaient veillé sur les destinées de la Rothko Foundation. Pourtant une rumeur courait : certains tableaux de legs n'étaient pas répertoriés, ou bien, s'ils l'étaient, ils n'étaient pas tous visibles. On citait notamment des toiles de la série « Antigone » de 1938-1941, ainsi que des inédits du cycle « Untitled » de 1949.

J'avais le soupçon, propre à tout chercheur débutant, que ces inédits, s'ils existaient, pourraient éclairer mes travaux – et même qu'ils en constituaient la raison invisible. J'en étais presque devenu obsédé. A Paris, Daniel Cordier voulut bien me recevoir. Je sais aujourd'hui qu'il connaissait la réponse à mes interrogations ; mais, un peu sphinx, il préféra me recommander à David Schuman. « Vous verrez, me dit-il, le bonhomme en vaut la peine. » J'avais donc écrit, avec son appui, une longue lettre à l'intention de Schuman que je postai un jour de juillet 1981. Je reçus cinq semaines plus tard une réponse rédigée sur papier à en-tête de sa galerie de la 57e Rue. Schuman répondait favorablement à ma demande de rendez-vous, soit à New York si j'en avais l'occasion, soit à Madrid où il devait se rendre à la fin du mois d'octobre.

J'étais venu à Madrid pour le rencontrer, non sans ferveur, et non sans crainte.

Un cocktail clôturait la première journée de débats. J'eus tout loisir d'observer cette colonie rassemblée par « la jungle de cheveux de Guernica, le jeu de massacre de Guernica, le hoquet permanent de Guernica, le labyrinthe bègue de Guernica, le concert infantile et braillard des rockeuses de Guernica », ainsi que l'écrivait alors Antonio Saura. On devinait là comme ailleurs le jeu des préséances, les rivalités endormies sous la cendre, la considération des places. Mais l'on sentait aussi qu'ils avaient les uns et les autres consacré leur vie à quelque chose qui les dépassait, quelque chose qu'ils jugeaient moins inutile que tout le reste. Même chez les plus vieux d'entre eux, rien n'exprimait la plainte ou l'abandon.

Je regardais Schuman sans oser l'aborder. De profil, avec sa crinière blanche et ses sourcils fournis, il ressemblait à l'acteur Richard Harris. Un foulard de soie flottait sur le col de la veste à chevrons. Très grand, encore svelte, il tirait des bouffées d'un cigarillo qu'il portait rapidement à ses lèvres. Ses mains trahissaient l'homme passionné par les choses matérielles. La peau parcheminée ne démentait pas l'apparence générale, celle d'un vieux fauve civilisé par le temps. Il était difficile d'ignorer la femme pendue à son bras. Une quarantaine d'années, blonde aux cheveux courts, elle ressemblait à ces filles des années soixante passées des campus aux duplex de l'Upper Manhattan. Un tailleur pied-de-poule, des escarpins à brides, le sourire facile, on aurait aimé la voir nue. Elle ne quittait pas Schuman des yeux. Elle le regardait même comme une compagne éprise. On ne se serait pas risqué à le dire, pour sa part, très amoureux; à plus de soixante-quinze ans, c'est lui qui gardait l'ascendant. On sentait cette race d'hommes qui ne jugent pas illégitime que des femmes plus jeunes consument quelques années de vie à leur service exclusif. En vérité, Schuman était très *star*. Et, pour tout dire, il m'était sympathique.

Je profitai d'un moment de flottement pour me présenter à lui. Un œil ironique s'était levé sur moi. Schuman m'écouta balbutier quelques mots préparés. Il souffla une bouffée de cigarillo, puis articula d'une voix forte :

– C'est très gentil d'être venu jusqu'à Madrid pour me voir. J'ai lu votre *draft*. C'est bien, mais il faut que je vous dise deux ou trois choses.

Schuman venait de s'exprimer dans un français parfait, avec toutefois dans la diction un fond d'accent qui me parut canadien. La voix bien timbrée, l'œil où brillait de l'intelligence laissaient deviner sous l'apparence d'un dur à cuire une sensibilité plus secrète. Je ne savais que dire. Schuman enchaîna aussitôt :

– Passez ce soir à l'hôtel Wellington, vers onze

heures... Ou plutôt vers minuit, avec les Espagnols on dîne tard. Je vous verrai. A tout à l'heure.

Sa compagne blonde venait déjà le reprendre. Ils se perdirent dans la foule.

Minuit venait de sonner. Schuman n'était pas là. Au fond du hall de l'hôtel Wellington, une stéréo discrète diffusait un boléro d'Antonio Machín. C'était le lieu de prédilection de l'*afición* taurine, un endroit envahi chaque mois de mai par les *cuadrillas* glorieuses qui s'illustrent dans les corridas de la San Isidro. Les sabots tronçonnés d'un Miura, les cornes de quelques beaux Domecq ornaient les murs.

Schuman apparut à minuit quinze en compagnie de la femme blonde. Je l'attendais assis dans un fauteuil au fond du hall. Je le vis prendre une clef à la réception, dire quelques mots à sa compagne, puis lui abandonner la clef. Elle se dirigea vers l'ascenseur en faisant claquer ses talons sur les dalles.

Schuman ne m'avait pas vu. Comme je me levais pour aller à sa rencontre, il m'aperçut et s'avança aussitôt vers moi.

– Restez assis, jeune homme, restez assis.

Il venait de se couler prestement dans le fauteuil qui faisait face au mien. Schuman ressemblait à ses photos, mais avec les couleurs de la vie.

– Vous voulez boire quelque chose? me dit-il d'emblée. Un scotch?

– Oui, un scotch.

Il en commanda deux. Puis il tira de sa poche une boîte de cigarillos. Je sentais qu'il me jaugeait en quelques secondes. Il alluma son cigarillo, jeta l'allumette dans un cendrier et lâcha tout à trac:

– *And one for the Krauts!*

Il partit d'un grand rire.

J'avais bien entendu: *Et un pour les Boches!* C'était une entrée en matière à l'opposé du climat révérencieux dans lequel avait baigné la journée. Schuman tira voluptueusement sur son cigarillo tout en m'observant du coin de l'œil.

– Je vous étonne? dit-il en français.

– Non, balbutiai-je.

– Si, si, je vous étonne. Dans quelques années, vous ne vous étonnerez plus. Tout s'apprend, même la liberté. Même l'amour des tableaux. Vous savez, en 1944, j'étais à cent lieues de tout ça. Eh bien j'ai appris. Il faut un peu d'amour, un peu de vision.

Schuman s'interrompit et regarda autour de lui. Il paraissait s'assurer que les choses étaient en place, c'est-à-dire en désordre. Des voitures passaient au loin. Un rire résonna dans la rue. C'était le bourdonnement d'une ville du Sud. Il leva l'index.

– Vous entendez Madrid? dit-il comme s'il humait un parfum rare.

Le doigt en suspens, le visage légèrement incliné semblaient guetter une rumeur venue du fond du temps.

– C'est beau le bruit d'une ville, non?

Son œil brillait. Sans désemparer, Schuman se saisit d'un magazine qui traînait sur la table basse. C'était une revue du cœur espagnole, *Holá*. Son doigt glissa sur la tranche, épousa insensiblement le glaçage du papier. Il le feuilleta rapidement, s'arrêta sur une double page illustrée. Il la scruta dix secondes, puis fit pivoter le magazine.

– Que voyez-vous? me dit-il.

Je fus encore plus étonné. Les deux pages étaient consacrées aux princes de Monaco. Un premier cliché montrait Grace Kelly au bord d'un bassin entouré de végétation méditerranéenne. Son reflet solitaire jouait dans la moire de l'eau. Sur le cliché suivant, pris à bord du yacht *Carostefal*, elle avait tiré ses cheveux sous un foulard et portait des lunettes noires. Deux fusils à lunette étaient accrochés sur les panneaux boisés du salon de bord. Le dernier cliché la représentait au milieu d'une soirée de gala, indifférente et parfaite.

– Que voyez-vous? répéta Schuman.

J'avais le sentiment de me trouver soudain devant un examinateur.

– Je vois un reportage sur la princesse Grace dans un journal espagnol.

– Oui, dit-il, mais regardez mieux. Rien ne vous frappe?

– Je ne sais pas. Elle a un peu vieilli, peut-être.

– Non, dit Schuman, elle n'a justement pas vieilli. Il faut creuser l'image. Regardez encore. Que diriez-vous d'elle?

– Elle a l'air d'une muette.

– Oui, dit Schuman. D'une muette, ou d'une prisonnière. Posez-vous les bonnes questions. Quelle scène joue-t-elle? Sait-elle où elle est? Non, précisément pas. C'est une espionne. Une infiltrée... Qui la dirige? Hitchcock, évidemment. Il l'a projetée à jamais dans le monde de *La Main au collet*. Il la tient à distance, il la fait évoluer selon un scénario dont elle n'a pas la clef. Regardez les lunettes noires, les Remington sur le mur, les reflets du bassin. Cette femme est hantée. Elle est vouée à répéter dans un film perpétuel les images de sa vie passée. C'est ce que disent ces images, vous voyez. Elle vit au passé tous les actes de sa vie présente. C'est une sorte de malédiction...

Je levai les yeux du magazine. Schuman tirait sur son cigarillo en guettant mes réactions. J'allais poser les questions qui me brûlaient les lèvres, quand Schuman fit un geste qui les prévenait.

– Je sais ce que vous avez en tête, dit-il. Mais avant cela, je dois vous avertir d'une chose. La seule idée claire que j'ai sur l'art est la suivante : c'est une affaire d'*outsiders*. A l'Armory Show de 1913,

Edward Hopper et Joseph Stella n'ont été retenus qu'à la dernière minute. On ne voulait pas d'eux, ils étaient des *outsiders*. L'autre idée que j'ai, mais elle est moins claire, c'est que, pour sauver des œuvres, on spolie parfois des morts. Je vais vous raconter une petite histoire qui remonte à 1941... Kurt Valentin, qui dirigeait comme vous le savez la galerie Buchholtz de New York, s'est rendu cette année-là à Lausanne. Il venait acheter avec de l'argent Pulitzer des toiles d'« art dégénéré », c'était l'expression, dont les nazis voulaient se défaire discrètement. La transaction a eu lieu. Valentin a acheté aux hitlériens des toiles qu'ils avaient volées. Eux ont cédé des tableaux que leur idéologie leur commandait de détruire. Que valaient ces toiles ? A votre avis ?... Qui fixait la valeur ? Les Allemands qui cédaient au prix fort des œuvres qu'ils méprisaient, ou Valentin qui achetait au taux minoré de New York des chefs-d'œuvre dont les propriétaires agonisaient dans les camps ? Je vous le demande, parce que moi je ne connais toujours pas la réponse. Pourtant, chaque fois que je vends, presque chaque fois, j'ai cette histoire en tête. C'est peut-être pour cela que j'ai toujours été un *outsider*, moi aussi... Mais j'ai trop parlé, c'est à moi de vous écouter.

Les deux verres de scotch étaient arrivés sur la table. Tandis que Schuman savourait la boisson à petites gorgées, je commençai non sans difficulté à lui exposer l'objet de mon étude, les bifurcations qui surgissent inévitablement dans une recherche, les questions que l'on se pose pour retarder le moment où il faudra finir. J'avais à cœur de lui prouver ma bonne connaissance de l'œuvre de Rothko, tout en mesurant le ridicule de la situation, celle d'un catéchumène qui expliquerait la messe à un archevêque.

Schuman m'écouta avec bienveillance. A une ou deux reprises, je le vis approuver telle hypothèse d'un petit hochement de tête. Si incroyable que cela ait pu me paraître, cet homme avait l'indulgence de suivre avec attention une démonstration un peu universitaire, un soir d'octobre à minuit passé, dans le hall d'un hôtel madrilène. A un certain moment, la conversation dévia, il m'interrogea sur la présidence Mitterrand, fit quelques commentaires acerbes sur l'administration Reagan, évoqua son ami Matta. Qui aurait pu croire que cet homme vif, impressionnant de présence, avait eu vingt ans en 1925? Je fus sous le charme. Schuman m'avait testé, puis il ouvrait la porte. Il y avait autour de lui un espace qui disait : « Je suis différent de vous. » Mais c'était la manière la plus honnête, la plus lumineuse d'ouvrir la possibilité d'un dialogue vrai. Je devinais qu'il était de ceux qui vont dans la vie sans préméditation, convaincus que le hasard mettra toujours sur leur chemin des êtres dignes d'être connus; qu'il était l'une de ces personnes dont l'estime vous porte et vous oblige. En l'écoutant parler sous la lumière un peu blême de ce hall d'hôtel, une impression curieuse montait en moi : ce septuagénaire était romantique, moins par son pittoresque que par les cicatrices souveraines qui le rendaient nostalgiquement fraternel. On n'aurait certes pas voulu être l'objet de sa colère, car il y avait aussi quelque chose de redoutable en lui. Mais quand il baissait sa garde, il émanait de son silence plus qu'un charme, la certitude d'avoir en face de soi un véritable être humain. Dès cet instant-là, je me suis mis à l'aimer.

A la fin, une heure peut-être avait passé, ce fut lui qui remit la conversation sur Rothko pour me dire en substance ceci :

– Vous butez sur une absence, du moins vous le croyez. Vous pensez qu'il existe des tableaux cachés qui recèlent la clef d'un mystère. Eh bien, vous pouvez me regarder dans les yeux, je vous le dis en absolue confiance : les tableaux dont vous parlez n'existent pas. Le catalogue publié recense l'intégralité de ce que nous avons répertorié. Je connais la rumeur qui vous a abusé. Je la connais d'autant mieux que je n'y suis peut-être pas étranger. Comme vous le savez, un faux mystère en protège souvent un vrai. Le vrai mystère pour moi, je dis vrai parce qu'il est douloureux et difficilement communicable, est le suivant. Mark Rothko était un homme sceptique, parfois triste. Mais c'était un homme d'une grande bonté, d'une bonté qu'il cachait comme un vice. Je ne vois toujours pas le lien entre sa bonté et son suicide. Je sais qu'il y en a un, mais je ne le vois pas. C'est tout. Et c'est beaucoup plus énigmatique que quelques toiles de 1949 qui traîneraient dans un carton...

David Schuman se leva, me serra la main.

– A bientôt, me dit-il.

Je le vis se diriger vers l'escalier. Il disparut dans l'ombre.

*

Je ne revis pas David Schuman avant décembre 1983. La conversation de Madrid n'avait toutefois pas été sans suites. Trois semaines plus tard, je reçus un pli de New York. Il contenait une lettre dactylographiée au bas de laquelle Schuman avait rajouté quelques mots manuscrits. Ce que je lus me toucha plus que je ne saurais le dire. La galerie Schuman, qui avait maintenu des liens avec des galeries et musées européens, y envoyait parfois des expositions *clef en main*, textes et catalogues inclus. Schuman me proposait d'en être le traducteur pour la France et l'Espagne. C'était en soi peu de chose. Mais cette marque de confiance me fit chaud au cœur. Le travail était bien rémunéré et mon entrain à la mesure de l'intérêt que j'avais pour lui. Je fus néanmoins surpris par les premiers textes que l'on me donna à traduire. Signés Valentin Tatransky ou Hilton Kramer, ils concernaient tous des peintres de la nouvelle génération, David Salle, Susan Rothenberg ou Eric Fischl, qui ne me paraissaient pas correspondre au goût de Schuman. Quelqu'un à la galerie devait avoir pris la relève. Les chèques qui m'étaient transmis de New York étaient d'ailleurs signés d'un nom de femme, Katrina Elliott.

A la fin de 1982, j'envoyai mes vœux à David Schuman. Il me répondit par un mot manuscrit. Schuman me remerciait pour les traductions qu'il disait apprécier, et m'invitait à lui rendre visite si je passais par New York. L'occasion se présenta dans les derniers jours de 1983, lorsque des amis m'accueillirent dans leur appartement de Tribeca.

Cette année-là, il gelait à pierre fendre sur l'Hudson. J'appelai David Schuman à son domicile dans la matinée du 27 décembre. Il décrocha lui-même et me donna rendez-vous pour l'après-midi du même jour.

Les deux visites que je lui fis alors me laissent encore, à des années de distance, un goût d'amertume. Était-ce le climat de fausse joie qui ravive à chaque fin d'année les vraies tristesses, était-ce les premières attaques du grand âge chez un homme qui n'était pas fait pour s'y résigner, toujours est-il que je le trouvai au long de ces deux entretiens étrangement abandonné. Cet Américain que je connaissais à peine me faisait confiance plus qu'il n'aurait dû. Il n'était pas diminué, car l'intelligence restait du vif-argent ; mais préoccupé à coup sûr par une obsession redevenue essentielle, une obsession qui me resta indéchiffrable sur le moment. Rétrospectivement, je comprends qu'il voulait m'adresser un signe.

Ces rencontres, l'une dans l'après-midi du 27 décembre, l'autre dans la soirée du 29, prirent la forme d'un monologue parfois brillant, parfois lassé, tenu alternativement en anglais et en français. Je ne saurais mieux en restituer le contenu qu'en me reportant aux notes que je pris alors dans mon carnet. Elles sont transcrites ici avec quelques coupes sans importance.

Mardi 27 décembre 1983. Dixième étage d'un immeuble 1950 sur Park et 82ᵉ. Une vieille domestique me conduit dans un grand salon. Les rideaux tirés donnent probablement sur le parc. Deux lampadaires sont allumés. Schuman n'est pas là.

Les murs et le plafond sont peints en blanc. Fauteuils, canapés recouverts de satin beige. Des catalogues et des livres posés sur une table basse. Un tapis carré à motifs géométriques. Derrière l'un des canapés, il y a un panneau pliant composé de miroirs étroits tenus par des cadres en chrome. Sur les murs, un Rothko de la suite « Œdipus », un Loplop de Max Ernst et une boîte à hibou de Joseph Cornell. Je déchiffre les titres des deux livres posés sur la table basse : un roman de Frederic Prokosch, des souvenirs de guerre d'Ernie Pyle.

Je n'ai pas entendu Schuman entrer. Quand je me retourne, il est là. Toujours cette carrure de vieux guerrier élégant. Mais l'homme de Madrid s'est légèrement voûté. Il porte des lunettes à petit foyer. La main que je serre est moins ferme, moins vaillante. Il me parle tout de suite de mes traductions. Comme je l'interroge sur la boîte à hibou de Joseph Cornell (un hibou naturalisé encastré dans un habitacle de bois), il répond : « Cornell préférait toujours les gens morts et enterrés, surtout s'ils étaient de sexe féminin. »

Longue conversation. Schuman est attentif et mélancolique. Il prend son temps, fait servir du café, n'a pas l'air tenu par une quelconque obligation. Aucune trace de la femme de Madrid. Quand il parle, ses glissements de temps donnent parfois l'impression d'une perspective inversée. Il utilise le présent pour des anecdotes de la fin des années quarante, et l'imparfait pour des événements de l'avant-veille. Paraît frappé par l'affaire du 747 coréen abattu en septembre au-dessus de Sakhaline. Il glisse insensiblement de ce qu'il appelle « un fait de guerre » vers sa propre guerre. La conversation prend un tour étrange. Schuman rôde autour de quelque chose, me prend à témoin comme on le fait parfois devant un inconnu. De mémoire, je note ici les propos qui m'ont frappé.

• Il dit qu'il ne verra pas la fin du siècle, et qu'il le regrette. Le XXᵉ siècle, pour lui, c'est l'image d'un quintette à cordes jouant Mozart devant une ruine calcinée (il cite le K.516 en sol mineur).

• Il dit : « Tout ce que j'aimais va finir. » Il parle de l'amitié. Puis : « J'ai vécu dans un monde de conversations particulières. Il y avait des incarnations, le soldat, l'écrivain, le banquier, la femme, et l'on savait très bien qui était qui. Tout ce que j'ai vécu me laisse ce souvenir-là : le souvenir d'une conversation particulière avec quelqu'un qui était ce qu'il devait être. Les Français ont aimé ça chez votre Giraudoux, ces longs dialogues entre dieux au-dessus des choses. L'un porte un caducée, l'autre un trident, ils ne se confondent pas, ils parlent pour ce qu'ils sont, et le monde s'arrête autour d'eux. Autrefois, il y avait la Société des nations, la société des femmes, quelques autres, et parfois le silence. C'est tout. »

• « Les femmes, vous savez... Ce sont des traces qui s'effacent sur le sable. Quand il y a des guerres, elles sont obligées de savoir que les hommes sont mortels. Alors elles les aiment un peu mieux. L'Europe, quand j'y suis arrivé, c'était le monde des missing in action. Et c'étaient d'autres femmes...

– *Vous regrettez?*

– *Oui, je crois.*

– *Qu'est-ce que vous regrettez?*

– *La fiction des circonstances. Vous êtes planqué dans un hôtel, on tire autour de vous, une femme est là, elle finit dans votre chambre ou vous dans la sienne. Elle a peur et vous aussi. Alors il y a des choses qui reviennent, des images d'enfance. Vous revoyez votre mère et la femme qui est avec vous, peut-être la dernière. La fiction c'est cela, que cette dernière femme vous renvoie à la première... Et alors, bêtement, mais c'est tout sauf bête, ça a même une certaine beauté, vous atteignez à quelque chose qui ressemble au vertige. En anglais, je dirais :* when you come, you are. *Dans ces moments-là, quand vous jouissez, vous êtes.* »

• *« Max Ernst est mort il y a sept ans déjà. A la fin il était à moitié paralysé, un peu égaré. On ne peut souhaiter ça à personne. »*

• *Plus tard : « Les choses qui sont arrivées il y a quarante ans, on devrait normalement les oublier. En tout cas ne plus en souffrir. On devrait payer seulement quand on a commis des actes qui offensent, quand on a pactisé avec le mal. Dans une génération, vous le savez bien, ce pacte a été ratifié par des millions d'hommes, par des pays entiers. Mais pas par le mien, c'est comme ça. C'était mon pays par hasard, mais je n'ai jamais regretté ce hasard-là. »*

Il sort de sa poche un paquet de cigarillos, ne trouve plus son briquet. Je lui offre du feu. Il continue :

« Donc, rationnellement, je ne dois rien. Je réponds de tout mais je n'ai pas à être jugé, sauf par Dieu, ce qu'on appelle Dieu. J'ai suffisamment fait ce qu'il fallait faire au bon moment pour être épargné par toute idée de culpabilité – je ne suis coupable de rien... J'essaie simplement de vous dire que j'étais libre, un

homme libre, si cela veut dire quelque chose. Et la vraie liberté c'est de ne pas se souvenir. Donc j'aurais dû oublier. J'avais le droit de me prouver à moi-même, simplement en continuant de vivre, que j'étais un autre, et puis un autre encore, et en dernier lieu celui qui se tient devant vous. »

Il avale une gorgée de café. On entend les voitures qui roulent dix étages plus bas. Il reprend :

« Le problème, comme vous le devinez, c'est que je n'oublie pas. Il y a des années entières qui se sont effacées, des joies dont je n'ai plus le souvenir, des nuits où j'ai cru que j'avais touché le bonheur, et parfois aussi le fond du malheur, et il n'en reste rien. Rien. C'est comme ça, balayé, pff. J'ai soixante-dix huit ans, vous savez. J'avais douze ans en 1917... »

En disant « balayé », il fait le geste d'écarter une poussière invisible. Puis il écrase son cigarillo à peine entamé dans un cendrier. Sous le halo des deux lampadaires, l'entretien devient spectral. Schuman reprend son souffle et continue :

« Mais je n'oublie pas, il y a des souvenirs qui me remontent à la gorge, la nuit. Je marche et cela revient comme une brûlure, on n'y peut rien. La vie fait de vous un vieux vêtement plein d'empreintes... Je me souviens d'un poêle en faïence dans la cuisine de ma mère, à Milwaukee. Je me souviens de l'orchestre d'Artie Shaw jouant toute une nuit dans Times Square. Des choses comme ça. Je me souviens d'une route d'Alsace. »

Il s'interrompt, me regarde droit dans les yeux :

« Et je me souviens, mais comme tout le monde, n'est-ce pas, d'une femme. »

Il a lâché le mot du bout des lèvres, presque sans y penser, en l'appuyant pourtant. J'ai soudain l'impression de n'être pas celui qu'il attendait à ce rendez-vous.

Jeudi 29 décembre 1983.

Il m'a demandé de revenir le voir. Je le retrouve dans son appartement vers dix-huit heures. Schuman porte une veste d'intérieur, des pantalons de velours noir, des mocassins de cuir. Il me reparle de mes traductions, évoque une monographie dont il est l'auteur et qu'il voudrait voir traduite en français. Il me dit que ceux qui s'occupent de peinture ont toujours quelque chose à rendre à la France.

Puis il m'invite à le suivre dans son bureau. La fenêtre donne sur le parc, on voit la ligne nue des arbres. Un grand meuble à tiroirs occupe le fond de la pièce. Il ouvre l'un de ces tiroirs et en sort des documents étonnants : des esquisses d'Arshile Gorky pour la décoration de l'aéroport de Newark (datées 1937), deux caricatures originales de Bill Mauldin (datées 1945), des lettres de Rothko. Puis il actionne un panneau coulissant qui dévoile un jeu de glissoirs destinés à la conservation de tirages photographiques. Je ne lui connaissais pas cet intérêt. Il en extrait soigneusement des tirages numérotés. L'un est signé Roger Schall, l'autre Edward Weston. Ce sont des nus. Les visages datent par les yeux charbonneux, la chevelure garçonne. Schuman les regarde en silence. Il a l'air d'un vieux doge dans sa bibliothèque. Les clichés sont plus que troublants. Il y a cinquante ans, ces femmes se sont dénudées devant l'objectif, se sachant capturées, reproduites, acceptant de passer de la douceur secrète à l'image durable ; et, ce qui est peut-être pire, consentant par avance au regret qu'elles auraient de cette image quand elles auraient vieilli. Mais ces corps nus appartiennent au désir sans âge. Ce n'est plus leur époque qui les distingue, c'est leur jeunesse, comme si cette femme aux seins tendus vivait deux rues plus loin et qu'il suffise de pousser une porte pour sentir le souffle de ses lèvres, pour l'avoir à soi.

Schuman tire du glissoir un autre cliché. Une femme nue est couchée sur une couverture, l'œil clos, la tête en appui sur le bras. Derrière elle, un mur lépreux rongé de moisissures. Son visage est de type amérindien. Autour des chevilles, sur le haut des cuisses et autour du ventre, elle porte des bandages de charpie qui laissent la toison pubienne dégagée. Quatre bogues d'épineux sont posées sur la couverture. Le cliché, signé de Manuel Alvarez-Bravo, est titré La buena fama durmiendo. J'ai l'impression que Schuman veut me signifier quelque chose. Cette femme n'a pas de nom, la seule preuve d'existence qu'elle a léguée est ce quart de seconde où son spectre a impressionné des sels d'argent. L'image en noir et blanc a figé les couleurs d'une jeunesse, puis c'est le cliché qui est devenu avec le temps plus vivant qu'elle, comme si cette première immobilité annonçait la dernière, celle qui efface et rend à soi.

Fin de l'étrange cérémonie. Nous repassons dans le salon. Schuman me laisse parler. J'ai peur de l'ennuyer. Il m'impressionne. Le grand âge peut exprimer la veulerie ou la tristesse, mais il les exprime respectablement, comme si le temps excusait les visages à mesure qu'il les altère. Sur son visage à lui, je ne lis qu'une noblesse un peu fatiguée. Il a soudain un geste dont le sens m'échappe. C'est peut-être pour dissiper le cortège des peintres, des morts, des femmes folles de haine ou d'argent. Je ne sais quel est son secret, mais flottent autour de lui les personnages d'un livre qui va se refermer, comme on entrevoit au bord d'un chemin des silhouettes que l'on ne reverra jamais. Il dit :

« Je ne vous connais pas, mais vous avez écrit dans votre mémoire sur Rothko deux choses qui m'ont frappé. La première est cette question que vous posez au début : comment un artiste adolescent échappe-t-il à la conception prédatrice de la vie pour trouver son

*chemin? L'autre, c'est lorsque vous dites que le cadre
d'un tableau est comme un trou dans le crâne du
peintre, par où l'on voit danser ses démons... C'est
une bonne question et une bonne remarque. Vous
oubliez seulement deux choses.*

– Lesquelles?

*– Les dispositions prédatrices ne sont pas le privi-
lège de l'adolescence, loin s'en faut. Et quand on fait
un trou dans le crâne d'un homme, il en sort d'abord
du sang.»*

Dans mon carnet, les notes du 29 décembre 1983
s'arrêtent là.

*

Les mois passèrent. Je fis quelques traductions
pour la galerie Schuman, puis les commandes
s'espacèrent. D'autres affaires commençaient à
m'occuper. J'avais presque cessé de songer à lui
lorsque je lus dans un encadré du *Monde* que David
Schuman se remettait d'une attaque qui l'avait
frappé dans sa maison de Boyceville. C'était en avril
1988 : il avait donc quatre-vingt-trois ans. L'hypothèse d'une rémission était pudique, elle n'était pas
réaliste.

Dans la rue, les objets me parurent plus concrets,
l'espace plus profond qu'à l'habitude. Le peu de
temps qu'il lui restait, je le partageai en pensée avec
lui. Je voulais croire qu'il y avait encore un endroit
du monde qu'il éclairerait de son charme, de son
mystère. A sa manière, et dans la courte période où
je l'avais connu, il m'avait rendu la vie un peu moins
bête. Je le revoyais égrener ses paradoxes à la tribune du Círculo de Bellas Artes, lâchant : « Guernica
n'est pas une transfiguration. Au regard de ce qui
allait venir, c'est tout au plus une photographie. »
J'entendais à cinq ou six ans de distance ses phrases.

« J'étais un *outsider* quand j'ai commencé »... « Je ne vois toujours pas le lien entre sa bonté et son suicide »... « J'ai vécu dans un monde de conversations particulières »... « Les femmes, des traces qui s'effacent sur le sable ». A la fin, quand les vivants restent et qu'il faut bien partir, quand la vieille obsession de soi revient, il reste quelques phrases pour dessiner l'ombre d'un homme. Que voyait-il depuis le lit où il devait lutter? Regardait-il une forme sur le mur, la lente rotation de la lumière qui glisse sur les choses? Sa vie était désormais ramenée à un lieu unique et multiple, un lieu aussi libre que la mémoire de ceux qui l'avaient aimé. Schuman avait exercé l'un après l'autre deux métiers du regard. Quel était le ressort? Que recherchait-il derrière les discours, au-delà de la toile? On ne le saurait jamais.

Il mourut le 3 mai 1988.

Un mois plus tard, on m'appela de New York. Une femme était en ligne. Elle se présenta comme Katrina Elliott, chargée de l'exécution des dispositions testamentaires de David Schuman. L'inventaire était en cours. Une partie de ses biens irait à un fonds qui porterait son nom. Je sentais la voix hésiter au bout du fil. Miss Elliott me précisa finalement l'objet de son appel : parmi les documents inventoriés figurait un long mémoire répliqué en deux exemplaires. L'une des instructions relatives à ce texte stipulait qu'il devait en être établi une version française. « Vous comprenez, me dit Katrina Elliott, c'était un peu la langue de sa mère... » Schuman avait indiqué un nom de traducteur. Ce nom était le mien.

Si j'acceptais, le document me serait livré avec une avance. Tous les frais étaient couverts. Une publication ultérieure n'était pas à écarter. Sans même réfléchir, j'acceptai dans la minute. Miss Elliott me remercia alors avec un soulagement perceptible.

Je n'eus guère le temps de m'interroger. Une semaine plus tard, j'avais sur ma table un portfolio de cuir noir. Il m'était apporté par un agent de la galerie Schuman venu régler des affaires en Europe. Sa conversation ne m'apprit rien. Il se contenta de me faire signer des bordereaux qui reproduisaient les clauses habituelles d'un contrat de traduction.

Les pièces sur lesquelles j'allais travailler n'étaient pas des originaux : le portfolio contenait des photocopies et des fac-similés. J'en pris connaissance avec fébrilité. Voici ce que je trouvai.

Une première photocopie restituait une brève note manuscrite dans laquelle Schuman avait indiqué son souhait de voir ce texte traduit en français. Mon nom était spécifié en bas de page.

La photocopie suivante reproduisait un petit carton à en-tête de la galerie de la 57e Rue. Le sens en était plus énigmatique : y figuraient seulement une adresse en Grande-Bretagne (Farley Farm, dans les South Downs) et un numéro de téléphone. Schuman avait ajouté en anglais ces quelques mots : « On croit parfois être l'amant d'une femme [*a woman's lover*]. On n'en est que le témoin. »

Le troisième document avait été glissé dans une pochette transparente. Il s'agissait d'un fac-similé de photographie de format 12 x 18. L'image était incertaine, les noirs fragiles, les valeurs inexactes. Mais le visage qui y était représenté me parut d'une beauté stupéfiante. C'était une femme d'une trentaine d'années, blonde, cadrée en plan rapproché, de sorte que le cou était coupé à hauteur de la bordure du pull-over. Bizarrement, elle avait posé les yeux fermés. Sur l'arrière-fond grisé, les paupières baissées donnaient une curieuse sensation hypnotique. La pose évoquait ces vieux daguerréotypes où les sujets ferment les yeux, soit sommeil d'abandon lors des interminables séances de pose, soit protection de la pupille attaquée par l'exposition prolongée au soleil. Il me vint à l'esprit qu'elle ressemblait à la femme que j'avais vue à Madrid en compagnie de Schuman. Mais elle était plus jeune, et beaucoup plus belle. L'image d'un autre temps était figée là ; pourtant, cette beauté restait étonnamment moderne. 1950 ? 1960 ? La pâte jaunie, le grain du papier, l'infime fendillure qui sillonnait le fac-similé trahissait la durée écoulée : la matière où l'on avait tiré cette image s'était vengée de la femme qui y était capturée. A moins que, pour avoir été trop longtemps regardée, manipulée, dissimulée et ressortie, elle ne doive son pâlissement au regard de Schuman, confondant ainsi dans une même usure l'action du temps et l'effet d'une passion.

Venait enfin une pile de feuilles couvertes d'une dactylographie serrée. Pas de titre, mais simplement une date rajoutée à la plume : 1975. Si cette date coïncidait avec la rédaction, Schuman avait donc travaillé à ce mémoire autour de sa soixante-dixième année. Les caractères utilisés variaient d'une partie à l'autre, comme s'il y avait eu plusieurs versions remaniées et fondues dans le même corps de texte. L'ensemble apparaissait toutefois établi à titre définitif, sans rature ni remords.

Je lus ce mémoire dans l'après-midi du même jour. Au début, je ne reconnus pas la voix de l'homme que j'avais rencontré. Je crus d'abord qu'il voulait, comme tant d'autres, raconter sa guerre. Schuman paraissait s'être dépouillé de lui-même pour retrouver l'homme qu'il avait été trente ans auparavant.

Puis je compris au fil des pages qu'il y fixait le souvenir de ce qui avait bouleversé sa vie.

Traduire ne fut pas chose aisée. Schuman écrivait un anglais de cadence européenne où les intertérences latines l'emportaient sur l'abrupto saxon. Une langue, me semblait-il parfois, qu'il avait inventée contre sa propre langue. J'ai tenté de restituer cette teinte particulière, et peut-être ai-je été contraint pour la respecter de la réinventer. Le récit de Schuman m'invitait à sortir de mon rôle : à épouser après lui la forme d'une passion. J'ai respecté sa syntaxe souvent appositionnelle, son usage fréquent du tiret de renfort ou de la virgule comme outils de scansion de la phrase. Les mots qui dans le manuscrit étaient soulignés ont été rendus par des italiques. Il m'a paru également utile de maintenir ici ou là telle expression dans sa forme originelle; je m'abstenais alors de la traduire.

Schuman va maintenant s'avancer seul sur la scène pour dire une dernière fois l'histoire qui fut la sienne. Les lumières s'éteignent. Le vent d'ouest balaie les feuilles mortes. Une vie d'homme vaut-elle davantage s'il parle un jour? Je ne sais trop, mais j'attends celui-là dans la coulisse. Il m'a donné ce livre que je ne méritais pas, je l'ai rendu à celle qui lui succédait. Quand j'ai rencontré Katrina Elliott, je l'ai trouvée émouvante et belle. Elle a relu avec moi cette dactylographie.

Au fil des pages, peut-être en sommes-nous devenus sinon les acteurs, du moins les personnages par défaut.

Je suis arrivé à Paris le 26 août 1944 avec une jeep du 22ᵉ Régiment de la 4ᵉ Division d'infanterie US. J'ai encore au fond de ma mémoire cette odeur qui ne finira qu'avec moi, une odeur d'éther et de sang, de goudron chauffé, j'entends les cris et les chansons, et je revois les ramures, la fumée bleutée des diesels, ce poudroiement vert au-dessus des avenues. Nous sommes entrés par la porte d'Italie. Les gaz d'échappement brûlaient les yeux, il y avait des drapeaux aux fenêtres et des filles brunes accrochées aux réverbères, des silhouettes sur les tourelles et des rafales lointaines, et en moi un battement de cœur, un étourdissement, une saveur de poussière et de soleil qui ressemblait au bonheur.

J'ai encore au fond des yeux la lumière de cette matinée-là. Les Sherman à étoile blanche remontaient les avenues dans un cliquetis de chenillettes, et le fleuve soudain fut devant nous, avec ses arbres, ses ponts, la fumée des mousquetons, c'était la France et c'était Paris, les femmes criaient de joie en nous tendant la main, et je revois une guérite blanche et rouge de la Wehrmacht en flammes, c'était comme une araignée qui se rétracte sous la brûlure du tison, une boule de sang noir, et cette guérite calcinée, cet amas de bois tordu brûle encore en moi comme la mort qui un jour m'emportera.

Deux heures plus tôt, j'avais quitté l'hôtellerie Le Grand Veneur de Rambouillet. Les correspondants de guerre, les envoyés spéciaux, les opérateurs cinématographiques du SHAEF avaient été regroupés là avant l'entrée des Français de Leclerc dans la capitale. J'allais avoir quarante ans. *Life* venait de me détacher sur le front européen.

Pendant quinze ans, j'avais gravi à New York les échelons de cette étrange carrière qu'est le journalisme d'information. Les enquêtes sans signature, puis les demi-pages octroyées, puis les sujets de couverture, j'avais tout connu, tout avalé. Et j'aimais ce métier. Quelques reportages à succès avaient assis une sorte de réputation. A la fin des années trente, l'enquête que je menai plusieurs mois durant sur les réseaux pro-nazis en Amérique conduisit à la mise en cause publique de Burton Wheeler et de Charles Lindbergh. En 1939, *Life* me recruta comme auteur de *story*. Le genre avait ses règles et son honneur. Une « story » est un reportage implacable où l'on simule le roman, mais où les personnages sont vrais. Pas trop de littérature, mais du trait, de la chose vue ; toujours le dessous des cartes. Qui était Irving Thalberg ? Erich Maria Remarque est-il devenu un romancier américain ? Frank Haugue et Tom Pendergast sont-ils corrompus ? Il faut enquêter, recouper, raconter. Je faisais un métier d'œil, mais avec une plume. J'y trouvais de l'agrément, des intrigues brutes, et un plaisir dont je me dis rétrospectivement qu'il était celui de la vérité.

Comme les ouvriers d'imprimerie et une partie des rédactions, j'avais été mobilisé sur place en 1941. Je passai trois ans à New York au nom de l'effort de guerre. Cette fiction avait eu des avantages. En 1944, elle devenait gênante. Lorsque le débarquement en Europe se fit imminent et que la reconquête des îles du Pacifique commença, on n'hésita plus à envoyer au-delà des mers les *story-writers* de New York. Les rédacteurs en chef voulaient la fresque, le *scoop* : des continents entiers allaient être reconquis. La direction de *Life* me proposa au printemps 1944 de partir sur un théâtre d'opérations. Je ne me fis pas prier, ayant fini par remâcher une sorte de honte, celle de l'arrière, celle du *planqué*, dirait un Français. Des circonstances privées, qui n'ont plus guère d'intérêt, me rendaient libre. On me proposa l'Europe, et je demandai la France. Je fus aussitôt doté en feuilles de route, billets d'accréditation, badges d'envoyé spécial, avec un large droit de tirage en dollars. La durée de la mission n'était pas spécifiée.

J'avais rejoint l'Angleterre avec un convoi de transports de troupes naviguant sous la protection de deux croiseurs de l'US Navy. Les trains de bateaux au large de l'Islande, les essaims de B-17 se succédant par vagues au-dessus de l'Atlantique indiquaient une issue proche : la fin de l'Axe n'était qu'une question de mois.

Sur l'aéroport de Croydon, une armada de chasseurs et de bombardiers était alignée dans la chaleur d'août. Les avions décollaient jour et nuit avec un vrombissement de fin du monde. On reconnaissait la carlingue brune des Lancaster du *Bomber Command*, les Marauder à silhouette de goéland, les gros B-25 hérissés de mitrailleuses. C'était étrange, comme toujours, ces intonations américaines sur une autre terre, ces *boys* assis dans le Dakota qui nous emmenait vers la France. Ils paraissaient continuer une conversation entamée sous le RCA Building, que pas même un océan n'aurait pu interrompre. Ils savaient que le *Herrenvolk* reculait, que le Reich tomberait tôt ou tard. Ils attendaient la victoire.

Ils ne croyaient pas à la mort.

Deux jours plus tard, j'étais au milieu du pool de presse de Rambouillet. On attendait l'entrée des

Français de Leclerc dans Paris. La crème des rédactions anglo-saxonnes s'était rassemblée dans une extravagante hôtellerie qui paraissait sortie des voyages de Stevenson. Deux automitrailleuses calées sur leurs six roues de caoutchouc montaient la garde devant Le Grand Veneur. Des jeeps déposaient sous le porche de précieux contingents de journalistes armés de stylos Waterman à plume rentrante. Les princes de Fleet Street, les étoiles de la presse britannique, affichaient la morgue d'un colonel valétudinaire au deuxième acte d'une pièce de Noel Coward. La cause pour eux était entendue : dans le monde extérieur, en temps de paix, les Français et les fourmis rouges sont ce qu'il y a de plus odieux. Mais nous étions en guerre. Ils se retranchaient donc dans l'indifférence et considéraient les Libanais ou les guerriers Saras des équipages Leclerc comme à Eton l'on voit à chaque beuverie des chèvres brouter dans les arbres. A les entendre, la France était un village Potemkine éclairé au Byrrh et au vermouth. Nonobstant la morgue, je crois qu'ils n'étaient dupes de rien, pas même de leur propre importance.

Les Français rongeaient leur frein. Les journalistes exilés de Bryanston Square détachés par les FFL pour couvrir la libération de Paris étaient impatients de revoir la ville qui portait le nom de leur rêve. Ils erraient autour de l'hôtellerie, jouaient à la belote, dégrafaient nerveusement leurs blousons de suédine. Ils me faisaient songer à ces marins d'occasion qui retrouvent la terre après une longue traversée. L'un d'entre eux, un ancien des journaux Lazareff, ressemblait trait pour trait à l'acteur Jean-Pierre Aumont, et je me disais que la France avait les traits de ce jeune homme. Il me parlait du général de Gaulle, qui attendait lui aussi aux étages du château de Rambouillet. Il était un peu vexé car les filles de

44

l'hôtel, avec leurs robes d'été, leurs douces jambes nues, lui prêtaient moins d'attention qu'aux Américains sonores retranchés derrière des bouteilles de Bénédictine. Avec eux je n'étais pas dépaysé. C'était comme une session permanente du *Harvard Press Club* dans un motel du Delaware. Il y avait là Ernie Pyle et Ed Ball qui racontaient comme d'habitude leur faux scoop de 1942, lorsqu'ils avaient annoncé le débarquement de dix saboteurs allemands sur la plage d'Amagansett, État de New York. De Montauk à Bay Shore, tout le littoral s'était mis sur le pied de guerre ; un pauvre hère avait même été harponné par un garde-côte. Charlie Collingwood, de la CBS, chantonnait la partition de *Broken Blossoms* en imitant Lilian Gish. Puis il passait en revue tous les succès de Broadway, *Life with father*, *Pins and Needles*, *Tobacco Road*. Collingwood avait parié avec Ken Crawford, de *Newsweek*, qu'il serait le premier journaliste à entrer dans Paris. Ils négociaient avec les officiers du 38ᵉ Escadron de cavalerie leur place au sein de la première vague d'assaut. Ils étaient amusants, et fatigants aussi.

Je me souviens de cette nuit, la dernière avant Paris. Je suis sorti sur la terrasse du Grand Veneur. L'auberge faisait le dos rond au milieu de l'obscurité. Une pluie fine s'était mise à tomber. Rien pourtant d'une calme nuit d'été. Des half-tracks bourrés de fantassins filaient sur la route. Au carrefour le plus proche, une dizaine de chars Sherman stationnaient. Certains membres d'équipage déchiffraient des cartes d'état-major à la lueur des lampes-torches, d'autres vérifiaient l'état des chenillettes ou déversaient des jerricans d'essence dans les réservoirs. Les catadioptres jetaient des éclats rouges. Mes yeux se sont posés sur un arbre, un grand chêne. Ses feuilles sombres lavées par l'eau de pluie frémissaient sous la brise. Trois semaines plus tôt, je marchais dans la 44ᵉ Rue devant l'immeuble de la Warner. L'été ramenait vers New York des nuages de moustiques. Le journal lumineux de Colombus Circle annonçait des percées en Normandie, les raids de la 8ᵉ Air Force sur l'Allemagne. Les circonstances qui m'avaient poussé d'une rive à l'autre étaient indifférentes au regard de ces destins que la guerre forçait vraiment hors d'eux-mêmes. Je ne savais rien de ce qui m'attendait. Une ville prise demain, une avancée vers l'Est, sans doute. Et après ? J'avais en moi cette seule certitude que donne l'élucidation d'un mythe d'enfance : j'étais sur la terre de France, comme ceux de 1917. Quant à savoir ce que je ferais de ma vie, ce qu'elle ferait de moi... Il y avait seulement cet arbre, le bruit de la pluie, et à quelques *miles*, Paris. J'allais entrer dans cette ville le jour où elle serait rendue à elle-même, où elle se retrouverait. Je regardais l'arbre enraciné dans la terre, indifférent aux années. Il était ce qu'il était : une chose posée dans la nuit, dans le monde. Et je sentais, comme rarement, comme jamais peut-être, que ce monde était le mien.

C'était dans l'après-midi du 26 août 1944. La jeep avançait lentement dans la rue de Rivoli. Un nuage de poussière montait du jardin des Tuileries. Une nuée jaune, mexicaine, qui enveloppait les half-tracks, se posait sur les feuilles et brillait dans le soleil d'août. Il y avait cette clameur incessante qui courait d'une rive à l'autre, se rallumait, repartait scandée par les tirs lointains, les cloches des églises et les cris des femmes hurlant à gorge déployée. Jamais je n'avais vu autant de joie simple, une joie délivrée. Tous fuyaient la douleur, la désespérante et merveilleuse douleur du pays perdu, piétiné, retrouvé. Tous s'éveillaient à l'espoir, au désespérant et merveilleux espoir de la guerre perdue et puis gagnée. Mais devant moi c'était Paris, les arbres du jardin des Tuileries, la poussière qui se levait sous des milliers de bottes, de socques, de semelles de liège, de croquenots, sous les pneus des Dodge et des automoteurs de 105, sous les pas des Espagnols et des Tchadiens de la 2e DB, c'était la poussière des régiments d'Afrique et la sciure de bois des restrictions, la poudre des cartouches brûlées et le fard tombé du visage des femmes souillées, c'était le sable des simouns et des vents d'Asie, le lait en poudre et les miettes de chocolat Hershey, et le plâtre des statues brisées sur le pavé, c'était les chairs putréfiées, les ossements pilés de ceux qui m'attendaient sur un chemin que je ne pouvais imaginer.

La jeep dut s'arrêter. Il y avait des filles partout, elles criaient, elles avaient taillé des bandeaux dans les emblèmes noirs et blancs de la Kriegsmarine. Une clameur sans fin sortait de bouches rouge sang, de bouches affamées d'amour et de pêches au sirop, de bouches françaises qui voulaient mordre et remercier. Le soleil d'été jouait dans la transparence des robes et je voyais tout, les mains tambourinant sur le capot, des FFI en treillis de toile sur la tourelle explosée d'un Panther, le tressautement des pistolets-mitrailleurs lâchant des rafales vers le ciel, des hommes pleuraient, et sous un arbre gisait le corps d'un soldat allemand, exécuté, lynché peut-être. C'était un homme comme tous les autres, il avait connu la sollicitude et l'amour, et puis il était venu mourir là par hasard, il était mort coupable dans un après-midi de Paris.

Le chauffeur de la jeep n'en croyait pas ses yeux. C'était un appelé du Nouveau-Mexique avec son casque à filet et ses lunettes teintées, il avait dû laisser une fiancée du côté d'Albuquerque, et maintenant il était assailli par les merveilleuses Françaises. Il n'en sortirait pas, elles auraient sa peau brunie au soleil de Taos, elles allaient l'étouffer, l'enlever, l'entraîner dans leur *cantina*, le consommer avec des *tamales* et du *guacamole*. Il entendait déjà la clochette des crotales, le hululement des doux coyotes de la rue de Rivoli, et il souriait aux anges.

J'aperçus Charlie Collingwood au milieu de la foule. Il se frayait un chemin à travers les corps pressés, les treillis de toile verte, les drapeaux tenus à bout de bras. Sur le trottoir, les cuivres d'une fanfare jouaient *God Bless America*. Je lui fis signe. Charlie bouscula deux filles, se porta au niveau de la jeep et sauta à l'arrière du véhicule. J'aurais juré qu'il avait déjà vidé sa première bouteille ; il avait l'haleine des envoyés spéciaux un jour d'émotion, l'haleine CBS. Il me dit, ou plutôt il me hurla qu'il était à Paris depuis la veille ; le SHAEF venait d'inviter les journalistes interalliés à se regrouper dans un hôtel du quartier de l'Opéra, rue Scribe. Il y avait là-bas des douches et des transmissions. Je me penchai vers le chauffeur. Il fallait sortir de là et trouver le damné Opéra.

Une armada de véhicules se pressait déjà devant l'hôtel Scribe. Des policiers français, coude à coude avec des GIs à guêtres blanches, assuraient tant bien que mal la circulation. Des tractions noires marquées à la peinture du sigle FFI étaient rangées sur la chaussée. Des hommes portant le brassard à croix de Lorraine stationnaient sur les marchepieds, le fusil à la bretelle, le regard tourné vers les toits où des silhouettes armées prenaient position. Deux soldats déployaient un drapeau tricolore au sommet d'un vieil immeuble. Les jeeps se succédaient sans relâche, déposant des officiers US, des gradés de l'armée Leclerc, des envoyés spéciaux bâtés de leur matériel. Des curieux contemplaient le spectacle depuis leurs fenêtres, applaudissant au passage des jeeps ou des poussives voitures à gazogène.

Le chauffeur d'Albuquerque nous déposa devant le porche. Je sentais tomber sur mes épaules une fatigue d'homme mal rasé, frit sous le soleil, les reins cassés par la route. Charlie ne marchait pas droit. Une porte à tambour donnait sur le hall bruissant d'allées et venues. Des soldats français avaient rouvert le bar et offraient du café aux nouveaux arrivants. Quelques filles entrées dans la confusion occupaient les fauteuils, entourées par des correspondants de guerre en plein interview. Le lieu respirait l'évacuation précipitée, le nid déserté dans la panique. Des sacs de sable étaient encore posés sur les appuis des embrasures. On avait empilé dans un coin des casques, des insignes, des plaques pectorales de la Wehrmacht. Un buste de Hitler gisait sur le tapis de moleskine rouge, le front étoilé par l'impact d'une balle. Une curieuse odeur d'aquarium flottait derrière les murs chauffés par le soleil. Un lieutenant de la 4ᵉ Division vint à nous. Charlie s'était écroulé dans un fauteuil. Le lieutenant nous expliqua que l'hôtel avait abrité les télécommunications de l'armée allemande. Certaines chambres étaient bourrées d'instruments de télégraphie, de machines à écrire, de téléphones. Intacts. Des ingénieurs de l'US Army étaient déjà à pied d'œuvre, modifiant les fréquences, déconnectant Berlin pour se brancher sur Londres et New York. Je laissai Charlie dans son fauteuil et me dirigeai vers la réception. Le sergent à qui je déclinai mon identité leva la paupière – apparemment, *Life* en imposait encore aux sergents de l'armée américaine – et me tendit une clef qui portait le numéro 327.

Le couloir de l'étage était sombre, encombré de caisses, de postes radio, de vieux tapis roulés sur le sol. Des appliques sorties de leur logement pendaient sur le mur, fils électriques mis à nu. La clef tourna dans la serrure. La porte n'était pas verrouillée. J'entrai. Un rayon de soleil tombait sur le lit défait. Des bottes dormaient dans un angle de la pièce. Une machine à écrire était posée sur le secrétaire encombré de stylos, de bouteilles d'encre, de papier de correspondance estampillé d'un aigle brun. Des cartons d'invitation avaient été glissés dans la rainure d'un miroir. Trois livres restaient empilés sur la table de chevet. Je les retournai : des poèmes de Stefan George, les *Sonnets* de Shakespeare, une traduction d'Hippocrate. Le précédent occupant, qui avait déguerpi à la hâte, avait dû être un de ces Prussiens aux mains blanches qui rêvaient du Neckar en flétrissant secrètement le commandement du *Gross Paris*. J'ouvris le placard. Des tenues de sortie, des uniformes à liséré bleu de Hesse y étaient suspendus, impeccablement repassés. Un nécessaire de brosses à poil dur côtoyait des chaussures de ville. Des cires avaient glissé hors de leur étui de papier kraft. Il y avait un *Quintett Es-Dur* de Beethoven et, plus étrangement, des chansons d'Irving Berlin.

Je passai dans la salle de bains : le robinet d'eau chaude fonctionnait. Mes vêtements volèrent sur le sol. Je sentais la fatigue plomber mes membres. La rumeur de la ville montait au loin, des milliers de voix, des cris, des moteurs qui parvenaient étouffés à mon oreille comme une houle brisante. Je pris un bain voluptueux avec en tête une sorte de bonheur. Et là, dans cette baignoire, au premier jour de Paris, entouré des reliques d'un évanoui de la Wehrmacht, je me suis endormi.

Je ressortis de l'hôtel à la nuit tombée. J'avais dormi plusieurs heures, écrasé de chaleur. La machine à écrire de l'Allemand fantôme servirait au-delà de sa débâcle : j'y avais tapé avec une satisfaction rare mon premier *memo*. Les mots venaient mal, mais cela n'avait guère d'importance.

Une liesse incroyable déferlait dans les rues. C'était comme le grondement égal et relancé d'un fleuve en crue : pour la première fois depuis 1939, toutes les lumières de Paris embrasaient la ville. Les abords de l'Opéra étaient envahis par la foule, et le vacarme des coups de feu, des pétards, des chants se répercutait sur les boulevards. Des filles en robe blanche semblaient voler d'un trottoir à l'autre. Elles se hissaient sur la tourelle des Sherman aux phares allumés et embrassaient à n'en plus finir les tankistes éberlués. Des accordéonistes jouaient dans les carrefours où des bals s'improvisaient. Même les vespasiennes étaient enrubannées de tricolore. Je

piétinai un panneau déchiqueté où une inscription –
Zur Normandie Front – restait lisible. On apercevait
les claires silhouettes des femmes penchées aux balcons. Jamais je ne reverrais autant de sourires,
jamais autant de larmes, jamais une nuit qui donne
comme celle-ci le sentiment de l'*aveuglant*. Je marchais seul dans ce bonheur. J'avais rêvé de Paris et
Paris était là, dans sa blessure et dans sa gloire, avec
ses porches de pierre taillée et ses enfants lâchés
dans la nuit, avec ses pavés levés en barricades et la
coupole de ses arbres – j'aimerai jusqu'à la fin le
vert, cette nuance de vert gouaché, brillant et profond qui est celle des arbres de Paris sous la lumière
d'été. J'étais heureux et j'étais seul aussi, loin de
tout, et plus près que jamais d'être enfin moi-même.

J'avais marché sans souci des distances et des
lieux. Aux grandes avenues sillonnées par la foule
avait succédé un lacis de rues plus ténébreuses,
jalonnées de petit cafés aux rideaux ouverts. Des
rires, des chants sortaient de ces façades louches. Je
remarquai une femme sur un trottoir, puis une
autre. Elles ne marchaient pas comme les jeunes
filles des boulevards. Elles attendaient.

A cette époque, j'aimais assez les putains. Les filles
de la 42ᵉ Rue qui disent *honey*, celles du West Side
qui disent *querido*. C'étaient les plus honnêtes, à leur
manière. J'aimais l'instant de la transaction, ce
pacte équitable qui fait qu'une femme demande de
l'argent pour coucher avec vous, alors que la plupart
couchent généralement pour rien, ou pour de mauvaises raisons, ce qui revient au même. J'aimais le
consentement net, les billets glissés contre la peau,
lus en chiffres. Le prix m'a toujours paru bas au
regard de la liberté qu'il octroie : les putains ne sont
pas seulement aimables, elles sont bon marché.
J'aimais qu'elles n'embrassent pas, ou qu'elles
embrassent avec des bouches fatiguées. J'attendais

d'elles le moment de moindre illusion et de pleine grâce où une femme se montre.

Une des filles s'est approchée de moi. Elle portait une robe à motifs fleuris, légère, coupée haut sur les jambes. Ses cheveux étaient retournés au fer. Elle me sembla jolie.

– Vous venez avec moi? *Come with me?*

Sans un mot je lui pris le bras, peut-être un peu trop brusquement. Elle me désigna l'entrée d'une maison basse, sinistre. Je gravis l'escalier derrière elle. Ses socques de bois résonnaient sur les marches. Elle se retourna, me fit un gentil sourire, chercha la clef dans son sac. La chambre était exiguë, papier mural jaune. Une reproduction de Van Dongen était accrochée au mur. Le lit attendait le client, drap tiré.

A peine la porte refermée, elle se jeta dans mes bras.

– *You American,* dit-elle. *I like Americans.*

Je sentais son parfum frais comme une fleur coupée.

– J'aime beaucoup les Parisiennes comme vous, lui dis-je.

Elle me regarda, éblouie.

– Et en plus vous parlez français!

– Un peu, vous voyez.

Elle me retourna un sourire canaille, arrondit l'épaule.

– Vous avez du chocolat pour moi? Et des bas, tu as des bas?

Son ton était insistant, presque avide. Elle me désigna ses jambes nues.

– Là c'est l'été. Mais l'hiver c'est pareil, tu sais. Tu veux bien faire quelque chose pour moi, dis?

Je dégrafai la poche de ma vareuse et en tirai ce qu'elle contenait. Une plaquette de chocolat Hershey, un paquet de Camel, un petit bloc de papier. Je vis ses yeux briller, sa main soudain tendue. Je déposai les objets dans sa paume, un par un. Elle les serra contre elle comme un trésor, puis se détacha de moi pour aller les cacher dans son sac. C'était une gentille Française, modeste et pratique comme elles le sont parfois, la tête tournée par cette multitude d'hommes qui venaient d'entrer dans sa ville. Je regardai la chambre de misère, le papier jaune, la cuvette écaillée posée par terre. La fille pouvait avoir vingt-deux ans. Elle était fraîche encore, avec ce sourire timide que les humbles adressent à la vie pour qu'elle ne les oublie pas, pour qu'elle ne les tue pas. Combien d'hommes étaient passés dans cette chambre avec un autre uniforme? Feldwebel? Oberschutze? Gefreiter? Unteroffizier? Combien de fois la joie sur commande, la paume tendue, la bretelle rajustée? Sa nuit ne connaissait que la loi des vainqueurs, j'étais le vainqueur. Mais notre victoire, je le comprenais, consistait en ceci que l'on pouvait désormais avoir une femme d'Europe pour une tablette de chocolat. Les barges d'Overlord, les divisions décimées dans les bocages de juin, les combats à l'arme blanche dans les citadelles de l'Atlantique, les ordres du jour du glorieux général Bradley, *put the show on the road and get the hell into Paris*, la bravoure du 8e Corps d'armée, tout cela convergeait vers cette précieuse, cette évidente conclusion, cette nouveauté jetée à la face du monde que l'on pouvait avoir une femme d'Europe pour une tablette de chocolat Hershey.

– Tu viens? dit-elle.

– Déshabillez-vous.

Elle parut surprise par le ton, répondit par un pauvre sourire. Elle dégrafa sa robe comme si elle s'excusait. Sa peau était pâle. La poitrine pesait contre le balconnet de la gaine. On aurait pu la croire svelte, si elle n'avait été maigre, de cette maigreur contrainte qu'infligent le manque, les combines au jour le jour, l'attente nocturne sous un porche. Une maigreur de Française ronde aux agréments de modèle. Elle se déchaussa, une socque, puis l'autre. A chaque pièce de vêtement qui tombait je comptais un carré de chocolat. De la rue montaient les cris joyeux d'une petite troupe française. Il y avait bien des raisons d'être joyeux, en effet.

La fille fit glisser sa gaine, révélant une poitrine crémeuse aux aréoles bien dessinées. Elle passa une main sous ses seins, les souleva, m'offrit sa bouche. Je l'embrassai, c'étaient des lèvres de femme, une langue tournant dans la bouche du vainqueur, une langue qui avait faim d'Américains, de lait condensé, de chocolat Hershey, une langue d'Européenne qui avait connu le couvre-feu, une langue simple et sans amertume. Je fis glisser sa culotte, l'étoffe était rêche, elle m'aida de la main, se désentrava, elle était nue.

Je la poussai sans tendresse sur le lit. Elle tomba sur le ventre, reprit appui sur les mains, tendit l'échine. La tête baissée, elle s'offrait avec un délibéré abrupt. Une ligne ombrée partageait ses formes jusqu'aux linéaments de chair rose et gonflée. Le sexe était empourpré, appelant. C'était une gentille fille, en somme. C'était la grande France pliant ses femmes à genoux devant les sauveurs pour un carré de chocolat.

J'eus un haut-le-cœur. J'aimais les putains, et j'avais envie d'une femme. Mais je n'étais pas venu jusque-là pour voir s'ouvrir le sexe humide d'une Française qui se soumettait à mon uniforme. Le sexe d'une fille qui se donnait pour une plaquette de chocolat parce qu'elle avait faim.

J'ai laissé un billet sur le lit, je lui ai souri.

Je suis sorti.

La masse de l'Opéra se dressait de nouveau devant moi. On aurait dit les dômes d'une église byzantine, un Crystal Palace de samedi soir. Un groupe de FFI se tenait en faction à l'angle d'un boulevard. A leurs pieds brûlait une lampe à acétylène : des silhouettes bougeaient, inquiétantes et grandies sur les murs. Paris s'éveillait à sa splendeur nocturne, à sa somptueuse couleur noire. Il faisait très chaud. Je n'avais pas sommeil. Dans la nuit blanche, des vélos-taxis transportaient des jeunes gens en bras de chemise. Je croisais des visages blêmes, des groupes soulevés par l'ivresse.

Une glace me renvoya un reflet brisé. Dans le miroir d'un magasin de frivolités éclaté par l'impact d'une balle, je voyais un visage fendu, cisaillé entre deux brèches. Ce visage n'avait pas de doutes sur lui-même, pas de crainte, et plus guère de passé. J'avais la bouche sèche. Une soif vive et amère, une soif de cognac et de liqueurs françaises me tenaillait. Je levai les yeux vers le fanal qui surmontait le porche de l'hôtel Scribe. J'étais revenu vers cette tanière comme malgré moi. Une Dodge à croix rouge passa en faisant donner sa sirène. On se battait encore dans les derniers *Stuzpunkte* de la Wehrmacht : des hommes peut-être mourraient cette nuit. Pour rien.

Le hall de l'hôtel avait perdu de son animation. Une lumière rouge tombait du plafond. Le personnel français avait repris du service; un réceptionniste feuilletait un journal, flanqué d'une sorte de groom républicain. Des plantes en pot tirées d'on ne savait quelles réserves avaient réapparu. On y avait noué des bandeaux tricolores comme des guirlandes sur un arbre de Noël. L'horloge indiquait minuit passé de quinze minutes.

Une musique s'insinuait entre les murs. C'était une rengaine de Tommy Dorsey. Elle provenait du bar de l'hôtel dont l'entrée communiquait avec le hall. Je bifurquai, le gosier sec.

Une vingtaine de personnes étaient assises là, enveloppées par la fumée des Camel. Quelques correspondants de guerre, des officiers américains, de jeunes Parisiennes éméchées. J'allais m'installer au bar quand une voix m'interpella.

– *I guess Mr Schuman is rushing to his soirée?*

Je me retournai. Assis dans un fauteuil rouge, le fume-cigarette planté entre les dents, un homme posait sur moi son œil tendre et redoutable. Jeremy Barber me désignait le fauteuil vide qui lui faisait face. Je n'étais pas mécontent de le trouver ici. Barber était l'une des bonnes choses que m'avaient données les quelques jours passés à Rambouillet. J'acceptai l'invitation.

Il faudrait un livre pour raconter Jeremy. C'était l'un des envoyés spéciaux du *Times* de Londres, et l'une des meilleures plumes de l'époque. L'homme avait un nez d'oiseau, l'œil un peu italien, beaucoup d'ascendant. En 1944, on ne lui donnait pas d'âge. Il aimait parler de ses excentricités au passé, se donnant de la perspective au-delà du temps où il avait vécu. A l'entendre, la terre tournait comme un ballet russe. Il ne faisait guère de différences entre les Japonais, ces samouraïs corses, et les chiens de cirque de l'armée Patton. Il prônait plutôt le code matrimonial des musulmans, qu'il jugeait *sympathique*; le Kenya, sorte de Devonshire un peu plus mal tenu; et les eunuques, sexe sage, sexe intermédiaire, somme des défauts des deux autres. Un Anglais à Paris, c'était pour lui comme un Irish

Guard chez les Samoyèdes. Il aimait pourtant cette ville, qu'il tenait pour un Congo confortable proche de la place de la Concorde.

Barber racontait son renvoi d'Eton *pour défaut de spiritualité et excès d'esprit*; le bal de 1932 où il portait sur son jabot une effigie du bébé Lindbergh récemment trucidé; ses expériences avec deux perroquets qu'il nourrissait de pages déchirées dans la traduction italienne de *L'Idiot* – l'un des deux gallinacés en était mort. Plutôt amateur d'hirondelles, il avait trouvé les Stuka dans le ciel de Londres *déplacés*. Il nourrissait en conséquence pour les nazis une exécration froide et définitive qui laissait entrevoir une violence cachée, un tempérament de canonnier. Je l'avais vu à Rambouillet casser sur son genou une cire de Wagner oubliée par les précédents occupants en crachant avec mépris : *Poor little Walhalla things*. Suivaient des phrases chantantes, parfois douces, parfois impitoyables. Sa conversation était celle d'un juge qui se croyait depuis longtemps condamné : l'œil de Barber se posait de préférence sur les hommes. Et, à cet instant, il se posait sur moi.

– Comment allez-vous, Schuman?

– Pas mal.

Barber écrasa sa cigarette dans un cendrier. Il pressait le mégot plus que de besoin, comme pour l'achever. Il tira aussitôt une autre Lucky Strike du paquet.

– Vous fumez?

– Non, merci, dis-je.

Barber tapota l'extrémité de la cigarette sur le rebord de la table, puis la vissa dans le fume-cigarette. Le gramophone s'était arrêté, laissant la rumeur des conversations envahir le bar. Une fille éclata de rire. Je fis signe à un garçon; il se dirigea vers nous.

– Une coupe de champagne, si vous avez ça, lui dis-je en français.

– Nous avons ça, monsieur.

– Apportez-moi un autre porto, dit Barber.

Le garçon s'inclina et tourna les talons. Barber le suivit du regard.

– Vous ne trouvez pas ces petits Français serviles? dit Barber.

– Ils font leur métier, mon vieux.

Je revoyais la fille dans sa chambrette. La reproduction de Van Dongen dans son cadre.

– Est-ce que c'est un métier d'être français? dit Barber. C'est un peuple de croupiers et de femmes de chambre, non? Ils savent distribuer des jetons et refaire les lits, du moins tant qu'on les paie.

Barber me surveillait du coin de l'œil. Le gramophone avait repris sa mélopée.

– J'ai quelques ancêtres français, dis-je.

Barber esquissa un geste d'impuissance.

– Eh bien, justement. Je me dis que vos ancêtres ont eu du goût. Notamment celui de s'exiler.

Barber était étonnant.

– Vous avez choisi de venir ici, lui dis-je. Vous êtes volontaire, non?

Il prit un air offusqué.

– Évidemment, Schuman, évidemment. J'aurais détesté rater ça.

– Rater quoi?

– Le moment où les Nibelungen de bazar qui lancent depuis quatre ans leurs fumigènes sur Aldwich en croyant nous faire peur sont traînés à terre par quelques chars à bœufs conduits par des Peuls et des cafetiers berbères. Évidemment...

Le garçon déposait sur la table deux coupes de champagne.

– Vous ne pensez qu'à boire, mon cher, dit Barber.

Il toisa le garçon, un grand désossé.

– Vous n'oubliez pas mon porto, n'est-ce pas?

– Non, monsieur. Je vous l'apporte tout de suite.

Le champagne était parfait. Il pétillait sous la langue. Au fil des minutes, de nouveaux arrivants occupaient les tables. Le garçon revint avec un verre de porto. Barber y trempa les lèvres, puis reposa le verre sur la table.

– Vous devriez penser à une chose, Schuman.

– Laquelle?

– Dites-vous que ce breuvage ne vous était pas destiné. Il a été stocké, refroidi pour les *Jerries*. Il y a une semaine, c'est un Oberleutnant qui l'aurait bu à votre place. Servi par le même oiseau. Vous allez voir...

Barber fit un signe au garçon qui s'approcha de la table.

– *Kann ich bitte einen Eis würfel haben?*

– Oui, monsieur, tout de suite. Je...

Le garçon s'interrompit. Il était cramoisi. Puis il s'éloigna, l'air penaud. Barber triomphait.

– Vous ne devriez pas faire ça, Jeremy. C'est dégueulasse.

– Ne me faites pas de compliments, Schuman. Il faut savoir où l'on met les pieds, c'est tout. Je lui ai demandé un glaçon en allemand, et il m'a répondu... Regardez les bulles dans votre coupe. Ce sont de petits svastikas qui remontent pour crever à la surface. Plop! *Ein Reich*. Plop! *Ein Volk*. Plop! *Ein Führer...*

– Je vais vous balancer mon verre à la figure, Jeremy.

Une femme se retourna à la table la plus proche. Barber souffla une volute de fumée dans sa direction.

– Oubliez ça, David. Je ne voulais pas vous froisser. Goûtons plutôt ce champagne. J'adore boire dans le verre des *Jerries*.

Barber porta la coupe à ses lèvres.

60

- Il est bon, dit-il d'un air entendu. Un toast, Schuman!

Il leva son verre et déclama :

- Je porte un toast au président Franklin Delano Roosevelt, qui malgré son corset a vaillamment terrassé le Fuji-Yama... Un toast à vous, David, qui êtes une foutue tête de linotte. Un toast aux bossus de Paris, aux ukulélés de Paris, aux danseuses du ventre de Paris. Un toast au Potomac et à la Clyde, Schuman!

Sur Hyde Park Corner, on l'aurait écouté poliment. Ici, au milieu des verres entrechoqués, des romances de gramophone, des conversations joyeuses, Barber n'était qu'une silhouette parmi d'autres. Je levai mon verre. Barber à cet instant plissa les yeux. Il avait repéré quelqu'un au fond du bar.

- Ah, dit-il. C'est Angus McGuire, de la BBC. Je ne vais tout de même pas l'inviter à cette table, mais j'ai deux mots à lui dire. Vous permettez, David?

Barber se leva et se dirigea vers McGuire. Je restai seul dans mon fauteuil, la coupe à la main. L'alcool léger montait en moi. Les bruits se mélangeaient, verres qui tintent, pétarades dans la nuit. Je laissai mon regard vagabonder. Des hommes payés pour écrire, pour photographier, oubliaient la journée écrasante de chaleur et la poussière de Paris. Nous avions traversé le premier fleuve. Dans un recoin, Ernie Pyle racontait pour la millième fois l'histoire des maraudeurs d'Amagansett. Des filles aux yeux brillants l'écoutaient. Nous étions les rois d'une ville qui avait faim de chocolat Hershey.

Sur les murs de la pièce courait un entrelacs de motifs néo-classiques. Je le suivis des yeux avec cette obstination à fixer des détails qui marque les débuts d'ivresse. La frise partait du comptoir, s'incurvait sur un segment concave du mur, puis courait rejoindre l'embrasure de la porte, la contournait...

Je m'arrêtai.

Mes yeux revinrent vers la porte ouverte sur le hall.

Une silhouette portant le treillis réglementaire de *War Correspondent* se tenait là, en conversation avec quelqu'un que l'angle dérobait à ma vue. Les *slacks* tombant sur les rangers de campagne, la ceinture serrant la taille, l'étoile blanche cousue sur la manche ne trompaient pas. C'était l'uniforme d'un journaliste ou d'un photographe accrédité auprès de l'US Army. Mais le relâché élégant de la silhouette, la forme blousée que prenait la vareuse à l'évasement, et surtout la chevelure blonde frôlant les épaules ne laissaient guère de doutes : une femme.

Vue de profil, elle me parut très belle. Une lumière étrange venue du hall adoucissait ses contours. On lui aurait donné trente-cinq ans, peut-être moins. Ses gestes rapides, son sourire étaient plutôt d'une continentale : elle portait un uniforme américain, mais quelque chose en elle trahissait l'Européenne. A un mot de son interlocuteur invisible, elle rejeta la tête en arrière, comme pour rire, et sa main vint glisser dans la chevelure libre. L'éclairage, mais était-ce seulement l'éclairage, soulignait à distance une peau très blanche. Une blancheur de statue à jamais descendue du socle. Je ne pouvais entendre ce qu'elle disait, mais le mouvement des lèvres me parut correspondre à du français.

J'eus soudain l'impression de rêver. De traverser un rêve dont elle aurait été la seule silhouette tangible. Sous le halo de lumière voilée, cette femme était étonnamment réelle. J'avalai une gorgée de champagne. Une main tapotait mon épaule.

– Toujours aussi sobre, Schuman.

Barber reprenait place dans son fauteuil. Son épaule fit écran, masquant en partie la silhouette dans le hall. Je dus déplacer la tête, les yeux rivés sur elle.

– Est-ce ma personne qui vous inspire cette rigoureuse catalepsie, Schuman?

– Qui est cette femme?

– De qui parlez-vous? dit Barber, légèrement inquiet.

– Derrière vous, dans le hall.

Il se retourna. L'interlocuteur de la femme blonde était maintenant visible. Un homme en costume de ville. Le regard de Barber revint sur moi, ironique.

– Elle vous intéresse, David?

– Elle m'intrigue.

– Elle est assez charmante, en effet, dit Barber. Son œil brillait.

– Vous la connaissez? dis-je.

– Oui et non, dit Barber. Comme vous le savez, les femmes ont généralement le corps versatile et la mémoire monogame. Celle-là, c'est encore mieux, elle n'a pas de mémoire, juste un œil. C'est la fée Kodak.

– Photographe?

– C'est ce qu'elle dit. Il n'y a pas de raison de mettre en doute les mensonges d'une Américaine. Surtout si elle vit à Londres.

– Elle est américaine? dis-je.

– Oui, mon cher.

– Et elle vit à Londres?

Barber prit un air las. Il tira une autre cigarette de son paquet de Lucky Strike.

– C'est là que je l'ai rencontrée. Une étrange personne. On dit qu'elle a un passé, mais les femmes n'ont qu'un présent, généralement à la première personne du singulier... David, je vous vois perplexe, et je déteste voir un Yankee perplexe. Nous allons arranger cela.

Barber se détendit hors du fauteuil et se dirigea droit vers la femme blonde.

Elle eut un sourire quand il l'aborda, puis elle présenta Barber à l'homme en costume de ville. Ils échangèrent quelques mots. L'homme en costume désigna sa montre-bracelet, embrassa la femme sur les deux joues. Il s'éclipsa. Barber resta seul avec la jeune femme. Il lui parla, elle parut hésiter, puis ils entrèrent dans le bar. A peine m'étais-je levé qu'ils étaient déjà devant moi.

– Vous connaissez David Schuman, de *Life* ? dit Barber.

Je la regardai dans les yeux.

– Non, pas encore, dit-elle.

Elle me tendit la main.

– Je m'appelle Elizabeth Miller.

Elle avait jeté son nom comme pour s'en débarrasser. Je lui désignai un fauteuil vide.

– Ce fauteuil est pour vous.

– C'est très gentil à vous, dit-elle. Mais j'aurais pu ne pas venir.

– Tss tss, siffla Barber. C'était écrit sur mon agenda depuis des mois. Le 27 août 1944, une heure du matin, rendez-vous à l'hôtel Scribe avec Elizabeth Miller et David Schuman.

– Vous voulez boire quelque chose ? demandai-je.

– Un ginger ale, dit-elle.

Le garçon vint prendre les commandes. Un brouhaha persistait dans la salle.

Je ne pouvais détacher mes yeux de la femme qui se trouvait en face de moi. A cette heure entre la nuit et l'aube, je la regardais avec les yeux de l'alcool. D'autres regards se tournaient vers elle. Bien que revêtue de l'uniforme de correspondant de guerre, elle n'était pas de ceux que l'on croisait à Rambouillet. Son visage était incroyablement beau. La chevelure taillée sans apprêt jetait dans l'ombre des éclats paille, mais repris, atténués par un teint pâle qui avait dû connaître le fard avant de s'exposer nu. Les

64

yeux bleus disaient le voyage, et la tristesse aussi. Quand elle parlait, quelque chose de lointain prenait au cœur. Les mots tombaient d'une bouche dessinée pour embrasser. Une vigueur avait traversé l'amertume et façonné ces lèvres-là. On aurait hésité à la dire double : trop de présence immédiate, de vivacité directe. Et pourtant, Elizabeth Miller paraissait l'ombre portée d'une autre, ou peut-être d'elle-même. Chaque détail, chaque geste semblait habité de son contraire. Cette main négligente avait de la grâce. Le visage ignorait le maquillage, par lassitude plutôt que par candeur. Et l'uniforme même châtiait l'allure sans voiler tout à fait une élégance à fleur de peau. Elle parlait un anglais où miroitaient les accents d'autres langues. Un anglais de traversée, avec les coupes qu'y introduit l'usage prolongé du français. Je la regardais sans entendre vraiment ses paroles ni les miennes. Une chose en elle stupéfiait. Ses traits s'offusquaient de la lumière comme s'ils avaient été trop longtemps exposés, presque éblouis. Et parfois, au contraire, ils refusaient l'ombre et rendaient de l'éclat.

Ce qu'elle nous raconta n'était pas dénué de bizarrerie. Trois semaines auparavant, elle avait été déposée en Normandie par un *Tank Landing Ship*, munie de son accréditation et de ses deux Rolleiflex. A peine débarquée, elle avait filé à Saint-Malo avec la 83e Division US. La forteresse étant sous le feu américain, elle avait assisté à la reddition des hommes du colonel Von Aulock; les soldats allemands, nous dit-elle, étaient terrifiés par les bombes au napalm, la nouvelle arme secrète de l'état-major américain. Une intrusion en zone non autorisée lui avait valu vingt-quatre heures d'interrogatoires près de Reims. L'avant-veille elle était arrivée à Paris.

Plus étrange était son employeur – je n'en crus pas mes oreilles. Elizabeth Miller travaillait comme

envoyé spécial du *Vogue* britannique. Elle nous
expliqua que la presse anglaise, même la plus futile,
avait pris l'habitude depuis 1940 de contribuer à
l'effort de guerre. C'était ainsi.

Elizabeth Miller ne mit dans cette conversation
aucune séduction manifeste. Mais ses yeux fatigués,
quand ils rencontraient les miens, ne se dérobaient
pas. Dans la fumée des Lucky Strike, ces yeux semblaient venir de très loin, de plusieurs vies. La voix
se voilait au fil des minutes, presque cassée. Cette
femme avait renoncé à quelque chose. Les gestes
suspendus, l'effacement de ses formes sous une toile
ingrate paraissaient dire : à quoi bon. Mais la
mimique parfois regimbeuse, parfois attentive, la
main incertaine passée dans la chevelure fauve signi-
fiaient à l'interlocuteur : pourquoi pas. Le champagne embrouillait les idées. Je fus tout sauf brillant.
Nous parlions de la Normandie, de Paris, de la joie
des Français. Elizabeth s'exprimait alors sans lassitude, très sûrement, jusqu'à imposer le silence à
Barber. Il me sembla – chose étonnante pour un
être qui paraissait revenu de tous les voyages –
qu'elle mettait dans ses propos, quand il le fallait et
même quand il ne le fallait pas, une sorte de généro-
sité. Ses yeux croisaient les miens sans aveu. Pourtant, dans cette nuit de la rue Scribe, j'eus à un certain moment le sentiment qu'un piège se refermait
sur moi. Barber levait sur notre compagnie un sourcil sardonique. Elizabeth me regardait du fond d'un
mystère où je n'entrais pas. L'horloge du bar sonna
deux heures du matin. Elizabeth Miller se leva,
s'inclina devant nous, et disparut comme elle était
venue.

Je passai le mois de septembre à Paris. L'état-major de l'hôtel George V avait mis à la disposition des envoyés spéciaux quelques voitures prises à la Wehrmacht. Je partageais une Horch par rotation avec un opérateur cinématographique du *Signal Corps*. La voiture avait été repeinte en vert olive et frappée de deux étoiles blanches. Des bons d'essence donnaient accès aux stocks de la 4e Division sans véritable limitation d'usage.

La ville respirait au rythme de la foule arpentant les boulevards. Les terrasses ne désemplissaient pas. C'était un temps de fleurs et de poussière, un ciel sans nuage parfois traversé par l'aile solitaire d'un Lysander. Je me levais tôt et faisais rouler la Horch dans Paris. Sous la lumière des aubes de septembre, les avenues restaient étrangement calmes. Les jeeps des patrouilles américaines croisaient les pelotons de l'infanterie française marchant en ordre serré vers les Invalides. Il me semblait traverser une cité antique avec ses palais morts au bord du fleuve. Cette ville ne rebâtissait pas. Elle démantelait. On vidait des hôtels particuliers comme des coquilles; des baignoires, des tapis, des postes de radio, des meubles de Kommandantur passaient par les fenêtres. Quelques carcasses de Tigre, des affûts de 88 abandonnés encombraient encore les abords de la gare Montparnasse. Rue Auber, je vis dans les locaux de la Waffen SS les fichiers calcinés des anciens bourreaux du *Gross Paris*. Il restait sur le mur une ultime inscription – *Französiche Schweine*. Place de la Concorde, les ouvriers à casquette arrachaient du pavé les rails antichars de l'organisation Todt. Des soldats français les applaudissaient depuis les balcons du bâtiment d'angle, celui qui avait abrité les bureaux de la Kriegsmarine. J'eus de bons contacts avec les troupes françaises. Un paquet de *doughnuts*, une boîte de pêches au sirop prédisposaient à la conversation. Les FFI en béret et bleu de travail, blouson de mécanicien et godillots crevés m'évoquaient les faces noires de *Motortown*, les durs du Michigan marchant vers l'usine. J'aimais cette armée dépenaillée qui mélangeait les combattants de rue et les régiments réguliers. J'aimais les officiers à calot bleu, leur dandysme incroyable – ils avaient toujours des cigarillos dans la poche-revolver, une peau de katambourou jetée sur le siège de la jeep, ou bien une bouteille de bordeaux dans la caisse à munitions. J'eus accès à quelques prisons de la ville. On avait parqué les collaborateurs français à la Conciergerie. Il y avait des messieurs à veste croisée, des gens ordinaires, des femmes au visage tuméfié. Un représentant du gouvernement provisoire me les désigna en disant : *Songez, monsieur, qu'il y a deux ans la Résistance française comptait plus de morts que de vivants.* Je ne ressentais ni hostilité ni compassion. Ils avaient traversé la guerre à leur guise. Sans doute était-ce leur tour de payer, comme payaient ces femmes que je vis à un carrefour, moquées, vilipendées, le crâne rasé peint d'un svastika dérisoire, avec au cou l'écriteau dénonçant la *pute à Boches*.

Un gaulliste à brassard m'accueillit aux portes de la caserne Prince-Eugène, place de la République. Des gendarmes et des soldats de l'armée de libération bardés de cartouchières comme les *peones* de Pancho Villa gardaient sous clef plusieurs centaines de prisonniers allemands. Une odeur de sulfamide et de sang séché montait des couloirs. On avait enfermé les vaincus du Reich dans des salles communes au sol garni de paille : des silhouettes paléolithiques engourdies par leurs vareuses et leurs bandages. Les visages terreux vous scrutaient comme s'ils avaient vu la mort s'approcher. Mais d'eux ou de nous, qui était la mort?

Je roulais chaque jour à travers la ville. Quelques rares voitures sorties des garages ou des poulaillers de campagne croisaient la Horch. Les Celtaquatre à silhouette de stégosaure, les vieilles douze cylindres cahotaient sur les boulevards. Des passants les saluaient comme un paysan tire son chapeau au passage d'une noce. J'imagine que l'insouciance est révélée par l'instant où on la perd. Cet instant n'était pas encore venu. Dans les jardins du Luxembourg, des silhouettes blanches écoutaient des airs de Méhul ou de John Philip Sousa. Les filles du bal Tabarin agitaient à la fin du spectacle des *Star Spangled Banners* : elles avaient faim, et elles dansaient. Les Françaises, faisant miracle de rien, récupéraient sur les uniformes des boutons et des boucles de ceinture, ou bien taillaient des garnitures dans la toile des drapeaux. Les fils et les pères rentraient à la maison avec leurs complets élimés, leur sourire maigre, leurs chapeaux robe-de-rat. Le souvenir de l'orage ne suscitait pas l'examen, il appelait d'abord l'oubli. Et chaque soir, le crépuscule revenait.

Quand je repense à cette fin d'été 1944, j'ai sous la langue le goût infâme du *café national* que l'on buvait dans les cafés de la rue Gaillon. J'ai dans les narines une odeur de bois : Paris était comme une forêt dépecée, avec ce parfum organique qui est celui de la pauvreté. La fibre des platanes écorchés par les balles mettait à vif une pulpe blanche qui fleurait bon la futaie. Le chêne vernissé des comptoirs, les semelles claquant sur le pavé, les panneaux de palissandre des hôtels distillaient une

même essence boisée, celle des dominos s'entrecho-
quant dans leur boîtier, celle des bûches débitées au
fond des arrière-cours. La ville aux rares véhicules
était rendue à ses matières élémentaires, à cette
odeur d'écorce et de noisette qui vient avec
l'automne. Près du pont Alexandre III, des barges à
la coque tachetée de vert dormaient à l'amarrage
dans une émanation d'eau passante et de forêt inon-
dée. Les premières feuilles brûlées sur les trottoirs,
les poutres calcinées du Grand-Palais rappelaient
aux passants qu'avant et après le pourrissement, il y
a le feu. C'était partout un parfum de tilleul, une
couleur forestière, jusque sur le mauvais papier des
journaux français, avec leur poussière d'échardes
émiettées dans la trame. Cette odeur de bois vivace
comme une sève, cette odeur de crosse de fusil et de
robe en ersatz, c'est la mienne, je n'y peux rien, c'est
à jamais celle de mes automnes.

Je crois que la guerre abat ou rachète. Elle pousse
les abjects plus bas qu'eux-mêmes ; elle révèle aux
valeureux leur courage bien au-delà de ce qu'ils pouvaient imaginer. Tous ceux que j'avais croisés, les
tankistes de Rambouillet, les Africains de la 2ᵉ DB,
tous ceux que j'allais rencontrer sur le chemin, et
même les tueurs de la *Volksturm*, ne m'ont jamais
donné le sentiment d'être contraints. Ils avaient
peur, souvent. Ils collaient au fond de leur casque la
photo d'une femme ou d'une famille qu'ils regret-
taient. Mais ils avançaient, le cœur battant au bord
de l'abîme. Ils avançaient en eux-mêmes de plus en
plus loin, cherchant dans les ténèbres leur visage
dernier.

Je croisai à plus d'une reprise des photographes
en quête de *scoop*. Mais je ne revis pas Elizabeth Miller. Il y avait partout des visages de femmes, émou-
vants ou rapaces. Des brunes aux attaches maigres,

des quadragénaires échauffées. Aucune ne me donna comme elle ce sentiment d'une présence voilée qui fuyait et recherchait la lumière. J'étais occupé par la course engagée avec Ken Crawford, de *Newsweek* : les rédactions de New York menaient leur guerre par journalistes interposés. Je m'acquittai avec appétit de ces articles sur la libération de Paris, en les teintant d'une émotion qui m'étonna moi-même. Puis je paressai un peu.

A l'hôtel Scribe, les envoyés spéciaux faisaient relâche. Des silhouettes désœuvrées colonisaient les bars. Une économie de troc dirigeait vers nous ses agents. On signala des disparitions de denrées et de médicaments dans les unités positionnées autour de Paris. Les caisses de pénicilline, les bandages stériles, les containers de rations K devenaient les nouvelles unités de compte du marché noir. Des intermédiaires louches faisaient commerce de charmes et de grands crus, transformant la terrasse des cafés en souks cairotes. Les chambres de l'hôtel Scribe furent pourvues par caisses entières de cognac Rouyer. Les bas nylon étaient recherchés comme un trésor. Les services d'un guide, le tour de main d'un mécanicien, le corps d'une femme, tout se payait en saccharine et en Camel. Au regard de ce qui allait venir, il n'y avait rien là que d'inoffensif. C'était seulement la grande France qui vendait ses filles en défonçant des barriques sur les trottoirs.

Je pensais à Elizabeth Miller plus que je n'aurais dû. Les avenues des matins d'automne, les accents mélangés, les incertitudes d'une ville démaquillée composaient un visage d'absence, qui était le sien. Mais rien, pas une trace. J'interrogeai Barber. Il resta évasif. Il en savait moins sur elle qu'il ne l'avait laissé entendre; ou plus qu'il ne souhaitait en dire. Barber prétendait l'avoir rencontrée à Londres pendant le Blitz. Elle travaillait pour *Vogue* tout en paraissant détester Cecil Beaton qui en était l'étoile. Elle ne lui avait parlé que de batteries anti-aériennes, de cathédrales effondrées, de scènes de Londres sous le feu des V-1. Barber soutenait que c'était une de ces amazones qui rêvent de jeter des grenades dans les salons d'essayage : elle devait aimer l'odeur du sang. Il la trouvait d'ailleurs beaucoup trop intelligente pour une femme. Évidemment, Barber n'aurait su dire où elle se trouvait. J'eus pourtant le sentiment qu'il me cachait quelque chose.

A la fin du mois d'octobre, une équipe de *Life* arriva de New York pour couvrir l'avancée de la IIIᵉ Armée vers la Sarre. On me demanda fermement de ne pas les suivre. La rédaction en chef avait son plan : elle me réservait l'Allemagne. Non pas les combats de contact ou d'encerclement qui commençaient, mais l'entrée dans le sanctuaire nazi au moment où le Reich serait frappé au cœur. Je connaissais leur cynisme. New York distribuait ses plumes comme un état-major ses troupes, par vagues successivement lâchées sur les différents fronts. De leur point de vue, l'imprudence aurait été de me lâcher dans un combat périphérique quand la *big story* se profilait pour le début de 1945.

J'étais donc contraint de suivre les opérations à distance, ravitaillé en informations par les *memos* venus du front et les pages d'informations classées que les officiers de l'OSS récrivaient à l'usage des correspondants de guerre. On lisait dans les journaux français, avec trente-six heures de retard, les nouvelles qui arrivaient sur le vif à l'hôtel Scribe : raids de B-29 sur Tokyo, agonie du *Tirpitz* sous les bombes de la RAF. Dans les semaines qui suivirent, l'équipe de *Life* attachée à la IIIᵉ Armée suivit sa percée vers Mulhouse et la ligne Siegfried : un autre correspondant couvrait avec les troupes canadiennes l'offensive *Switchback* sur la rive gauche de l'Escaut. Ils en revenaient harassés, avec dans les yeux une stupeur d'animal ébloui. Je me contentais de les écouter en arrière de l'orage.

L'automne avait changé Paris. Les représentants du gouvernement provisoire opposaient *la grandeur de la France* à quiconque osait suggérer que Paris ne s'était pas libéré tout seul. La capitale française, en cela différente de Londres ou de Berlin, était une ville intacte. Elle s'employait à faire oublier ce privilège avec un rien de muflerie, signifiant incidemment à nos généraux qu'une seule occupation avait suffi. Si Paris n'avait pas été détruit, m'expliqua un Français de la rue, c'était grâce aux *collaborateurs* qui l'avaient protégé en pactisant avec l'ennemi, puis grâce aux Américains qui avaient précipité sa libération en chassant les nazis. L'équivalence me parut insidieuse.

Je découvrais que tout ce qui donne son charme à Paris peut aussi en faire l'ambiguïté : le sens de l'esbroufe et du maquillage, la confusion entretenue entre la proie et l'ombre. *Humbug*, aurait-on dit à New York; et *bluff* à Londres. Paris se défaisait de l'empreinte allemande avec le remords de l'avoir si longtemps tolérée. Le *Soldatenkino* de la place Clichy était transformé en cabaret. Maurice Chevalier était blanchi par un tribunal d'honneur. Les *putes à Boches* s'achetaient des perruques. On ravalait la façade en instruisant des procès : les Français, quand ils ont mal, regardent derrière eux. L'élégance des femmes, attisée par des années d'austérité, cherchait à retrouver sa pointe d'avant-guerre. Leurs couturiers inventaient la *mode nationale* inspirée de Lucien Lelong : épaules rembourrées, ceintures à grosses boucles, jupes droites. Touchait-on une jupe de la main, l'étoffe était tramée de fibre de bois. Un hôte vous faisait-il l'honneur d'une cheminée allumée, on apprenait qu'il était allé débiter en rondins les arbres du bois de Boulogne. Paris se payait sur Paris, et l'apparence sur la nature.

Un jour de novembre, un garçon d'étage vint frapper à la porte de la chambre 327. Il me remit un pli. Mon nom était tracé à l'encre bleue sur l'enveloppe. Je la décachetai. Quelques lignes sur une feuille de papier : *Si vous êtes encore à Paris, venez demain à une petite fête que donnent des amis. Je serais contente de vous revoir.* La lettre était signée Elizabeth Miller. Suivait une adresse que je pris la peine de vérifier, car elle me semblait curieuse : place de Colombie. Mais il y avait bien à Paris une place de Colombie.

Elizabeth était donc en ville. Et je savais, au moins pour un soir, où la trouver.

Il pleuvait sur Paris. La Horch longea un boulevard en lisière du bois de Boulogne. La masse des arbres frémissait doucement dans le faisceau des phares. Les pneus rejetaient des giclées d'eau sur la chaussée. J'amenai la Horch en bord de trottoir. Des immeubles aux volets clos dressaient leurs murailles humides de pluie. Le claquement de la portière éveilla un écho sur les façades. L'adresse où je me rendais semblait correspondre à un énorme bâtiment balconné, de style 1930, qui occupait à lui seul tout un flanc de place. Une brise s'était levée, inclinant le rideau de gouttelettes qui fouettait le pavé. Je relevai le col de mon imperméable. Une senteur de tabac mouillé imprégnait la toile. En consultant ma montre, je vis qu'elle s'était arrêtée.

J'entrai dans un grand hall néo-classique. Pas de boîte aux lettres, aucune loge de gardien. Je fouillai dans les poches de mon imperméable, en tirai la lettre d'Elizabeth. Elle avait indiqué une adresse, mais aucun nom. Au-dehors, la pluie redoublait.

J'avisai l'escalier, comparable à ceux que l'on trouve dans les *châteaux* de Park Avenue. Des appliques éclairaient les marches. La rampe vernie glissa sous ma main.

Au premier étage, on avait posé des scellés sur une porte. Les cachets de cire jetaient une tache pourpre sur le bois massif. Une musique vint frapper mon oreille. Elle semblait provenir de l'étage supérieur. Je repris l'escalier. La sonorité du piano se faisait plus nette. Une nouvelle porte en chêne massif apparut. Les cascades de notes galopaient. Je sonnai.

La porte s'entrouvrit. Un majordome s'effaça devant moi. Une rumeur de verres entrechoqués et de conversations se mêlait aux arpèges de piano. Je remarquai, dans cette entrée aux murs laqués, deux belles consoles couvertes de bibelots de céramique. Un lustre tombait du plafond. Le majordome prit mon imperméable et disparut au fond du couloir. Je me dirigeai à sa suite vers ce qui devait être le salon. Une porte incrustée de carrés d'ivoire s'ouvrit lentement.

De la quarantaine de personnes qui se trouvaient là, cinq ou six seulement parurent remarquer le nouvel arrivant que j'étais. Au fond de la pièce, un pianiste jouait des mélodies sautillantes. Les invités étaient installés sur des fauteuils, adossés au mur, ou même assis sur le parquet par petits groupes. Les regards se tournaient vers le pianiste, de sorte que je ne voyais quasiment que des dos. Je restai près de la porte sans bouger.

Le spectacle était mystifiant. Dans cette immense pièce de forme rectangulaire, tous rideaux fermés, les silhouettes immobiles paraissaient se fondre dans le climat du lieu. Des appliques de plâtre éclairaient les boiseries couleur de tabac virginien. Autour d'une cheminée d'un dépouillé volontaire, des canapés recouverts de cuir blanc flanquaient une longue table basse. Plusieurs tapis à motifs cubistes recouvraient le parquet ciré. Dans un angle dormait une crédence ornée de vases d'opaline et de cendriers pleins de mégots. On avait disposé de gros poufs autour du piano. Sur les murs, des chaînes dorées retenaient quelques tableaux – je crus discerner un Arlequin, une plage constellée de minéraux bizarres, et plus loin une nature morte. Au fond de la pièce, une sculpture paraissait représenter un animal cornu sous un dais, une sorte de caribou à mantille. Ce lieu vivait hors du temps. Ou, pour le dire mieux, il évoquait une idée du moderne qui avait disparu avec la guerre.

Je dus me pincer. Nous étions bien en 1944, dans le Paris des robes en ersatz et du chocolat Hershey. L'assistance ne le démentait pas, où des uniformes anglo-saxons se mêlaient aux costumes de ville et aux robes du soir. Je cherchai des yeux Elizabeth, sans la trouver. Les femmes me parurent plus âgées qu'elle. Ici un profil ridé, là un bracelet scintillant. Elles avaient cet air charmant et ennuyé que prennent les Françaises chic quand elles s'observent entre elles. Elles applaudirent le pianiste qui concluait son récital par une petite pièce brillante. On le congratula. L'animation reprenait dans le salon. Des bribes de conversation me sautèrent à l'oreille.

– Francis est en forme!
– Il est comme ça à chaque fin de guerre...
– *Where are the services?*
– Bébé n'est pas là?
– Non, il a les oreillons.
– Je préfère Ravel aux rutabagas.
– Où est passée Marie-Laure?

Le domestique réapparut avec des alcools. Je n'aurais su dire qui était le maître de maison. Deux hommes jeunes me regardèrent avec insistance, puis détournèrent les yeux. Une femme tourna le bouton d'un poste de TSF encastré dans un meuble d'acajou : une mélodie jouée par un orchestre symphonique résonna en sourdine. Je remarquai quelques officiers de l'US Army entourés par des Françaises. J'allais les aborder quand je la vis.

Elle venait d'apparaître près du piano, accompagnée par un homme au crâne rasé qui portait monocle.

J'étais stupéfait.

La femme de l'hôtel Scribe était devenue une autre. Les cheveux blonds peignés en vagues, retenus sur le côté par une barrette argentée, brillaient dans le clair-obscur. Elle était vêtue d'un tailleur blanc très serré à la taille – on distinguait sur l'étoffe des arabesques brodées. Des bas clairs, des escarpins crème complétaient l'ensemble. Mais le plus étonnant était cette reprise de maintien, cette allure fouettée. Je songeai une seconde aux modèles de Mainbocher que l'on croisait à New York vers 1930.

Mes yeux rencontrèrent les siens. Son visage aussi s'était transformé, teint lisse, lèvres légèrement fardées, admirable regard bleu. Je me dirigeai vers elle, fasciné.

L'homme au monocle me dévisagea. Elizabeth s'était tournée vers moi.

– Boris, je te présente David Schuman, de *Life*.

Elle avait parlé en français, accompagnant le propos d'un geste gracieux de la main.

– Très heureux, dit l'homme avec un accent slave. Vous êtes de passage à Paris?

Le ton était ironique.

– Je viens d'arriver avec quelques compatriotes, lui dis-je.

Un sourire condescendant plissa ses lèvres.

– C'est une occupation comme une autre, dit-il... Je suis moi-même occupé par la France depuis 1920. Je la fournis en main-d'œuvre étrangère... Je leur ai vendu Lopokova, Danilova, Markova, Doubrovska, quelques autres...

Je reconnus des noms de danseuses.

– Vous en avez encore en stock? lui demandai-je.

Elizabeth rejeta sa chevelure en arrière. Elle restait muette. Parfaitement belle.

– Mon cher, dit l'homme, elles sont toutes parties chez vous avec Balanchine. Que voulez-vous, elles aiment les dollars et les ascenseurs... D'ailleurs, si les bolcheviks arrivent à Paris, je serai contraint de les rejoindre. Lee me recueillera, n'est-ce pas ?

Il s'était tourné vers Elizabeth, en posant sa main sur la manche du tailleur.

– Je serai sur le quai, Boris, dit-elle.

– Alors, en attendant cette perspective funèbre, reprit-il, et pour ne pas perdre la main, je peux vous vendre Lee. Elle ne vaut plus très cher...

Ils échangèrent un sourire complice. J'avais la curieuse impression de retrouver le trio de l'hôtel Scribe, avec ce Russe dans le rôle de Jeremy Barber. Les fils qui reliaient dans un Paris à peine libéré un Russe balletomane à un journaliste de Fleet Street, une photographe en treillis à cette apparition en tailleur blanc, le quartier de l'Opéra à la place de Colombie me restaient pour le moins énigmatiques. Je me raccrochais à une idée : c'était elle, Elizabeth ou Lee, qui m'avait invité là. Et cette femme était lumineusement attirante.

– Boris plaisante, reprit-elle, comme d'habitude...

Son regard bleu se posa sur moi. Les cernes du premier soir avaient disparu. Dans ce tailleur d'une élégance stricte, elle paraissait retrouver un rôle ancien. Boris fit mine de chercher de l'œil quelqu'un dans l'assistance, puis il lâcha à brûle-pourpoint :

– Alors Penrose est hors jeu ?

– Pas encore, répondit-elle, pas encore.

Ces allusions permanentes m'échauffaient l'humeur. Je n'y comprenais rien. Un homme apparut opportunément pour distraire Boris. Lui aussi cherchait Bébé. Le Russe l'entraîna à part. Je pris Elizabeth par le bras. Elle me suivit.

De petits groupes s'étaient reformés dans le salon. La fumée des cigarettes piquait les yeux. Personne ne semblait avoir l'idée d'écarter les rideaux, d'ouvrir une fenêtre. Cet appartement était clos sur lui-même; sur un autre temps. Que faisions-nous dans cette compagnie de spectres?

– Allons ailleurs, dis-je.

Elizabeth ne protesta pas. Je sentais son parfum, léger, profond.

– L'appartement est grand, dit-elle; allons par là. Elle désignait une porte.

– N'oubliez pas ça, dit-elle en pointant le doigt sur un plateau à boissons.

Je pris deux verres remplis de pur malt et la suivis dans un couloir sombre. La musique du poste de TSF s'éloignait. Une femme surgit devant nous et, en passant, chuchota avec un sourire :

– Toujours aussi belle, Lee.

Elizabeth ne répondit pas. Au bout du couloir, elle tourna la poignée d'une porte.

– Ici nous serons tranquilles, dit-elle.

La pièce où nous entrions était un de ces *bedsitting rooms* à la mode vers 1935 : moitié salon, moitié chambre à coucher. Des sièges en bois courbé étaient disposés autour d'une table basse. Sur le mur, un miroir rond côtoyait deux tableaux. Les meubles exhalaient une odeur de pin canadien. Au fond de la pièce, il y avait un lit.

Je posai les deux verres sur la table. Elizabeth se laissa glisser dans un fauteuil. Les rideaux tirés sur l'unique fenêtre laissaient deviner des carreaux mouillés de pluie. Le sentiment d'être dans une ville étrangère, loin de tout, se mêlait à la certitude que cette femme – qui parlait ma langue – était plus étrangère encore.

Elle avait recherché l'aparté. Elle attendait que je parle le premier.

– On dirait que tout le monde vous connaît ici, dis-je.

Elizabeth tenait son verre de scotch dans la main droite. Elle fit un geste comme pour s'excuser.

– J'ai vécu à Paris, autrefois. Mais c'est du passé. On ne peut pas recommencer.

Elle eut un sourire triste. Le mot « autrefois » sonnait curieusement dans sa bouche.

– Vous connaissez tous ces gens?

– Ce sont de vieux amis. J'étais tellement heureuse de les revoir. J'ai habité chez les uns, chez les autres. Je suis retournée à Londres, je suis revenue. Mais je crois que je vais m'installer à l'hôtel Scribe.

– Pardon?

Elle répéta, plus lentement.

– Je vais m'installer à l'hôtel Scribe. Je suis accréditée, j'ai droit à une chambre. C'est normal, non?

Elle porta le verre à ses lèvres. Une rafale de pluie fouetta la fenêtre. La musique venue du salon résonnait au loin. Quelque chose ne collait pas. Cette femme couvrait la libération de Paris en tailleur blanc, flanquée d'un Russe blanc portant monocle. Elle était dans ce *bed-sitting room* comme chez elle, et voulait pourtant s'installer dans le capharnaüm de l'hôtel Scribe. Elle était incroyablement belle, et elle buvait trop.

– Vous savez que je n'ai pas vu cinq femmes dans Paris porter des tailleurs comme le vôtre?

Elle sourit.

– Prêté. Il est prêté. Vous savez, moi aussi je travaille. Il y a des maisons qui sont en train de rouvrir.

– Des maisons?

– Des maisons de couture. Londres veut les photos. New York aussi, d'ailleurs.

J'avais presque oublié qu'elle était photographe. Je voulais en avoir le cœur net.

– Qui vous suit à New York?

– Edna Chase.

Correct. C'était le nom de la rédactrice en chef de *Vogue*.

– Et à Londres?

– Audrey Withers.

– Pourquoi faites-vous ça? lui dis-je.

– Pardon?

Elle eut une expression vague.

– Pourquoi une femme comme vous est-elle sur le pied de guerre, en Normandie, à Paris, alors que vous devriez...

– Pour vivre.

Elle m'avait interrompu sans attendre la fin de la phrase.

– Vous avez besoin d'argent?

– Comme tout le monde, David. Comme vous.

– Vous pourriez faire ça à Londres, non?

– Audrey Withers paie ses envoyés spéciaux en dollars. Plus les primes.

Je ne la croyais pas. Je l'écoutais, et je ne la croyais pas. Une Américaine de sa beauté, trente-cinq ans, civilisée, aurait dû vivre sur Madison Avenue avec deux enfants, une demi-loge au Met et un mari actionnaire de Prudential Bache. Mais pas ici.

Elle alluma une Lucky Strike. Un cendrier était posé sur la table basse. Mes yeux tombèrent sur l'un des tableaux accrochés au mur. Une femme au profil disloqué, œil triple, bouche géométrique.

– C'est un Picasso? dis-je bêtement.

– Oui, bien sûr, répondit-elle.

Elle se tourna un instant vers le tableau, comme pour s'assurer qu'il était toujours à sa place.

– Dieu seul sait ce que Picasso a pu devenir pendant cette guerre, dis-je.

Elle me regarda avec étonnement.

– Il va très bien, dit-elle.

– Il est à Paris?

– Oui. D'ailleurs il n'en est jamais parti. Je l'ai vu la semaine dernière...

Je crus qu'elle plaisantait. Mais son expression était dépourvue d'ironie.

– Vous le connaissez?

– Un peu.

Elle me regarda avec un air bizarre. J'avais l'étrange sensation qu'elle recherchait quelqu'un d'autre à travers moi. Comme si nous avions déjà l'un et l'autre vécu cette scène.

– Pourquoi m'avez-vous demandé de venir ce soir? lui dis-je brusquement.

Elle détacha le verre de ses lèvres, le garda en suspens au bout des doigts.

– A votre avis?

Elle guettait ma réponse.

– Parce que, dis-je, vous avez envie de montrer à nos gars de *Life Incorporated, New York*, ce que c'est que la vie dans les quartiers où l'on secoue sa joaillerie. Parce que vous êtes américaine et que vous avez oublié l'Amérique. Parce que vous m'intriguez, et que ça vous plaît.

Elle sourit de nouveau, presque tristement. Audehors, la pluie redoublait.

– Vous n'êtes pas un gars de *Life*, comme vous dites, David. Vous êtes la meilleure plume du lot, et vous le savez. Tout le monde le dit, même Jeremy Barber.

– Et alors?

– Supposez que j'aie besoin de vous?

Elle se moquait de moi. Je la regardai dans les yeux. Son expression était sérieuse.

– Besoin de moi?

Les meubles projetaient des ombres sur le mur. Je voyais des arabesques sur le col de son tailleur. J'avais envie d'elle.

– Ecoutez, dit-elle, je ne vais pas retourner à Londres. Pas tout de suite. Je ne vais pas rester longtemps à Paris, et vous non plus. J'ai parlé avec Audrey Withers. Si je lui donne les photos, elle me laisse couvrir la fin de la guerre.

– Dans les ateliers de couture?

Son regard se durcit. On la devinait orgueilleuse. La musique de la TSF s'était tue.

– Non, Mr Schuman. Sur le terrain.

– Et alors?

Elle trempa les lèvres dans son verre. Elle buvait trop.

– Et alors je sais faire des clichés, à peu près bien. Mais pour l'Allemagne, j'ai besoin d'être avec quelqu'un. Vous allez me prendre avec vous.

Elle devenait amusante. Mais je n'avais pas envie de rire. Je songeais à ce que m'avait dit Barber. Le front de Normandie. La 83e Division. A des années-lumière de ce qu'elle paraissait être, cette femme recherchait manifestement les coups durs.

– Vous voulez faire un *pool*? dis-je

La chose était courante. En campagne, les envoyés spéciaux des journaux non concurrents travaillaient souvent par couple. Je me sentis soudain stupide. J'avais parlé comme dans une conférence de rédaction. Sur le mur, l'œil triple du Picasso me fixait.

– C'est ça, dit-elle. Un *pool*...

– Pourquoi vous mettre dans ce merdier?

Elle fit un geste évasif.

– Ne me demandez rien, David. Dites oui ou non.

Une autre rafale de pluie vint fouetter la fenêtre. Je perdais pied devant cette docilité hautaine, cette distance sans mépris. J'avais besoin de reprendre l'ascendant.

– Parlons d'autre chose, dis-je.

– Oui ou non?

– Je vais vous parler de la plus belle femme que j'ai vue de ce côté-là de l'Atlantique.

– Ah oui?

– Vous pouvez même la voir.

Elle eut l'air étonné. On entendait de nouveau le piano, très loin.

84

– Où est-elle?

Je lui désignai le miroir rond sur le mur.

– Regardez un peu là-dedans, dis-je.

Elizabeth eut un joli sourire. Elle baissa la tête, laissant flotter la masse de cheveux blonds. Je retrouvais les traits du premier soir, son incertitude de femme un peu fatiguée, ses manières d'ancienne joueuse qui a perdu et gagné, et de nouveau perdu. L'exact dessin du vêtement, sa bouche où la ferveur estompait une amertume attiraient comme un passé. J'eus encore une fois le sentiment d'occuper la place d'un autre. Et ces yeux noyés me disaient que cet autre l'avait autrefois serrée dans ses bras, jusqu'à en mourir.

– Vous ne dites plus rien, David.

Je ne disais rien. Mais je sentais comme jamais que cette femme enfermée dans un *bed-sitting room* une nuit d'automne où il pleuvait, une nuit perdue comme toutes les autres, ressemblait à ce que la vie ne m'avait pas donné, la certitude qu'à la fin, quand tout serait dit, il resterait le souvenir de ces yeux-là.

Elle reposa son verre vide sur la table basse.

– Vous en voulez un autre? dis-je.

– Non, ça ira... Dites, vous êtes toujours aussi sérieux, David?

– Vous me trouvez sérieux?

– Jusqu'à preuve du contraire, oui.

– Ça vous déplaît?

Elle passa une main dans ses cheveux, détendit une jambe.

– Pas du tout. J'aime beaucoup votre façon d'être sérieux.

Je voyais la cheville ourlée par l'escarpin. Le piano résonnait toujours au loin. La pluie n'avait pas cessé.

– Si j'étais vraiment sérieux, je vous inviterais à danser.

Elle me tendit la main.

– Invitez-moi.

Je me levai, fis deux pas, pris sa main. Elle fut soudain contre moi. Je sentais son parfum, si proche et si lointain. Ses yeux bleus.

– Vous avez envie de m'embrasser, David. Alors faites-le.

Et je l'embrassai pour la première fois. Ses lèvres étaient ouvertes, sa tête bougeait doucement. Une langue tournante, chercheuse. Dans le miroir, je voyais sa chevelure, sur le mur un visage triple au profil cassé, était-elle l'ombre du miroir ou la femme du portrait, ou l'une et l'autre... Avec les yeux de la mémoire ce n'est plus qu'une pièce sombre dans une maison remplie d'hôtes disparus, son tailleur était blanc, toutes les nuits sont blanches, et les femmes l'une de l'autre distinguées par la matière d'une étoffe qui va tomber, délacée, arrachée, je revois les sièges en bois courbé, l'œil terrible du Russe au monocle, je sens l'odeur de pin des meubles, *Now do it to me*... Nous étions dans ce temps de corps avides, battus par les passions comme le vent secoue une porte, elle s'ouvre dans le silence, elle grince dans ma mémoire, Lee Elizabeth, nue sous l'étoffe blanche, doublure gorge-de-pigeon, piano au fond du corridor, j'étais cet homme qui se croyait jeune, avec un air de soldat, un air de danseur d'établissement, et je ne pouvais savoir où nous conduirait la route, l'infini chemin qui commençait là... Feuilles arrachées par la bourrasque, plaquées contre la vitre mouillée de pluie, je sens la chambre invisible autour de nous, et la fatigue, je cherche le récit, la perspective, je cherche cet instant-là où j'eus sa bouche dans la mienne, le lit au fond du *bed-sitting room* encastré, nuits, nuits de l'automne 1944, et quand je basculai sur toi, tenue, durement embrassée, je ne voyais plus le bleu, je ne voyais pas tes yeux d'épouvante ouverts sur la nuit.

Lee se présenta deux jours plus tard à l'hôtel Scribe. J'étais dans ma chambre, penché sur des dépêches venues de New York. On frappa à la porte. Je me levai pour ouvrir, mais déjà elle entrait.

Je l'ai embrassée comme l'on reprend dans ses bras une femme de la veille, avec l'incertitude et le désir de ce qui vient. Elle répondit longuement à ce baiser. Quand elle se détacha de moi, je retrouvai le visage du premier soir. Elle était vêtue d'un tailleur gris, très simple ; elle portait des souliers à talons plats. Le visage sans fards semblait dire : j'ai été l'apparition d'une nuit, et maintenant prends-moi comme je suis, comme je veux être.

Elle me dit qu'il était temps de travailler. On venait de lui donner la chambre 412. Elle allait y emménager.

En l'écoutant, une question me brûlait les lèvres. Je la posai :

– Elizabeth...

– Oui.

– Dites-moi une chose.

Elle me regarda comme si elle avait deviné la question.

– Pourquoi faites-vous ça ?

– Quoi, ça ?

– Pourquoi venez-vous dans cette taule ?

Elle agita la tête de droite à gauche, très gracieusement.

– Ne me demandez rien, David. Jamais rien. C'est la seule condition. Vous me plaisez, je vous plais, c'est tout.

87

– C'est votre règle?
– Oui. C'est ma règle.

Elle posa son doigt sur le mur et fit mine de tracer deux lettres. Le mouvement correspondait à un N et un A.

– N – A?
– *Never ask*, David. *Never answer.* D'accord?
– D'accord.
– Merci, David. Je vous aime comme ça.

Je crois que j'ai acquiescé à son arrivée comme on ouvre parfois une porte sur la vie d'un autre : en acceptant ce qui sera. Entre toutes les images que j'ai gardées d'elle, j'essaie de retrouver celle des premiers jours. Et je voudrais, une fois au moins, la retrouver sans trop de passion. A l'époque, je n'aimais guère cette inquisition douce que l'on s'inflige dans les premiers temps d'un amour. La psychiatrie sentimentale m'ennuyait au dernier degré. Les récits d'enfance, la science des tréfonds n'avaient pour moi d'autre usage que celui qu'en fait le psychanalyste Fred Astaire dans *Amanda* : il hypnotise sa partenaire Ginger Rogers pour la trousser. Rien de ma vie n'était passionnant. Et je sentais confusément que cette ignorance, cette trêve étaient ce que Lee recherchait en moi.

Quand je repense à ces semaines de la fin 1944, j'ai en moi la sensation d'un suspens, et presque d'un engourdissement. L'euphorie de septembre s'effaçait devant un monde où chacun reprenait sa place. Une frontière américaine glissait sur l'Europe, laissant derrière elle des cadavres pliés par les rafales, des drapeaux plantés sur les clochers. Les mauvais coups étaient pour ceux de l'avant. Nous attendions à Paris. Des tempêtes étaient promises, mais la vie se figea alors dans ces quelques quartiers d'une capitale saisie par le froid. Lee s'accordait à cette saison

88

suspendue, éventée, sans lendemains. Elle s'installait dans ma vie, au point que j'aurais pu croire n'avoir jamais connu d'autre existence : le goût du pain, les rasades de cognac, l'enroulement des marches conduisant à la chambre 412. Tout recommençait comme une belle journée d'été. Et l'Europe du crépuscule, avec ses monstres, sa nuit sans fond – sa nuit allemande – s'ouvrait à moi comme une étrange aurore.

Au début nous avons fait l'amour, tout le temps, avec cette soif qui jette l'un vers l'autre deux inconnus. Elle avait des seins ronds, très adhérents au torse ; de petites boules aux aréoles durcies par le froid qu'elle aimait laisser libres sous la toile. Il y avait en elle une tension vers la nudité, comme une nostalgie d'ancien modèle. Elle aimait se montrer en appelant le regard. Je dois confesser que la pudeur des femmes m'a toujours paru exagérée, jusqu'au jour où j'ai compris qu'il peut y entrer une part de honte – celle d'une ligne cassée, d'une poitrine basse, d'un vieillissement du corps. Lee n'avait pas cette pudeur-là. Et même si elle était imparfaite, elle était glorieusement imparfaite. Tard dans la nuit, la fatigue cernait ses yeux. Le nez pouvait reprendre sa nervure énergique, un peu trop fortement dessinée. Je revois la tache d'un grain de beauté sur l'épaule droite ; l'insensible asymétrie des seins, qu'un sculpteur eût dessinés plus réguliers. J'aimais cette imperfection de femme belle, parce qu'elle la distinguait. J'étais touché par ce qui la rendait faillible, humaine, rétive à l'identique. Lee n'avait pas d'autre souci pour son corps que celui de l'eau, baignoire écaillée de la chambre 412, gant dur raclant l'épiderme. Les robes ou les tailleurs que je lui ai connus à Paris étaient tous d'emprunt, le plus souvent griffés Paquin. Elle donnait l'impression d'avoir un jour décidé de châtier l'ancienne beauté, et puis cette résolution était devenue habitude.

Je n'aurais su dire ce qui reliait le salon de la place de Colombie à cet hôtel mal chauffé, imprégné d'un désordre qui ressemblait à la vie. Lee avait attaché les rideaux de la chambre 412 avec des embrasses de fortune. Des jerricans d'essence oubliés par les précédents occupants étaient serrés en *pack* sur le petit balcon. Elle avait posé sur le secrétaire une machine à écrire Baby Hermes, des rames de papier, une bouteille de cognac Rouyer. Des boîtes d'ampoules flash traînaient par terre. Près du lit, toujours à portée de sa main, un étui de cuir abritait les deux Rolleiflex. La porte mal fermée du placard laissait entrevoir des vareuses de campagne, une paire de rangers et des réserves de pellicules Ansco. Lee avait colonisé la salle de bains en alignant sur des tréteaux de bois des fioles, des bacs, des pincettes de photographe. Un chargeur de mitraillette allemande gisait dans un coin. D'autres boîtes de pellicules étaient empilées près de la baignoire.

Les rouleaux de photographies, quand ils sont vierges, disent que le temps n'est pas achevé : il reste des images à venir. Lee les stockait dans ce recoin comme un écureuil dans son trou d'arbre, et je sentais qu'ils lui donnaient l'assurance que la vie continuerait, fût-ce sur une terre de mort.

Avant de quitter New York, j'avais vu le dernier film de Garbo, *La Femme aux deux visages*. Je ne saurais dire que Lee était double. Mais son visage était celui d'autres amours, un visage de violences oubliées, comme sur toute femme qui n'est pas la première, sur tout corps ouvert, s'imprime la marque invisible de ceux qui sont venus avant, comme sous la terre levée par la récolte dort la blessure du sillon. Elle avait surgi dans cette nuit de la place de Colombie, tailleur tissé d'arabesques, visage fardé tirant sur le blanc. C'était une femme de 1930 accordée au décor de naguère, tapis à motifs géométriques, arlequins sur les murs, une femme marchant vers un rendez-vous avec cet autre qui était moi, avec cet autre que je n'étais pas.

Il se trouvait peu de femmes pour résider à l'hôtel Scribe. Marguerite Higgins, du *New York Herald Tribune*, était déjà repartie. Une autre photographe, Margaret Bourke-White, y avait passé quelques jours en octobre. Quand elle s'y installa, Lee fut la seule de son sexe. Elle évoluait dans cette communauté d'hommes avec une familiarité qui savait tenir à distance, brouillant les règles d'un jeu qu'elle connaissait, j'en avais l'intuition, mieux que quiconque. Je m'aperçus assez vite qu'elle était à Paris pour faire son métier. L'étui à Rolleiflex ne quittait pas son épaule. Elle le portait à la bretelle, en sautoir, le déposait précautionneusement sur les tables de cafés. Lee tirait l'appareil de son étui comme un musicien sort un instrument de sa housse; elle effleurait du doigt les arêtes de métal brillant, tournait les régleurs gradués. Puis elle calait son pouce sous le box, abaissait l'appareil, posait l'index sur le déclencheur. Le monde se découpait dans le viseur comme un tableau dans son cadre. J'eus très vite le sentiment qu'elle pouvait considérer toute chose avec l'œil du photographe : il met à distance, et il capture aussi.

Quand elle reposait son appareil, ses mains volaient dans l'air comme pour façonner un modèle ou une perspective – j'ai retrouvé plus tard ce geste chez les grands cadreurs d'Hollywood. Elle s'exprimait alors avec entrain, se moquait beaucoup des Anglais, évoquait un New York qui paraissait avoir dix ans d'âge, car son *slang* datait un peu. Sa conversation glissait vers des terres pour moi incertaines. Elle parlait volontiers des angles curieux qu'elle trouvait chez les peintres surréalistes. Puis elle tombait dans des silences prolongés, des abattements rêveurs. Nous remontions vers les chambres.

Je l'avais crue composée. Mais je découvrais sous certains angles une franchise et un esprit pratique propres aux New-Yorkaises qui ont surmonté leur éducation. Elle était de ces très rares Américaines qui vous épargnent le nom de leurs maris, le compte en banque de leur père et la sous-division de l'église protestante à laquelle elles appartiennent. Lee pouvait être simple, aller droit aux choses, dire trois fois *shit* comme on respire. Elle le faisait sans appuyer trop. Mais l'on devinait très vite, sous la surface, les éclats noirs d'une ancienne tête brûlée.

Dans la journée, Lee vaquait à ses affaires. J'avais même le sentiment qu'elle dressait un mur entre moi et le côté français de sa vie. Elle me parlait vaguement de l'éditeur du *Vogue* de Paris, un certain Michel de Brunhoff. Il rouvrait la boutique avec des bouts de ficelle, en prenant toutefois le temps de pourvoir Lee en introductions. Elle lui donnait en échange des pellicules vierges acheminées depuis Londres. Cecil Beaton venait d'arriver à Paris, hébergé comme un vice-roi par l'ambassade britannique. Lee disait le connaître, mais refusait de le voir. Je sentais que ces reportages de fortune, ces séances dans les maisons de couture la lassaient déjà. Son appétit la portait ailleurs. Il y avait en elle un refus du raffinement, comme une simplicité retrouvée.

Lee disparaissait souvent dans l'après-midi, puis revenait à la nuit tombée. Elle avait ses habitudes dans cette ville qui pour moi restait un labyrinthe. Ses connaissances topographiques, ses allusions me bluffaient. Je remarquai un jour un billet sur sa table de chevet, signé *Louis Aragon*. Je l'interrogeai, ou plutôt je la taquinai sur les affinités de *Vogue* avec les poètes communistes. Elle répondit en riant que c'était seulement une connaissance d'autrefois. Lee m'expliqua qu'elle avait vécu à Paris au début des années trente, qu'elle y avait appris son métier avec des photographes d'alors, Hoyningen-Huene ou Horst, et qu'il lui restait quelques amitiés avec des Français de ce temps-là. Elle n'insista pas, et moi non plus.

J'attendais un signe, un ordre venu de New York. *Life* me demanda de rester quelque temps encore à Paris. A défaut de vrai reportage, j'envoyais des chroniques d'atmosphère sur deux colonnes, à la façon d'un *columnist*. Je me souviens d'un ou deux titres. *The money and the flesh*, mon tribut à la petite Française du premier soir, aux sexes de celles qui avaient faim, à l'Europe dévastée que les analystes de Washington découpaient déjà en zones vouées à recevoir nos dollars, notre jazz, nos bibles, avec la bénédiction des quakers, des shakers, des anabaptistes et des braves généraux de la VIIIᵉ Armée. *Bethleem in flames*, un article qui évoquait les cadavres restés sur le bord de la route, parce qu'à chaque homme tué c'était un ancien enfant sauveur qui mourait, parce que les *kids* du Minnesota tombaient pour racheter une terre qui n'était pas la leur. J'y mettais les formes. Les censeurs du SHAEF laissaient passer. Tout cela, il est vrai, n'était écrit que par procuration. Nous n'avions encore rien vu.

Un matin de décembre, je frappai à la porte de la chambre 412. Pas de réponse. J'ouvris néanmoins la porte. Lee s'était absentée. Un journal français, *Combat*, traînait sur la table de chevet. Je le feuilletai en attendant. Quand je le reposai sur la tablette, je remarquai une carte de presse oubliée là. Je la retournai. C'était la sienne. La carte me parut conforme au modèle standard du *War Department*. Emise le 30 décembre 1942, elle était libellée au nom de Mrs Elizabeth Miller Eloui, citoyenne américaine, née le 23 avril 1907. Une photographie y était agrafée : Lee en chemisier strict, belle à faire battre le cœur.

Je replaçai la carte à l'endroit où je l'avais trouvée. Elle m'avait appris trois choses. Lee était accréditée depuis 1942, plus tôt que je ne l'aurais imaginé. Elle avait trente-sept ans, alors qu'elle paraissait de deux ou trois ans plus jeune. Et elle était mariée. Il y avait ce *Mrs*, et le nom d'Eloui accolé au sien. Rien dans sa conversation, rien dans ses apparences ne l'avait suggéré. Lee ne portait pas d'alliance. Aucun être au monde ne paraissait compter pour elle. Je restai songeur. J'aurais dû lui poser une question, et même plusieurs.

Je ne les posai pas.

J'entrais dans un vertige. Les villes américaines sont construites autour d'un centre où l'on vaque pendant la journée, avant de l'abandonner le soir à ses bureaux vides. A Paris, la ville se rassemblait autour d'un point focal qui coïncidait avec les quartiers bâtis au long du fleuve. Au bout de l'avenue de l'Opéra, l'hôtel glacial était lové au cœur d'une ville de pierre. Il me semblait qu'à l'instant où je l'avais rencontrée, Lee traversait elle aussi les faubourgs de sa propre vie pour regagner le centre des choses. On la sentait incertaine, à la croisée des chemins. La femme au tailleur blanc attendait qu'on la regarde ; mais l'œil de son Rolleiflex se posait en voyeur sur les êtres. Au milieu de toutes les personnes déplacées qui hantaient les couloirs de l'hôtel Scribe, Lee était de loin celle qui paraissait la plus étrangère. Mais elle respirait Paris comme personne, sachant accorder ses gestes à ce lieu pour elle riche d'habitudes, et peut-être de hantises.

Je ne la devinais jamais mieux qu'à l'instant où je croyais la posséder. Son premier visage était de douceur lasse. Elle basculait dans mes bras, ses lèvres

94

trouvaient les miennes, je dégrafais la vareuse de l'US Army – étrange chose que d'ôter sur elle un vêtement d'homme. J'avais alors le sentiment de diriger les premiers jeux, de l'avoir à ma main. Je reconnaissais ces traits tirés en arrière, cette bouche gonflée d'une femme qui attend. Les femmes renversées les yeux ouverts se perdent sans fin dans le souvenir de leurs songes. Je n'avais pas peur de cette beauté docile, à elle-même dérobée. Lee était douce d'abord, elle prenait ma main qu'elle plaçait bas sur elle. Le silence pesait dans la nuit froide. Cette première lenteur crispait son visage, les jambes se refermaient dures. Elle prononçait des phrases élémentaires, *be a man, you're my man*, le mot *man* surtout revenait, ponctué de brefs frissons. Elle fixait sur moi son regard bleu, comme au-delà des choses : ses yeux devenaient transparents à force d'absence. Je revoyais l'espace d'une seconde la surface des grands lacs de mon enfance, tentateurs et profonds. Les formes se brouillaient. Je lui parlais très bas, mais elle ne m'entendait plus. Lee empruntait un chemin où je ne la suivais pas. J'aurais pu être un autre – un autre peut-être lui parlait. Ce corps battu par la houle, inconnaissable, se soumettait à une loi qui n'était pas la mienne.

Puis elle revenait à elle comme l'on sort d'une forêt profonde, les yeux soudain éblouis par la lumière du jour. Elle disait *David* avec des lèvres ouvertes de mourante, elle s'offrait, et je sentais une légère rétraction quand j'entrais en elle. Mais moi je voulais cela, l'assouvissement, les heures oubliées, la crapulerie des bêtes détachées. Un autre visage renaissait sur celui de la femme diurne, tête basculant en arrière, secouée par une violence dont je n'étais pas la cause. Les pupilles devenaient noires, ses ongles se plantaient dans mon dos comme pour se défendre, et m'attirer aussi dans un gouffre sans fond. Et je voyais au bord du plaisir un autre visage, soudain habité, *devilish*, un visage de démon blessé entouré de ce halo blanchâtre que les nuits de pleine lune jettent sur les marécages du sud. Peut-être avais-je peur : ce visage était celui d'un être déjà mort plusieurs fois.

Une nuit ses lèvres bougèrent lentement. Elle articula quelques mots. *Je suis déchirée à l'intérieur... Je suis tellement tordue à l'intérieur.* La voix était hypnotique. Puis elle remonta doucement à la surface, comme une noyée au fil de l'eau.

Rarement ai-je été si près d'une femme sans la connaître. Cette Lee des nuits *devilish*, je la retrouvais chaque matin comme si de rien n'était. Elle me demandait désormais de l'accompagner dans ses promenades, ses prises de vue.

Il avait neigé sur Paris. La Horch roulait d'une rive à l'autre sous une lumière d'hiver glacé. Nous traversions des ponts tendus en surplomb au-dessus d'une eau noire. L'esplanade des Invalides était déserte, arpentée seulement par quelques silhouettes en manteau gris. Lee me guidait sur des avenues aux arbres morts. Le souvenir me revenait d'une autre femme que j'avais aimée, été 1939, maisons de bois de Georgetown. La vie alors était rapide, libre, aérée. Nous traversions en Packard les places rondes comme des atolls. Jamais les chemins ne s'étaient ouverts si clairs que pendant ce juillet-là, qui revit encore pour moi à travers l'orchestre de Gene Krupa, la robe verte de Vivien Leigh, la voix du président Roosevelt grésillant sur les ondes.

Et maintenant j'avais retrouvé à Paris une autre main sur la mienne, la Horch au ronronnement germanique nous conduisait vers des quartiers inconnus, tassés sur eux-mêmes comme les chaumines d'un conte. Lee regardait rêveusement les enseignes, le vitrage des cafés, les plaques bleues chevillées dans la pierre des carrefours. Le liséré de la neige accusait les contrastes comme sur un cliché les valeurs noires et blanches. Paris retrouvait son âge d'hiver, une saison d'avant-guerre.

Lee cherchait les lieux vides, ou bien les architectures anciennes avec leurs frontons de théâtre. A vrai dire, c'était le contraire d'une professionnelle des *news*. Elle prenait son temps, se ravisait, attendait que la lumière naturelle lui accorde l'éclairage désiré. Je connaissais ces lenteurs, ces scrupules : ils sont typiques des photographes de studio. A New York, les élèves de Brodovitch nous rebattaient les oreilles avec leur art de carton-pâte et faisaient des dettes quand *Life* leur commandait une couverture. Lee était comme cela, mais au-delà de toute arrogance. Elle photographiait les avenues sous la neige, la liberté dormante des choses.

Au fil de ces promenades, je remarquai que Lee infléchissait souvent les trajets vers un quartier de la rive gauche. Nous remontions le boulevard Saint-Michel jusqu'aux alentours de la gare de Port-Royal. Je garai la Horch dans une avenue proche de l'Observatoire de Paris. Puis nous marchions au long du boulevard Montparnasse. La perspective vide était furtivement coupée par la silhouette d'une traction ou d'un triporteur. Lee levait les yeux vers les façades, et parfois laissait son doigt courir sur la pierre de taille comme on effleure une haie vive dans un sentier d'été. Elle bifurquait dans ces rues étroites qui se jettent tels des affluents dans le boulevard. On voyait des volets tirés, des verrières ensevelies sous la neige. Lee restait silencieuse.

Elle s'arrêta un après-midi devant un hôtel serré entre deux immeubles bas. Des éclisses avaient été apposées sur la porte fracassée. Un panneau annonçait une *fermeture provisoire*. Au-dessus de la porte, une inscription à la peinture verte signalait l'hôtel Istria. Le lettrage dépigmenté par l'usure avait pris une teinte de lichen. Lee avança de quelques pas sur le trottoir. Une plaque indiquait que nous étions dans la rue Campagne-Première. Lee considéra quelques instants l'immeuble voisin, une bâtisse Art nouveau à la façade ornée de moulages. Un œil-de-bœuf surmontait le porche. Des baies vitrées laissaient deviner plusieurs ateliers d'artiste. Le nom de l'architecte – Arfvidsson – était gravé dans la pierre, ainsi qu'une date, 1911.

A cet instant, Lee tenait mon bras. Peut-être ai-je senti une pression plus insistante. Puis nous avons continué notre chemin vers le boulevard Raspail.

Elle n'avait pris aucune photo.

Nous avons quitté Paris à la fin du mois de janvier. Le foyer des combats s'était graduellement déplacé vers les rives du Rhin : l'imminence du franchissement dopait les rédactions qui voulaient toutes le *scoop*. Le SHAEF avalisait ces détachements avec d'autant plus d'entrain que l'on pressentait l'assaut final, la chute du sanctuaire allemand. La course était engagée. Le 12 janvier, les maréchaux Joukov, Koniev et Rokossovski avaient lancé sur trois fronts leur offensive vers l'Oder. Deux millions de soldats s'engouffrèrent dans une immense brèche ouverte sur Poznan et les deux flancs du saillant, Silésie et Poméranie. La IVe Armée allemande se repliait sur la rive est des lacs Masures. La IIe Armée se trouva isolée sur la rive gauche de la Vistule. Le piège se refermait sur l'araignée. L'hallali allait commencer.

Je reçus un message de *Life*. Il était temps de rejoindre le front de l'Ouest. Une équipe couvrait déjà la contre-offensive de l'Ardenne à partir du QG du général Hodges, à Spa. On me demanda de gagner la tête de pont d'Alsace.

Lee accueillit cette nouvelle avec une étrange excitation. Moins que jamais je n'aurais su dire pourquoi. Quand je lui demandai si elle tenait *vraiment* à me suivre au milieu de ce guêpier, elle haussa les épaules. Elle embrassa d'un geste le désordre de la chambre 412 et lâcha d'un air ironique :

– On ne va pas rester dans cette taule, David.

Comme j'insistais sur les dangers de l'expédition, en lui demandant d'avancer au moins une raison qui justifie son départ, elle me cloua le bec avec ces seuls mots :

– Je paie mes dettes, David. Il faut que j'aille là-bas.

Puis elle détourna la tête, résolue et de nouveau murée dans son silence.

Nous devions rejoindre la 3ᵉ Division américaine du général « Iron Mike » O'Daniel qui œuvrait au cœur du dispositif nord coude à coude avec la 5ᵉ Division blindée française du général de Vernejoul et les goumiers du général Guillaume. Avant de prendre la route, je relus toutes les dépêches en provenance du front d'Alsace. Elles n'étaient guère avenantes.

Un vent glacial balayait la plaine alsacienne. Le 2ᵉ Corps d'armée interallié du général de Monsabert s'était arrimé au flanc nord de la poche de Colmar. Les troupes du général Béthouart fermaient les accès au sud. La campagne s'était ouverte par une intense préparation d'artillerie sur un front courant de Mulhouse aux Vosges. L'infanterie marocaine avançait sous des bourrasques de neige à travers un lacis de canaux et de petits cours d'eau gelés. Les Jagdpanther qui n'avaient pas été déplacés sur le front de l'Oder restaient embusqués en position de harcèlement dans les sous-bois et les buissonnements d'arbres qui constellaient ce relief ocellé comme un pelage de félin. L'infanterie allemande se déplaçait d'un puits de mine à l'autre, transformant chaque entrée de galerie en point d'appui. Des combats sévères s'étaient déroulés autour de la cité Kuhlmann et du puits Anna. Il fallait expugner, parfois au corps à corps, les bataillons de la Wehrmacht retranchés sous le coffrage des tunnels. Assaillis à chaque entrée de sape, les fantassins verts-de-gris opposaient une résistance de bêtes fouissantes, enragés d'avoir à mourir sans revoir la lumière du jour. Les sapeurs marocains prétendirent que des diables rouges sortaient des galeries pour tirer les cadavres vers une bouche de l'Enfer. Une dépêche décrivait le linceul de neige recouvrant ces horreurs souterraines, puis les sentinelles veillant sur le seuil des galeries conquises comme des anges devant le Sépulcre. Mais nul démon, et nul sauveur, n'en sortirait plus.

Une jeep nous déposa dans la soirée du 24 janvier sur la première ligne de combat. Lee avait revêtu la tenue de campagne que je portais aussi, cette armure de treillis, de rangers, de pull-over vert olive qui sentait le cuir et la toile. Le sergent du Maryland qui nous avait convoyés depuis le *Battalion Aid Station* prit le temps de nous expliquer ce qu'il savait. La 3ᵉ Division d'« Iron Mike » O'Daniel avançait dans un couloir borné aux deux extrémités par Colmar et la forêt de l'Illwald. Elle avait pour mission d'enfoncer les défenses ennemies sur le canal du Rhône au Rhin, puis de faire mouvement vers Neuf-Brisach. La veille, des estafettes sorties de la forêt communale de Colmar avaient dégagé le passage de Maison-Rouge, sur l'Ill. Le pont était intact. La voie était ouverte.

On nous accueillit au cantonnement de forêt avec ces bourrades que l'on réserve dans les communautés d'hommes au nouvel arrivant, qui apporte avec lui un peu de la licence de l'arrière et ce souffle d'air qui dérouille les habitudes. Sur les branches des arbres, de longues quenouilles de glace dessinaient un feston polaire. Un troupeau de bêtes noires recapotées pour la nuit faisait le dos rond. On reconnaissait les *command-cars* hérissés d'antennes, les gros Dodge convoyeurs de ravitaillement, les *half-tracks* à l'arrière bâché comme un chariot de pionnier. Des passages frayés à la pelle entamaient à angle droit les congères aussi brillantes qu'un métal fondu. Les tentes étaient essaimées sous la voûte des arbres, petites Jungfrau émergeant d'une carapace glacée. A distance, on aurait pu croire que la neige avait enseveli un village de ruches en ne laissant pointer que leur faîte triangulaire, pour repousser sous terre une vie bourdonnante et cireuse. La nuit endormait déjà les formes dans un silence cotonneux. Les sons s'élevaient dans l'air puis s'éteignaient comme une ouate vous chloroforme : une vie d'animaux hibernant sous la surface, tapis dans les boyaux de leur gîte. Des fanaux de rappel dont on avait voilé l'éclat par des filtres bleus jalonnaient les limites du campement. Il émanait de cette nudité boréale le poids d'une imminence, le souffle retenu d'une armée en marche. La troupe exposée aux avant-postes s'adossait à la masse du territoire reconquis. Derrière elle, une respiration plus ample et plus étourdie soulevait la terre libérée. Mais au-delà de cette lisière, on entrerait demain dans une étendue incertaine, un ciel où les oiseaux suspendaient leur vol.

Un jeune capitaine de l'Indiana nous reçut sous la tente de commandement. Il affichait la mine contrariée des gradés qui doivent accueillir sur ordre des visiteurs indésirables. En voyant entrer Lee, il avait cillé. Cet animal en treillis, les cheveux pris sous le casque, qui portait au cou un étui à caméras et ôtait ses gants, c'était bien une femme. Le capitaine la toisa comme une espionne. A la lumière d'une lampe-tempête, devant une carte d'état-major piquetée de petits drapeaux, la scène était spectrale. Quand Lee déboucla son casque, la chevelure reprit son ondulation vivace : une tache de lumière dans ce clair-obscur de tanière. Le capitaine la regardait sans comprendre. Qu'une femme joue au correspondant de guerre avait de quoi étonner; mais qu'elle soit à ce point belle dépassait toute consigne.

102

Le capitaine avait baissé les yeux, et peut-être à cet instant avait-il rougi. Il se lança dans des explications de circonstance. En toute confidentialité, mais puisque nous étions venus jusque-là il pouvait bien nous le dire, la progression reprendrait dès l'aube (sa main traçait des lignes au-dessus de la carte), sur la bissectrice de l'angle droit formé par le canal de Colmar et le canal du Rhône au Rhin. L'objectif était Jebsheim. Comme les *Frenchies* de la 1ʳᵉ Division française du général Garbay n'avaient pas fait leur travail, le flanc gauche de la 3ᵉ Division US était exposé aux contre-attaques des *Jerries* terrés dans le bois de Grussenheim. En tant que journalistes, nous pourrions suivre l'opération trois miles en arrière de la ligne d'assaut, ou bien attendre dans le *Field Hospital*, ou bien encore...

– Vous plaisantez?

Le capitaine sursauta. La voix de Lee s'était élevée, coupante. Elle ramena sa chevelure en arrière et lui jeta un regard noir. Lee était raide d'impatience.

– Vous plaisantez, j'espère?

Cette fois l'officier avait vraiment rougi, comme s'il avait été pris en défaut par un supérieur.

– Je ne plaisante pas, madame. Je suis en charge de votre sécurité.

Lee le considéra avec une moue ironique.

– Capitaine, vous devriez savoir que l'armée est une institution maternelle. C'est plutôt moi qui suis en charge de la vôtre.

Il y eut un silence. Le capitaine me jeta un regard gêné.

– J'ai des ordres, reprit-il.

– Quels ordres? dit Lee. Vous pouvez me les montrer?

– Non. Ce sont des ordres verbaux.

– Donc ils n'existent pas.

– Ce sont des ordres, réitéra le capitaine.

Lee avait pris un air mauvais.

– Mr Schuman et moi sommes venus ici pour faire notre métier. Ce pays ne vous appartient pas. D'ailleurs je travaille pour un journal britannique. Vous n'exercez pas le commandement interallié à Fleet Street, que je sache. Vous souhaitez peut-être que toute l'Angleterre soit informée du comportement inamical des capitaines de l'US Army en campagne? Et plus particulièrement du vôtre, capitaine? Vous le souhaitez?

Le jeune capitaine eut un geste excédé.

– Allez au diable! Allez où vous voulez! Mais ne comptez pas sur moi pour vous couvrir.

– Merci, capitaine, dit Lee avec un sourire enjôleur.

A l'aube, nous sommes partis sur la route en compagnie d'un détachement de reconnaissance. Les blindés légers de la cavalerie suivaient à distance, reliés par radio aux éclaireurs de l'avant. Le gros de la division massé en retrait prendrait la trace de ses éléments détachés.

La nuit quittait lentement la forêt. De gros nuages bombés s'effilochaient en amas laineux au faîte des arbres. Un air vif piquait le visage. Devant nous, à la crête du vallonnement, on voyait onduler jusqu'à l'horizon un relief maculé par la tache sombre des sapinières. Des perles de gel brillaient sur les branches comme de petits grelots. On sortait de l'ensevelissement nocturne pour entrer dans un jour précaire où le silence était l'autre nom du danger. La croûte de neige fraîche craquait sous les pas.

Le groupe de reconnaissance s'était déployé en dispositif léger de part et d'autre d'une route communale. Des binômes de fantassins se succédaient par rotation à l'avant. On les voyait progresser, puis disparaître sous l'arceau des branches saisies par le gel. Les GIs avaient fixé sur leurs casques des branchettes liées en fascines qui leur faisaient un curieux cimier d'animal des bois, un chapeau de kobold sautillant au milieu des hêtres nains. Ils flairaient la voie comme un parti de renards aux approches du lieu habité. Suivant leur brisée, le gros du détachement s'était disséminé sur deux lignes qui avançaient comme dans une chasse les rabatteurs progressent en frappant les troncs. Le fusil à l'épaule, la main sur le pistolet-mitrailleur, ils serpentaient entre les souches. On distinguait la démarche plus lourde des serveurs de bazooka : les tubes posés sur leurs épaules dessinaient la silhouette fantomatique des chasseurs à l'épieu de Breughel. On devinait à l'écart de ce chemin un ténébreux frémissement de lisière, un secret retenu au cœur de la forêt. Derrière l'océan des futaies palpitait une vie adventice, désolée, celle d'un territoire de gibier furtif. Des empreintes rondes et menues signalaient la passée nocturne de petits animaux. Le silence pesait. Un layon parfois fusait en une percée dont on ne voyait pas la fin. Il y avait un charme dans ces taillis de songe où les silhouettes incendiées des maisons de charbonniers indiquaient l'ancienne présence d'hommes des bois. A l'aiguillée des chemins on rêvait de bivouac, de sommeil. J'aurais pu m'allonger dans la neige et m'endormir.

Je ne dormais pas. Un crissement de neige piétinée résonnait sous les ramures. C'était un bruit de troupe en marche, guettant l'embuscade comme le ferait une bande de *bootleggers* en zone de patrouille. Je regardais Lee. Elle se coulait entre les sapins, écartait les branchettes, glissait dans les enfilades comme une fille de la forêt. Parfois elle me tendait la main au franchissement d'un talus, reprenait appui, et le silence imposé par la progression ne me laissait que cette main serrée dans la mienne.

Quand sa botte écrasait la neige craquante, elle semblait légère comme un jardin après la pluie.

En quittant le cantonnement, Lee avait sorti de son havresac un objet que je ne lui connaissais pas. C'était un casque de l'US Army dont la ronde-bosse frontale avait été découpée. Deux écrous fixés de part et d'autre retenaient une visière mobile comme un heaume de chevalier. En relevant la visière, Lee pouvait photographier sans être gênée par la bordure du casque. Dans les bois, elle marchait visière baissée, les deux Rolleiflex accrochés à son cou : deux fois douze clichés avant de recharger.

De cette matinée-là, il me reste une image soyeuse et douce, semblable à celle que pourrait laisser, plutôt qu'une percée – avec tout ce que le mot suppose de décisif, d'inexorable et de tranché –, le souvenir d'une maraude dans un bayou, avec ses masses tropicales, la succion tiède du marais, la montée d'un orage qui assombrit l'eau verte. Les sapins noirs carrés contre la route se détachaient sur la couche de neige durcie. Les coupes de bois prises par le gel évoquaient une stagnation immémoriale. Des hommes silencieux avançaient dans une forêt blanche, et ce n'était pas la campagne saccagée par l'invasion, mais plutôt une terre d'arbres et de clairières reprise par la neige de l'origine. Dans cette troupe marchant sous le ciel gris il y avait une femme. Je reconnaissais sa main sous le gant, il me semblait que jamais elle ne me quitterait.

Soudain l'inquiétude fut là. Cette absence, cette route blanche, c'était improbable. Un tir d'artillerie venait de déchirer le calme des bois, mais très loin, aux abords de la forêt qui sur la carte portait le nom d'Elsenheim. Les hommes s'étaient immobilisés comme un chien flaire le vent. Des regards se portaient vers la ligne d'arbres. Rien. L'officier de tête se concertait avec un éclaireur. Il fit un signe, la progression reprit. Le feu d'artillerie s'amplifiait au loin. C'était comme le bruit étouffé d'un gong résonnant dans les tréfonds d'un château. Puis l'écho porta vers nous un claquement d'armes automatiques, réduit par l'éloignement à un crépitement menu de piverts s'acharnant sur le tronc du bouleau. Le binôme de tête avait stoppé. L'officier, d'un geste, figea sa troupe et se porta au-devant des éclaireurs. Ils venaient de s'arrêter au bord d'une coupe de bois où la haie dense des résineux allait s'éclaircissant. On pressentait l'orée, l'imminence. Un dos de talus nous dissimulait la position. L'officier donna un signal de regroupement. En avançant sur lui, on découvrait le paysage. Sur la droite, une coulée de ravin s'abîmait vers le lit d'un torrent gelé. A notre gauche, la route se glissait dans un vallonnement pour serpenter à travers un carré de pâturages enneigés. Une chênaie flanquait le bord de la route. Au cintre du dernier méandre, un village dressait sa masse pierreuse.

Les jumelles avaient jailli des étuis. Les hommes casqués, l'œil vissé aux binoculaires, avaient l'air de curieux diables soufflant de la buée. Lee s'était placée à mon côté. Je voyais ses joues rougies, ses yeux allumés. Depuis la crête de talus où nous étions postés, on distinguait les maisons de meulière aux toits blancs, le clocher d'une église. La fumée des cheminées montait dans le ciel. Aucun mouvement, aucune présence humaine. Je songeais à ces contes de fées où l'on découvre au sortir du sous-bois la maison hospitalière des nains posée dans son carré de luzerne.

Mais la plongée du terrain, les taillis raréfiés, les premières clôtures cerclant les terres de pâturages nous prévenaient assez : on entrait dans une étendue déboisée où il faudrait avancer à découvert. Le sentiment d'immunité qui naissait sous les grands fûts de sapins s'abolissait aux approches du hameau endormi : nous étions sur la terre des hommes, et ces hommes étaient en guerre. Un silence revenait, mais ce n'était plus celui de la forêt. Ce silence habité mettait la chaleur au visage comme devant un animal venimeux on retient son souffle. Derrière l'encorbellement des murets givrés quelque chose attendait peut-être. Je connaissais les ordres donnés aux GIs : pénétrer avant, contourner les défenses s'il y avait lieu, mais réduire *in fine* les poches de résistance. L'impunité ne durerait pas. Ce village sentait mauvais.

Un avant-groupe de reconnaissance se détacha en direction de la chênaie. Six hommes sortaient du sous-bois, courbés comme l'on progresse dans un tunnel en évitant les solives meurtrières. On les vit passer un ressaut de terrain, puis se risquer sur la route. Les silhouettes sombres se hâtaient sur le ruban immaculé dans un sautillement noir et blanc qui m'évoqua, une seconde, les absurdes pantomimes des *Serial cops* de Mack Sennett. Sans s'attarder sur la route, les GIs passèrent le remblai et gravirent l'accotement. Les traces de pas imprimées sur la neige donnaient l'illusion d'un passage, ombre d'un *wanderer* solitaire, ou fumées d'un mystérieux yéti alsacien. On les vit disparaître sous les troncs des chênes. Le sentiment de quiétude délassée qui m'avait envahi dans la forêt revenait lentement. Lee s'était agenouillée près d'une haie de ronces. Les épines saupoudrées de givre lui faisaient une couronne arachnéenne pareille à ces étoiles de papier bouillonné que l'on niche dans les arbres de Noël. Trois GIs s'étaient postés en couverture autour d'elle. La guerre réveillait autour d'une femme l'instinct du chasseur mâle qui guette et protège.

Deux hommes du groupe de reconnaissance venaient de réapparaître à l'entrée de la chênaie. Ils agitèrent les bras. La voie était libre.

Le gros de la troupe sortit du surplomb de forêt pour s'engager sur le dénivelé qui menait à la route. On quittait les taillis enracinés sous la neige profonde, ce clair-obscur au-dessus de nos têtes. Un oiseau levé par notre approche jaillit d'un buisson. Le hameau paraissait toujours dormir. Les fantassins de tête prenaient pied sur la route en suivant la trace des éclaireurs. Je tendis la main à Lee pour l'aider à franchir un hérisson de branchages. Elle me sourit. Tout se déclencha très vite.

Un crépitement. Un homme devant nous se précipita au sol. On criait sur la route, des silhouettes se jetaient dans le fossé. Le tir était parti de la lisière du village. J'attrapai Lee par le bras et la couchai à terre. Deux corps vinrent se plaquer contre les nôtres. Des rafales partaient en contrebas. Des GIs s'étaient affalés dans un trou de relief à vingt pas devant nous. Je les vis monter précipitamment un tube de Hotchkiss sur son affût. Il fallut ramper très vite pour les rejoindre à l'abri. Un sifflement traversa l'air. L'obus explosa sur une banquette de neige à main droite. Une pluie de terre retournée et de cailloutis gifla en grêle la position. Instinctivement, les hommes allongés s'étaient protégé les yeux. Une odeur de poudre me prit brutalement aux poumons, décantée par le froid vif. Je relevai la tête. La neige révélait au point d'impact des fanes d'herbe brûlée. Un serpentin de fumée montait de l'excavation. J'avais agrippé Lee au moment de la déflagration. Elle tourna vers moi un visage cendreux, griffé dans sa chute par des ramilles de bois mort. Elle leva le pouce pour dire : OK.

Des rafales partaient de la chênaie. Une voix répercutée par l'écho du remblai grésilla non loin de nous : un major abrité derrière une souche venait d'établir le contact radio avec l'arrière. Le serveur de la Hotchkiss glissait en catastrophe une bande de cartouches dans le chargeur. La culasse se referma avec un claquement sec. Un GI lui désignait un point à la lisière des maisons. A cet instant, le sifflement d'un deuxième obus traversa l'air, nous précipitant de nouveau face contre le sol. La charge explosa derrière nous, près de l'entrée du sous-bois. Les *Krauts* ajustaient mal. Mais pour combien de temps ?

– Ils tirent au mortier, dit un caporal qui venait de bouler à mon côté.

Il avait le visage déformé par la peur, les mains crispées sur le fusil.

– Envoie une giclée, dit le major au serveur de la Hotchkiss.

Un crépitement déchira nos oreilles. Les douilles jaillissaient et retombaient fumantes dans la neige. Le major risqua la tête hors du remblai et pointa ses jumelles sur l'entrée du village. Un silence précaire régnait de nouveau.

– Les mortiers sont derrière, dit le major. Ceux qui nous ont allumés sont sur la première ligne de maisons.

Je regardai autour de moi. Des plaques de neige se détachaient des branches et tombaient avec un bruit mat sur le sol. Un monde immense et doux s'étendait sous les arbres gelés. La peur me nouait le ventre. Je regardais Lee. Elle avait ôté le capuchon d'un des deux Rolleiflex et photographiait les hommes allongés à l'affût. A cet instant un troisième sifflement annonça l'impact. Je baissai la tête. Le sol trembla. L'obus de mortier avait retourné un fouillis de souches à trente pas devant nous. La radio grésilla de nouveau. Si nous ne bougions pas, le prochain coup serait pour nous.

– *Motherfuckers!* hurla le caporal.

– *Shit!* fit le major en écho.

Il tournait désespérément les boutons de sa radio. L'appareil émettait un bruit de friture. La communication avec la deuxième ligne était coupée.

– On ne peut pas rester là, dit le major. Ils vont nous dézinguer comme à la parade.

Lee avait posé son Rollei sur le bord du talus et pressait le déclencheur, en appui sur un coude.

Je sentais mon cœur battre très fort, et j'étais en même temps envahi par une étrange certitude qui chassait la peur – le sentiment absurde que *c'était ainsi*, je ne voulais pas mourir là mais je l'acceptais, j'acceptais tout. Les choses évoluaient devant mes yeux, comme au ralenti.

L'embuscade avait figé les GIs dans leur progression. Les hommes de tête déjà engagés sur la route n'avaient eu que le temps de sauter dans le fossé. L'un d'eux gisait en travers du chemin, mort ou blessé. Plus avant, les six éclaireurs tapis dans la chênaie avaient déclenché un tir de couverture. Tous les autres soldats s'étaient dispersés sur la pente descendant vers la route, arrimés à des souches, aplatis derrière des haies mortes. Il suffisait aux serveurs de mortier de resserrer leur feu sur ce segment de terrain pour nous décimer, comme au jeu de la bataille navale un tir aléatoire mais concentré finit par couler les navires. Il fallait bouger, et vite. Mais tout mouvement nous exposait au tir des armes automatiques. Les détonations avaient repris. Je repérai très distinctement à la fenêtre d'une tour de ferme la petite brûlure orangée d'une bouche de mitrailleuse crachant ses rafales.

La radio du major ne grésillait plus. Il fallait espérer que l'arrière ait reçu le premier message. Plusieurs GIs se retournèrent. La retraite vers le sousbois était impossible. C'était exposer sur la pente aride des silhouettes comme autant de cibles de foire. Et puis l'armée américaine, à l'époque, n'aimait pas reculer. Nous étions condamnés à dégager vers le bas, à gagner les fossés du bord de route. J'entendis le major hurler :

111

– Kick your ass! To the road!

Une levée de formes sombres jaillit de la neige. Les GIs dévalaient la pente en cavalant. Aussitôt le feu venu des maisons redoubla. Je n'avais pas bougé. Lee restait vissée à sa place. Chez elle comme chez moi, ce sentiment de retard, cette incrédulité.

De nouveau elle leva son pouce : OK.

– Allons-y! criai-je.

Un déplacement du corps, le talus franchi, courir, il faut courir. La neige plombe les semelles. Je cours. Cette trace qui fait frire la neige, c'est une rafale. Un homme tombe devant moi, beaucoup plus bas, ses camarades le traînent dans la neige, Lee est tombée aussi, elle se relève, court, elle n'a rien, le ciel est gris, je vois le ciel stupide, je cours vers le ciel, je n'arriverai pas jusqu'en bas, des hommes se jettent dans le fossé, un tressautement de mitrailleuse, une brassée de bois mort éclate à dix pas, cisaillée par les balles, mes jambes sont lourdes, Lee court toujours, mes tempes brûlent, mes poumons brûlent, voici la barrière, le major hurle, je le hais, *he's a motherfucker too*, une autre rafale écrête un poteau, courir encore, sauter, plonger, Lee est là, nous plongeons, la neige est chaude et douce au visage, la neige enfin, le fossé.

Je relevai la tête, étourdi, les oreilles sourdes. La fusillade devenait infernale. Lee était couchée au creux de la rigole, trempée. Je l'étais aussi : la pellicule de glace qui recouvrait le fond du fossé avait cédé. Je me retournai vers la pente. Des corps démantibulés par les tirs allemands étaient couchés dans la neige. Deux hommes rampaient entre les bosses. Tous les survivants s'étaient jetés dans les fossés de part et d'autre de la route, où ils se terraient comme dans un boyau de mine.

– Le bazooka! Où est le bazooka?! hurlait une voix devant nous.

Pas de réponse. Le serveur avait disparu. A la croisée de la tour de ferme crépitait toujours une flamme orange. Un tir de mortier fusa. L'obus vint exploser au bas de la pente en arrachant les piquets d'une barrière. Les *Krauts* pointaient sur le fossé. Nous n'allions pas tenir longtemps là non plus. Des rafales partaient au jugé. L'odeur de poudre brûlait les yeux et la gorge. La tête dans une mouillade de neige fondue, je voyais Lee ramper devant moi. Une seconde je pensai que j'allais mourir, la vie m'avait adressé un dernier signe – c'était un beau signe, je ne regretterais pas d'être venu jusque-là avec elle. Cela paraissait durer, et durer encore. Je voyais tout, les *boys* paralysés dans la neige boueuse, ceux qui traversaient la route en courant vers la chênaie, les corps ensanglantés, la jugulaire dégrafée d'un casque tombé à terre, le ciel bas, un boqueteau de petits châtaigniers au bord du fossé, les flammèches jaillissant des maisons où les tireurs de la Wehrmacht étaient embusqués, la mèche de cheveux blonds qui dépassait du casque de Lee, ce paysage d'hiver tacheté de rouge où le chemin s'arrêtait.

Les impacts des obus de mortier se rapprochaient. Il faudrait courir encore, tenter de traverser la route, se réfugier derrière l'écorce balafrée des grands chênes nus. J'allais sauter hors du fossé quand un bruit me figea sur place. Un cliquetis mécanique faisait vibrer la forêt derrière nous. C'était comme un fracas de boggies à l'aiguillage, répercuté par l'écho des bois. Je me retournai. Le bruit de chenillettes s'amplifiait, montait à l'oreille comme une rumeur de marée brisante. Lee s'était retournée elle aussi.

– Tiens bon, Dave, me cria-t-elle.

Je rivai mon regard sur la route. Rien. Une envie de cigarettes et de café chaud me prenait à la gorge. Soudain l'air au loin s'épaissit, chargé de fumée bleutée. L'énorme masse d'un Sherman déboulait à toute allure de la sortie du bois, sa tourelle couverte de branches de sapin. Le char suivait la route comme un éléphant aveugle. Il tourna dans l'axe du hameau. Une automitrailleuse glissant sur ses six pneus avait pris le sillage du Sherman. Les deux véhicules piquaient sur nous en abordant de front la citadelle des maisons. Ils arrivèrent à notre hauteur, inondant la tranchée d'un jet de gaz d'échappement. La chaussée tremblait. Les chenilles ravinant la couche de neige mettaient à vif le cailloutis. J'avais de la fumée plein les poumons. Derrière encore, des half-tracks s'étaient arrêtés en lisière du bois. Une nuée de fantassins en surgissait, les tubes de bazooka sur l'épaule.

Le feu allemand s'était concentré sur le char. Une giclée de balles rebondit sur le blindage. Au creux du fossé, on s'était jeté face contre terre. Le Sherman continua sa progression, puis stoppa avec un hoquet de dinosaure. Je relevai la tête, la rabaissai aussitôt. Une fusée jaune venait de déchirer l'air avant d'éclater un peu en avant du char. Ils tiraient au *Panzerfaust*. Je vis Lee, l'appareil levé au-dessus d'elle, qui photographiait depuis le fossé en contre-plongée aveugle. La tourelle du char pivotait. Le canon prenait en ligne de mire la tour de ferme où une mitrailleuse ne cessait de cracher ses rafales. Une détonation d'apocalypse me secoua les tympans. Le char soulevé sur ses fondements releva le museau comme un cheval qui encense. La toiture de la tour avait explosé au point d'impact, précipitant une pluie de gravats sur la base maçonnée de l'édifice. Il me sembla toutefois que le nid de mitrailleuses n'était pas neutralisé. Une deuxième détonation assourdissante retentit. De nouveau le Sherman tressauta sur ses assises. Son obus était allé frapper la tour de plein fouet. La construction se nimba

114

d'une poussière d'éboulis avant de disparaître au milieu d'un nuage noir. Des flammes d'incendie bouillonnaient dans la brèche. Le feu nourri avait cessé. Seules les rafales de pistolet-mitrailleur persistaient. Le *Panzerfaust* restait muet – détruit, il fallait l'espérer, par le premier tir d'obus. Le Sherman fit remonter son moteur en régime et s'arracha vers l'avant. L'automitrailleuse blindée prit sa suite. La tourelle de l'engin léger pivota à son tour, cadrant en ligne de visée un flanc du hameau. Ses deux tubes de mitrailleuse venaient d'ouvrir le feu. Les commandos descendus des half-tracks avançaient derrière les blindés, collant aux véhicules comme l'on s'abrite derrière un bouclier – l'image me revint d'une avant-guerre où les *sixdaymen* s'accrochaient avec leurs vélos au pneu des motos labourant la cendrée.

Les mitrailleuses coaxiales du Sherman entrèrent à leur tour en action. Des balles étoilaient les murs fumants des premières maisons. A distance de tir, les commandos prirent position sur les bas-côtés de la route en calant contre le remblai bazookas et fusils-mitrailleurs. L'ascendant s'était renversé en quelques minutes. L'entrée d'un paisible village alsacien devenait un champ de manœuvres aux façades grêlées d'impacts. On vit la flamme jaune des bazookas brûler la neige. Les hommes de la patrouille sortaient du fossé, couverts à l'avant par l'assaut des blindés et des commandos. Certains avaient le visage noir de boue et titubaient comme des boxeurs sonnés. D'autres, rendus enragés par l'embuscade, se joignaient à la vague d'assaut. Deux camions Dodge portant sur leur bâche une croix rouge venaient de s'arrêter en lisière de forêt. Des brancardiers casqués couraient vers nous, leurs civières déployées.

Lee se rétablit sur le bord de la route. Sa vareuse était crottée, son visage maculé d'éclaboussures.

Elle s'ébroua comme un clochard repêché. La ligne de feu cependant se déplaçait à proximité des maisons. Les commandos nettoyaient les abords avec une sûreté de crocheteurs. On entendait les rafales d'armes automatiques, suivies de l'explosion, comme une bulle qui crève, des premières grenades. La hantise de chacun était le combat de rue. Les commandos se donnaient les moyens de l'éviter.

– Regarde, me dit Lee.

Je vis ce qu'il ne fallait pas voir. Au voisinage des maisons, on distinguait des groupes de soldats progressant de muret en muret. Ils étaient harnachés de bonbonnes pareilles aux bouteilles d'oxygène des plongeurs sous-marins. L'embout d'un tuyau rigide dans la main, ils arrosaient l'embrasure des maisons. Mais ce n'était pas de l'eau qui en jaillissait. C'était une monstrueuse volute orange, un nuage comme il en sort de la gorge des cracheurs de feu, un buisson ardent qui dardait ses langues et calcinait l'étendue.

Lee me désigna son Rolleiflex avec un petit signe de dénégation. Eût-elle pris le cliché, même à distance, les censeurs du SHAEF n'auraient jamais laissé passer l'image d'un assaut au lance-flammes.

Une demi-heure plus tard, il régnait déjà dans le village ce climat de relâche qui suit le combat. Des automoteurs de 105 et de gros camions d'acheminement Pacific étaient venus se ranger au long des façades. La cigarette au bec, le casque au pied, les *boys* prenaient le vent sur le seuil des maisons. Nous nous étions d'abord dirigés vers le site de l'assaut. Vus de l'autre côté, les bâtiments où s'étaient retranchés les assaillants, la tour d'où étaient partis les tirs de mitrailleuse reprenaient leur véritable visage : celui de dépendances de fermes et de greniers à houblons construits face à la forêt. La puissance de feu avait fait son œuvre. Des pans de murs noircis se

dressaient vers le ciel. Les chevrons de toiture pendaient jusqu'à toucher le sol. Les poutres zébrées de balles n'étaient plus qu'une charpie où la fibre ligneuse montrait sa blancheur ouverte en blessure vive. Des cratères béaient sur le sol au terreau raviné par les éclats de ferraille. Une cheminée rustique restait seule debout au milieu d'un effondrement de gravats. Par une curieuse préséance, elle captait dans sa hotte le nuage terreux qui montait de l'éboulis : on voyait au faîte du tuyau les molécules de poussière poudroyer dans l'air comme une fumée de maison. Cela sentait la terre, cela sentait la mort. Une teinte de fusain calciné assombrissait violemment les portes défoncées, projetées hors de leurs gonds. Les commandos n'avaient pas fait le détail. Des fragments de mur gisaient au bas des entonnoirs creusés dans la pierre. L'assaut s'était achevé à la grenade, comme le prouvaient les impacts en étoile de mer et les incrustations de grenaille. Des objets traînaient sur le pavage déjointé : chargeurs, musettes *feldgrau*, casques, petits pains de cheddite, amas de douilles. Les murs étaient par endroits éclaboussés de sang, gouttelettes, traînées, j'ai retrouvé cela après la guerre dans le *dripping*, Pollock était un grand guerrier. Une odeur de chairs brûlées, un fumet organique de chenil se mêlait aux émanations acides de poudre. C'était écœurant. Et puis il y avait les morts que l'on alignait déjà dans la cour. Bassins enfoncés, têtes éclatées. Des uniformes avaient brûlé avec les corps, mêlant leurs fibres au réseau de tendons tordus par le feu. Une main séparée du bras flottait dans une flaque de sang. Des mouches venues d'on ne sait où voletaient au-dessus des cadavres, elles dansaient sur la neige. Lee photographiait. Je me demandais combien de rouleaux elle cachait dans ses fontes.
Une dizaine de prisonniers avaient été rassemblés

dans un coin de la cour. Ils attendaient assis, les yeux rivés au sol. Des GIs les surveillaient, le canon de mitraillette pointé sur eux. On nous laissa approcher. En voyant Lee, l'un des GIs fit un grand sourire et se tourna vers son voisin.

– On la connaît, celle-là, on la connaît. Elle était à Utah Beach. *Come on, Salt Lake Sissy* !

Lee leur fit un petit geste. Les types étaient ravis. Moi je regardais les Allemands. Je regardais les vaincus. Ils ne mourraient pas. Ils ne gagneraient pas. Une heure avant ils luttaient aux avant-gardes du Reich. Et puis ils avaient perdu ce morceau de terre qu'ils devaient défendre. Sale hiver.

Un soldat allemand agonisait dans une remise. Un sergent nous y conduisit, comme pour montrer aux valeureux correspondants de guerre que l'armée américaine laissait ses prisonniers mourir libres. C'était un jeune soldat, vingt-cinq ans peut-être. Il était allongé sur le dos, une couverture masquant le ventre. Le souffle raccourci soulevait sa poitrine. Il leva les yeux vers Lee. Une femme. Il la regardait avec terreur, avec ferveur. Des mots passèrent ses lèvres, le même mot répété plusieurs fois. *Mutter...* *Mutti...* Il appelait sa mère. Soudain il détendit la main, souleva son bras en direction de Lee. Il fixait quelque chose d'elle, quelque chose au-delà d'elle. Il avait été un petit garçon. Il avait été aimé. Sa main se rabaissa, se crispa sur la couverture, et il mourut.

Je laissai Lee finir son rouleau de clichés. Cet après-coup m'écœurait. Au loin, le bruit de la canonnade avait repris. Le front devait avancer vers Jebsheim et le canal de Colmar. Des camions chargés de jerricans d'essence faisaient relâche dans les rues du village. On voyait des chars obusiers, des automitrailleuses et des jeeps filer vers l'avant. Pour ce jour-là, j'avais mon dû.

Le village se repeuplait. C'était un bourg d'Alsace avec ses arbres, sa grand-place, sa mairie wilhelminienne, ses fenêtres à vitraux, ses estaminets où l'on buvait du vin blanc et des bières de Schutzenberger. On sentait une terre prise et reprise qui ne s'installait plus trop vite dans les libérations, ou qui s'y installait avec prudence. Une voix soudain me héla.

– Monsieur, monsieur...

Je tournai la tête.

Deux hommes d'un certain âge se tenaient sur le seuil d'une maison. L'un portait un béret et un foulard garance. L'autre avait le visage barré d'une moustache grise. Ils m'invitèrent à entrer chez eux. Ils voulaient m'offrir du café.

L'intérieur de la maison était décent et pauvre. Une cafetière chauffait sur le poêle. Les deux hommes m'expliquèrent avec effusion qu'ils étaient frères. Ils attendaient notre arrivée depuis des jours. Je leur offris des cigarettes qu'ils refusèrent. Puis, avec une sorte de timidité, l'homme à la moustache me montra sur le mur un brevet soigneusement encadré. C'était une feuille jaunie ornée d'un liséré rectangulaire en feuilles de chêne. Un coq gaulois était perché sur des armes liées en faisceau. Le nom de l'un des deux hommes y avait été manuscrit.

– Le 113ᵉ, monsieur, dit l'homme à la moustache.

– C'était le nôtre, ajouta l'autre. Le 113ᵉ Bataillon de marche. En 17, avec vous.

Ils me congratulèrent, me firent fête. Je ne les entendais plus. Je les entendais trop. Ces hommes montrant leur certificat de bravoure au premier Américain venu me serraient le cœur. Ils étaient comme ceux de mon pays, les appelés de 1917 que j'avais vus revenir à Milwaukee en chantant *Yankee Doodle* et aussi, en français, *La Madelon*. Ceux de Fleury et du bois des Caures, ceux de Souville et du fort de Vaux qui étaient montés sans fléchir trente ans auparavant. Eux avaient tenu dans un hiver qui ressemblait à celui-là, sous les shrapnels, dans la boue, et pour quoi ? Pour connaître des années plus tard l'humiliation d'être envahis et, ce qui est peut-être pire, la honte de voir leurs fils reculer. Et maintenant ils ouvraient les bras à des fils inconnus, aux enfants de Pershing qui leur rendaient une terre où mourir, une terre où leur vieille carcasse pourrait se coucher libre. *Le 113ᵉ, monsieur.*

Cinq jours plus tard, nous étions presque sur le Rhin. C'était le 7 février 1945. Les deux corps d'armée de la bataille d'Alsace avaient fait leur jonction à Rouffach. Colmar venait d'être reprise. Dans la nuit, les sapeurs d'« Iron Mike » O'Daniel lancés à l'assaut des fortifications de Neuf-Brisach avaient dû combattre sur l'ouvrage même de Vauban. On s'était battu à la grenade sur le flanc des bastions. Suivi à la jumelle, le spectacle était ahurissant. A la lumière des projecteurs, les GIs investissaient les fossés, lançaient des échelles de corde sur les demi-lunes, défonçaient les courtines au mortier. Rien de plus étrange que ces *boys* de Virginie courant sur le glacis, zigzaguant entre les ricochets, tiraillant sur les escarpes d'une place forte construite pour défendre la frontière royale quand les guerres portaient des noms de menuet.

Le lendemain, il passa sur la troupe ce vent d'illusion et de crainte qui saisit les cœurs au seuil d'une traversée. Le Rhin attendait entre deux rivages blancs. Jusque-là, nous étions les libérateurs. Bientôt commencerait une autre avancée dans le sanctuaire des dieux morts. Plus de fleurs jetées des balcons, plus de filles aux cheveux de lilas, plus de vin frais offert au bord des routes. Les *Krauts* attendaient dans leur tanière. Plus loin, dans les steppes, au bord des lacs du Nord, la marée soviétique avançait sur l'Oder.

On nous avait logés à Durrenentzen, une bourgade proche du Rhin. La nuit tombait. Je marchais avec Lee dans les rues. La féerie blanche de la forêt avait cédé la place à ces concentrations d'hommes sur la frontière. Un vent tiède de dégel soufflait sur la rive gauche du fleuve. De nouveau, les voix françaises résonnaient autour de nous, les parachutistes de Le Bourich, les caïds du 3ᵉ Bataillon de la Légion étrangère, les goumiers du général Guillaume que j'avais vus prier dans la neige, le visage tourné vers La Mecque. Ils regagnaient leurs cantonnements au crépuscule en nous abandonnant la rue. Lee avait peigné en arrière ses cheveux frais douchés. Elle avait revêtu une tenue propre – étrange obligation que lui imposait une vie d'armée en marche, celle d'être habillée en homme.

La lumière baissait dans les rues de Durrenentzen. Une mauvaise lueur annonciatrice de brouillard noyait les formes. C'était comme ouvrir la porte sur l'escalier d'une cave profonde : il en remonte un parfum nocturne de pièce murée. On voyait briller les lampes derrière les fenêtres. La vie s'enroulait sur elle-même dans l'intimité des maisons.

Nous avons marché jusqu'à la sortie du village, croisant des sentinelles qui battaient du pied sur la neige talée. Un belvédère planté de hêtres dominait la plaine. Il avait dû y avoir ici des filles riant dans les soirs d'été. Tout était désert. Nous nous sommes arrêtés près d'une balustrade recouverte de neige. En écartant la pellicule blanche, on sentait sous la main les aspérités du tuffeau. Lee s'y accouda. Je vins à son côté. Je voyais son profil sur la nuit, le regard noyé dans l'horizon. Le vent soulevait une mèche, la mèche battait son visage. J'avais envie d'elle comme d'une femme, et plus encore comme d'un pays retrouvé, une saveur plus tendre que l'oubli, une saison perdue qui revient. Le hasard nous avait poussés sur cette frontière, où irions-nous demain? Je ne voyais pas d'autre lien entre ces dernières semaines que la suite des instants, le moment pour le moment. Le fait d'avoir été là. Dans la succession d'images que j'avais d'elle, rien ne me paraissait relever d'une quelconque nécessité. Des profils divergents se rassemblaient autour de la femme qui se tenait près de moi, sans dessiner rien d'autre qu'une énigme. Et j'aimais cette énigme. Elle était l'apparition du premier jour avec Jeremy Barber. La femme de la chambre 412 entre ses caisses de cognac Rouyer. La cinglante photographe humiliant un capitaine rougissant. La marcheuse de forêt levant son Rolleiflex au-dessus du fossé. Elle était l'ombre dans le miroir, un soir d'automne où je l'avais embrassée pour la première fois. Je n'avais pu croire d'abord qu'une femme aussi secrète ait cette fureur en elle, comme si elle avait manqué, comme si elle avait voulu laisser une pauvre et belle empreinte avant la nuit.

En somme, je ne savais rien d'elle. Rien d'autre que ce mouvement qui nous portait sur la route, le rire clair de celle qui n'a rien à perdre. Elle vivait à Londres; elle avait vécu à Paris. A l'occasion elle buvait sec, un peu trop. Ce n'est pas moi qui l'en aurais blâmée. L'Alsace avait effacé les questions.

Dans la nuit de février, j'ai posé ma main sur la sienne. Gant contre gant. Elle a tourné vers moi son beau visage un peu las. J'ai écarté ses cheveux, ma joue a frôlé la sienne. Elle a laissé venir sa tête contre mon épaule, posé sa joue sur le col de ma canadienne.

– David...

Nous étions seuls au bord de la plaine. Des lumières scintillaient dans la distance. Un oiseau de nuit cria. Lee a relevé la tête, elle m'a regardé. Quel passé dormait derrière ces pupilles? Du fond de quel monde me dévisageait-elle?

– A quoi penses-tu?

– A rien, David.

– Qu'est-ce que tu caches, derrière ces yeux?

Elle eut un sourire triste.

– Je ne cache rien. J'attends.

– Tu attends quoi?

– Je ne sais pas. J'attends le jour suivant, et le jour d'après.

Elle baissa la tête en frissonnant. Puis elle posa de nouveau sa joue sur mon épaule, se serra contre moi.

– Garde-moi, David. Garde-moi.

Nous avions gagné Colmar. Un vent doux réveillait la plaine labourée par les combats de l'hiver. Un dégel brutal avait transformé les cours d'eau en torrents et les chemins en fondrières. Nous nous étions acquittés en quelques jours de nos devoirs de campagne. Les clichés de Lee étaient partis pour Londres; ma *story* volait vers New York via Paris. Les rédactions échauffées recommandaient la plus extrême imprudence; les lecteurs devaient se sentir sur le front. Il n'y a pas de guerres plus acharnées que celles que l'on mène par procuration : le citoyen de Duluth voulait trembler à Okinawa ou frémir sur les tanks de la VII⁰ Armée.

Nous étions au milieu de cette accalmie qui suit l'offensive et précède la bataille. Chacun attendait le franchissement. Les premiers camions Brock Way filaient sur les routes de l'Alsace libre, chargés d'énormes flotteurs destinés à la construction des ponts de bateau. Le passage du Rhin se faisait pourtant attendre. Les ordres du général Bradley appelaient à une *pénétration rapide et décisive*. Mais ses unités avaient trop souffert de la bataille de l'Ardenne, et l'élan fut rompu. L'objectif principal des états-majors était désormais la Ruhr. La mission incombait au XXI⁰ Groupe d'armées de Montgomery, déployé au nord entre Nimègue et Roermond. Sur l'immense bande de territoire courant au sud de Liège à Colmar, deux groupes d'armées US attendaient, couverts sur le flanc méridional par la Iʳᵉ Armée française du général de Lattre.

Colmar était pavoisée aux couleurs françaises, et

partout l'on entendait cette langue douce aux femmes, les accents rieurs des ordonnances du général de Vernejoul flirtant effrontément avec les jolies ambulancières. Des soldats assis dans leurs camions partaient en chantant vers Saverne. Le printemps bientôt reviendrait, avec ses carillons, ses filets d'eau coulant des sources romaines. Cette joie n'était pas la mienne, cette terre était la leur, et pourtant le sentiment d'appartenance qui naît sur les frontières fraîchement déplacées m'envahissait moi aussi.

Les journées de Colmar furent étranges et belles. Un masque glissait sur le visage de Lee. Les traits qui apparurent étaient ceux d'une autre femme encore.

Les premiers combats l'avaient raffermie, comme si la traversée de ces étendues enneigées avait chassé de mauvais rêves. Une façade d'incertitude se fissurait. Lee renaissait mobile, rapide comme une flamme, attentive à tout. Elle était devenue très populaire parmi les officiers français qui l'appelaient *la belle Elizabeth*. Ils lui offraient des insignes et des bouteilles de liqueur de prune. Elle épinglait les insignes sur sa vareuse avec un incroyable tour de main. Lee sortait parfois de son sac une casquette de jersey, la portait inclinée sur le front, la repoussait en arrière. J'aimais entendre sa voix mélanger l'anglais et le français, je découvrais son goût des phrases recomposées, des mots encastrés. Il me revint que l'unique livre que j'avais vu sur sa table de nuit, à l'hôtel Scribe, était *Ulysses*.

Elle se tailla un beau succès en dialoguant un jour dans la rue avec des goumiers accoudés sur les ballots de leurs brêles. Elle leur parlait en *arabe*. Les Marocains éberlués, hilares, voulurent tous lui serrer la main, puis ils lui offrirent une casserole. Elle les remercia chaleureusement. Lee était à l'image de cet instant : une femme radieuse qui parlait une autre langue au hasard de la rue, fêtée par des hommes qui ne la reverraient jamais. Mais où donc avait-elle appris l'arabe ? *En Égypte*, me répondit-elle, comme si cela allait de soi. Et elle éclata de rire.

Lee était adorable. Elle faisait songer à ces femmes fatales qui ont baissé leur garde en connaissance de cause. Elles peuvent séduire mieux que quiconque, mais elles préfèrent aller comme il leur chante. En un mot, Lee ne se prenait pas au sérieux. La belle murée des après-midi de Paris s'évadait, mais de quoi ? Je n'aurais su le dire. Mais plus elle était vraie, plus je l'aimais.

Dans toute vie vient un moment où l'on touche du doigt sa propre limite. La cage est petite, et quoi que l'on ait été, il faut se résigner aux barreaux – se survivre poliment. Ma cage, c'était le building de *Life Inc.*, les brouillards sur l'Hudson, le clavier des machines à écrire. Mais cette guerre emportait au-delà de ce qui était écrit. Il y avait une étrange joie dans chaque lendemain, parce que nous étions libérés de notre propre gravité, libérés de notre légende au sens professionnel du mot – quelques lignes sous une photo pour la décrire et la figer. Les existences s'entremêlaient au hasard : c'était l'éternel présent qui s'éprouve dans l'instant où il peut finir.

A Colmar, Lee se moqua beaucoup de moi. Elle disait que les correspondants de *Life* étaient mieux traités que des sénateurs, que j'étais comme un potentat du New Jersey en visite sur les lignes, qu'elle était donc devenu l'escorte de l'un des personnages les plus puissants du front. Je lui rétorquais qu'elle était la reine des fanfreluches, l'amazone aux rideaux de soie. Mais en réalité je la regardais désormais faire son travail avec plus que de l'estime : avec de l'admiration. Je connaissais comme tout le monde les pointures de Magnum,

Bob Capa, Jimmy Dugan ou David Douglas Duncan. Sur cette lisière d'Allemagne, Lee ne leur était pas inférieure. Les lenteurs que je lui avais reprochées à Paris s'étaient estompées avec la neige. Elle photographiait *vite* : un fantassin glissant une cigarette dans le filet du casque, un cardinal français venu bénir la cathédrale, un vieillard chiquant sur sa chaise. Sa précision de mouvement était devenue stupéfiante. Lee maniait le Rolleiflex avec une sûreté virtuose, petite boîte nickelée dans sa main, rotation du corps, flexion, recherche de l'angle. L'appareil était porté à l'œil, rabaissé une seconde, puis calé de nouveau, immobilisé au point exact par la force porteuse du bras. Ce geste qui prélude à l'attaque, qui cherche la *porte d'entrée*, je l'avais déjà vu, c'est celui du jazzman qui humecte l'anche, doigts frémissant sur les clefs, guettant dans la rythmique le point où il va placer son chant. Les choses paraissaient n'exister que pour appeler son œil, elle regardait tout, et parfois le Rolleiflex se posait sur moi.

Lee avait ses bizarreries. Sur la place Rapp, elle tomba dans les bras d'un tankiste français. Ils évoquèrent ensemble Paris, mais un Paris inconnu fait de prénoms et de lieux complices. Ils énuméraient des dates, ils paraissaient suivre à la trace des personnages considérables, *Jean* qui était resté à Paris, *Max* qui vivait en Arizona, *Julien* qui était toujours à New York. On aurait dit une séance spirite, ponctuée de claques dans le dos. Quand j'interrogeai Lee sur ces petites messes, elle fit le geste de chasser un insecte et se contenta de m'expliquer qu'elle était née à Poughkeepsie, siège du collège Vassar et capitale de l'ennui moderne.

Un soir où je m'étais attardé dans sa chambre et qu'elle cherchait des ampoules flash dans son sac de campagne, une poche latérale cousue sur la toile s'ouvrit. Il en tomba un peigne, des rouleaux de pellicule, et une paire de menottes badigeonnées à la peinture d'or. J'étais tout de même étonné. Je lui demandai si *Vogue* l'avait envoyée quelque temps à Sing-Sing, ce qui aurait justifié et la dorure et les menottes.

– Non, répondit-elle. Ma mère m'attachait avec ça pour que je ne coure pas les *speakeasies*.

Elle avait pris un air ironique, nullement désemparé. Elle mentait en laissant paraître qu'elle mentait.

– Est-ce que tu sais, lui dis-je aussitôt, comment les Mexicains appellent les menottes?

– Non, dit-elle avec une moue.

– Ils appellent ça *las esposas*. Autrement dit, les épouses...

– Et alors?

Elle me regardait du coin de l'œil, prête à rire.

– Et alors ces *esposas* ont peut-être bien serré les poignets d'une épouse.

– Quelle épouse?

– Toi.

Lee fit une grimace enjouée.

– Inquisiteur, Dave?

– Non, un peu journaliste.

– Même avec moi?

– Non, dis-je, pas avec toi.

Elle avait tiré une Lucky Strike de sa poche. Elle l'alluma, aspira fort, souffla la fumée.

– Ça n'a plus d'importance, reprit-elle. Mais enfin si ça t'intéresse, j'ai été mariée, oui. D'ailleurs je le suis toujours.

– Et ton mari?

– Mon mari...

– Où est-il?

Elle haussa les épaules.

– En Égypte, je crois.

– Tu crois?

128

– En fait, je ne l'ai pas vu depuis cinq ans.

Elle tapota la cendre sur le rebord de la table.

– C'est tout ce que ça t'inspire?

– C'est le passé, David. Comme cette cigarette. Elle a brûlé, elle était bonne, mais les suivantes seront meilleures.

– Drôle de conception, lui dis-je.

– C'est la seule bonne quand on ne veut pas souffrir, *my love*.

Elle tira une autre cigarette du paquet. D'une certaine façon j'étais soulagé. Ce mari disparu, balayé d'une pichenette, me convenait tout à fait.

Les nuits restaient froides. Nous marchions chaque soir au long de la Lauch. Des civils français nous offraient des œufs ou des bouteilles de schnaps. Les vieux Alsaciens montraient la direction du fleuve en invoquant le *Vater Rhein*. Les officiers de la 2ᵉ DIM arpentaient fièrement leur coin d'histoire. Ils suivaient des yeux Lee, femme qui passe, fiancée de bientôt. Une affiche avait été collée sur les murs et sur les arbres. Elle était signée Jean de Lattre. A force de la voir, nous en connaissions des morceaux par cœur : *Habitants de Colmar, après quatre ans et demi d'oppression et de souffrance, quatre ans et demi d'une séparation si cruelle à nos cœurs, votre cité retrouve la Mère Patrie et le Drapeau Tricolore. Désemparé, l'Allemand bat en retraite. Désormais, toute menace écartée, sous la protection de nos troupes, vous êtes rendus à la liberté et à la vie française.*

Je la récitais en chœur avec Lee. La vie française... Qu'est-ce que c'était, *être rendu à la vie française?*...

Nous trouvions refuge dans une taverne des Unterlinden fréquentée par les hommes de la 5ᵉ DB française. Le lieutenant Charles Berthecourt nous y attendait souvent. Il avait rejoint Alger en 1941 et fait la guerre avec les Forces françaises libres. Avant le conflit il était, selon son expression, professeur de lettres et noctambule. Il amusait beaucoup Lee ; je le trouvais très français. Il nous parlait des courtisanes du parc Monceau, des ouvriers de Zola, des garages de la porte Champerret. *Votre amie est très sympathique*, me disait-il. *C'est une superbe femme, et je m'y connais.*

Un soir, nous lui avons posé la question du « retour à la vie française ». Berthecourt réfléchit un instant, pour avouer finalement qu'il ne pouvait répondre, qu'il ne savait pas très bien. Et aussitôt, comme pour se corriger, il dit à peu près ceci qui me frappa :

– Le retour à la vie française, pour moi, c'est avant tout le mystère allemand. Ils nous envahissent, on les repousse, ils s'en vont. A croire qu'ils nous aiment. Je n'arrive pas à penser que l'Allemagne soit intrinsèquement mauvaise. Mais voyez ce qu'ils ont fait... C'était pourtant la douce Allemagne des professeurs sans mains et des voyageurs dans la neige... L'Allemagne des spectres délicats et des quintettes à cordes. Je ne lui reproche pas ce qu'elle est, cela aura permis à deux générations d'Américains de découvrir que l'Europe existe. Je sais seulement que le Reich a fait passer dans chaque pays envahi une ligne qui sépare l'infamie du courage. Qu'il a révélé chacun à chacun... Vous savez, j'ai appris depuis Alger que tel de mes amis avait trahi. Et que tel autre, que je croyais faible, s'était battu au-delà de lui-même. Sans nazis, il n'y aurait pas eu de collaborateurs. Mais sans collaborateurs, il n'y aurait pas eu de héros... L'Allemagne va perdre la guerre. Mais ses philosophes l'ont déjà gagnée, en révélant au cœur de chaque nation envahie la vérité de chaque conscience. C'est ça, le retour à la vie française...

Berthecourt parlait encore, et puis il nous quittait

parce qu'il croyait nous gêner. Nous allions alors avec Lee de taverne en *Weinstube*, nous buvions dans leur odeur de vieux comptoir et de chou coupé, nous buvions aux tables françaises qui nous accueillaient, nous buvions partout. Lee n'était pas en reste. Après quelques verres ses yeux brillaient étrangement. Elle pouvait devenir d'une gaieté fauve, exagérée, et je sentais contre ma bouche ses lèvres ouvertes, parfum des choses acides, raisins des liqueurs sombres, je fermais les yeux sur la nuit qui basculait, j'étais au plus près d'un autre monde clos, lèvres d'ivresse qui me donnaient du plaisir, lèvres qui s'ouvraient sans avouer, il n'y a que des moments, embrasse-moi *my little one*, reste encore, ne pars jamais, reste avec moi qui ne mérite rien, sois celle de l'instant, celle que je ne perdrai pas.

Aux yeux de certains, Lee commençait à passer pour une extravagante. Une armée qui fait relâche ressemble à une petite ville : des caractères se détachent, des curiosités s'y dessinent. On savait que *Vogue* avait envoyé une photographe sur cette partie du front, qu'elle avait traversé les combats de la fin février avec un correspondant de *Life* ; on la disait belle et intrépide. A l'état-major du général Devers, les officiers me congratulaient avec un air complice : je ne devais pas m'ennuyer. Ils étaient prêts à pétitionner auprès d'Eisenhower pour que *Vanity Fair* et *Harper's Bazaar* leur dépêchent des contingents similaires. Les soldats français, eux, la trouvaient *culottée*. Bien plus qu'à Paris où les romances se cachent dans la pierre, nous devenions ici visibles. D'aucuns nous appelaient *Dave & Lee*, comme des partenaires de music-hall. Une invitation adressée à l'un valait pour l'autre. A l'hôtel où nous résidions, les messages étaient glissés indifféremment sous sa porte ou la mienne. Mais en vérité il y avait sur cette frontière trop de fatigue ou de sympathie vraie pour que l'on tienne rigueur à quiconque d'être ce qu'il était. Le chemin parcouru depuis Paris en avait blindé plus d'un. Tout ce qui se perdait du côté noir, le sexe, la mort, était justifié par le répit qui en était la récompense. Là, j'ai aimé Lee dans sa légèreté, dans son intelligence. Elle me regardait, elle devenait mon autre. Je connaissais désormais sa rapidité, son rire, cette étrange douceur qui vient après les orages. Nous nous prêtions au jeu en sachant bien que l'idée du couple, flatteuse pour moi, était à cent lieues de la réalité.

Je n'appelais pas couple cette quête nocturne. Ce déchirement d'une solitude par une autre. Cette Lee de Colmar, délicieuse, drôle, précise dans son métier, redevenait chaque nuit la femme qui m'avait dit *garde-moi* en frissonnant, comme si elle avait été menacée par une invisible présence, et plus encore par cette autre qu'elle était pour elle-même. Elle avait des gestes qui troublaient profondément, non par leur excès, mais par leur appel.

Je n'aurais su dire si elle se servait de moi. Mais des frissons couraient sur sa peau blanche. Ces frissons l'habitaient, dotés chacun d'une inflexion propre, comme si elle revenait pas à pas vers un souvenir obscur, comme si elle avait reconnu des empreintes l'une après l'autre ravivées. Des expressions étranges éclairaient son visage tantôt apaisé, tantôt convulsé. J'avais le sentiment inouï qu'elle retrouvait sous ma main des états oubliés : qu'en faisant l'amour, *elle remontait dans le temps*. Cette fièvre devait partir de quelque chose qui avait existé. Lee voyageait sous mes doigts, très loin en elle-même, comme si d'autres êtres l'avaient hantée. Les longues jambes se refermaient, s'ouvraient en silence. Ses yeux clos puis rouverts fixaient quelque chose que je ne voyais pas. Vers quelles profondeurs,

132

quels marais descendait-elle? Je croyais apercevoir des lueurs vertes, les épanouissements d'algues d'un rivage sous la lune. La chambre glissait sur une nappe d'eaux mortes pour s'échouer comme une barque dans une darse envasée.

Puis ses traits se recomposaient jusqu'à retrouver une nuance de douceur. Lee revenait à elle dans mes bras. Je caressais ses tempes. Le sang battait sous ma paume.

J'étais vidé.

Un soir, une estafette des transmissions américaines se présenta à l'hôtel. L'homme apportait un message pour Lee. En le déchiffrant, elle prit un air contrarié. Elle chiffonna le billet dans sa poche et partit aussitôt à la recherche d'un téléphone.

Quand elle revint, Lee paraissait excédée. Elle me dit que sa rédaction la convoquait à Paris. Rien de grave, mais on avait un besoin urgent de photographe pour l'édition française de *Vogue* – un remplacement d'une quinzaine de jours. Le motif me parut curieux. Lee ne tenait plus en place ; elle se jeta sur une bouteille de scotch. Je voyais bien sa tristesse. Le soupçon me vint qu'elle mentait.

Le lendemain matin, une jeep l'attendait. Lee devait rejoindre une gare en-deçà de la ligne de front. Je l'ai accompagnée dans la rue. Le soleil éclairait les façades. Une vieille Alsacienne secouait un tapis sur le pas de sa porte. J'ai embrassé Lee, très vite, et je l'ai vue partir, barda sur l'épaule, cheveux retenus sous la casquette de jersey, casque attaché à une lanière du sac. Elle s'est retournée, elle m'a souri. Le chauffeur attendait. Lee a paru hésiter, puis elle est montée dans la jeep.

– *See you in Germany!* a-t-elle crié.
La jeep a démarré. Lee a agité le bras. Elle devenait une silhouette au bout de la rue. Puis elle a disparu dans le lointain. En face de l'hôtel, on avait collé sur un mur l'affiche du général de Lattre. *Quatre ans et demi d'une séparation si cruelle à nos cœurs...*

Je ne restai que quelques jours à Colmar. La chambre vide, les rues pavoisées où je marchais sans but me donnaient la sensation d'une solitude fade, pareille à celle d'un dimanche d'automne. Colmar, avec ses soldats à bidons, l'écho des brodequins sur ses ponts miniatures, me parut soudain rappelée à l'ordre d'un autre temps, d'une autre guerre. Je croyais voir ces photos conservées dans les maisons de mon enfance, où les tuniques bleues avaient posé avec leurs sabres et leurs uniformes crottés autour des mortiers à gueule noire du général Ulysses S. Grant.

Nous étions à la mi-mars. Des nouvelles tombaient tous les jours. La semaine précédente, les hommes du général Hodges avaient trouvé le pont de Remagen intact. Patton massait ses troupes sur la rive gauche du fleuve avec Mayence en ligne de mire. Des équipes de *Life* couvraient déjà ces secteurs. La rédaction me demanda donc de rejoindre en Sarre-Palatinat la VIIᵉ Armée du général Patch, déployée en ordre de bataille dans l'axe de Mannheim. On me recommanda d'acquérir ma propre automobile afin de ne pas être tributaire une fois en Allemagne des seuls transports de troupes.

Je me mis en quête d'un véhicule dans les alentours de Colmar. Après quelques tentatives infructueuses, je trouvai la bonne piste. Dans le hangar d'une ancienne savonnerie, un petit monsieur à rouflaquettes, très âgé, me conduisit jusqu'à une forme bâchée dissimulée derrière des caisses de bois. Quand il souleva la bâche, je ne pus m'empêcher de siffler. Il venait de dévoiler comme un magicien une Chevrolet modèle 1937. Sous la couche de poussière, la carrosserie bleu sombre respirait le neuf. Les pneus reposaient, légèrement dégonflés, sur des cales de sapin. La gomme en était dure, à peine entamée. L'odeur des sièges de cuir se mêlait au parfum hygiénique et piquant de la vieille savonnerie. Quand je fis tourner le moteur, ce fut d'abord une toux rauque comme un réveil de fumeur. Puis un doux ronronnement monta des cylindres. Sous l'écho des madriers de la toiture, on aurait dit le ramonage d'un orgue. La direction, même sollicitée, répondait bien. Le bonhomme me la céda pour 120 000 francs.

Un camion du Matériel vint le lendemain retaper la Chevy. Les mécaniciens changèrent les chambres à air, réglèrent le moteur, firent le *check-up*. Ils pulvérisèrent une couche de peinture vert olive sur la carrosserie. Puis un as du pochoir dessina sur les portes et aussi sur le toit – précaution aérienne – une étoile blanche dans son cercle. Il eut même la délicatesse de reproduire au pinceau le sigle de *Life* sur les ailes. Mon tank était prêt. Dieu seul savait où il me conduirait.

Je partis le lendemain pour la Sarre. La route était dégagée, ouverte sous les bourgeons durs de mars. Les méandres de la chaussée épousaient le vallonnement soyeux des collines d'Alsace. Je songeais à Lee, à cette absente qui fuyait d'entre mes bras. Les panneaux abattus dans l'herbe indiquaient encore en lettres gothiques la direction de Strasbourg. L'odeur du cuir, le ronronnement de la Chevrolet, la tache intermittente des petits lacs ramenaient en moi l'enfance. Je connaissais les deux langues que l'on parlait sur cette frontière. Les enseignes aux armes du *Rathskeller* et les hauts résineux pointus me rappelaient à d'autres lieux, à d'autres années.

Je suis né au bout du monde. Je suis né en 1905 à Milwaukee. Mes premiers souvenirs du Wisconsin se tiennent à fleur d'eau. Une jetée, des docks, la ligne des silos de grains au bord du lac Michigan. Le trentième État de l'Union était une petite Prusse; des Scandinaves et des Allemands avaient apporté là leurs houblonnières, leurs pêcheries et leurs usines à système. On longeait sur les bords de la Milwaukee River l'enceinte de brique rouge des brasseries Miller Pabst. Des ouvriers en sortaient avec leurs casquettes et leurs gamelles. Ils étaient mélancoliques et véhéments, doux aux enfants, mettant dans leur vie cette sentimentalité d'orphéon et de rideaux tirés qui distingue les riverains de pays lacustres. Je marchais en fouillant du regard l'horizon d'une mer fermée. Les Indiens Winneebagos avaient nommé cet endroit *la réunion des eaux*. Les Français y avaient cherché le passage du Nord-Ouest vers la Chine. Ils n'avaient trouvé que ces lacs bordés de forêts, ces fjords sablonneux. Vers 1915, la rive ouest du lac portait encore les marques d'un peuplement disparate, de colonies essaimées par le hasard au bord des eaux. Des camps de bûcherons étaient dispersés à l'entrée des forêts. Il en sortait des hommes en tablier de cuir, faits comme des brûleurs de cheminée, qui acheminaient vers les scieries des billes de bois empoissées de sève portant l'entaille fraîche de la cognée. Au milieu du lac, les Irlandais de Chicago convoyaient sur leurs trains d'eau les poutrelles d'acier Bessemer : on entendait le mugissement joyeux de leurs sirènes. Une odeur de saumure signalait l'anse des pêcheries, avec ses cageots de fin lattis blanc où l'on couchait sur un lit de glace les brochets et les sandres à peine nettoyés. La rive tournait. Les senteurs de cuir et de marée, le parfum des souches écorchées se mélangeaient sur ces confins de l'ancien pays des peaux. En entrant dans New

Glarus, on longeait les fromageries de la colonie suisse, un ébrouement de troupeaux et de clochettes. Des familles d'Indiens Kickapoo abrutis par l'alcool vendaient au bord de la route leurs poupées tressées en lanières souples. Plus loin, il fallait contourner la scierie mormone de Black River Falls où des échappés de l'Utah offusquaient le pays par leurs mœurs de harem. *Schweinehund*, entendait-on parfois sur le passage de ces faux ascètes à chapeau rond.

Mon père était magistrat à la *Court House* de Milwaukee. Il avait obtenu ses diplômes dans une université de l'Est, puis il était revenu vers ce lac proche des étendues canadiennes. Aussi loin que je puisse remonter dans mes souvenirs, 1910 peut-être, j'ai cinq ans, je le revois dans son bureau écrivant sur du papier velin d'Appleton. Il était d'un temps où l'autorité des pères ne le cédait qu'à l'égalité des citoyens, un temps de perruques jetées à terre et de codex à l'antique. A la veillée, il lisait les constitutionnalistes anglais et les poèmes de Whitman, qu'il tenait, nonobstant le débraillé, pour une sorte de père fondateur. Il aimait à me montrer les serres à coupole du Mitchell Park et le bâtiment de la *Public Library*, parce que l'horticulture et les bibliothèques étaient pour lui deux facettes d'une même profusion maîtrisée, d'une mémoire du monde ramenée à l'ordre des hommes. Il professait aussi un modernisme de bâtisseur, allait s'enquérir des nouveaux enduits de maçonnerie auprès des entrepreneurs de Chicago, se faisait porter les bulletins des expositions universelles. Mon père aimait à faire l'éloge de la vitesse parce qu'elle appartient aux hommes, alors que la lenteur est chose de nature comme les grands lacs assoupis, comme le passage des fleuves et des saisons.

Ma mère venait d'une famille du premier Milwaukee. Ses aïeux étaient arrivés sur le lac un peu après la création du comptoir par Salomon Juneau, avec sa cohorte de trappeurs, de juifs alsaciens et de filles perdues. Elle était de cette vieille souche française qui entretenait le souvenir de La Fayette et avait fait inscrire le *Bastille Day* au nombre des fêtes officielles de Milwaukee. Une dizaine d'années avant ma naissance, on avait rebâti pierre par pierre une chapelle du XVe siècle français dans l'enceinte de l'université Marquette. A la même époque, les *Frenchies* de Milwaukee avaient contraint le conservateur du Public Museum à négocier l'achat d'animaux naturalisés chez les taxidermistes de la rue du Bac plutôt qu'avec les officines spécialisées de Leicester Square. Un lion d'Afrique, statufié par l'empailleur, a été ma première introduction à la vie française.

En roulant vers la Sarre, j'avais devant les yeux le profil de ma mère jouant Onslow sur son piano, puis s'interrompant pour me regarder avec amour. Elle dirigeait mes lectures vers de vieux romans français, me faisait épeler les mots avec cet accent un peu canadien qui est resté le mien. Vers 1944, les Américains de ma génération ont pris le phrasé de Frank Sinatra, et aussi celui d'Orson Welles. Je crains de n'avoir gardé que l'accent de ma mère.

J'étais devenu journaliste. Cette distance qu'un père-juge mettait entre les choses et lui, j'avais voulu la réduire par les mots en épuisant ce qui se refusait à moi. Cela n'avance à rien, cela oblige à voir. Je roulais désormais sur cette route d'Alsace où l'histoire s'écrivait toute seule : mais la plume et l'encre venaient d'un temps où j'avais regardé les oiseaux s'envoler au-delà des eaux vers une autre frontière. Un brasseur en tablier, un Indien Kickapoo allaient peut-être surgir au tournant de la route. Les trois langues de mon passé, l'anglais que j'écris par mon père, le français que je parle par ma mère, et l'allemand des autres, se mélangeaient de nouveau au bord du Rhin comme si la guerre européenne avait été mon origine et ma fin, comme si l'océan traversé m'avait ramené vers l'enfance. En approchant du fleuve je n'entrais pas dans l'inconnu, j'allais vers moi-même.

Je ne restai que deux jours au QG du général Patch. L'attaque était imminente. Les barges démontables, les *ducks* amphibies et les ponts articulés du Génie étaient déployés en masse au bord du fleuve. Les pontonniers de la VIIe Armée, sûrs de leur fait, me promirent de faire passer la Chevrolet sur l'autre rive dans les quarante-huit heures qui suivraient l'ouverture de la tête de pont. De droit, je faisais partie du caravansérail.

J'appelai à plusieurs reprises l'hôtel Scribe. Mrs Miller était absente. Au quatrième appel, la réceptionniste me dit qu'elle la croyait partie pour Londres. Je n'eus pas le temps de m'en étonner. L'assaut débuta cette nuit-là, à Worms. Tout se passa comme dans un rêve. L'artillerie avait ouvert un violent tir de couverture. Je vis depuis la rive une armada de barges et de *ducks* se lancer sur le flot. La lune éclairait faiblement les collines de l'Odenwald. Le vent poussa les fumigènes vers la rive droite illuminée par le sillage des balles traçantes. Il n'y eut quasiment pas de résistance. Dans les heures qui suivirent, des détachements prirent position sur l'*Autobahn* Darmstadt-Mannheim. La jonction avec la IIIe Armée de Patton fut annoncée le lendemain.

Trente-six heures plus tard, une barge déposait la Chevrolet sur la rive droite du Rhin. C'était le 28 mars 1945.

J'étais passé au-delà du fleuve.

Lee réapparut le 12 avril au camp de presse de Francfort. Je l'avais attendue là avec la Chevrolet, prévenu de son arrivée par un message transmis depuis Paris. Elle sauta d'une jeep, tomba dans mes bras. « Quand partons-nous ? » demanda-t-elle aussitôt. Telle qu'elle était, reposée, ardente, Lee ne laissait pas place à mes questions. Il est vrai que les événements s'étaient précipités. Les armées alliées avançaient à grande vitesse vers l'Elbe. Une kyrielle de journalistes arpentaient déjà l'ouest de l'Allemagne comme un pays conquis. J'avais perdu quelques jours à attendre Lee : *Life* me pressait de rejoindre les premières lignes américaines qui marchaient à la rencontre des troupes soviétiques.

Nous sommes partis vers l'Est dès le lendemain.

Entre le 12 avril, date où je retrouve Lee à Francfort, et le 8 mai 1945 où la capitulation nous surprend à Rosenheim, quatre semaines s'écoulent qui n'ont cessé de me hanter. Pendant plusieurs jours nous avons d'abord progressé en territoire *pacifié*. A travers un pays ruiné, c'était une avancée confuse, sans attaches, pleine de cahots. Des véhicules portant sur leur carrosserie les effigies de Betty Boop ou de Mickey Mouse longeaient les maisons éventrées. Sur la carcasse des murs, les affiches glorieuses promettaient l'invasion et la revanche, *Invasion und Vergeltung*. Mais quelle revanche attendait ce peuple de musiciens livides, ces âmes grises surveillées par des fantômes en

141

uniforme kaki? Quand Lee pointait son Rollei sur un Allemand, il accélérait le pas. Les femmes surtout se protégeaient le visage, d'un geste que je n'ai plus revu qu'aux passantes des villes turques. Elles savaient que sur Dresde, que sur Hambourg étaient tombées les *Phosphorblättchen*, ces bombes qui enflammaient les corps, ces langues de feu qui mangeaient l'air. Des journalistes du *Daily Express* nous racontèrent que dans le zoo de Berlin bombardé, les tigres échappés de leurs cages avaient poursuivi des antilopes en flammes. Les animaux mouraient stupides dans l'incendie du monde.

Dès le premier moment, Lee m'avait parue anormalement gaie : les Rollei sans cesse dégainés, une excitation de chasseur sur la piste. Je compris assez vite la raison de cette euphorie. Comme la Chevrolet traversait un village lugubre, elle sortit une boîte de sa poche-revolver, l'ouvrit, en tira deux comprimés blanchâtres.

– Prends ça, me dit-elle en glissant dans ma main l'un des deux comprimés.

– Qu'est-ce que c'est?

– De la benzédrine.

– De la quoi?

– Du sulfate d'amphétamine. Ça remonte.

Elle avala l'autre comprimé.

– Vas-y, Dave, vas-y.

J'avalai à mon tour la petite pastille. Une demi-heure plus tard, les choses prenaient sous mes yeux un profil dur, bleuté, électrique. Je sentais un courant passer sous ma peau. J'aurais pu traverser le lac Michigan à la nage, j'aurais pu escalader un volcan. Les yeux de Lee brillaient comme des gemmes. La benzédrine allait nous accompagner pendant ce voyage allemand. Rétrospectivement, je me dis que j'ai vu ce pays sans le voir, plus loin que lui-même : je l'ai vu sous l'empire d'une drogue.

Le ciel allait se couvrir jour après jour d'ailes, de moteurs vrombissants, de forteresses volantes et de Liberator qui survolaient l'Allemagne comme une carte d'état-major. Au sol c'était le cirque de Buffalo Bill racheté par la General Motors ; des stocks de *spam*, des containers de kérosène, des caisses d'obus et de cartouches par milliers. L'Amérique, en somme : un salon démontable que l'on promène dans les déserts, un ordre nomade qui se superpose au pays traversé. Dans les zones US des villes reconquises, on était assuré de trouver un périmètre borné de *checkpoints*, rempli de magasins, d'orchestres, de commodités temporaires. En voyant la bannière étoilée flotter au-dessus des burgs, en suivant des yeux les jeeps hérissées de fusils qui longeaient les palais effondrés, j'ai plus d'une fois songé à un campement d'escadrons sous les *pueblos* du Nouveau-Mexique. L'Europe devenait un studio où les opérateurs de la Warner tournaient l'ultime western. Nous étions les légions d'Hollywood sur le Danube, les neptunes d'Esther Williams sautant dans un cerceau de feu.

Les enfants du Middle West se lançaient dans une croisade vers le passé. Ce n'était plus les scouts indiens traversant les forêts en lisière des grandes plaines : ils contemplaient désormais la frontière d'un autre continent sans cesse repoussée vers l'Est. Les estafettes du général Hodges épuisaient leurs moteurs comme on avait autrefois cravaché les chevaux de la Wells Fargo. Nos ancêtres avaient quitté l'ancien monde ; nous revenions arpenter comme des enfants de la fortune cette terre consumée jusqu'à la ruine, ce *Wonderland* détruit par les magiciens. L'Europe était un champ de sortilèges obscurs que les B-29 survolaient en lâchant leurs bombes incendiaires.

Je viens d'une civilisation jeune. Elle prône la

perfectibilité des conditions et l'ordre des consciences; on y inscrit le nom de Dieu sur les *banknotes*. Ce n'est pas de sitôt qu'elle suscitera son propre crépuscule. Les soldats d'Omar Bradley ne comprenaient pas que l'Europe, qui leur paraissait être un seul et unique pays, s'entre-détruise pour le pire : *Europe is a bastard country*, entendait-on aux bivouacs. Un sergent de Queens m'exposa un soir sa vision de l'affaire. Il imaginait deux conservateurs du Metropolitan Museum devenus fous, barricadés chacun dans une aile du musée, lançant des raids jusqu'à la destruction finale des statues, des collections et des gardiens. Il ne s'expliquait pas autrement les cathédrales incendiées, les palais rasés, les reliquaires foulés aux pieds.

Ses camarades ne s'embarrassaient pas de ces subtilités. Les GIs avaient un mot fétiche : *Liberated*. Toute chose éveillant leur envie était aussitôt « libérée ». Je les vis libérer un segment de pelouse, des montres-bracelets ramassées dans les gravats, un garde-manger rempli de *knackbrot* de seigle. *Liberated* la maison où l'on s'installait pour la nuit, *liberated* la clef à molette trouvée au bord de la route. Si Lee avait été allemande, elle aurait été rapidement libérée.

Nous avons participé à l'une de ces séances de libération. Devant une maison de Hanau, des GIs faisaient la navette entre la porte et leurs jeeps, les bras chargés de bouteilles. Je freinai. Lee sauta de la voiture.

– La cave est pleine! nous cria un sergent. Il faut la libérer!

Nous descendîmes avec les GIs dans le cellier voûté. Une cave fleurant la mousse abritait des centaines de fiasques, de tonneaux et de magnums.

144

Lee remonta aussitôt. Je sondai les muids cerclés de fer. Ils étaient pleins comme des ventres. Les GIs faisaient main basse sur la réserve au milieu d'exclamations joyeuses. Lee réapparut avec deux jerricans.

– On va remplir ça, David.

Plusieurs barriques portaient l'inscription « Sauternes ». J'ouvris un robinet. Le vin de France jaillit à plein jet. Une fois les deux récipients remplis, j'allai en chercher un troisième dans le coffre de la Chevy. La récolte avait été bonne.

Les jours suivants, des correspondants de guerre ahuris nous voyaient plonger des gobelets dans les jerricans.

– Dave et Lee sont devenus complètement fous, entendait-on. Ils passent leurs journées à boire de l'essence...

Entre deux villes, la Chevy traversait de sinistres étendues d'herbages. Des maisons trapues, avec leurs façades jaune d'or et leurs toits d'ardoise, disparaissaient dans la distance. Une pluie fine noyait parfois l'immensité des champs. Au long des rivières, des files de civils noirs et prostrés attendaient près des ponts effondrés, tablier fiché à angle droit dans les massifs de joncs. Les vieillards s'appuyaient sur des cannes ou s'asseyaient sur des balluchons de toile. Ils serraient dans des sacs de jute quelques pommes de terre, des morceaux de lard ou un gros chou. Des nuages de moucherons jaillis des berges les assaillaient. En contrebas, des oiseaux gîtaient dans les lucarnes des péniches immergées.

Ces fuyards ne faisaient pas mauvaise figure aux Américains. Les interprètes de l'US Army nous disaient que les civils craignaient plus que tout *Ivan*, le soldat russe déferlant depuis les têtes de pont de l'Oder, et qu'ils ressentaient comme une humiliation la présence sur leur sol des Français, peuple brachycéphale, peuple vaincu. Nous longions ces colonnes en silence. J'avais à portée de main, sous le siège, un colt d'ordonnance que m'avait remis un officier de la 63ᵉ Division. Pas une fois je n'eus à m'en servir.

Des barrages coupaient souvent le chemin. Les GIs écartaient les hérissons de barbelés et nous indiquaient des itinéraires sur la carte. La Chevy se glissait entre les murs de sacs de sable, repartait. Des cadavres apparaissaient au bord de la route, le vêtement brûlé par l'impact, la chevelure poisseuse de sueur et de sang. Ils avaient les yeux ouverts, la peau plissée comme un cerneau de noix. A deux ou trois reprises nous nous sommes égarés. La Chevy s'engageait dans un chemin qui menait vers des bourgades fantômes. Dans un lacis de routes défoncées, minées peut-être, il fallait avancer lentement. Ces écarts de forêts baignés par une fraîcheur de sous-bois étaient comme un goulot d'ombre où la vie revenait. Des oiseaux chantaient dans les branches. Puis nous retrouvions la grand-route en piquant sur les fumées qui montaient à l'horizon.

Sur le chemin se croisaient sans cesse des colonnes de réfugiés et des régiments alliés avançant vers l'Est. Il fallait parfois attendre pare-chocs contre garde-boue entre un obusier de 105 et un gros char destroyer. Les conducteurs s'improvisaient barmen dans la fumée bleue des moteurs. Ils sortaient de leurs cantines une bouteille de scotch et régalaient la cantonade en esquissant un pas de *shimmy* sur la chaussée.

Des montagnes de denrées étaient entassées aux points de ravitaillement. On nous remettait des sachets de chocolat et des boîtes de pâté, six gallons d'essence, des cartouches de Camel, de la mousse à raser, des pastilles de permanganate pour désinfecter l'eau et, par faveur spéciale, des rations U, celles des officiers supérieurs. Lee obtenait toujours un peu plus. Les hommes de l'intendance la gratifiaient d'un claquement de langue admiratif :

– *This lady is absolutely fearless!*

D'autres véhicules de fortune rejoignaient le nôtre, frappés du sigle des grands journaux de Londres ou de New York. Le *Harvard Press Club* tenait ses assises en roulant, de portière à portière, mots échangés comme ces défis de coureurs automobiles avant le dernier tour. *See you at Uncle Joe's*, hurlait-on au démarrage. Uncle Joe, c'était Joseph Staline. Certains correspondants britanniques, tel Richard Dimbleby de la BBC, étaient convaincus que les troupes anglo-saxonnes avanceraient jusqu'à Moscou.

La gomme des pneus flambait sur la pierraille. Les nids-de-poule secouaient rudement la suspension. Il fallait constamment braquer, contre-braquer, éviter les fragments de verre et les débris épars sur la route. Le revêtement de la carrosserie s'était écaillé, révélant sous la cape olive l'éclat du bleu chromé. Dans les villes, je scrutais sans arrêt le pavage des rues. Les rails de tramway étaient souvent extirpés de leur sillon pour entraver l'avancée des chars. Ils saillaient hors du macadam comme des rostres aux arêtes coupantes.

Mais ce n'étaient plus des villes, à peine des champs de pierres, des citadelles noircies levant leurs poutrelles vers le ciel. Dans certaines zones, les torpilles aériennes avaient soufflé toute vie. Les charpentes effondrées sur des mannequins dénudés, les cuvettes d'eau croupie où rôdaient des chiens évoquaient une terre dévastée par une épidémie mortelle. Des ventilateurs et des plats de fer-blanc, des jouets et des pièces de moteur rouil-laient dans la fange. On voyait parfois sur un pan de mur les restes d'une affiche, le profil d'un *Sonnenknabe*, d'un fils du Soleil sous son casque martial. Le ciel des crépuscules était rouge. J'avais la nausée. Un peu de benzédrine et le cœur battait plus fort, les choses retrouvaient leur découpe dure et bleutée. Le volant tournait vite sous ma main, je me sentais soulevé, emporté vers un autre monde.

Je notais sur un bloc des esquisses de description, des phrases attrapées en chemin. En haut de chaque page, un nom de lieu – il fallait bien que ces villes rendues interchangeables par les destructions se distinguent l'une de l'autre par quelques traits, une cathédrale fameuse, le siège d'un *Landhaus*, il fallait bien que le rien porte un nom. J'alignais des fragments, des croquis. A la fin, mon écriture devenait illisible, en zigzags. Lee regardait ces idéogrammes par-dessus mon épaule. Elle paraissait m'envier. Mais je savais que la vérité sortirait plutôt du Rollei. Je savais que cette guerre était la fin de l'écriture, la fin de mon métier.

Parfois, quelque chose ressemblait à la grâce. L'intimité des vieilles rues prolongeait le silence des places. Des ombres erraient autour des anciens marchés, avec leurs bornes miliaires, leurs anneaux de fer, une devise gravée en lettres gothiques – *Es ist passiert.* Une lumière d'avril éclairait les coupoles crevées. La courbe d'une rivière, la fugacité d'un coteau donnaient au paysage une beauté de femme faite, pleine de lignes arrondies et de ravines émouvantes. Nous étions bercés par la route. Les yeux de Lee se perdaient dans la saignée des arbres. Elle connaissait un mot allemand pour dire cela, *Lichtung*, la trouée lumineuse des bois, et cette lumière qui venait de très loin, ombrée par le faîte des alignements, ressemblait à ce que je connaissais d'elle, à cet éclat voilé où j'allais me perdre.

Lee n'inspirait pas la sollicitude, mais l'amour et le respect. Et quand je lui demandais si elle ne voulait pas s'arrêter, rester quelque temps sur les arrières, elle disait toujours : non, on continue. Elle était simple et belle, livrée aux choses du hasard, comme si elle avait cherché dans cette existence oscillant au bord de la mort une justification de sa propre vie. Et ce visage éclairé parfois d'un sourire était vraiment celui d'une reine, reine tombée sur la terre en flammes, *fallen angel* jeté dans la malédiction des corps et des hommes. Ses traits émaciés, recouverts d'un maquillage de poussière, prenaient des allures de masque nô.

Une fois, une seule fois, je la vis bouleversée – physiquement malade. Dans le ciel de Hesse était apparu un Junker-88, solitaire, égaré probablement loin de sa base. On distinguait sous les ailes les croix noires à liséré clair de la Luftwaffe. L'avion décrivait des cercles comme un insecte que la lampe affole. Un autre vrombissement résonna à l'Est. Deux chasseurs volant très bas apparurent à l'horizon. C'étaient des Mustang. Lee leva vers le ciel des yeux inquiets. Les chasseurs viraient pour prendre en tenaille le Junker. L'appareil allemand tenta une manœuvre d'échappée. Sa mitrailleuse de queue crachait en rafales un pointillé rouge. On voyait les emblèmes se rapprocher dans le ciel, étrange zodiaque, deux étoiles blanches contre une croix noire. Les Mustang ne laissèrent aucune chance au Junker. Ils arrivèrent sur lui en surplomb et piquèrent ensemble, toutes mitrailleuses déchaînées. Le JU-88 tressauta en l'air, cisaillé par le tir. Un nuage de flammes jaillit de l'aile. Privé de direction, l'avion allemand descendait à l'oblique comme un planeur fou. Soudain, il se mit en torche. Je sentis les ongles de Lee se planter dans mon bras. Elle était tétanisée.

Le Junker plongeait vers le sol en dessinant un arc de fumée dans le ciel. Lee regardait tomber cette masse en flammes avec une indicible expression de douleur. Il y eut une explosion, puis des volutes de kérosène bouillonnèrent sur l'horizon. Lee restait debout, les yeux perdus. Et brusquement un haut-le-cœur la secoua.

Plusieurs minutes durant, elle vomit sur le bord de la route.

A Fulda, nous trouvâmes refuge dans une villa occupée par des hommes de la 69e Division d'infanterie US. Au fond d'un parc planté de hêtres, deux canons de la *Flak* avaient été abandonnés, tournés vers le ciel. La gueule des tubes émergeait d'entre les branches. Sur un promontoire, des techniciens d'un groupe de transmissions avaient remis en marche le gros radar *Horchegerät*. Dans le lointain, des vagues de B-17 allaient bombarder les usines de l'Elbe. L'écran vert du radar était couvert de points mouvants : les pilotes de l'US Air Force naviguaient vers l'Est, prêts à déclencher l'Armaggedon. Mais sur l'écran ce n'était qu'un sillage de pucerons.

Un poste à galène était posé sur les appareillages radar. Je tournai le bouton. Un grésillement déchira la nuit. Une voix parlait, calme, litanique, implacable. Elle énumérait en allemand des noms et des prénoms. L'accent du speaker était reconnaissable. Un accent slave. Je crus rêver : une voix russe égrenait une interminable liste de noms allemands.

– Radio-Moscou, dit l'officier des Transmissions. C'est l'heure des *Vermisste*. Chaque nuit, ils diffusent les noms de leurs prisonniers. Ils veulent amadouer les *Krauts*. Ou les intimider, ce qui revient au même.

La voix persistait, traînante, sadique. L'homme faisait durer le plaisir. On aurait dit un lent supplice.

Je tournai de nouveau le bouton des fréquences. Une musique jupitérienne sortit du coffre de bois.

– *Beethoven's Third*, dit Lee.

La sonorité était brouillonne, comme voilée par un rideau de pluie. La cadence martiale, éloquente, tombait sur un peuple terré dans ses masures. Au loin, une nouvelle vague de B-17 approchait. Soudain la musique s'interrompit. Une voix s'éleva, oppressée, furieuse. La harangue, à l'encontre de toutes les règles oratoires, cherchait l'apogée immédiate. L'effet était pétrifiant.

– Mr Gœbbels, dit l'officier des Transmissions.

Les B-17 passèrent au-dessus de nos têtes, couvrant la voix de Berlin. Puis les hurlements reprirent, fantasmagoriques, arrachés à la gorge d'un loup. C'était la mort qui parlait, la mort cisaillante aux nerfs brûlés, la mort viscérale qui atteignait des aigus de femme. Lee écoutait, j'écoutais, nous écoutions la mort.

Mais où étions-nous cette nuit-là d'avril, dans quel espace, dans quel monde, avions vrombissants, taches sur l'écran vert, voix américaines, listes de vivants lentement psalmodiées dans l'éther, et ce hurlement de mort, hurlant jusqu'à la fin des choses, hurlant dans la nuit infinie?

Des traces de bombardements sauvages défiguraient les abords d'Erfurt. Deux nuits auparavant, les *blockbusters* avaient ravagé la ville. La terre

151

avait tremblé sous l'impact des énormes torpilles aériennes. A plusieurs miles de distance, on voyait des éclairs rouges embraser le ciel.

Les ruines fumaient encore quand nous y sommes arrivés. A l'entrée de la ville, les démineurs s'affairaient autour d'un stock de *Tellerminen* non explosées. Les têtes de mines, semblables à de minuscules vaisseaux martiens, transformaient le sol en décor pour Flash Gordon. Une odeur d'oxyde de carbone flottait dans l'air. Je crus voir les tranchées de l'autre guerre. Des bulldozers poussaient dans les trous de bombes un amas de barbelés, de plots descellés et de batteries lance-roquettes. Les tubes de *Nebelwerfer*, pareils au barillet d'un colt monstrueux, basculaient dans la fosse.

Les habitants reprenaient leurs morts. Ce n'était plus l'Alsace, cette guerre d'homme à homme dans la neige. Nous entrions dans des villes dévastées de la veille où le feu tombait du ciel. Rarement s'exposait-on en première ligne : l'aviation avait déjà fait le travail. Des vagues de B-17 et de Liberator pilonnaient sans cesse à l'avant. Il suffisait alors d'avancer, au milieu d'une atroce puanteur de chairs brûlées.

A Erfurt, des charges de démolition placées par les SS dans les bâtiments publics avaient été activées avant le repli. Des cadavres prenaient dans les décombres la couleur des gravats, mélange de salpêtre et de tendons, statues rigides qui n'avaient plus d'yeux. Un pied de femme sortait d'un amoncellement de débris; la cheville était souillée de sang séché. Lee prit plusieurs clichés. Elle s'attardait trop.

– Tu crois que les poules de Belgravia peuvent voir ça? lui dis-je.

Elle se retourna, furieuse.

– Les poules de Belgravia en savent plus long que celles de Madison Avenue. Elles ont reçu des bombes sur leurs toits... Je fais ce que je peux, Dave. Il y a un journal, on paie mes photos, c'est tout.

Je ne répondis pas. Près d'un pylône abattu, le cadavre d'un soldat allemand regardait le ciel, les mains éclatées. Les deux moignons calcinés en une charpie d'os et de ligaments laissaient voir les canaux béants des artères. Lee s'approcha, puis se détourna. Elle était blême comme une morte.

Non loin de là, un piano avait été écrasé sous le soliveau d'une toiture. Les touches noires et blanches avaient volé sur le sol comme des dents cassées. Lee se pencha pour ramasser quelque chose. Je la vis extraire des gravats un métronome intact qu'elle dépoussiéra avec soin. La tige du balancier était encastrée dans la niche. Lee la délogea d'une pichenette : le ressort fonctionnait. On entendit le tic-tac aussi régulier qu'un mécanisme d'horlogerie. Lee posa le métronome à terre, dégaina son Rollei, prit un cliché. Puis elle plaça le triangle gradueur sur une vitesse plus rapide. Nouveau cliché. Pourquoi gâchait-elle ainsi de la pellicule? Je n'aurais su le dire, mais je la vis modifier une nouvelle fois la vitesse et appuyer encore sur le déclencheur. Quel temps voulait-elle figer en photographiant cet objet? Cliché. Autre cliché. Vitesse maximale. Cliché. Lee respirait plus vite, tournait autour du métronome. C'était comme une exécution capitale, elle assassinait le rythme en douze photos. Au douzième cliché, le remontoir du Rollei se bloqua. Lee laissa retomber l'appareil photographique sur sa poitrine. Sans y rien comprendre, je la vis donner un violent coup de botte dans le métronome, qui valdingua au milieu des ruines.

Nous avancions vers l'Elbe dans cette nuit plus sombre que la nuit, la route tournait, le vent rabattait sur la plaine les fumées d'incendie, et tout se consumait, tout brûlait. La Chevy avalait des gallons d'essence, l'étoile blanche filait sur les routes, le ciel se remplissait d'ailes, des centaines d'avions au-dessus de nos têtes, quelles citadelles allait-on brûler, quel dieu noir ? Je m'accrochais au volant, le sang aux tempes, pas un mot, café dans les thermos, sauternes dans les jerricans, un comprimé de benzédrine, les tympans martelés par la chute des bombes. Mais c'est un autre souffle qui me pliait sous lui, j'éclatais de fatigue et de peur, vers quel univers avancions-nous, quel pays où on lisait sur les maisons des devises de mort – *Wir siegen mit unserem Tod* – c'est la mort que nous emportons comme notre victoire, mais quelle victoire, et sur quoi, et sur qui ?

Nous dormions parfois à côté de la Chevy, parfois sur des lits de fer de l'intendance, parfois au milieu d'un bloc de maisons bouclé par les Sherman et les sentinelles. Les bruits de moteurs s'éteignaient au loin. Je regardais Lee enroulée dans son sac de couchage. Ses cheveux étaient gris de poussière. Une brume rouge passait devant mes yeux, j'emportais dans mon premier sommeil sa main ouverte comme une énigme.

Je ne sais même plus si j'ai touché Lee, je crois que non, trop de fatigue, les nerfs étaient tirés, je les sentais sous la peau, benzédrine, café, poussière de la route, les sirènes hurlaient, la nuit était remplie de moteurs, il fallait repartir, chaque matin rouler, tenir le volant, un peu de vin dans le gobelet – cette guerre effaçait les êtres, il n'y avait plus que des multitudes, cette guerre tuait les choses, il n'y avait plus que des événements ; ou pourtant si, je me souviens, une nuit près de Iena, ou ailleurs, je ne voyais plus Lee, elle ne me voyait pas, nous étions deux corps emmêlés, et ce n'était rien qui ressemble à l'amour, ce n'était que deux corps qui s'agrippaient pour échapper au cadavre – je voulais vivre.

A Leipzig, on avait glissé la hampe de drapeaux hitlériens dans la main des statues ornant la façade du Burghaus. Une allégorie de la Justice levait solennellement son trébuchet de fer. Je ramassai des douilles sur le sol et les déposai dans l'un des deux plateaux. Le fléau s'inclina doucement.

– *You win*, me dit Lee.

Une odeur de cadavre chaud régnait à l'intérieur de l'édifice. Les fidèles du Burgmeister nazi venaient de s'immoler autour de lui. Une dizaine de corps gisaient dans les bureaux, étendus sous des portraits d'Adolf Hitler et des reproductions d'Altdorfer. Certains de ces tableaux avaient été lacérés avant les suicides : une aiguille à tricoter restait même fichée à l'emplacement de l'œil dans un portrait du Führer. Au fond du bureau du bourgmestre, un homme d'une cinquantaine d'années était affalé sur un fauteuil. Il portait l'uniforme de la *Volksturm*. Une femme du même âge s'était effondrée à ses pieds.

Cyanure.

A l'écart, sur un grand canapé de cuir noir, une jeune fille paraissait dormir. Enveloppée dans un manteau gris, elle avait le bras ceint d'un brassard de la Croix-Rouge allemande. Une capsule de poison avait glissé de sa main. La tête renversée en arrière révélait l'implantation des fins cheveux blonds. Ses bras étaient croisés sur la poitrine. Plus que la pâleur du derme, c'était la bouche livide qui frappait, entrouverte comme pour un dernier baiser. La fille du bourgmestre avait suivi ses parents dans la mort.

Lee se planta devant le cadavre.

– Elle a des dents exceptionnelles, dit-elle sans ciller.

Le Rollei avait jailli de l'étui. Lee enchaîna cliché sur cliché. Très calme, sans fébrilité aucune, elle cadrait et recadrait. Cela durait, avec un acharnement froid. Lorsque le rouleau se bloqua au douzième cliché, Lee se tourna vers moi. Son visage était anormalement pâle. Elle me lança :

– C'est beau une femme suicidée, non ?

J'avais le sentiment que certaines situations, que certaines images étaient pour Lee comme un rendez-vous avec elle-même. Elle apurait des dettes au fil des clichés. Mais lesquelles ?

Dans la nuit du 24 avril, je ne dormis presque pas. Nous avions été dirigés vers une ferme de Trebsen occupée par un détachement de la 69ᵉ Division d'infanterie. Les GIs s'étaient assoupis dans une grange au sol jonché de fétus de paille. Une odeur de crèche montait de la poussière jaune. Lee dormait enroulée dans une couverture. Un piétement effrayé frôlait parfois les corps endormis : les souris migraient.

Je regardais les étoiles à travers le toit crevé. Les constellations mystérieuses brillaient au-dessus du monde des hommes. Une rumeur d'orage s'éveilla dans le lointain : les forteresses volantes faisaient route vers leurs objectifs. Un souffle de mort traversait le ciel, avivant plus encore le sentiment de lassitude, de vie accablée par sa fin.

Une nausée me dressa debout. Je sortis dans la cour de la ferme. Des sentinelles avaient pris leur faction. La nuit était cendreuse, parcourue au loin de rougeoiements d'incendie. Une tempête paraissait nous avoir déposés là, au milieu d'un tourbillon retombé. J'écoutai plusieurs minutes le tonnerre des bombes qui ravageaient les défenses de l'Elbe. Mon oreille s'était peu à peu rendue à ce qui la brisait : l'ébranlement sourd du sol pilonné, les vrombissements de moteur sur la route et dans le ciel, les rafales claquant comme du bois mort. Depuis plusieurs jours nous ne parlions presque plus. Lee stockait des images ; je griffonnais sur un bloc des hiéroglyphes inintelligibles. Il me fallait presque faire effort pour entendre les voix humaines, pour les comprendre.

Je suis retourné dans la grange. Une lumière de lune baignait les corps endormis. Les traits de Lee étaient exténués et sérieux comme ceux d'une femme grosse. Elle respirait doucement, si pâle, si lasse. Sa bouche dessinait une moue d'enfant. Il me sembla que ses lèvres remuaient. Elles prononçaient un mot au bord du souffle. Les lèvres articulèrent plus lentement ce mot. *Father.* Puis son visage redevint calme. Dans cette nuit d'Allemagne, Lee avait appelé d'une voix de songe celui qui l'avait créée. Un père seul aurait pu l'entendre, un père peut-être l'entendrait.

Le lendemain, en fin d'après-midi, des patrouilles de la 69e Division d'infanterie US firent leur jonction sur l'Elbe avec des éléments avancés de la 58e Division soviétique. Le soir même nous arrivâmes à Torgau avec le gros de la 69e. Un train de véhicules longeait tous phares éclairés la rive occidentale de l'Elbe. Une faible brume tremblait sur l'eau. Des balles traçantes fusaient sur les deux berges du fleuve tandis que des chasseurs tournaient dans le ciel. Le Génie avait installé des projecteurs en batterie autour de la ville. Plusieurs files de camions convergeaient vers Torgau en faisant beugler leurs klaxons.

– C'est Coney Island, me dit Lee.

Les phares éclairaient un spectacle ahurissant. Deux colonnes de réfugiés progressant dans des directions opposées avaient été surprises par la tenaille alliée. D'un côté des civils allemands fuyaient l'arrivée d'*Ivan*; de l'autre des Polonais et des Russes libérés par les troupes américaines tentaient de regagner l'Est. Les Allemands figés au bord de la route croyaient leur dernière heure arrivée. Les Russes et les Polonais agitaient des étendards de fortune. Ils s'étaient emparés d'un *Panzerspähwagen* abandonné au bord de la route et tiraient des rafales de mitrailleuse vers le ciel. Des hommes criaient en plusieurs langues, des corps en guenilles sautaient de joie autour des carrosseries vert olive. Lee vissait l'une après l'autre des ampoules flash. Elle photographiait les visages plâtreux, les mains tendues vers les bidons d'eau.

La Chevy déboucha à petite vitesse sur la grand-place du Burg. Une lune de printemps brillait dans le ciel. Des dizaines de véhicules à chenillettes, des camions bâchés et des jeeps stationnaient sous les gerbes de fusées éclairantes. Les vivats montaient, entrecoupés de rires et de chants entonnés dans une langue âpre, une langue pleine de sang et de terre comme le vent qui emporte les feuilles déchirées par la grêle.

Les premiers soldats soviétiques surgissaient de la nuit. Les tankistes du maréchal Kornian brandissaient leurs bonnets de cuir et tombaient dans les bras des GIs de la 69ᵉ Division. De petits chiens jaunes jappaient entre nos jambes. Les appelés de Fort Worth étreignaient les escogriffes d'Ukraine et les héros du Piatiletka, avec leurs jambes de cavaliers, leurs fossettes creusées par le vent. Je serrais les mains dégantées des conducteurs de chars, des mains fortes qui ne pardonnaient pas. Leurs yeux de chats gris avaient connu la steppe et les potences, leurs bras de mécaniciens avaient été façonnés par l'acier des conglomérats. C'étaient les *spez* du Don et les *oudarniki* de la Volga, ils avaient traversé les plaines et les charniers, ils savaient que l'Allemagne à cet instant était coupée en deux. Berlin attendait comme un fruit mûr à trois jours de marche.

Des soldats russes nous entraînèrent vers leurs camions Ford-Ruski, d'incroyables guimbardes pareilles à celles qui pourrissaient depuis 1930 dans les hangars de Talahassee. Des Sherman débouchaient à chaque minute sur la place et venaient se ranger aux côtés des gros JS-3 frappés de l'étoile rouge. Les chars russes, au profil de caisse étonnamment bas, paraissaient auprès des nôtres de redoutables sauriens sortis de l'ombre.

Les oiseaux réveillés par le tumulte s'étaient mis à chanter dans les arbres. Leurs pépiements se mélangeaient aux chants, aux détonations, aux mélodies des accordéons tirés des capotes. Je ne pouvais croire que cette traversée d'un pays dévasté avait pour terme ce *ballroom* improvisé au bord de l'Elbe, avec des légions cosaques, des GIs éreintés, des habitants évanouis, quelques reporters du *Daily Express* arrivés à l'heure, et Mrs Lee Miller, du *Vogue* britannique, scoopant pour les lectrices de Mayfair.

Un soldat russe, en voyant Lee, se mit à faire des gestes pareils à ceux des mercantis orientaux qui veulent vous attirer dans leur échoppe. Il nous désignait un camion.

– Allons-y, dis-je à Lee.

Je compris le sens de ses mimiques en arrivant près du camion. Cinq infirmières en uniforme étaient installées sous la bâche au milieu de caisses remplies de fioles, de bandages et d'instruments stériles. Le soldat avait voulu guider la femme américaine vers les femmes russes. Il nous abandonna là. Les infirmières nous tendirent la main avec effusion. Nous nous hissâmes dans le camion. Ces jeunes femmes avaient de beaux cheveux clairs, les pommettes un peu rouges. Leur babil incompréhensible exprimait clairement la bienvenue. Elles nous offrirent des cigarettes de tabac brun. Très curieuses de Lee, elles l'entourèrent, lui tendirent un gobelet de vodka en ponctuant de *hoï* chaque gorgée. Je vis une main se poser sur la vareuse de Lee, avec le doigté d'une couturière tâtant une étoffe inconnue.

– *Amerika,* dit l'une d'elles en montrant le Rollei.

– *Hollywood,* dit une autre en désignant Lee.

Elles éclatèrent de rire, et Lee avec elles. Les infirmières devaient la prendre pour une actrice de propagande. Une autre fit le geste de nous apparier. Lee opina.

– *Yes, he's my man.*

Elles applaudirent et placèrent d'autorité ma main autour du cou de Lee. Je déposai un petit baiser sur ses lèvres. Elles applaudirent de nouveau avec des signes d'approbation énergique. Encore, encore, semblaient-elles dire. Puis l'une des infirmières, avec une mimique d'interrogation, montra la poitrine de Lee. Elle désignait en même temps sa propre poitrine à l'emplacement des pointes de sein. Son visage était perplexe. Les autres parurent renchérir. Elles posaient les mains sur leur buste qu'elles avaient toutes très volumineux, comme rembourré. Sans manière, Lee déboutonna sa vareuse et leur montra qu'elle ne portait pas de soutien-gorge. Les Russes criaient d'étonnement et parlaient très vite entre elles. Elles me firent signe de me retourner et de ne pas

160

regarder. Je m'exécutai. Les rires fusèrent de plus belle. Lee n'était pas en reste.

Au bout d'un moment, n'y tenant plus, je me retournai. Les infirmières hurlèrent, effrayées et ravies. Je repris ma position. Ce que j'avais vu ne manquait pas d'intérêt. Les jeunes femmes avaient dégrafé leurs uniformes et montraient à Lee des corsets épais pareils à des armures baleinées.

Les infirmières s'étaient rhabillées. On vida une bouteille de vodka. Dans ce camion fleurant l'éther, au milieu de la pétarade, ces jeunes Soviétiques très joyeuses improvisaient une fête pleine de chaleur et d'oubli. Nous quittâmes le camion à peu près ivres.

La nuit était bleue.

Le lendemain, au premier briefing de presse, les choses prirent un tour nouveau. Le lieutenant-général Courtney H. Hodges vint personnellement apporter des informations avec cet air sinistre qu'affichaient les gradés depuis une quinzaine de jours déjà. Roosevelt était mort le 12 avril dans une maison de Warm Springs. La nouvelle pesait sur les têtes comme un présage de fin. Une époque s'achevait, qui avait eu le visage de ce patricien tendu devant les micros, le pessimisme de l'œil bleu sans cesse démenti par une voix qui ressemblait au courage. Sur l'air de *Lili Marlene,* les GIs commençaient à chanter *Oh Mr Truman when shall we go home?* Depuis plusieurs jours, *Stars and Stripes* titrait sur la mort de F.D.R. En bas de page, on lisait que les armées de Joukov déferlaient depuis les têtes de pont de l'Oder. Cela sentait la curée : Berlin serait pour les Russes.

La tenaille se refermait. En Italie, Bologne venait d'être reprise, et les troupes du général Alexander avançaient dans la vallée du Pô. Les Britanniques

approchaient de Brême et de Hambourg. La
VIe Armée tenait Nuremberg depuis le 16 avril.
Vienne était tombée trois jours plus tôt; les T-34
soviétiques remontaient le Danube en cherchant à
prendre de vitesse la IIIe Armée US qui marchait à
sa rencontre. Les officiers de presse ne nous dissi-
mulèrent pas que l'accès à Berlin serait dans un
premier temps interdit aux correspondants occidentaux : *Ivan* se réservait la proie. Les *scoops*
étaient à rechercher plus au sud, dans le sanctuaire bavarois. Les dernières citadelles du dieu
noir attendaient. Il n'y avait guère le choix.

On nous communiqua une déclaration du général Patton, élégante à son habitude : *Munich is one
call piss-down the road.*

Le voyage ne s'achevait pas là. La route continuait vers le Sud.

Il fallut deux jours pour gagner Munich. Les troupes de Patton venaient d'investir la ville, mais des poches de résistance tenaient encore certains quartiers. On entendait le hululement des sirènes, le crépitement des mitrailleuses, le passage bas des chasseurs et le fracas lent, grave et sourd des maisons touchées. Des prisonniers sanglés dans leur uniforme de drap gris, brassard rouge à croix gammée noire, étaient conduits sous bonne garde vers des bâtiments de pur style *Drittes Reich* décorés d'aigles gothiques et de statues d'athlètes aryens. Sur la chaussée gisaient des chiens de berger de la SS, les babines retroussées, la tête éclatée. Les maîtres de la ville interdite abattaient leurs bêtes, puis se suicidaient à la grenade.

Au QG de Patton, les officiers étaient fébriles. Le SHAEF voulait la Bavière sous contrôle avant une semaine. Nous étions le 29 avril : il restait une semaine de guerre, mais personne ne le savait. Je retrouvai là Dick Pollard, l'officier de presse préféré de Patton, que j'avais connu à New York quand il travaillait pour *Life*. C'était un grand gaillard dégourdi, le genre d'homme à trouver du caviar sous une pierre. Dick me prit à part. La *Rainbow Company* de la 45ᵉ Division allait partir l'après-midi même en opération spéciale. Il me proposait une place dans le convoi. J'acceptai sans question. Lee était autorisée à venir avec moi.

Une heure plus tard, une jeep vint nous prendre et rejoignit à toute allure une colonne de véhicules qui se dirigeait vers les faubourgs de Munich. Des automitrailleuses ouvraient la voie, suivies par des half-tracks bourrés de soldats. Deux canons tractés étaient du voyage, ainsi que des jeeps équipées de mitrailleuses mobiles.

Lee s'était assise avec moi à l'arrière de la jeep. Elle avait attaché son casque à visière mobile, rechargé ses Rolleiflex et chaussé une paire de Raybans. Elle exposait ses avant-bras, manches relevées, aux rayons du soleil d'avril. Le caporal noir qui tenait le volant se retournait parfois vers nous en désignant les appareils.

– *Hey, Lady, please take a pitcha'!*

Lee prit un cliché en marche, sans même ôter ses lunettes. Puis elle se pencha vers le caporal et s'enquit de la destination. *Bâton-Rouge, Louisiana,* répondit-il avec un gros rire.

Le convoi s'engageait dans une avenue déserte. Des casques blancs de la MP tenaient les carrefours et agitaient leurs mains gantées pour indiquer que la voie était libre. Quelques Sherman stationnaient à l'entrée des rues, les mitrailleuses coaxiales tournées vers les façades. On n'entendait rien d'autre que les turbines des moteurs, le fracas des chenillettes, un long mugissement métallique répercuté par l'écho des maisons. On aurait pu croire qu'un cortège de dragons sortis de la forêt terrorisait ces alignements de maisons. A l'est, une colonne de fumée montait dans le ciel. La poussière levée de la chaussée, mêlée au pollen des squares, pénétrait les poumons et faisait tousser. Des maisons avaient été soufflées sous l'impact d'énormes *blockbusters* lâchés la semaine précédente par les vagues de B-17. Une odeur de gravats et d'ersatz de café vous prenait les narines puis s'estompait dans la vitesse. Des affiches noires et rouges restaient placardées sur les façades. On y lisait au passage : *Führer, befiehl, wir folgen* – Führer, ordonne, nous te suivrons; et un peu partout sur les arbres une inscription en lettres gothiques, *Um Freiheit und Leben*, le slogan de la *Volksturm*, le testament des enfants-soldats. Dans ces douces maisons aux toits d'ardoise, des Bavarois apeurés devaient serrer dans leur poche la main qu'ils avaient trop levée. Ils entendaient les chenilles mordre les pavés, bruit de cauchemar, fracas d'apocalypse. Nous étions pour eux la *spotted death*, la mort tachetée, la peste en marche, et nous étions moins que cela parce que nous n'étions pas russes.

Les maisons se firent plus rares. Le convoi roulait maintenant à bonne vitesse. Des volutes de fumées sortaient par jets des pots d'échappement, avec le crachotement furieux des moteurs qui s'arrachent. Les antennes des véhicules courbées par la vitesse fouettaient l'air comme des scions. Une colonne avançait en terre étrangère, ciel de printemps allemand, étoiles blanches sur les blindages, et Lee à mes côtés regardait l'horizon.

Munich glissait derrière nous. On entrait dans une zone parsemée de clochers à bulbe et de hameaux. Le convoi longea un ruisseau bordé de hautes herbes. Les jumelles sortirent des étuis. La région n'était pas sûre. Dans Munich même, les troupes de Patton entendaient toujours sur leurs radios les harangues du maire national-socialiste qui émettait depuis un studio clandestin. Plus avant, vers Berchtesgaden et l'Autriche, une dernière ligne allemande attendait.

Le convoi ralentit. A notre approche, des passereaux fusaient des bosquets verts chauffés par le soleil. Le ciel était bleu, tacheté de nuages denses et rougeâtres comme les fumées d'un incendie. Deux avions survolèrent la bande de plaine qui s'étendait à gauche de la route. Lee leva les yeux en même temps que moi. C'étaient des B-26. Ils se perdirent à l'horizon. L'allure ralentissait encore. Des ordres étaient hurlés à l'avant. Des canons d'armes automatiques brillèrent sur l'automitrailleuse qui nous précédait. Le caporal porta la main sur le FM posé sur le siège. Puis la progression reprit. En avançant, on découvrait ce qui avait ralenti le convoi. Une file de charrettes avançait sur la route, certaines attelées, d'autres tirées à bras. On y avait empilé des meubles, des chiffons, des ustensiles disparates, des ballots de linge. C'étaient des familles allemandes en plein exode. Une odeur de poussière montait de ces équipages où l'on distinguait les têtes maigres des enfants, terrifiés parce qu'ils sentaient que leurs parents avaient peur. Je songeai une seconde aux affiches que j'avais vues en Allemagne, dénonçant *les tueries des nègres américains dans la France du juif de Gaulle.* Ces fuyards devaient croire leur dernière heure arrivée, étripés par des Porto-Ricains à machette, hachés menu par des sauvages de Harlem. On ne voyait en longeant cette colonne de fortune que des visages vaincus, des regards baissés. Douze années durant, ils avaient vécu prisonniers d'un monde qui récusait le monde, qui ne pouvait voir en l'autre qu'un esclave ou un monstre. Pour ces enfants, j'étais le vampire, le *Blutsauger.* Vampire aussi le caporal noir, vampire la femme au Rolleiflex. A cet instant-là, sur cette route, je les ai plaints d'avoir mis cet effroi dans le regard de leurs enfants. Ils ne leur avaient même pas transmis la haine, ils leur avaient seulement appris la peur.

Lee avait rengainé son Rollei. Je crois qu'elle comprenait; qu'elle ne voulait pas garder l'image du monstre qu'elle était aux yeux de ces petits Allemands.

– *Commit thy way unto the Lord,* dit le chauffeur en embrayant.

C'était le premier verset du psaume 42, celui que l'on chante souvent dans les églises baptistes. Je ne voyais que sa nuque. Mais je savais ce qu'il pensait, lui aussi.

Le cheminement reprit. De sinistres carrés de sapins bornaient les propriétés de lisière. On distinguait entre les branches trop bien peignées les volets verts des villas de Bavière. Les GIs avaient décroché de grosses armes automatiques du brancard des half-tracks. Ils les pointaient à l'affût, le canon posé sur le bord des bennes. Lee se dressa dans la jeep; agrippée à la barre transversale, elle resta debout. Elle me fit avec le pouce levé le signe : OK. Lee avait l'air d'une reine déposée qui avance les cheveux au vent. Elle regardait sans savoir le monde infini, l'absence de monde dans lequel nous allions entrer.

A un tournant de la route apparut un char Mark III renversé dans le fossé. Deux impacts avaient percé le blindage. La machine gisait sur le flanc comme un gros animal qui a boulé au sol. Le métal fondu se relevait en languettes acérées, avec cette couleur mortelle où se mêlaient des restes de peinture, des noircissures d'incendie, des éclats gris de fer retourné à vif. L'écoutille de tourelle était béante. Une odeur atroce émanait de cette dépouille, odeur d'essence répandue et de chairs brûlées, de poudre et d'huile de moteur, comme si les humeurs de cet animal de fer s'étaient calcinées en un éclair, fondant ensemble les manettes, les fils, les antennes, le sang et les os des êtres casqués qui habitaient ses entrailles.

Devant nous le ciel s'était assombri. Une étendue d'herbages avait succédé aux bosquets de sapins. Les envols d'oiseaux avaient cessé. Plus un homme, plus un vivant. Seules les vibrations de la chaussée ébranlée par les chenillettes propageait au ras du sol un frémissement qui couchait l'herbe. Des moucherons s'écrasaient sur le pare-brise. Un nuage sombre s'était levé à l'horizon. C'était une vapeur basse, statique, qui paraissait exhalée du sol plutôt que tombée du ciel. Non pas une fumée d'usine ou de village, mais plutôt une masse retenue, couvée par l'azur immense.

Mes yeux tombèrent sur l'arc-en-ciel peint sur la calandre de la jeep. La *Rainbow Company* roulait vers un nuage. Mais ce n'était pas le spectre à sept couleurs qui signa dans le ciel la fin du Déluge. C'était, à deux miles environ, une nuée fuligineuse comme je n'en avais jamais vu, dense, capturée par sa source, écrasée sur l'horizon.

Lee s'était rassise. Elle glissa les Ray-bans dans sa poche. Son regard bleu rencontra le mien. Elle était prête, je ne savais pas à quoi, mais elle était prête. Nous avions passé des semaines dans les colonnes de soldats qui pouvaient tirer, abattre un *Kraut*, risquer leur vie dans l'exacte mesure où ils devaient se défendre. Je les avais suivis, parfois exposé autant qu'eux, mais toujours un pas en arrière, sans arme, avec comme preuve de ma virilité cette femme qu'ils enviaient et qui me justifiait à leurs yeux – *This guy is OK, he's got a splendid lady.* Des lignes s'étaient entremêlées qui conduisaient vers cet après-midi d'avril, il n'y avait pas d'autre fin, pas d'autre terme que d'avancer vers ce qui attendait.

Les véhicules s'étaient rééchelonnés en profondeur, laissant l'intervalle se creuser de l'un à l'autre. Les serveurs de mitrailleuses s'étaient postés en attente. Des radios grésillaient.

– *Last checkpoint!* cria le caporal.

La compagnie venait de se placer en ordre de combat. Mais qu'allait-on combattre, sinon ce nuage moutonnant sur la ligne d'horizon? Au bord de la route, des casemates abandonnées se reflétaient dans des flaques d'eau noire ou d'essence répandue, on ne savait trop. Des vapeurs montaient de l'herbe jaune. Une sensation de stagnation épaisse vous saisissait devant ces couleurs de terre craquelée, ces teintes de crassier. Des touffes de chardons mordaient le bord du chemin. Enfant, j'étais un jour entré dans une champignonnière à l'abandon. Une lumière de lune tombait de la verrière. Le parfum astringent des fibres se mêlait aux effluves de terre moite. Les cèpes livrés à eux-mêmes avaient proliféré dans un désordre germinal et croupissant. Cette odeur me remontait à la gorge.

La *Rainbow Company* venait de franchir un ressaut de relief. Une nouvelle perspective s'était ouverte : la colonne fonçait dans une entrée de cuvette. Le vallonnement embrassait dans sa courbe les clochetons d'un village, les diagonales d'une voie de chemin de fer et, plus loin, les contreforts d'une colline boisée. Du fond de ce paysage tranquille montait l'éclat d'on ne savait quoi d'étal, comme le tremblement d'un lac de suie. Cela ressemblait aux énormes camps de Confédérés bâtis pendant la Guerre civile. Le nuage qui encombrait l'horizon s'élevait de cette cuvette, il paraissait s'y tenir en suspension comme la nuée grisâtre qui noie les berges d'un fleuve par temps de grésil. Une odeur effroyable s'était levée qui ne venait ni de la route ni des champs ; non pas celle des corps éventrés, non pas celle des carcasses métalliques soufflées par les obus, non pas l'odeur de guerre ancienne où se mêlent charpie et salpêtre, mais une puanteur de cellier où croupissent des charognes, une acidité organique qui tombait comme une chape sur le convoi, effaçant le parfum familier des fumées d'échappement, et jusqu'au souvenir de la peau, de son goût, de ses ombres. Cette puanteur portée par le vent paraissait l'emporter sur tout, elle imprégnait les champs, elle se collait sur les choses. Un animal peut-être aurait rebroussé chemin.

– *Gee, it's hell!* cria le caporal.

Je vis la main de Lee se crisper sur la barre transversale. Une angoisse montait de cette terre sans hommes. Les canons des mitrailleuses s'abaissèrent, prêts à lâcher leurs rafales. En progressant dans la cuvette, on distinguait mieux les détails du relief. Des hérissons de barbelés se déployaient en plusieurs lignes de défense, pareils à des touffes d'épineux roulées par une tempête de sable. La route était jalonnée de panneaux *Achtung Blindgänger* – le terrain ou ses abords devaient être minés. A notre droite, des voies de chemin de fer s'entrecroisaient qui filaient vers le fond de la cuvette. Une ramification se dirigeait vers ce qui apparaissait maintenant comme un camp borné par des miradors.

Le convoi accéléra. La puanteur enveloppait une zone désolée comme à l'approche d'un terril apparaissent des minéraux morts, des halliers sans oiseaux. Soudain, une sirène se déclencha. La colonne avait dû être repérée. Les moteurs ronflèrent à plein régime. Lee sortit un Rolleiflex de l'étui. De seconde en seconde se précisait la forme de ce vers quoi nous avancions. De nouvelles lignes de barbelés protégeaient un *Hinterland* vide au-delà duquel courait un mur d'enceinte percé de portes monumentales. L'architecture était rase, vile, pareille à celle des grands abattoirs du Michigan. Les tours maçonnées de l'enceinte étaient redoublées par des miradors édifiés sur pilotis. La sirène s'était tue. Rien ne bougeait. Je sentais mon cœur cogner. Le convoi franchit une première ligne de miradors; on distinguait les piliers et les poutrelles croisées, les parapets de planches, la lunette ronde des projecteurs. L'odeur devenait insoutenable. Une rafale lâchée au jugé partit devant nous. Il n'y eut pas de tir de riposte. Ma montre-bracelet indiquait seize heures dix. Les véhicules de tête s'engageaient sur l'esplanade aménagée dans l'axe de l'entrée principale. Je voyais la porte grossir. La tête de colonne brusquement se brisa. Trois automitrailleuses sortirent de la file et prirent position aux angles de l'esplanade. Derrière eux, les half-tracks ralentirent puis stoppèrent. Des dizaines de GIs sautaient des véhicules pour investir les abords. Le caporal freina. Des véhicules nous doublèrent. La jeep s'immobilisa brusquement. Lee se raccrocha à mon bras. Devant nous, un combat sans ennemi avait commencé. Sous la protection des tubes de mitrailleuses, les fantassins de la *Rainbow* s'étaient engagés dans le fossé qui longeait le mur d'enceinte. Ne rencontrant pas de résistance sur ce flanc, ils avançaient courbés en direction des tours d'angle.

Il y avait quelque chose de stupéfiant autour de cette progression, une image de fin du monde dans le silence. Les hauts murs gris, les miradors vides, l'indéchiffrable étendue qui s'ouvrait au-delà de l'enceinte, cela ne ressemblait à rien de cette guerre, de ce que j'en connaissais. Lee regardait sans un mot, le Rollei à la main. L'herbe séchée, les radicelles à fleur de sol semblaient éteintes sous une pellicule de cendres. Je retenais mon souffle. Les premiers soldats atteignirent le pied des miradors. Des automitrailleuses faisaient mouvement pour se placer dans l'axe de leur avancée – on entendait l'écho lugubre des moteurs. Plusieurs minutes passèrent. Lee était descendue de la jeep, très pâle. Elle scruta le ciel quelques instants, comme si elle avait attendu un signe qui ne venait pas.

Tout à coup le bruit sourd d'une explosion nous parvint, puis une autre et une autre encore. Des grenades éclataient sur le flanc sud-est du camp. Un crépitement d'armes automatiques se déchaîna. Des balles traçantes tirées depuis un endroit dérobé à notre vue sillonnaient le ciel. Les automitrailleuses se portèrent en rugissant dans la direction où le groupe de contact venait d'ouvrir le feu. J'avais la nausée, mais j'étais soulagé aussi d'entendre le bruit sec des rafales. Des GIs couraient vers le lieu de l'engagement. Lee ne bougeait pas, et moi non plus. Un son venait de frapper nos oreilles, comme réveillé au-delà des murs par la fusillade. Un son qui montait par vagues tournoyantes et ne ressemblait à rien. Ce n'était pas le souffle d'un incendie qui prend, ni le tremblement des toitures sous le vent; ce n'était pas le grondement du ressac sur le rivage ou la plainte du fer travaillé sur l'enclume. C'était une voix lente, diffuse, le cri d'un réveil désespéré qui traversait le ciel comme un vol d'oiseaux dolents. Les armes automatiques crépitaient, des grenades explosaient, et cette clameur montait, portée par le vent; j'entendais les cris d'une foule, une rumeur d'émeute qui tourbillonnait dans l'infini silence. Et cette rumeur serrait la gorge parce qu'elle était chose humaine, une chose faite de voix humaines qui déchiraient le ciel d'un alléluia sans nom.

Il y eut encore des tirs, des déflagrations. On tirait au mortier. Puis les tirs cessèrent. Les auto-mitrailleuses faisaient mouvement vers l'entrée du camp. La clameur montait, plus forte.

A seize heures quarante, les portes se sont ouvertes. Nous sommes entrés dans Dachau.

Une ligne passe là. C'est celle du silence. Il n'y a pas de paroles, ou bien pour moi il y en a deux.

Je me souviens du télégramme que Lee envoya à Londres pour annoncer l'envoi des premiers clichés. Elle avait écrit huit mots : *I implore you to believe this is true.* Je vous supplie de croire que c'est vrai.

Je me souviens du rabbin Max Eichhorn qui avait fait toute la campagne avec la 45ᵉ Division. Je me souviens de son intransigeance et de sa compassion. C'était à Munich, deux jours plus tard. Il a levé les yeux. Il a dit : « Qui n'est pas entré là n'y entrera jamais. Qui y est entré n'en sortira plus. »

Puis, après un silence : « L'épreuve est plus forte pour que la foi soit prouvée. »

Je n'ai pas le cœur à raconter la chose incroyable qui va suivre. Ce fut pourtant l'un des plus beaux *scoops* de cette campagne, l'un des derniers. Les photos existent et parlent pour moi. La vérité est qu'elles doivent tout au hasard.

Nous étions retournés à Munich dans la soirée du 30 avril. En approchant du centre de la ville, il fallut franchir plusieurs barrages. Des quartiers brûlaient. On voyait d'épais nuages de fumée s'élever sur l'horizon. Au QG de Patton, l'intendance nous attribua un billet de cantonnement qui correspondait au n° 27 de la Prinzregentenplatz. Mais nous avions trop d'horreur dans les yeux pour prêter attention à l'endroit où nous dormirions cette nuit-là.

Dick Pollard avait abrité la Chevy sous un hangar affecté aux véhicules de presse. Nous l'avons reprise. Une patrouille nous indiqua la direction. La lune éclairait les rues où circulaient des Sherman tous phares allumés. Je dus éviter des éclats de verre qui luisaient sur l'asphalte comme des grêlons fraîchement tombés. Lee ne parlait plus. Elle regardait les arbres déchiquetés frissonnant dans la brise. Je voulais trouver une maison, une chambre où l'on dormirait du sommeil qui efface la honte.

La voiture déboucha sur une place. Des jeeps stationnaient à l'ombre de grands marronniers. Un blindé allemand avait explosé sur la chaussée. On entendait les voix joyeuses des GIs voler dans l'air. Lee me désigna une plaque vissée dans la pierre grise de Bavière : *Prinzregentenplatz.*

– C'est là, dit-elle.

175

Nous avons cherché le n° 27 parmi ces maisons ornées de gargouilles. Une sirène hurlait dans le lointain. Lee scrutait les façades. Je voyais ses cheveux dorés flotter dans la nuit. Devant le n° 27, une vieille femme se tenait assise sur un banc. Les habitants de Munich étaient contraints par réquisition d'accueillir les troupes américaines. Elle nous tendit une clef avec un air terrifié, puis disparut sans demander son reste : probablement une voisine, ou une logeuse.

Quand j'ouvris la porte, ce fut d'abord pour chercher à tâtons un interrupteur. L'électricité fonctionnait. Le hall d'entrée aurait pu être celui d'un bourgmestre amateur de statues, car l'on y distinguait des nus néo-classiques posés sur des socles de marbre noir. Sur le mur, un tableau de genre représentait une scène de chasse, avec des *Jäger* à plumes et quelques setters au poil luisant.

– C'est très laid, dit Lee, interloquée.

La demeure avait quelque chose de propret. On n'y respirait pas ce climat d'évacuation hâtive que nous rencontrions habituellement aux premières heures d'occupation d'une ville. C'était plutôt le suspens glacé qui saisit le visiteur dans certains cabinets de peinture, ou dans l'habitacle d'un navire désarmé encore rempli de ses instruments de navigation. Lee poussa une porte. Un bureau apparut sous la lumière électrique. Les rideaux tirés étaient d'une étoffe sombre décorée d'arbres et d'oiseaux, dans le goût autrichien. Les détonations qui résonnaient dans les rues parvenaient là assourdies, comme au cœur d'une pièce capitonnée. Un portrait de Bismarck ornait le mur. L'odeur de cire qui emplissait le bureau émanait d'un petit secrétaire au rebord clouté. On y voyait, soigneusement disposés, une pendulette de marbre, un presse-papiers, un poste de radio à tamis circulaire, deux carnets de cuir, une statuette au crâne évidé qui faisait office de porte-crayons, une boîte de plumes Pelikan, des cartes d'état-major pliées au carré, une loupe. C'était la demeure d'un architecte disparu qui avait arrêté derrière lui toutes les horloges. Un charme pesait, pareil à l'ombre d'un arbre maléfique.

Lee partit explorer les autres pièces ; je restai dans le bureau, intrigué par l'ordonnancement parfait de la bibliothèque. Le propriétaire n'était pas un ennemi du régime. Il avait aligné sur les rayonnages des livres du Dr Rosenberg, des traités de Haushofer, et aussi ces curieux westerns allemands de Karl May. Les reliures étaient toutes poinçonnées du même monogramme : AH. Je tirai du lot le *Kampf um Berlin* du Dr Goebbels. Une dédicace figurait sur la page de garde. En la déchiffrant, j'ai hurlé.

– Leee !

Elle arriva en courant. Elle m'a dit plus tard que j'étais comme fou.

Nous étions chez Adolf Hitler.

Si incroyable que cela puisse paraître, personne à l'intendance ne s'était avisé que le n° 27 de Prinz-regentenplatz était l'ancienne résidence munichoise du dictateur, celle où il avait mûri son ascension, celle où Geli Raubal avait un matin été trouvée suicidée. Lee éclata de rire, d'un rire que j'entends encore tant il exprimait l'impossible de cette guerre. Elle fit alors une chose inouïe. Sans un mot, elle se dirigea vers la salle de bains, ouvrit le robinet de la baignoire et commença à se déshabiller. Nous n'avions pas pris de douche depuis plusieurs jours. Les bottes, la vareuse, les *slacks* volèrent à terre. Lee se jeta dans la baignoire, saisit un gant et commença à se frotter énergiquement. La pièce était étroite, carrelée de blanc. Sur un meuble laqué trônait une statuette de déesse au bain, la main relevée vers le front. Je pris alors un des deux Rollei et photographiai Mrs Lee Miller dans le *bathtub* d'Adolf Hitler.

Puis je l'abandonnai là pour aller prévenir les officiers cantonnés dans les maisons voisines. Ce fut aussitôt l'attroupement devant le n° 27. A l'intérieur, Lee s'était rhabillée et mitraillait les pièces au flash. Le lieutenant-colonel Grace arriva bientôt. C'était un excellent germanophone. Il me rejoignit dans le bureau et décrocha le combiné du téléphone. Une voix répondit en allemand, déclarant que le QG de Berchtesgaden était aux ordres. La voix exigeait un mot de code. *Rinderbratten*, lâcha martialement le colonel. La communication fut aussitôt coupée.

– Qu'est-ce que *Rinderbratten*? lui demandai-je.

– Le bœuf sauté au lard.

Des GIs envahissaient la demeure. Ils étaient curieusement respectueux de cette sorte de musée. L'un d'eux dénicha dans la bibliothèque un exemplaire de *Mein Kampf*, passa dans la chambre du maître de l'Allemagne et le feuilleta allongé sur le lit. Pour une fois je pris le cliché. Celui-là serait pour *Life*, qui en fit une pleine page.

Des jeeps s'arrêtaient sous les fenêtres. Un jeune lieutenant entra en annonçant qu'une découverte comparable venait d'être faite non loin de là, au n° 12 de la Wasserburgerstrasse : des GIs s'étaient avisés qu'ils occupaient la maison d'Eva Braun ; Lee cependant faisait main basse sur quelques objets, un autre exemplaire de *Mein Kampf*, des photographies, des lettres de Hitler à sa logeuse Frau Winter. Nous n'eûmes aucun mal à obtenir un billet de cantonnement pour une autre maison.

C'était pendant la nuit du 30 avril 1945, douze ans et trois mois après l'avènement du IIIe Reich.

L'après-midi du même jour, Berlin s'était effondré sous les bombardements soviétiques. Vers seize heures, le Sturmbannführer Heinz Linge sortit du bunker en compagnie d'une jeune ordonnance. Ils portaient un corps enveloppé dans une couverture *feldgrau*. Le fardeau fut déposé au fond d'un cratère d'obus, arrosé d'essence et aussitôt enflammé.

Le corps du dieu noir disparut au milieu des flammes.

Tout finissait. Berchtesgaden fut notre adieu à cette guerre, une dernière salve avant le crépuscule. Dans le brouillard chaud d'un premier soir de mai, nous vîmes flamber le *lodge* de pierre et de béton. Les hommes d'« Iron Mike » O'Daniel avaient livré là leur ultime combat. Le Berghof brûlait au milieu de l'immense cirque de forêts. Des brandons poussés par le vent roulaient sur l'herbe. La charpente craqua, puis des flammèches attaquèrent les branches basses des sapins. Les GIs de la 15ᵉ Division regardaient le Nid d'Aigle se consumer. Plus loin, les pavillons de Goering et de Martin Bormann brûlaient aussi. L'œil se perdait dans la liberté infinie du paysage, et pourtant c'était encore les mêmes cris dans la nuit, le saccage des cités du mal. Je ne sais trop pourquoi des mots venus de l'enfance me remontaient aux lèvres, des mots de l'*Apocalypse*, ou plutôt je le sais trop bien. *Et je vis la Bête, et les rois de la Terre, et leurs armées rassemblées pour faire la guerre à celui qui était assis sur le cheval et à son armée. Et la Bête fut prise et avec elle le faux prophète...*

Une angoisse m'oppressait devant cet incendie. Lee travaillait au flash à dix pas de moi. Elle photographiait des flammes, la bonne lumière et la mauvaise, ce qui éclaire et ce qui brûle. Cette guerre sans mots allait finir, elle s'achevait dans ce parfum de sève et de poutres effondrées, avec le bruit des bibelots de verre éclatant au milieu des brasiers de Bavière. Je ne lui avais rien donné sinon le chemin

179

qui conduisait là ; elle n'avait rien à me rendre que la certitude d'y être parvenue. Nous regardions depuis un dernier surplomb brûler la charpente du dernier bastion. J'étais au milieu de mon âge. J'étais là avec elle.

Un peu plus tard nous sommes descendus dans les entrailles du Berghof. Les GIs parcouraient, incrédules, cet immense réseau de caves : des salles à manger, un cinéma, des réserves de victuailles. J'ai trouvé dans les décombres un plateau d'argent poinçonné aux initiales AH. Je l'ai tendu à Lee. Elle a ramassé dans les ruines un tome relié en cuir vert : une édition allemande des œuvres de William Shakespeare. Elle me l'a donné.

A l'instant où j'écris je vois la tranche fendillée du volume. Il est là, dans ma bibliothèque de New York. La fureur et les flammes où je l'ai trouvé, il les contenait déjà. Il les contient encore, et pour toujours.

Dans la matinée du 6 mai, nous avons rallié depuis Berchtesgaden le camp de presse que la VIe Armée venait d'installer à Rosenheim, au sud-est de Munich. Les hommes des Transmissions travaillaient vite et bien. Ils avaient improvisé dans une ancienne école un central de liaisons supérieur encore à celui de l'hôtel Scribe.

On nous donna un bon de logement qui correspondait à une maisonnette abandonnée. Un sentier tortueux conduisait à la petite bâtisse ceinte d'un jardin qui sentait la feuille de chou. Le treillage du poulailler était arraché, les poules envolées. A l'intérieur du logis, la pièce d'habitation trahissait l'évacuation précipitée. Des ustensiles de cuisine traînaient sur le sol. Un poêle éteint trônait au milieu d'une batterie de tisonniers et de cagettes remplies de petit bois. La fenêtre de l'unique chambre était ornée de rideaux taillés dans un mauvais tissu. Il y avait un crucifix sur le mur.

Nous déposâmes nos sacs dans la chambre. Je sentais soudain peser la fatigue des dernières semaines. Lee tira les rideaux, ouvrit la fenêtre. Un rayon de soleil éclaira les murs. Elle décrocha le crucifix du mur et l'envoya valser dans la poussière.

– *I fuck God*, dit-elle.

Je voyais sur ses traits ce que j'aurais dû y lire depuis longtemps déjà : une expression déchirante d'enfant blessé. Elle s'assit sur le rebord du lit, écrasée par le silence de cette maison vide. Sa tête bascula sur l'oreiller. Elle garda pendant un moment les yeux fixés au plafond. Je vins auprès d'elle, lui caressai les cheveux. Elle repoussa doucement ma main.

– J'ai soif, Dave. Je veux boire.

J'avais touché deux bouteilles de scotch à l'intendance de la 15e Division. Je les tirai de mon sac, puis j'allai chercher des gobelets dans la cuisine. Lee se versa un verre plein.

– *Cheers, my love*, dit-elle avec un petit sourire.

Elle avala plusieurs gorgées. Sa main tremblait.

– C'est bon, Dave...

Elle s'allongea de nouveau. Ses traits étaient ravagés de fatigue.

– Repose-toi, Lee, repose-toi.

Je pris sa main. Elle répondit à peine à la pression.

– Cette guerre va finir, dit Lee. On ne pourra pas continuer.

– On va continuer, lui dis-je.

Elle balaya l'air avec sa main.

– Continuer vers quoi? A Paris, la route était devant nous. Maintenant...

Elle se redressa, passa la main dans ses cheveux, chercha une cigarette dans sa poche. Je lui tendis mon Zippo.

– Merci, Dave.

Lee se leva, aspira une bouffée et vint s'accouder à la fenêtre. Je ne voyais plus que ses épaules sur le fond vert du jardin.

– J'ai eu trente-huit ans en avril, dit-elle sans se retourner. Il n'y aura pas d'autre guerre. Pas comme celle-là.

– Il faut te reposer, Lee.

– Mais je me sens très bien.

Elle restait immobile devant la fenêtre. Je fis deux pas, tentai de l'amener à moi. Elle résista. Je la saisis plus fermement par les épaules. Quand elle se retourna, je vis qu'elle pleurait. Je la pris dans mes bras.

– Tu vas rester avec moi, Lee.

– Je ne sais pas ce que je veux, Dave. Je ne sais plus...

– Tu as besoin d'une chose, et je te la donnerai autant que je peux.

Elle leva les yeux. Son visage mouillé touchait le mien.

– Quelle chose?

– Tu as besoin d'amour.

Ses cheveux effleurèrent ma joue. Elle abandonna sa tête contre mon épaule.

– Je ne sais plus, Dave.

– Oh si, tu sais. On ne peut pas vivre sans amour.

Pendant trois jours, Lee ne dessoûla pas. Quand je passais la porte de la chambre, je la trouvais assoupie sur le lit, la main frôlant le plancher. Des bouteilles de scotch traînaient sur la table de chevet. Elle respirait lentement, le visage écrasé sur l'oreiller. Sous ses yeux clos se déroulait un voyage que je ne pouvais suivre. Quand elle émergeait de cette torpeur, elle disait *Dave*. Je caressais sa joue.

– Repose-toi, Lee, repose-toi encore.

Elle souriait, mais la lumière s'était voilée. Sa main retombait.

– S'il te plaît, Dave, va m'en chercher une autre.

J'allais chercher les bouteilles qu'elle réclamait. Pendant ces deux journées du 6 et du 7 mai 1945, je fis la navette entre les cantines de la VIe Armée et la chambre de Lee. Et qu'aurais-je pu faire d'autre? Je buvais un peu avec elle, mais sans goût. Dans la chambre c'était toujours le même désordre, les sacs ouverts, l'étui à Rollei, les casques de combat. Des exemplaires de *Stars and Stripes* traînaient sur le sol avec leurs titres ronflants. *Splendid news from Moscow, Berlin has fallen.* Si abstrait que cela fût pour nous, Berlin était tombé.

C'est à peine si le 8 mai fit sortir Lee de cette prostration. Dans l'après-midi, des haut-parleurs se mirent à hurler dans toute la ville : *IT'S ALL OVER HERE! VICTORY IN EUROPE IS OURS!* Des chargeurs se vidaient vers le ciel. La pétarade dura plusieurs heures. Je ne ressentais rien. La victoire était à nous, mais ce n'était pas la nôtre.

Cette nuit-là, une pluie fine se mit à tomber sur Rosenheim. Les gouttes résonnaient sur la toiture comme mille piqûres d'aiguille. Lee dormait à la lueur d'une bougie en respirant lentement; son souffle sentait l'alcool. L'idée de la fin m'oppressait. Je ne savais pas moi non plus où nous irions.

Je suis sorti dans le jardin, un peu ivre. Un arbre était planté là. Ses feuilles laissaient goutter monotonement l'eau de pluie. L'arbre était ce qu'il était, une chose posée dans la nuit, dans le monde. Mais je ne savais plus si ce monde était le mien.

Il remonte de ces semaines de mai 1945 un sentiment amer, pareil à celui qui vous saisit au sortir d'une fête triste. Tout s'est consumé, on foule aux pieds des serpentins, et la vie n'est plus si belle. Les jours suivants, Lee continua à boire. Était-ce par lâcheté, était-ce par lassitude, je l'ai un peu abandonnée. Je la laissais dans la journée à son étrange sommeil et sautais dans la Chevy pour rouler vers Munich. Je fuyais Lee comme je m'étais fui.

Partout les GIs arrêtés dans leur course voyaient se dessiner la fin du voyage. Ils ne mourraient pas, ils reverraient leurs enfants. Le cantonnement où la victoire les avait saisis était plus qu'un point de butée : c'était la rive du continent qu'ils avaient arpenté au fond d'eux-mêmes plusieurs années durant. Dans la forêt de Rosenheim, je suivis une brisée d'animal avec deux sergents de l'US Army. Ils venaient l'un et l'autre de Pine Bluff, Arkansas. La paix les rendait à cette guerre par défaut qu'est la chasse : ils avaient vu mourir des hommes, ils n'abattraient plus que des perdreaux. Ces hommes riaient comme des enfants en arpentant le sous-bois. Les grands fûts des sapins leur rappelaient les étendues giboyeuses de leur État, ce moutonnement de hauts arbres qui couvre la *Bible Belt.* Ils montraient les étangs en criant : *Look, it's a swamp.* Ils avaient élu dans leur cœur cette contrée où l'armistice les avait surpris, comme une anticipation du retour, un avant-goût de l'autre Sud. La Bavière leur était un Arkansas provisoire, et ils fermaient les yeux, offraient leur visage au soleil, croyaient découvrir au détour d'une allée la maison de rondins où leur père était né.

Je remontais vers Munich. La chaussée de la *Reichsautobahn* était crevée de trous de bombes. Les buissons poussaient à l'abandon dans des jardins fleuris par les lilas du printemps. En approchant des faubourgs, on voyait des filles blafardes se réfugier dans les maisons. L'Isar coulait sur son lit de pierres. Des façades en trompe-l'œil dressaient leur carcasse sur la rive. La Chevy ralentissait, sa suspension tressautait sur les madriers du pont Max-Joseph. Je regardais ces berges déshabitées en songeant à la femme endormie dont je m'éloignais, et que je ne pouvais fuir. Au sommet de la colonne de la Paix, l'ange doré était recouvert d'un filet de camouflage : ses ailes aveuglées par la guerre restaient repliées sous la toile. Des bandes d'Italiens erraient en quête d'un gîte au long de la Föhringer Allee. L'écureuil était devenu pour tous ces errants un mets de choix. Ils les tiraient au lance-pierres dans les frondaisons du Herzogspark. Les petites boules de poil tombaient comme des fruits mûrs, la queue tétanisée par un dernier spasme.

En approchant du centre de la ville, on longeait

des files de soldats allemands, mal rasés, dépenaillés, marchant en silence vers la gare. Les hommes de la Wehrmacht, une fois désarmés, étaient renvoyés à la vie civile ; seuls les officiers supérieurs et les corps d'élite de la SS faisaient l'objet de recherches. Des trains de fortune aiguillés sur les rares lignes intactes reconduisaient ces hommes aux quatre coins de l'Allemagne. Comme des cas de *Flecktyphus* étaient déjà signalés, chacun regardait son voisin tel un cadavre sur pied, chaque visage était pour l'autre l'effigie d'une mort entrevue. Leurs campements de rue, leurs soupes maigres cuites dans des trous d'obus, leurs yeux fuyants donnaient l'image d'un monde tendu vers une obsession unique – survivre. Les visages haineux des enfants de la *Volksturm* n'éveillaient en moi aucune compassion. Je les regardais à distance dans leur poussière : des faciès de reîtres grattés jusqu'à l'os. Quelque chose était calciné en eux, l'ascendant sexuel, le désir, ils étaient comme châtrés par la défaite. La vraie damnation les attendait, non pas celle qui vous déclare coupable, mais celle qui vous éloigne du Dieu qui juge. Ils étaient fermés au regard qui compatit, à jamais préservés du pardon. Ceux-là du moins échapperaient à la lente expiation qui commençait à l'Est. Des milliers de prisonniers marchaient vers les camps d'Ukraine avec sur la nuque l'ombre des fusils. Les Russes, qui voulaient ignorer Dieu, châtiaient selon la loi plus cruelle des hommes. Peut-être me suis-je senti à ce moment-là soviétique d'inclination. Soviétique par la loi du talion.

On murmurait que les officiers traitants de l'OSS se livraient à des opérations de retournement. Des ingénieurs militaires, des agents de l'Abwehr étaient signalés en partance discrète pour les *Headquarters* de Francfort. C'est finalement sur les traîtres des pays occupés que la punition s'abattait le plus durement. Les supplétifs des divisions Nordland, Viking et Charlemagne étaient traqués comme des *outlaws*. Les règlements de comptes entre Européens commençaient.

L'abattement qui avait saisi Lee dans les premiers jours de mai n'était qu'un signe avant-coureur, du moins je voulais le croire, de l'ennui qui commençait à envahir les régiments. Pendant des mois, l'attente du choc avait maintenu les unités dans un sentiment d'urgence. L'énergie se rassemblait à chaque départ pour déborder à chaque assaut. Désormais, on s'installait dans la paix. Les états-majors redéployaient leurs divisions sur des quadrilatères géographiques comme autrefois la Cavalerie tenait l'Ouest avec ses fortins : résolument, on traitait les *Krauts* comme des Pawnees. Les sentinelles restaient sur la défensive, prévenues par la rumeur qui signalait des francs-tireurs de la *Volksturm* en maraude dans les forêts. Des bataillons partaient chaque jour vers l'Autriche. Les canons de 105 recouverts de la bannière étoilée glissaient sous les ramures en fleurs. Les GIs bardés de *Silver Medals* et de *Purple Hearts* agitaient joyeusement la main. Ils avaient débarqué à Utah Beach, percé la poche de Strasbourg, résisté à un contre trois autour de Mortain lorsque le Feldmarschall Von Kluge lançait son ultime contre-offensive. Sur leur passage, les fenêtres allemandes se fermaient. *Schade Tag*, murmuraient les vieux passants. Leur tristesse n'était pas la nôtre.

Au camp de presse, les correspondants de guerre commentaient abondamment la situation : la Bavière reprenait son train doucereux comme une rivière retrouve son lit. Les habitants de Munich juraient qu'ils ne savaient rien. Le Reich les avait persécutés; tous comptaient dans leur parenté des personnes de sang *non aryen*; ils étaient d'authentiques démocrates. Les rapports d'Intelligence faisaient état de propos tenus dans les cafés de Munich. *Hitler est vivant*, disaient les habitués. Ou bien : *Hitler était un véritable Autrichien, sensible et débonnaire*. Ou encore : *Il possédait la bombe, mais avait trop d'humanité pour l'utiliser*. Les Bavarois plaidaient que les Allemands et les Anglo-Américains étaient faits pour s'entendre. Beaucoup croyaient à l'existence d'un pacte secret pour marcher sur Moscou.

De nouvelles fables couraient chaque jour parmi les envoyés spéciaux. La plupart étaient vraies. On découvrait dans les prisons nazies des potences tendues de cordes à piano, des haches et des billots, et même quelques *vierges de Nuremberg*, ces statues creuses dont l'intérieur était tapissé de pointes d'acier. Des rapports évoquaient les projets cyclopéens du Führer qui voulait édifier à Linz une mégalopole de marbre plus vaste que New York. Les traces d'orgies de reproduction apparaissaient dans les villas où des mâles de la SS avaient ensemencé jusqu'aux dernières semaines de la guerre de parfaites dolicocéphales. Un des fils de Thomas Mann, qui était devenu américain et travaillait pour *Stars and Stripes*, venait ainsi de découvrir que la maison de son père avait été transformée en *Lebensborn*. Des escouades de journalistes partaient pour Garmisch où le vieux Richard Strauss dédicaçait ses photos en faisant l'éloge de Baldur Von Schirach et du gauleiter Hans Frank, de vrais mélomanes. Le compositeur gâteux expliquait fièrement que sa belle-fille avait été la seule juive en liberté dans la Grande Allemagne, en déplorant toutefois que le régime ait cru utile d'interdire de chasse à courre cette excellente cavalière.

Mais le plus souvent les Bavarois restaient muets.

Les notables catholiques, soucieux du destin de leurs municipalités, négociaient sous cape avec les autorités américaines. Je parlais mal leur langue et n'avais guère le cœur à les rencontrer. J'écrivis une longue *story* allemande que *Life* publia en plusieurs livraisons. New York envoya les félicitations d'usage, et l'affaire s'arrêta là pour un temps.

J'assistai tout de même à quelques briefings de presse. Ils devenaient routiniers. Un jeune officier, qui avait épinglé sur la bande de son casque les dix-sept croix de fer prises à l'ennemi, venait réciter les communiqués du jour. On avait replié les cartes d'état-major où des flèches transperçaient l'Allemagne comme un saint Sébastien. Une litanie de consignes les remplaçait, empreintes de cet esprit de mission qui saisit l'armée américaine quand elle a conquis le terrain. Mais le cœur n'y était plus. Dans les cantonnements, les soldats tuaient le temps. Les appelés de Brooklyn sculptaient de minuscules Empire State Buildings dans la gomme des pneus. Des cires de Robert Johnson ou de Big Bill Bronzie avaient été distribuées aux GIs noirs; les gorges râpeuses du Delta ou de Chicago réveillaient sur les gramophones d'autres mauvais rêves – chiens lâchés sur les esclaves, traques dans les bayous, incantations autour des croix brûlées. L'été approchait, les vareuses étaient moites. Des filles aux jambes nues rasaient les façades. Un kilo de farine se négociait 300 marks au marché noir, une petite cuillère 200 marks, une femme un peu moins. Les contacts rapprochés avec les Bavaroises étaient officiellement proscrits. Mais l'on sentait monter cette frustration du soldat qui ne manquera pas de se payer sur l'habitante. En France, on leur avait laissé la bride sur le cou. Pourquoi ne pouvait-on, en pays occupé, fouailler le ventre des filles d'assassins? *I'm gonna fuck a little Kraut*, entendait-on ici et là.

C'était une brume d'été, un climat pourrissant; ce creux de la courbe que nous nommons *anticlimax*.

J'attendais un câble de Londres ou de Paris susceptible de me lancer sur une nouvelle piste. Rien ne venait. Nous étions des échotiers en mal de nouvelles, échoués sur le bord d'un monde nouveau.

La nuit, je retrouvais Lee. Je retrouvais l'alcool.

Un matin, Lee passa une tenue neuve, rechargea son Rollei. Elle tâtonnait comme un convalescent qui s'appuie au mur. Je voyais bien qu'elle recherchait autant que moi l'énergie qui nous avait portés sur les routes d'Allemagne.

Lee ouvrit une bouteille de scotch. Deux heures plus tard, elle était de nouveau étendue sur le lit. Sa main flottait sur l'oreiller. Tantôt elle gardait les yeux au plafond, tantôt elle se recroquevillait sous la couverture. Il n'y avait rien à faire, c'était comme une coquille qui craque sous une poigne trop forte. Des phrases venaient mourir sur ses lèvres. Elle disait :

– Je suis triste à crever.

Puis, en balayant l'air de la main :

– On n'a pas le droit de se plaindre. Pas nous...

Elle resta deux jours prostrée. Parfois elle se levait, sortait dans le jardin. Lee marchait avec une sorte de raideur lasse, sans vraiment se soucier de moi. Elle tenait à peine debout. Quand elle revenait dans la chambre, elle s'allongeait sur le lit avec une lenteur d'opiomane. Je la voyais sombrer dans un délire muet où défilaient des images à elle seule accessibles. C'était comme si elle avait traversé un univers qui s'engloutissait en lui-même. Des frissons la parcouraient. Lee paraissait habitée par quelque chose qui avait existé, quelque chose qu'elle fuyait jusque dans l'ignorance que j'en avais.

L'alcool n'expliquait pas tout. Le deuxième jour, elle ne but presque pas, mais la prostration s'accentua. Je lui proposai d'aller chercher en ville des vêtements féminins. Elle refusa. Ses phrases se faisaient moins précises, sans rapport les unes avec les autres. A plusieurs reprises, elle répéta :

— A Colmar, j'aurais voulu que le temps s'arrête.

Puis, un ton plus bas :

— Ceux qui vont venir n'ont pas d'honneur... pas d'intégrité... et pas de honte non plus.

J'essayais de comprendre, mais le ressort se dérobait. Parfois, lorsque l'on regarde une pièce familière à travers les persiennes, on ne la reconnaît plus vraiment : l'angle a changé, elle est différemment habitée. J'étais à côté de Lee et ne la sentais plus. Une belle inconnue. Une femme qui vivait rivée à son Rollei. Je devinais ce qu'elle voulait stocker dans l'appareil : c'était le monde des choses vues, et c'était elle-même. Maintenant il n'y avait plus rien à voir, ou bien elle avait trop vu.

Je n'allais pas très bien, moi non plus. Je revoyais New York l'été précédent. La foule applaudissait l'enseigne lumineuse de Colombus Circle annonçant les raids victorieux sur l'Allemagne. Je revoyais Paris, cette nuit d'août où deux étrangers s'étaient croisés. Un abîme me séparait de l'homme que j'étais dix mois plus tôt. J'avais traversé un monde, et ce monde, je savais que Lee ne le regardait pas comme moi. Quand elle rouvrait les yeux, couchée sur ce lit, je croyais pourtant y lire une lueur de fierté. Elle m'avait entraîné dans son incertitude. Je l'avais suivie au fond de son silence. Elle voulait cela.

Pendant ces heures hantées, je rôdais souvent dans le jardin. Le carré de potager, le poulailler défoncé végétaient tristement sous le soleil. Je n'avais pas imaginé d'autre lendemain que ces routes sans cesse rouvertes devant nous. Peut-être quittais-je enfin ce jeune homme infidèle qui m'avait accompagné jusqu'au milieu du gué. *L'armée est une institution maternelle*, avait dit Lee à l'officier d'Alsace. La vie aussi est une institution maternelle, jusqu'au jour où elle vous lâche. J'avais aimé Lee, son courage et sa détresse. Mais désormais j'avais peur. Depuis Munich elle se détruisait.

Les événements des derniers mois, qui disparaissaient dans l'instant parce que la fatigue et le besoin que j'avais d'elle effaçaient toute question, se replaçaient comme les pièces de bois d'un puzzle. Des images troubles me revenaient à l'esprit. Je ne retrouvais que des angles, des fragments, comme sur un agrandissement photographique tel détail devient lui-même un sujet. J'additionnais ces détails. Mais quelle était la figure ?

Un après-midi, tandis que Lee dormait dans son étrange tourment, je m'installai sous l'arbre du jardin. J'avais pris de la benzédrine. Je notai sur une feuille tout ce qui me revenait. Le mémo s'écrivit tout seul.

• *Lee. Elle est là, à deux pas. Et constamment ailleurs.*

• *Elle s'appelle Elizabeth Miller Eloui. Un mari en Égypte. Elle s'est détachée de cet homme. Peut-être. Ou peut-être pas. Dans les rues de Colmar, elle parlait l'arabe.*

• *L'appartement de la place de Colombie. Le Russe blanc voulait me la vendre. Elle connaissait ces gens autour du piano. Elle ne les aimait plus.*

• *Elle aurait pu rester à Paris; elle a voulu partir. Lee fuit quelque chose. Son côté tailleur blanc,* Vogue; *et son côté uniforme,* slack.

• *Derrière elle, dans cet appartement, il y avait une autre femme : l'œil triple du tableau de Picasso. Et cette lettre du poète français, Louis Aragon. Pourtant elle vit à Londres. A Colmar, elle m'a dit qu'elle retournait à Paris. Elle est allée à Londres.*

• *La fée Kodak, disait Barber. Lui sait quelque chose.*

• *Elle parle le new-yorkais d'il y a dix ans. 1935. Elle dit avoir appris son métier à Paris. Elle a cité deux noms : Horst; un autre que j'ai oublié.*

• *Accréditée depuis 1942. A Paris, elle avait encore des gestes de studio. Depuis l'Alsace, on dirait Bob Capa. Lee mitraille comme un fantassin. Elle se surprend elle-même. Lee a besoin de se surprendre.*

• *Intelligente, capable de drôlerie, sombre. Carole Lombard était comme ça. Mais Lee est double : tantôt une statue, tantôt un œil. Lombard n'était pas double.*

• *A trois reprises, je l'ai vue fascinée. La danse devant le métronome. L'horreur dans ses yeux quand le JU-88 s'écrase. La fille suicidée du Burgmeister de Leipzig. Ces scènes lui parlent. Pourquoi?*

• *« Il faut que je paie mes dettes. » Une femme ne dit jamais ça. Elle l'a dit, pourtant.*

• *Ces promenades dans Paris. La Horch roulait sous la neige. Rue Campagne-Première, elle s'est arrêtée devant cet hôtel. L'hôtel Istria. Elle était troublée.*

• *Incroyable courage physique. L'Alsace, Torgau. Elle peut photographier l'impossible en face. L'alcool, comme moi. Haine des nazis.*

• *Elle fuit une lumière trop forte. Mais elle est cette lumière.*

• *Le démon blessé. Les nuits* devilish. *Cette rétraction, puis cette torpeur. Elle se perd, elle remonte dans le temps. Le sexe est pour elle un mécanisme de mémoire.*

• *Pourquoi cette curieuse idée, alors que rien n'est comparable? J'ai repensé plusieurs fois à la* story *de 1935, quand T.E. Lawrence est mort. L'effacement, l'anonymat. Ces mécanismes-là.*

• *Je n'ai rien voulu savoir, rien.* You are my man, David. *Je l'ai gardée comme je l'avais trouvée. Je l'ai conduite là où elle voulait aller. Cette guerre la liait à moi. Elle aimait la trêve, le silence. Je le sais. Cette guerre est finie.*

Je relus ces mots à peine écrits. Ils me prenaient à la gorge. Au plus près d'elle, jusque dans la promiscuité, je ne l'avais pas vue. Depuis Paris, des silences et des fureurs s'étaient interposés entre nous. L'alcool même était un silence.

Je regardais mes mains. Elles avaient empoigné les choses, caressé la peau de quelques femmes. Elles pouvaient décrire ce qu'elles avaient touché, consigner sur le papier le souvenir des corps. Mais elles ne pouvaient que cela, et aussi s'ouvrir impuissantes vers le ciel.

Lorsque je revins dans la maisonnette, la cuisine sentait le *spam* et le maïs bouilli. En entrant dans la chambre, je trouvai Lee couchée. Sa respiration était lente, entravée. Je posai ma main sur son front. Il était brûlant. Lee ouvrit les yeux. Sa main agrippa ma manche.

– C'est toi, Dave?

Je la pris dans mes bras. Elle tremblait.

– Je vais aller chercher un docteur.

– Non, Dave, reste. Ça va mieux. Reste avec moi.

Elle eut un pauvre sourire. J'avais envie de hurler. Lee, si belle, terrassée dans cette absurde maison de Rosenheim...

Elle se redressa sur les coudes, passa une main sur son front.

– Il y avait une femme morte, dit-elle d'une voix égarée.

– Quelle femme?

Elle retomba en arrière. Ses yeux s'étaient refermés.

– *The dead woman.* La femme morte. Elle était là.

– Il n'y a personne, Lee. Personne que toi et moi. Lee!

Elle venait de s'évanouir. Je la secouai rudement. Elle rouvrit les yeux, et de sa voix changée par l'alcool, murmura :

– Laisse-moi tranquille... Je veux dormir...

Elle se retourna et vomit sur la couverture.

Cette nuit-là, je restai près d'elle. Je fis la seule chose qui me restait à faire. Je me soûlai à mort. La lumière du jour me réveilla dix heures plus tard. Lee était recroquevillée sur le lit. Je me levai pesamment. Dans le ciel matinal, quelques nuages roses et blancs glissaient à l'horizon. Une grande fleur jaune avait éclos au milieu du jardin. Ma tête bourdonnait, mais j'étais résolu : qu'elle le veuille ou non, Lee allait sortir de là. Il y avait près de Rosenheim une antenne de la Croix-Rouge. Je l'y conduirais. Au besoin, je demanderais l'évacuation sanitaire vers Francfort. Les armées stationnées en Bavière ressemblaient de plus en plus à un train d'alcooliques, de misanthropes, de types sonnés qui voyaient des taches de couleur voltiger devant leurs yeux. On les rapatriait chaque semaine par convois spéciaux. Ce n'était pas la fin dont j'avais rêvé.

Quand Lee se réveilla, je la mis devant le fait accompli. A ma grande surprise, elle ne protesta pas. Elle avala un doigt de scotch, rassembla ses affaires, s'engouffra à l'avant de la Chevy. La maisonnette disparut derrière nous. Je pris une route qui contournait la ville. Lee restait muette, les yeux perdus sur le chemin. J'avais la tête lourde. La Chevy longea un boqueteau de sapins surplombé par la masse plus dense d'une forêt. L'orée d'un chemin se dessinait entre deux buissonnements d'arbres.

– Arrête-toi, dit Lee.

Je freinai brusquement. Elle avait l'air résolu.

– Je veux marcher, dit-elle. Là, dans la forêt.

– Tu en es sûre ?

– Oui, Dave.

J'arrêtai la voiture sur le bas-côté, coupai le moteur. Le silence des bois tomba sur nous. Je mis pied à terre et l'aidai à descendre. Le soleil jaune tremblait dans le ciel. Des nuages blancs fuyaient vers l'Est. Nous glissâmes du talus dans un dénivelé ombreux. Lee se détacha de moi.

– OK, Dave, je peux y aller.

Elle s'aventura sous les branches. Une lueur verte baignait les banquettes de mousse. Un bruit de ruisseau filait au creux d'une ravine. Lee avançait lentement, précautionneusement. Elle leva les yeux vers la cime des arbres.

– On devrait rester ici.

Sa voix était curieusement détimbrée.

– Ça va?

– Ça va, *stupid*. Je suis contente.

Une odeur d'été nous enveloppait, un parfum de feuillée et de sol alluvial. Des oiseaux chantaient au-dessus de nos têtes. Je revins à la hauteur de Lee. Le sol aspirait mes bottes plus pesantes que des billes de plomb. Je voyais sur sa manche le sigle de *War Correspondent*, celui du premier soir dans le hall de l'hôtel Scribe. Les journées de Paris étaient prises dans la mémoire, reliques d'une saison où il avait fait bon exister. Le ruisseau apparut au creux d'une combe. Il déposait une pluie humide de gouttelettes sur les feuilles de mûriers sauvages. C'était un son chantant, fluide, doux comme une journée sans soucis.

Lee s'arrêta soudain. La voûte des arbres s'était refermée au-dessus de nos têtes. Elle me regarda avec suspicion.

– Tu veux m'abandonner, Dave. Me perdre dans la forêt. Tu veux que je crève?

– Ne dis pas de conneries, Lee.

Son expression était véhémente, mais d'une tristesse insondable. On entendait le chant d'un merle dans les ramures.

– Tu sais, dit-elle, personne ne m'a jamais fait ça. Aucun homme, jamais...

– Retournons à la voiture, dis-je.

– Non, dit Lee, on continue.

Elle se baissa, trébucha du même élan, se releva, une badine à la main. Elle commença à frapper le tronc des arbres. Les claquements secs résonnaient dans la futaie. Je les entendais en écho au fond de mon crâne. Lee s'était mise à fredonner :

– *I used to be colour blind, but I met you*
And now I find there's green in the grass
There's gold in the moon, there's blue in the sky.

Une toux interrompit la mélodie. Elle avait essayé de chanter une romance d'Irving Berlin, mais comme la ritournelle d'une insensée. Je croyais entendre un *limerick* murmuré par une folle marchant sur la lande. Ma tête pesait. Sur l'écorce des arbres, les nœuds du bois tournaient comme des spires. Lee se parlait à elle-même :

– On est des petits enfants. Des petits enfants. Rien d'autre.

Je crus voir l'ombre d'un soldat derrière les arbres. Le village d'Alsace allait réapparaître avec le tir des mitrailleuses en lisière. Le sang me cognait aux tempes, un tocsin, un fracas. Les presses mécaniques de *Life* cliquetaient dans la nuit. Les boggies du train de Chicago hurlaient en gare de Milwaukee. Des vagues de B-17 survolaient la plaine de Hesse. Des voix vertes chantaient dans les arbres, le monde se projetait vers nous en mille éclats coupants. Lee s'était remise à fredonner :

– *Heaven, I'm in heaven*
And my heart beats so that I can hardly speak
And I seem to find the happiness I seek...

Elle trébucha de nouveau. Elle parlait en riant :

198

– Où est la vie? Dans le porto flip?... Dans le Pimm's? Où?...

Lee avançait plus vite. Je suivais mal. Elle heurtait le tronc des arbres avec sa badine en les saluant.

– Hello, Max... Hello, Jean... Hello, Tanja...

Lee prenait le large. Je la voyais courir vingt pas devant moi. Mes poumons brûlaient.

Soudain elle se figea. Elle reculait. Je fus sur elle, je la pris par le bras. Lee était livide. Ses yeux restaient figés sur quelque chose. Elle balbutia d'une voix blanche :

– Il ne faut pas approcher.

Son regard terrifié fixait un étang apparu entre des massifs de liserons sauvages. L'eau noire dormait, étale, immobile sous les arbres. Je saisis Lee par les épaules et tentai de la retourner vers moi. Elle résistait.

– Lee!...

– Il ne faut pas approcher...

Elle parlait avec la voix des nuits *devilish*. Je la serrai contre moi. Un tremblement la parcourut. Ses lèvres articulèrent des mots incohérents. Je crus entendre :

– La mort est dans l'eau.

Je la secouai. Elle répéta :

– La mort est dans l'eau...

– Quelle mort, Lee?

Elle leva vers moi des yeux égarés. Je ne la supportais pas aussi perdue, aussi folle, j'avais mal, toute cette maudite guerre me remontait dans les entrailles, j'allais devenir fou moi aussi, nous étions en train de devenir fous.

– Lee!

Elle était hagarde. La gifle partit d'un coup. Lee porta la main à sa joue et me fixa avec des yeux que je n'oublierai jamais. Ils étaient pleins de haine, pleins de surprise et aussi d'une sorte d'amour. Elle ne voyait plus l'eau, elle posait sur moi ses yeux revenus de la profondeur, elle était devant moi, entière, soudain redressée, telle qu'elle avait été, telle qu'elle était.

Le vent passait dans les frondaisons de juin. Je regardai Lee Miller dans les yeux. Elle se détourna de l'étang et s'appuya à mon bras.

Pour la première fois, elle raconta.

Elle venait d'un monde que je ne pouvais imaginer. D'une autre, je ne l'aurais peut-être pas compris. Je ne serais pas entré dans des raisons qui à l'époque m'échappaient largement. Une femme passe, elle n'est que le visage d'un instant, elle vous donne l'insolence et la grâce, puis disparaît pour toujours. Je suis un mystère, mais tu ne le sais pas. Je suis le présent qui efface; tu es le temps qui court et me libère du temps.

En 1945, Lee parle dans la forêt de Rosenheim. Elle est pour moi la femme de l'hôtel Scribe, la compagne de la route allemande. Qui peut deviner, en face d'un être, la succession des passés qui ont dessiné son présent? Si Lee existait pour moi dans cet instant-là, n'était-ce pas en effaçant tous les autres? Pendant ces longues semaines d'Europe, le récit de Lee allait se mêler aux ombres de la route. Nous avancerions au cœur d'une nuit toujours plus noire, et cet ensevelissement dans l'espace, ce monde repoussé vers ses lisières nous épargnait les énigmes : tout était possible, et je pouvais tout entendre. Plus tard j'ai senti ce qui dans l'histoire de Lee touchait à l'impossible.

Depuis des années je repasse en songe ses paroles de la route. Lee avait une mémoire précise, vive, implacable. Je n'ai rien oublié. Ma vie s'est coulée dans son absence comme une rivière dans son lit. Lee m'a contraint à sortir de ma vie, à marcher au-devant de ceux qu'elle avait connus. En 1947, j'ai quitté *Life* pour un autre métier. Les circonstances ne m'ont pas été trop défavorables. Je lui dois d'être devenu, pour le meilleur et pour le pire, ce que je suis.

Trente années ont passé comme un souffle de vent. Quand je lis la date de 1975 sur mon agenda, le 7 me semble incongru. Mais non, j'ai eu soixante-dix ans cette année. Je vais désormais écrire comme quelqu'un qui porte son âge et veut raconter une dernière fois ce qu'il a vu. En éparpillant mes années, j'ai rêvé celles où je n'étais pas là. Une partie de Lee est au-delà d'elle-même, elle est en moi. L'histoire que je reprends ici, je l'ai reconstituée à défaut de la comprendre toujours. Le milieu où j'ai vécu après 1947 m'y encourageait : les traces de Lee y étaient encore fraîches. J'ai enquêté, j'ai recoupé. Lee m'a donné quelque chose de plus grand que moi, quelque chose qui me justifie d'avoir été là. Mais parce que cela fut, au-delà d'elle et de moi, cela est. Le roman que je n'écrirai pas, c'est le sien.

Ce que je retiendrai de ma vie, c'est la sienne.

Quand je repense à Lee, et parfois c'est en rêve, je vois la petite fille que je n'ai pas connue. Elle me regarde, me tend la main ; peut-être me supplie-t-elle de venir la chercher dans un temps qui ne sera plus. De toutes les images qui me reviennent, la première est celle-ci. Je dis image, mais ce sont des mots, les siens, et j'entends encore la voix qui les portait.

C'est un après-midi d'été, en 1917. Lee a dix ans. Une barque flotte paresseusement sur un étang de Nouvelle-Angleterre. Le soleil joue sur la surface sillonnée d'insectes. Parfois le saut d'une tanche accroche un éclat argenté sur la vasière. Lee est montée tout à l'heure dans la barque avec un petit garçon. D'un coup de rame, ils se détachent de la berge et avancent sur l'eau. Un sillage muet se dessine au fil de l'étrave. Lee est intrépide, rieuse. Un nœud de velours discipline ses cheveux couleur paille. Elle ne voit pas les billes de bois empilées sur la berge herbeuse, ni la surface où de grosses bulles viennent crever. Elle regarde son camarade de jeu. Elle aime ce petit garçon, c'est son *boy-friend*. Il l'appelle Lili, l'entraîne derrière les haies pour l'embrasser, lui donne de grosses agates volées au *General Store*.

La barque a glissé lentement jusqu'au milieu de l'étang. Les tiges d'un massif de nénuphars plongent sinueusement dans la vase. Dans sa profondeur, l'eau ne révèle qu'un fond obscur. Lee taquine le garçon. Par forfanterie, par jeu, il veut fêter sa princesse. Il tend la main au fil de l'eau vers un gros bouton de nénuphar. Le garçon tire sur la tige de la feuille. La barque s'incline doucement en donnant de la gîte. La tige résiste. Le garçon tire plus fort, la barque tangue et soudain le déséquilibre. Il tente de se raccrocher, mais ses mains ne trouvent qu'une eau noire, son corps déjà a basculé. La barque se redresse comme un cheval cabré, Lee hurle, elle voit la surface se refermer sur l'enfant. Un remous de bulles, il y a des cris sur la rive, Lee plante ses ongles dans le bois. Elle hurle à n'en plus finir.

Parfois, la nuit, je crois entendre ce hurlement. Il ne s'achèvera qu'avec elle.

Dans la forêt de Rosenheim, sa voix tremblait. Les mots qui suivirent – *father, childhood* – avaient pour elle, comme pour chacun, un écho particulier qui n'appartient qu'à notre propre vie, à notre propre mort. L'enfance des autres est un pays étrange. Celle de Lee, d'une certaine façon, ne m'apprend rien. Rien que je n'aie su à travers ses actes, car seul m'importe ce qu'elle était, sans que le passé doive la justifier. Chacun se croit toute sa vie appelé devant le tribunal de sa propre enfance, et cela aussi est superflu. Nous perdons beaucoup à ne pas nous savoir innocents, à ne pas exempter les autres de notre pesanteur.

L'enfant de 1917 est-elle si différente de la femme qui traverse en 1944 le hall de l'hôtel Scribe? Cette main qui se pose sur la mienne a connu la main d'un père. Ce visage, quand il était plus menu, moins bien dessiné, a été regardé avec amour. Mais quoi d'autre?

Lee me parla ce jour-là d'une ville au nom indien, Poughkeepsie. Elle y était née. Elle me parla des automnes fauves de l'État de New York, de la pluie lourde qui bat les forêts. Une histoire de province, dirait un Européen. Mais chez nous la province est partout, avec ses pasteurs, ses brigades de pompiers, son tapis de feuilles jaunies. Cela prémunit contre les attachements excessifs, on est d'un lieu et de nulle part. Lee était de Poughkeepsie, et elle était la fille d'un père.

Je devine l'homme mieux encore qu'elle ne me l'a décrit. Miller, c'est un nom de Pennsylvanie surgi là au xviiie siècle avec les mercenaires de Hesse recrutés pour combattre les Insurgés. Le père de Lee, pour ne pas démentir son ascendance germanique, avait le goût des systèmes, des machines et des inventions. Elle me raconta comment il avait fui la maison de ses parents, voyagé au Mexique et gagné ses qualifications à la force du poignet. Theodore Miller était devenu le directeur d'une firme d'équipements mécaniques de la côte Est, avait épousé une infirmière de l'Ontario, indulgente et jolie. Deux garçons vinrent au monde, puis une petite Elizabeth. Le père de Lee installa sa famille dans une maison ombragée par les tilleuls de la route d'Albany. Il partageait sa vie entre l'usine, les routes sillonnées à la rencontre des clients, et l'agrément de sa demeure.

J'ai connu cette race d'hommes. Leur tempérament les situe entre l'ingénieur et le vendeur

204

d'élixirs. Ils nourrissent une passion rhénane pour les fleuves ; ils ont constellé le canal de l'Hudson et le lac Michigan de leurs derricks, de leurs fabriques, de leurs maisons à carreaux de plomb. A Milwaukee je les entendais s'empoigner en querelles d'horlogers. Ils vantaient les locomotives Duryea et les trieuses de coton, désossaient les phonographes et résolvaient entre deux bières des problèmes d'hydraulique.

Theodore Miller avait le goût des instruments optiques. Dans une chambre de sa maison, il aménagea un cabinet de photographie. De gros albums cartonnés abritaient ses premiers clichés – ouvrages d'art et cuirassés, ponts de fer et aéroplanes. Puis, parce qu'il était devenu père, parce que Lee et ses deux frères éveillaient en lui la sollicitude du regard, il avait photographié ses enfants. Pour la première fois peut-être, il était né aux êtres comme eux étaient nés de lui. Au plus profond de sa mémoire, Lee voyait un homme qui la regardait derrière un œilleton nickelé. Son père ne l'aimait jamais plus, lui semblait-il, qu'à l'instant où il fixait sur un trépied cette boîte sertie d'un monocle, ce cyclope qui volait les images. Comme s'il avait aimé en elle, plus que sa présence vivace, cette éternelle enfance que les tirages figeaient. Il y a parfois dans le regard des pères sur leurs enfants un désespoir infini.

Son père la voulait immobile, elle le défia par sa fugacité. Lee était une petite fille frondeuse. Elle traquait les souris dans les greniers, déculottait les garçons au clair de lune, fermait ses yeux pour y voir des étoiles. J'imagine sans trop de peine son enfance d'Amérique : ce fut aussi la mienne. Nés vers 1905, nous étions les fils de ceux qui avaient atteint la frontière et fermé l'aventure. Toutes les plaines étaient conquises, toutes les histoires écrites. En 1917, un tumulte monta des champs d'Europe. Les jeunes aînés en revenaient exaltés, ayant livré leur combat. Je me souviens de mes jeux d'alors où l'ennemi portait tantôt le tomahawk des Crees, tantôt le casque à pointe de l'armée Falkenhaym. En ai-je tué des Indiens et des Verts-de-gris, dans cette guerre de buissons où les morts se relevaient toujours... A douze ans, je rêvais d'en découdre au-delà de l'océan, j'entendais des récits de batailles en Ardenne. Nous étions comme cela. Les circonstances particulières qui font de Lee une enfant cabrée, nourrissant des rêves de fuite, ne sont pas contredites par le temps où elle a grandi.

Lee fut une élève impossible, plusieurs fois renvoyée de l'école. Elle soupçonnait que Poughkeepsie ne serait pas son dernier horizon. Ses parents la considéraient avec inquiétude : un petit garçon était mort sous ses yeux. On lâcha la bride, et elle en profita.

Je crois que toute vie se mesure à l'aune de la résignation. A quel moment consentons-nous, pour qui abdiquons-nous ? Faut-il, parce qu'une certaine femme porte le nom de mère, que sa fille inéluctablement lui ressemble ? J'imagine Lee dans l'insurrection qui traverse sa quinzième année. Les choses mordues, les étoiles sur la voûte du ciel l'enivraient. Lee ressentait jusqu'au vertige l'étrangeté d'être là. Fallait-il se résigner à ce lieu où le hasard l'avait jetée ? Répondre toute sa vie de la nuit où deux êtres appelés père et mère s'étaient rejoints par malentendu, par amour.

Lee entendait le cri des chevêches au seuil de la forêt. Une douceur chaude tombait des ramures du beau juillet. La route d'Albany se perdait au loin, dans la poussière, vers un autre monde. Lee découvrait dans le miroir, et plus encore sur les négatifs au nitrate de son père, l'image inversée d'une beauté qui se formait. Les cheveux courts encadraient un

206

visage où l'œil bleu, la bouche charnellement dessinée, le nez légèrement trop fort affirmaient une impatience. Il y eut alors de curieuses séances. Theodore Miller avait acquis une caméra stéréoscopique. L'appareil pouvait prendre simultanément deux clichés qui, visionnés au travers d'une lentille prismatique, donnaient l'impression du relief. Theodore Miller avait la passion des anatomies. Faute de modèle, il sollicita sa fille : Lee posa pour lui, le plus souvent nue. Était-ce nostalgie de sculpteur ou adamisme de vieux pionnier, je ne saurais le dire. Mais cette image d'une fille nue offrant son adolescence à la longue inquisition de la pose, sous l'œil de son père, laisse en moi un trouble auquel le silence seul répond.

A dix-huit ans, Lee dicta ses conditions. Elle voulait vivre à New York. Une école d'art procura l'alibi. Elle étudierait la scénographie et les éclairages de théâtre. Comme rien ne pouvait s'opposer aux fantaisies de cette indocile, ses parents s'inclinèrent. Theodore Miller voyait peut-être dans cette vocation pour la machinerie, pour l'illusion, un reflet de ses propres obsessions. On lui constitua un pécule qui permit de louer un studio dans un *brownstone* de la 49ᵉ Rue. Son premier geste fut de disposer dans un vase un bouquet d'orchidées. Comme le camélia est la fleur du soir, l'orchidée est la fleur du départ. Lee avait les apparences d'une étudiante. En réalité, c'était une évadée.

Elle prit des chemins de traverse. Quelques absences, puis l'école systématiquement fuie. Une vitalité puisée dans les repas sans viande et les combats de boxe de la Brooklyn Arena. Elle courait les *speakeasies* et les cinémas de Broadway. Cette planète, comme elle avait confié l'Himalaya aux yogis et l'Afrique aux lions, avait donné la Californie

207

aux acteurs. On s'en remettait à eux pour rêver au long des avenues de Manhattan. Lee prit des cours de danse, parut dans des saynètes de night-club, fit de la figuration dans le *George White Scandals Variety Show*. Elle s'habillait aux soldes de Wanamaker's, prêtait aux hommes une inattention subtile, découvrait que sa beauté répondait au goût du temps. La blondeur de garçonne et les seins de proue, les jambes étirées et la peau de fille des vergers flattaient l'exigence new-yorkaise.

Rien là que de normal, finalement. Ces belles de 1925, ses sœurs, je les croise aujourd'hui septuagénaires avec leurs lunettes en œil de chat, leurs imprimés fleuris, au bras d'hommes en *stetson* qui font campagne pour Gerald Ford. Elles étaient jeunes quand je l'étais, à l'époque où l'on transformait les femmes en objets et les objets en noms propres. Il y avait les pianos Hartman et la *cold-cream* Pond's, les cigarettes Camel et les lits Simmons. Embrassait-on une femme, elle vous récitait la liste de ses parfums. Je me souviens de *My Sin*, de Jeanne Lanvin. Lee l'a sans doute utilisé. Elle a dû être un beau péché.

Une circonstance curieuse allait décider de sa vie. Lee marchait dans une rue de l'Upper Manhattan. Elle s'engagea sur la chaussée sans remarquer la voiture qui fonçait sur elle. Une main la tira en arrière au moment où le véhicule allait la heurter. Lee s'évanouit de peur. Quand elle retrouva ses esprits, l'homme qui l'avait sauvée se tenait penché sur elle. Bizarrement, Lee prononça quelques mots en français. Intrigué, l'homme l'invita dans un bar voisin. Il s'appelait Condé Nast. C'était l'un des rois de la presse américaine. En quelques années, il avait ciselé deux joyaux, *Vogue* et *Vanity Fair*, qui tenaient la dragée haute au *Harper's Bazaar* de Hearst. Lee ressemblait à un ange tombé sur le bitume. Nast la pria de passer au plus vite dans ses bureaux.

208

Elle fut jaugée, peignée, maquillée. Au premier test, les directeurs artistiques se frottèrent les mains. Lee était étourdissante, belle comme un jour d'été. Les choses allèrent bon train. En mars 1927, elle apparut sur la couverture de *Vogue*. J'ai retrouvé des années après ce numéro; c'est même la plus ancienne image que j'aie d'elle. Un illustrateur français l'a aquarellée sur fond de nuit new-yorkaise. Des lumières brillent aux fenêtres des buildings. Sous son chapeau cloche, Lee y est reconnaissable à travers les années. Le crayon a durci l'expression, elle paraît sophistiquée au-delà de son âge. Mais c'est bien Lee, dix-sept ans avant la neige d'Alsace. La couverture de mon exemplaire s'est fatiguée, elle aussi, en prenant cette patine qui vient avec le temps. En regardant Lee, je sais que cette surface délavée, ce papier jauni qui porte son image de la vingtième année n'est pas différent d'une mémoire qui conserve imprimés en elle, comme au premier jour, les contours d'un visage.

Du jour au lendemain, Lee fut adoptée par la presse Condé Nast. Elle découvrait un monde de poupées trépidantes, de rédacteurs dictatoriaux, avec des cris de volière et des amours par mémorandum. Des échotières s'empoignaient. Des mannequins se suicidaient une fois par semaine, puis revenaient toucher leur cachet. « Contrairement à ce que pensent les méthodistes, l'argent et le succès sont bons pour l'âme », entendait-on dans les couloirs. On y prônait le faux Chippendale, les coupelles d'argent remplies d'anémones, les liaisons à la ciguë. Ce remue-ménage enchantait Lee, jamais désarmée, toujours disponible. Elle avait vingt ans. Si l'on excepte les filles de Spanish Harlem qui brûlaient au soleil des rues, cette liberté n'était pas chose courante à New York.

Un homme la façonna. Edward Steichen était le photographe le mieux payé d'Amérique. A Paris, il avait été l'ami de Rodin. Œil grec, précision de sculpteur, il aimait nimber de flou une femme aux lignes exactes. Lee l'étonna par ses surprenantes aptitudes à la pose : de toute éternité elle paraissait s'être pliée au regard d'un homme. Steichen fixait sa silhouette sur des arrière-fonds nuageux; tension, puis détente, Lee savait figer sa rapidité. Derrière cette discipline, une intelligence s'ébrouait. Lee comprenait vite. Sa jeunesse servait de faire-valoir aux objets, soit. Elle n'était qu'un portemanteau de chair sur lequel on drapait des robes de *flapper*, les voiles de crêpe. Elle l'accepta, et elle en usa. A vingt ans, Lee soufflait le chaud et le froid. Elle avait des manières françaises, la mèche glissant sur l'œil, le bas tiré pour être mieux détaché.

Je ne sais à vrai dire si Lee gardait beaucoup d'estime pour la jeune femme qu'elle avait été. Elle m'en parla comme d'une autre très lointaine. Je l'entends encore me dire ceci, un peu lasse : « J'avais l'air d'un ange, et j'étais un petit démon. »

A New York, les filles de *Vogue* étaient l'ornement des fêtes. On les recherchait pour leur grâce, leurs vertus décoratives. Elles pénétraient ainsi dans des maisons habituellement interdites à quiconque ne figurait pas sur le *Social Register*. Au crépuscule, des jeunes gens venaient chercher Lee au volant de leurs coupés Essex Super-Six. Ils traversaient la ville en direction de Beekman Place ou du New Haven Lawn Club. Lee s'amusait secrètement de leur allure de ménestrels; ils cultivaient la diction dentale, citaient Mencken, embrayaient sec aux carrefours. La vie était à prendre dès que la lune montait au-dessus des gratte-ciel.

Elle se retrouvait dans des halls néo-classiques où les portiers soulevaient leur casquette. Tout un protocole européen, nuancé d'esprit Mayflower, présidait aux apparences. Les hôtesses pivotaient sur elles-mêmes comme des derviches; les domestiques promenaient des plateaux d'argent guilloché. Le verre à la main, des héritiers à mâchoire bleue et cravate Brook Club discutaient du séisme de Kiou-Siou ou des manies aéronavales du président Coolidge. Lee surprenait dans les miroirs son reflet rendu fantomatique par la lueur des chandelles. Elle ne savait pas ce qu'elle ferait de sa vie, ce que sa vie ferait d'elle.

Un soir, elle était accoudée à l'un de ces balcons qui donnent sur Central Park. Une brise de printemps caressait son visage. Des éclats de jazz parvenaient assourdis d'un grand salon où l'on dansait. Lee se trouva soudain flanquée de deux hommes à peine plus âgés qu'elle, bâtis comme des cavaliers. Ils se présentèrent. L'un était Mr de Liagre; l'autre Mr Argylle. Ils avaient l'allure des jeunes gentlemen que l'on rencontre de toute éternité entre la 70ᵉ et la 85ᵉ Rue, sur les terrasses ornées de glaïeuls de Park Avenue. Ils étaient gais et séduisants. Lee se laissa divertir. Son éblouissante blondeur se détachait sur les frondaisons du parc. Le jazz-band jouait une mélodie lente, cuivrée. De minute en minute, une douceur l'envahissait, venue de tout un monde nocturne. Elle avait envie d'un visage d'homme penché sur le sien. Lee se sentait amoureuse, elle ne pouvait dire de qui.

Lee aurait pu être leur sœur. Elle devint leur maîtresse. Alfred de Liagre avait l'allant d'un jeune homme résolu. Ses airs de *clubman* dissimulaient beaucoup de fantaisie. Il aimait le spectacle, Broadway, fréquentait les imprésarios d'alors, David Belasco ou Gilbert Miller. Vers 1950, j'ai vu son nom apparaître sur les affiches : il était devenu un grand producteur de music-hall. En 1928, ce n'était qu'un amusant jeune homme qui écumait New York avec son inséparable ami Argylle. Athlétique, épris de vitesse, Argylle avait quitté le Canada pour faire la noce à New York. Toqué d'aéroplanes, il passait sa vie aux manettes, *looping the loop* sur son biplan Jenny.

Alfred de Liagre entra le premier dans les faveurs de Lee. Argylle ne tarda pas à le suivre. En apparence, ils se la partageaient. Mais c'est plutôt elle qui disposa d'eux. Comme souvent les femmes très regardées, Lee aimait s'offrir. Elle donna son corps vibrant de jeunesse à deux êtres que l'amitié rapprochait, et que l'amour ne divisa pas. Il y eut bien quelques ombres dans les débuts. Lee sentait qu'à la moindre préférence trop déclarée elle pouvait les jeter l'un contre l'autre : sa première intelligence fut de les traiter avec égalité. Elle donnait une nuit à l'un, une nuit à l'autre, certaine d'être toujours désirée. Elle aimait être nue, de cette nudité de femme jeune qui d'abord jette ses vêtements sans malice, puis comprend que ce geste simple porte en lui une violence. Elle en usa avec eux, mais légèrement, comme pour jouer. Liagre la divertissait. Elle était romantiquement attachée à Argylle.

Ils vécurent dans la poussière jaune de New York une saison comme il n'en reviendrait pas. C'était l'excitation des nuits sans sommeil, les bals au Breevort, les robes roses flottant sur les pelouses, les danseurs noirs du *Sugarcane*, les murs tendus de velours sombre du *Monterey*, les paquebots salués depuis les docks bruns, les lèvres d'Argylle sur les siennes, les cocktails à l'absinthe, les criques aux anses sablonneuses, les régates du Rye Beach Club, le coupé gris d'Alfred de Liagre et les mauvaises manières en passant, les peignes dans la chevelure dorée et les promenades sous une lune de Chine.

L'aube les surprenait sur les quais déserts de la Battery. Ils oubliaient la ville derrière eux en respirant l'air d'un premier matin du monde. Les rayons du soleil allumaient des reflets argentés sur les vagues. Il leur semblait être arrivés aux confins du continent, portés par une innocence extraordinaire. D'autres mondes attendaient que leurs yeux ne verraient jamais. Lee s'asseyait sur un banc. Sa tête basculait sur l'épaule d'Alfred de Liagre, puis sur celle d'Argylle. Ils ne parlaient pas. Ils regardaient l'océan.

Ce ménage à trois dura trop peu pour qu'elle s'en lasse, et bien assez pour donner à Lee le goût des aventures fortes. Elle avait aimé les débuts, le chassé-croisé des corps, cette peur qui faisait battre son cœur dans les premières nuits. Tout cela trempait le tempérament. Elle redoutait l'issue prévisible : de deux amants, elle ferait un mari et un témoin. Il y aurait une grande maison avec des buis taillés, des domestiques à mentonnière et des paquets roses sous l'arbre de Noël. Manhattan se refermerait sur elle comme un piège tropical.

Lee rêvait d'autres horizons. New York n'allait pas tarder à l'écœurer comme une friandise trop sucrée. Elle se lassait de l'objectif de Steichen, des bouquets de fleurs blanches. En 1929, tout ce qui évoquait le départ ressemblait à la France. Dans les pages de *Vogue*, des femmes aux noms de parfums enlaçaient de faux matelots écroulés sur des canapés de Leïz. Le haut de la ville, avec ses laquais poudrés et ses collections du XVIIIe français, s'enfermait dans un Trianon imaginaire. New York vivait à l'affût des échos de Paris, en imitait les allures, les réclames, les aveux sans paroles. Lee avait parfois l'impression de circuler au milieu de fantômes qui se conformaient aux façons d'une autre ville sans en détenir la clef. On était habité par Paris, comme envoûté par son absence. Elle imaginait une capitale au pavé mouillé, des routes sans fin sous l'arceau des branches. Fuite ou prolongement, l'amour léger lui donnait des envies de ville étrangère.

Au début de l'été 1929, le projet d'un séjour à Paris occupait ses pensées. Une idée mûrissait, que Lee ne partagea avec personne. Elle se borna à dire qu'elle allait prendre des vacances continentales. La chose fut annoncée à Liagre et Argylle entre deux rires, entre deux champagnes, dans la salle enfumée d'un night-club. Les deux jeunes gens ne purent que s'incliner. Ils détachèrent l'œillet qu'ils portaient chacun à la boutonnière et, tressant sommairement les tiges, piquèrent les fleurs enlacées dans le décolleté de Lee. Argylle posa alors un nickel sur la table. Puisqu'elle n'avait pas su choisir entre l'un et l'autre, le hasard désignerait celui qui l'accompagnerait sur le quai. Lee lança la pièce en l'air et la retourna sur sa paume. Face. Le sort avait désigné Alfred de Liagre.

Quelques jours plus tard, le *Comte de Grasse* quittait le port de New York. Lee agitait l'écharpe blanche que Liagre avait enroulée autour de son cou en l'embrassant une dernière fois. Elle vit sa silhouette s'amenuiser sur les docks. La double hélice brassait une écume grise ouverte en sillage d'adieu. A peine la passerelle remontée, une vie de métropole s'organisait déjà sur le pont. Des chasseurs en livrée rouge circulaient, une sonnerie retentissait, des passagères se remaquillaient. Une brise salée fouettait les coursives. Manhattan découpait au loin sa silhouette de citadelle indienne attaquée par l'érosion. Un vrombissement accompagnait le paquebot. Il fallut quelques secondes à Lee, et le doigt levé de ses voisins, pour comprendre que ce bourdonnement venait du ciel. Dans l'axe du paquebot, un biplan Jenny s'approchait. L'avion esquissa une courbe, prit du champ et vint survoler le pont en battant des ailes. Le cœur de Lee cognait fort : elle avait reconnu l'appareil d'Argylle. Le Jenny vira et survola une nouvelle fois le *sundeck* du paquebot. Des applaudissements le saluèrent. Une pluie colorée était tombée de la carlingue et s'abattait sur le pont. Quand Lee s'approcha, elle fut émue plus qu'elle ne l'aurait jamais imaginé.

Argylle avait largué sur le pont une brassée de roses rouges.

Ce qui se passa alors, Lee ne l'apprendrait que des semaines plus tard. La chose paraîtrait le comble du romanesque si elle n'était vérifiable. J'ai sur mon bureau le fac-similé de la coupure de presse, été 1929.

Après avoir survolé le *Comte de Grasse*, Argylle revint se poser sur l'aéroport Roosevelt. Sans faire relâche, il fit aussitôt monter dans le cockpit un jeune homme qui prenait avec lui des leçons de pilotage. Le Jenny redécolla. Qui tenait alors les commandes ? Argylle était-il affecté plus que de raison par le départ de Lee ? On ne le saura jamais. Quelques minutes après le décollage, le biplan piqua vers le sol et s'écrasa en flammes. Argylle et son passager furent tués sur le coup.

Le *Comte de Grasse* cependant naviguait en haute mer. Lee leva les yeux vers le ciel. Un amas de nuages filait vers l'est. Quelques jours, quelques nuits, et ce serait la France.

L'aventure allait devenir singulière.

Nous étions revenus lentement vers la maison de Rosenheim. Ce soir-là, Lee se coucha dans la chambre et dormit une quinzaine d'heures d'affilée. J'avais jeté les plaquettes de benzédrine. Elle ne les réclama pas. Le lendemain, j'allai chercher au camp de presse des boîtes de somnifères et des sachets de café. Lee sembla émerger de l'état effrayant où le Victory Day l'avait plongée. C'est à peine si elle touchait à l'alcool. Le café et les cigarettes lui tenaient la tête hors de l'eau.

Les journées qui suivent ont pour moi la saveur des saisons d'enfance, lorsque l'on marche dans une lumière qui semble devoir durer toujours, et si l'on tombe une main secourable vous relève, un autre est là qui vous prend dans ses bras. J'ai encore à la bouche ce goût de mer des premiers chagrins, sa peau contre la mienne, sa tête enfouie au creux de mon épaule. C'est la vie des hommes que d'être d'un lieu et d'en inventer d'autres où l'on va, où l'on aime, où des femmes inconnues leur ouvrent les bras.

J'avais installé deux fauteuils de paille sous le tilleul du jardin. Lee y passait des heures. La brise d'été portait l'odeur grasse et douce des champs. L'aile d'un chasseur volant vers l'Autriche glissait parfois dans le ciel avant de se perdre au-delà des montagnes. Sous le chant d'un invisible coucou perché dans le feuillage, nous étions comme deux convalescents abandonnés. On entendait le tintement de métal blanc venu des clochettes de barrières. Lee avait jeté une couverture sur ses jambes. Elle tirait

216

sur sa cigarette, une volute de fumée montait lentement. C'était un moment calme dans le silence
proche des bois.

Lee tapotait sa Lucky; les cendres rougeoyantes
tombaient sur l'herbe. Alors elle parlait, doucement.
Au long des phrases naissaient des visages, des villes,
des saisons disparues. Dans le jardin de Rosenheim
surgissaient New York et Paris, Le Caire et Londres.
Lee ne se lamentait pas, ni sur les autres ni sur elle-
même. Elle n'était pas nostalgique. Elle avait
emporté partout avec elle la sûreté libre du regard.
Cette guerre l'avait fait trébucher, mais une autre vie
pointait déjà au bord du gouffre. Je comprenais en
l'écoutant que pour Lee les choses arrivaient, simplement. Elle ne les oubliait pas, mais elle n'en tirait
aucune certitude.

Tout cela, je le dirai peu à peu, et plus loin. Mais je
compris dès cet instant que les événements âpres
des derniers mois confirmaient ce qui avait été la
règle de ses meilleures années : c'est dans le pire
que l'on est libre, c'est en s'évadant que l'on
apprend à aimer. Tout ce que Lee me raconta l'éclairait, et de quelle lumière... Je voyais une succession
de profils s'inscrire en profondeur, pareils à ces
images que les miroirs répercutent à l'infini. Et
pourtant elle me restait précieuse pour des raisons
qui n'étaient qu'à moi, celles qui prenaient naissance dans un hôtel de Paris, un soir d'août 1944.

Je savais ce qui pesait sur elle : j'avais vu, moi
aussi. Ce goulot de Bavière, si beau dans la lumière
d'été, disait que nous ne reviendrions pas de sitôt
aux lieux de notre vie passée, que jamais nous ne
serions les mêmes. Je ne voulais pas penser au
retour. Depuis l'envoi de ma *story* allemande, New
York me laissait tranquille. Les derniers clichés de
Lee étaient partis pour Paris; ni Withers ni Brunhoff
ne s'étaient manifestés. J'imaginais le building de

217

Life et les toasts officiels... La photo de famille des glorieux correspondants, ceux d'Iwo Jima et ceux d'Anzio, ceux des Ardennes et de Corregidor, la bannière étoilée déroulée sous les applaudissements des actionnaires, les filles assoiffées de sang et de nursery attendant dans les *ballrooms* de Madison Square. Je devinais la tristesse future des dimanches à New York, au bord d'un océan que je ne traverserais plus.

Lee savait comme moi que ces jours de Bavière ne dureraient pas. Quand elle prononçait le mot *Londres*, elle articulait les syllabes avec une infinie distance, comme l'on cite le nom d'une ville arpentée par hasard, certain de n'y revenir jamais. Et comment aurais-je pu la quitter, reprendre le train pour Paris, arpenter la rue Scribe rendue à sa quiétude? Je ne voulais pas repartir vers l'Ouest, de toutes mes forces je ne le voulais pas. Ce que Lee me racontait sous le tilleul, même par bribes, était comme un voyage qui conduisait à l'instant où elle parlait, puis à l'instant suivant qu'il fallait sauver. Je ne voulais rien retenir de son passé, il m'était indifférent, je voulais poursuivre au-delà, avancer dans un présent qui toujours succéderait au présent.

Un de ces soirs bleus de Rosenheim, l'ombre dessina sur le visage de Lee un clair-obscur de serre. Je voyais, aux pommettes lisses, à l'éclair allumé dans les prunelles, qu'elle allait mieux. Sa voix s'était raffermie.

– Tout ce que je te raconte n'a pas d'importance, dit-elle. J'en parle et ça me fait du bien. J'ai fait des bêtises, des tas. Je chassais des fantômes. Maintenant je ne regrette rien. Mais je ne retournerai pas là-bas...

Une odeur d'humus montait du jardin. Je voyais son profil dans la nuit.

– Quel là-bas?

– Londres, dit-elle. A Londres, j'ai cru que c'était fini.

– Il reste Paris.

Lee tira une cigarette du paquet, sortit les allumettes de sa poche.

– Paris, oui... La dernière fois, j'ai eu peur de Paris. De ce que j'allais y trouver.

– Et qu'est-ce que tu y as trouvé?

Elle me regarda avec un joli sourire.

– Toi, David.

Elle détourna les yeux. Elle cherchait d'autres allumettes dans sa poche.

– Tu n'étais pas venue à Paris pour me rencontrer, Lee...

Lee repoussa une mèche sur son front.

– Non. Mais j'ai eu de la chance. Je n'aurais pas fait ça toute seule. Pas jusqu'au bout. Tu m'as été un merveilleux compagnon, tu sais.

Elle tira une bouffée sur sa cigarette. J'étais content de la voir revenir à elle-même, si belle, si simple.

– Ça aurait pu être un autre, dis-je. Tant pis pour moi, mais ç'aurait été un autre.

– Non, Dave. Toi tu m'as prise comme j'étais. Sans question. De tous les hommes que j'ai aimés, aucun n'aurait fait ce que tu as fait.

– Ce que j'ai fait?

– Je peux te dire qu'ils sortiront tous vivants de cette guerre. Tous. Je sais où ils sont, à Londres, au Caire, à Los Angeles. Ils avaient leurs raisons, c'est vrai. Mais ils sont restés dans leurs trous. Ils sont comme ça.

Un petit vent s'était levé. Les feuilles frémissaient au-dessus de nos têtes. Je la regardai dans les yeux. Elle était fragile encore.

– Qu'est-ce que nous allons devenir, Dave?

Je ne savais que répondre. Elle baissa la tête.

– Je vais demander à *Life* de m'envoyer en Afrique. Tu viendras avec moi.

Elle sourit tristement.

– On pourrait retourner à New York, dit Lee. Edna Chase me prendrait avec elle. Je ferais des photos pour eux.

– On pourrait faire ça, oui.

Lee n'avait aucune envie de retourner à New York. Elle écrasa sa cigarette.

– Je sens une chose bizarre, Dave, et personne ne comprendrait ça.

– Quoi?

– Cette guerre était excitante. Horrible, et vraiment excitante.

– Je pense comme toi, Lee. La même chose.

Un bruit de moteur résonna au loin. Puis le calme revint.

– Ou alors, dis-je, il faudrait essayer autre chose.

– Quoi?

– Demander à rester en Europe. Une accréditation prolongée.

– Tu crois qu'ils accepteraient?

– Je ne sais pas. Je crois que oui.

Ses yeux brillèrent.

– Alors faisons-le, Dave, faisons-le. Tout de suite.

Le matin suivant je me rendis au camp de presse. Des GIs désœuvrés erraient entre les bâtiments. Un caporal des Transmissions appela pour moi notre bureau de Londres. J'exposai la situation à Bob Harding, qui venait de prendre la direction Europe. Je lui dis que j'étais prêt à couvrir la suite des événements, mais un peu plus à l'Est. Harding était assailli de demandes de rapatriement; il n'en crut pas ses oreilles. Il promit d'appeler New York dans la journée.

J'allais remonter dans la Chevy quand un soldat

sortit du bureau du courrier en agitant une enveloppe. C'était un pli destiné à Lee. Le papier kraft portait le cachet de la poste britannique. Au dos de l'enveloppe, un nom et une adresse étaient griffonnés à l'encre bleue. *Roland Penrose. 21 Downshire Hill, Hampstead.* Je devinais ce que contenait l'enveloppe. Elle me brûlait les doigts. J'aurais pu la détruire sur-le-champ. Je ne le fis pas.

Quand je la remis à Lee, elle se contenta de la glisser dans sa poche en disant : « Alors, quand partons-nous ? » Elle se rendit à son tour au camp de presse, pour en revenir étonnamment soulagée. Elle avait acquis un tel crédit que la rédaction de *Vogue* était prête à accepter toutes ses initiatives. Audrey Withers lui avait donné carte blanche pour l'Autriche.

Un télégramme de Bob Harding me parvint le lendemain. New York, étonné de ma décision, accordait le temps et les crédits nécessaires. *Go to Vienna, and good luck.* Il fallut attendre les visas. Quelques jours auparavant, on avait dessiné à Londres la carte de la nouvelle Autriche. Les Soviétiques, arrivés les premiers à Vienne, s'étaient arrogés la Basse-Autriche et le Burgenland. La Styrie et la Carinthie devenaient zone britannique. Le Tyrol et le Voralberg étaient dévolus aux Français. La zone américaine couvrait la Haute-Autriche et le pays de Salzbourg. L'accès à Vienne par la route supposait une autorisation d'au moins deux de ces puissances. Le document tarda à venir. Les états-majors débordés ne savaient trop comment régir ces nouvelles frontières. Puis deux laissez-passer nous furent remis, revêtus du sceau du *War Department* et d'indéchiffrables inscriptions cyrilliques.

Cinq jours plus tard, munis d'uniformes neufs, d'un stock de pellicules et de jerricans d'essence, nous franchissions la dernière borne-frontière avant l'Autriche.

Aux abords de Salzbourg, un bataillon américain faisait relâche sur une brande de bruyères. Les GIs bivouaquant entre les Dodge débâchés avaient tombé la chemise et chaussé leurs Ray-bans. Ils nous saluèrent de la main.

La Chevy roulait depuis deux heures sous le soleil d'été. Au long des petits hameaux perdus entre les bouquets d'ajoncs, nous avions croisé des convois remontant vers Berchtesgaden. Rien ne ressemblait plus au monde précédent que celui qui s'ouvrait devant nous. Les bouleaux roussis tachetaient le paysage d'une couleur de mort-bois. L'Autriche était une autre Bavière, avec les mêmes fouillis de souches en clairière, les mêmes nids d'oiseaux perchés sur les bulbes des églises. Peut-être étions-nous rendus à une sorte de bonheur, plus amer que la guerre, plus fort que le temps.

La ville se découpa derrière un éperon schisteux. Des dômes et des clochers brillaient entre les collines sombres. Une rivière coulait au pied d'une citadelle. Le paysage me parut plus frais, soudain léger.

– On doit s'amuser par ici, dit Lee.

Elle forçait sa voix pour couvrir le bruit du moteur.

– Tu as envie de t'amuser? criai-je.

Lee repoussa la mèche de cheveux qui caressait son front.

– Oui, Dave. Maintenant oui.

– Alors on y va.

J'écrasai l'accélérateur. La Chevy bondit en avant, Lee fut soudainement plaquée contre le siège. La direction répondait bien. Sur la route en lacets, c'était comme un wagon de *scenic railway* encaissant les bosses et plongeant dans le vide. Une grande courbe se dessinait devant nous. J'allais la négocier au large quand je sentis un poids sur ma botte. Lee avait posé son pied sur le mien et le maintenait pressé contre l'accélérateur. Je tentai de le relever. Lee maintenait la poussée. Je braquai, contre-braquai, freinai. Les pneus crissèrent, la voiture chassa sur le côté puis revint sur la route en vibrant de tout son châssis. Alors seulement Lee leva le pied.

– Tu es complètement folle!

Elle avait presque l'air ravi.

– Tu voulais t'amuser, non?

Je n'ouvris plus la bouche jusqu'à l'entrée de Salzbourg. Le voyage avait failli s'arrêter contre un sapin. Je remarquai à peine les balustrades, les cours à arcades des premières bâtisses. Devant nous, des véhicules ralentissaient leur allure. Trois camions à benne précédés d'une jeep de la MP convoyaient d'immenses panneaux de toile et de bois assujettis par des cordages. Sur l'une des toiles peintes on distinguait un morceau de mer bleue : un décor de théâtre aux armées, que l'on aurait daté de l'époque Pershing si la couche de peinture n'avait été fraîche et brillante. Une jeep nous doubla en klaxonnant. Le GI qui la conduisait emmenait à son bord un officier soviétique. Le Russe avait l'air d'un planteur de Virginie promené en *dog-cart* par son affranchi. Au bord de la route marchaient deux hommes en uniforme de l'armée française.

– Qu'est-ce que c'est que ce cirque? dis-je à Lee.

– *Too much benzedrine*, répondit-elle.

Je ralentis en arrivant à la hauteur des Français. Ils allaient tranquillement leur chemin, les mains croisées dans le dos.

– Que se passe-t-il? criai-je.

Ils nous regardèrent avec étonnement.

– Mais monsieur, dit l'un des deux, c'est le Festival!

C'était le Festival, et nous ne le savions pas. Tandis que Truman, Churchill et Staline s'entendaient à Potsdam pour que l'Autriche soit exemptée de réparations, tandis que des régiments cantonnés en Bavière s'envolaient pour les Philippines, tandis que le colonel Paul W. Tibbets effectuait ses vols d'entraînement sur le B-29 *Enola Gay*, le général Mark Cork, vice-roi de Salzbourg, avait décidé, pour le salut de l'Autriche et le plaisir de ses officiers, de tenir le premier festival *dénazifié*.

A peine étions-nous arrivés en ville qu'un officier de presse nous obtint une chambre dans un hôtel réquisitionné de la Kapitelgasse. Nous n'en crûmes pas nos yeux. Les draps étaient propres, l'eau courante fonctionnait, l'hôtelier avait disposé dans un vase un bouquet de graminées. En ouvrant les volets sur la vieille rue pavée, on respirait l'odeur du lierre grimpant sur la façade. L'air frais des alpages nettoyait les poumons. Un magicien paraissait avoir touché de sa baguette cette île pour la soustraire à la disette, à l'amertume, à l'infamie. Le soir même nous étions conviés à l'état-major. Lee renâcla d'abord, puis la curiosité l'emporta. Nous ne fûmes pas déçus.

Le général Mark Cork était devenu *der König von Salzburg*, le roitelet américain de Salzbourg. Il recevait ses hôtes dans les jardins Mirabell, entouré de ses officiers et des plus jolies WACS du contingent. L'intendance avait dressé les tentes de toile de l'US Army au nez des statues plantureuses qui déversaient de leurs cornes d'abondance des fruits de marbre, des grappes de raisins et des pommes feuillues, des coulées de poires et de fraises, sous l'œil gourmand des invités que l'on régalait de *spam* et de carottes à la crème relevées de vitamine D, puis purifiées dans une solution à 2 % de chlore. Le général entrait dans l'une des deux catégories morphologiques propres aux états-majors US en Europe : les hauts gradés étaient soit des personnages proches du cow-boy, massifs, parlant avec l'accent du Montana, soit des dégingandés juvéniles portant lunettes et dotés par la nature de mains de couturière. Sans lunettes, mais pourvu d'un nez aquilin et d'un regard bleu acier, le svelte général Cork appartenait à cette seconde race. On lui prêtait des bonnes fortunes, et même une liaison avec Marlene Dietrich. Il n'était pas ennemi des journalistes et nous traita avec affabilité, ne sachant trop si les égards dus à *Life* devaient l'emporter sur l'intérêt qu'il portait manifestement à Lee. Le général nous entretint avec fierté de sa ville, comme s'il en avait été le bourgmestre plébiscité de toute éternité par les naïades de marbre. Il aimait dans l'Europe un continent spirituel qui avait eu la bonne grâce d'édifier à travers les siècles des palais, des arcs de triomphe, des théâtres de verdure à l'attention des troupes qu'il avait l'honneur de commander. On sentait que le général Cork avait troqué avec bonheur les éditoriaux de Walter Winchell, les pylônes de la RKO et les turbines des *Liberty Ships* pour les monstres marins et les chevaux ailés qui ornaient les frontons du Vieux Continent. Il appréciait le côté New Hampshire de l'Autriche, ses commodités sanitaires, la bonne tenue de ses habitants, qu'il opposa devant nous aux malséants Napolitains, selon lui des Mexicains sans pétrole qui jouaient ses GIs à la loterie et démontaient les Sherman en un clin d'œil pour en revendre les pièces détachées, ainsi qu'aimait à le raconter un de ses amis de là-bas, *this crazy Malaparte*. Il disait « ami », car tout en Europe était amical au général Cork, les villes dont il avait été le régent, les alignements de natifs l'applaudissant au bord des routes, et même les officiers de la Wehrmacht qui savaient capituler dans les formes, joues rasées et drapeaux bas. Salzbourg était une dernière maîtresse, une dernière lubie : le couronnement en musique d'une marche à travers les champs de sa propre gloire. Un élève de Stokowski qui servait sous ses ordres avait été chargé de surveiller l'organisation du Festival. Une jeune Tchèque du nom de Barbara Lauwer, experte en opérations de sabotage pendant la guerre, devait recruter des musiciens insoupçonnables de compromission avec l'Axe et, plus difficile, trouver un directeur d'orchestre aux mains blanches. Le chef Reinhardt Baumgartner, exilé en Suisse, avait accepté de venir diriger à Salzbourg. « C'est un orchestre d'innocents », disait plaisamment le général Cork qui aimait l'innocence. Pour ajouter à ce chœur d'anges quelques démons fréquentables, il avait convié à Salzbourg cinquante soldats soviétiques, ses invités personnels, car les Russes aussi étaient les amis du général Cork. Il nous désigna les plates-bandes des jardins Mirabell, les tentes de l'US Army, le grand escalier d'honneur festonné de fanions alliés. *Feel at home*, dit le général Cork.

Pour une fois, nous avons obtempéré aux ordres d'un gradé.

Les journées de Salzbourg furent comme une éclaircie au milieu d'un orage. Lee ne buvait plus, ou si peu. J'avalais des cachets de somnifères qui me terrassaient pour la nuit. Au réveil, une lumière douce filtrait des volets. Nous descendions dans un salon où l'on servait du café, des *cans* de jus d'orange et quelques toasts. Les stocks américains alimentaient sur ordre du vice-roi Cork toutes les troupes alliées, ainsi que les musiciens et les chanteurs. Dans la rue on reconnaissait à leurs joues remplumées ceux des civils qui avaient accès à la manne yankee. Les malheureux qui continuaient à vivre sur leurs réserves de saindoux et de haricots noirs arboraient, eux, des visages de cousins maigres. Il régnait à travers Salzbourg un climat de *summer camp*. Les uniformes de quatre armées se croisaient sur la Domplatz. Aux petites heures de la matinée, les GIs vêtus du short réglementaire couraient autour des places : on aurait dit l'Olympic Track Team à l'entraînement au milieu d'une forêt de statues. Ils longeaient les corniches des vieilles maisons où des drapeaux américains flottaient sur l'écusson des princes-archevêques. Vers midi, les WACS apparaissaient devant les grilles de la chapelle des Franciscains. Elles se déhanchaient, rouge à lèvres, bottines à lacets, telle Irene Dunne gravissant les marches du Chinese Theatre. A l'instar des tritons sculptés sur les fontaines, des sergents ondulaient autour d'elles en sifflant :

– *Hey, sugar, blow me a kiss.*
– *Trade your things. Chewing-gum for kisses!*

Salzbourg prodiguait un trésor de surprises aux hommes du général Cork. En levant les yeux vers les joutes turques peintes sur le plafond de l'ancien Manège d'hiver, les GIs reconnaissaient des poses de Jack Dempsey. La statue de l'Homme sauvage était évidemment inspirée de l'expédition Lewis et Clark. On montrait la maison du Gershwin local, Wolfgang Mozart, et les portraits de l'empereur François-Joseph dont les favoris auraient pu rivaliser avec ceux du président McKinley. Les galeries courant autour des places rappelaient à ceux de la Nouvelle-Orléans les rues de Storyville un jour de sieste. Un caporal noir restait assis des heures durant sous une arcade, sa guitare à la main. Il glissait sur les cordes un col de bouteille et jouait en *slide* les blues du Delta. La tristesse du Sud montait sous les corniches du pays de Salzbourg, avec la souffrance de celui qui n'a ni demandé à vivre ni mérité de mourir. Le caporal était, comme nous tous, un figurant perdu dans les ruines de la vieille Europe.

On voyait parfois passer un groupe d'officiers français, la grenade tissée sur le képi, le guide Baedeker à la main. Ils gonflaient les poumons en contemplant les bas-reliefs sculptés dans la pierre et, avec des mines de curistes, commentaient :

– *Mon vieux, la vie chez les Austriacos a du bon. Même à Plombières ou à Pougues-les-Eaux, on ne trouve pas ça.*

Puis, en désignant le Mönchsberg :

– *Ma foi, un joli brise-cou.*

Les Britanniques, qui n'avaient toujours pas avalé les gesticulations du général de Gaulle, évitaient les Français et faisaient mine de reprendre entre eux une conversation interrompue par la guerre. Devant le Bürgenspital en ruine, ils évoquaient d'un air entendu la chapelle de Hartford College et le grand hôtel de Taormina, en tous points supérieurs à ces pièces montées autrichiennes, l'une par la spiritualité, l'autre par la domesticité. A l'occasion, ils louaient l'armée américaine d'avoir pris la peine d'intégrer quelques Blancs dans ses rangs. Le bon général Cork n'était pas rancunier. Il avait fait rouvrir à leur usage une *Wunderkammer* remplie de mappemondes, de coquillages rares, de serrures ouvragées, de cornes de bouquetins et autres curiosités antiques. Les officiers britanniques, emportés par leur passion impériale et naturaliste, y passaient des heures avec des attitudes d'hommes-grenouilles déscellant les coraux. Je remarquai que Lee les fuyait, comme elle avait fui jusqu'ici la partie d'elle-même qui restait en Angleterre. Depuis Torgau, elle avait en revanche une grande curiosité pour les Soviétiques. Elle aimait les croiser au coin d'une rue avec leurs casquettes pareilles à celles des réparateurs de la Western Electric, leurs grosses caméras, leurs poitrines médaillées de bronze. Les Soviets s'attardaient volontiers devant les titans de marbre de la Residenzplatz, d'excellents métallurgistes pour le prochain plan quinquennal, et se penchaient avec un intérêt non feint sur les moteurs des jeeps garées devant les abbatiales. Un grand sourire éclairait leur visage. Ils étaient entrés les premiers dans Vienne. Ils pouvaient croire que demain, peut-être, le pays serait à eux.

Nous marchions dans les ruelles qui longent la cathédrale blanche. Lee tournait son Rollei vers les coupoles italiennes, vers les rocailles et les gorgones de marbre. Elle photographiait entre deux pilastres saint Rupert portant le tonnelet de sel et saint Paul levant le glaive ; la faim et la guerre attendaient dans la pierre la fin de leur règne. Nous descendions lentement vers les rives de la Salzach. Les enfants du carillon, les *Glockenspielkinder*, jouaient dans les cours fleuries de la Getreidegasse. Ils levaient des yeux étonnés sur le carnaval d'uniformes qui avait envahi leur ville. On sentait bien que les fourragères françaises, que l'étoile blanche et l'étoile rouge des uniformes alliés remplaçaient comme dans une collection de soldats de plomb les aigles de la Wehrmacht, le liséré rouge vif de l'artillerie, jaune d'or de la cavalerie, le caducée des médecins, la foudre rouge des transmissions, et le sceau gothique des colombophiles.

Lee m'entraîna vers un théâtre noir comme un tombeau. Le parterre était rempli d'uniformes alliés. Par égard ou par prudence, la compagnie d'Hermann Aicher donnait le spectacle en anglais. Sur une scène miniature aux allures de castelet, des marionnettes à fil jouaient une opérette. Le livret paraissait tiré d'un conte de nursery. Au premier tableau, un jeune garçon prenait place dans une fusée interstellaire. La fusée au profil de V2 décollait avec un grand jet d'étincelles et traversait la scène en laissant derrière elle un sillage de fumigènes. Au tableau suivant, l'engin se posait sur une planète jaune. Les habitants, pareils à des scarabées, se dandinaient par saccades au bout de leur fil. Des fleurs se levaient du sol et chantaient. Puis des créatures au mufle de lézard apparurent. Elles avaient d'étranges têtes émaciées; l'armature de bois saillait sous l'étoffe comme les côtes d'un homme maigre; les chanteurs leur prêtaient des cris étranglés. J'ai senti la main de Lee se crisper sur la mienne. Nous pensions à la même chose. Nous nous sommes levés, nous sommes sortis. J'avais la nausée.

Salzbourg pourtant nous lavait. Au bord de la rivière, des papillons voletaient sous les feuillages ombreux. Les flèches des maisons rococo se reflétaient dans l'eau. Les nuages étaient lumineux, blancs, délicats. Sous l'enseigne en fer forgé d'un vieux palais, nous rencontrâmes un couple de Milanais vêtus de passe-montagnes légers et de knickerbockers. Ils n'avaient pas mis les pieds à Salzbourg depuis 1937, la dernière année avant l'Anschluss. La ville n'avait pas changé, disaient-ils, hormis quelques destructions légères. Mais ils avaient remarqué que les plaques de la Judengasse avaient disparu, remplacées par d'autres plaques qui venaient à leur tour d'être dévissées. Ils énuméraient avec émotion des titres d'opéras, *Euryanthe, Les Noces, Fidelio, Le Chevalier, Elektra*, souvenirs de cet été 1937 où ils avaient vu Bruno Walter conduire l'orchestre du Festspielhaus sous l'œil impatient des lieutenants de

Seyss-Inquart. Ils nous recommandèrent la représentation de *L'Enlèvement au sérail* que Baumgartner devait diriger le soir même, avec la Roumaine Cebotari. Mais nous avions déjà nos places. Le général Cork y avait personnellement veillé.

La nuit était tombée sur Salzbourg. Les lustres du Festspielhaus éclairaient un parterre couleur drap kaki. Au premier rang, le général Cork trônait comme un prince de Styrie, flanqué d'un sénateur de Washington en tenue de ville et du général Andreiev, nuque rase, gants de chevreau blanc, lutinant les ouvreuses qui distribuaient un programme imprimé sur du papier offert par *Stars and Stripes*. Les travées étaient couvertes de képis, de calots, de musettes. Les cinquante fantassins soviétiques avaient été cantonnés dans un angle, comme si l'on avait craint qu'ils ne prennent la scène d'assaut. Les Français s'étaient regroupés près de la sortie. Les Britanniques se répartissaient dans la salle comme des fennecs dans le désert : face à l'opéra, genre ennuyeux s'il n'est pas donné à Covent Garden, ils retrouvaient la tactique qui leur avait si bien réussi contre l'Afrikakorps. La défection du public habituel avait laissé des trous que les GIs avaient été invités à combler. Faute de pop-corn, ils en étaient réduits à espérer que le rideau se lève sur un piano et quelques *can-can girls* qui ressusciteraient la grande Lily Langtry, à moins que, plus modernes, elles ne leur offrent un numéro de *tap-dance* à la manière d'Eleanor Powell.

Il se trouvait néanmoins plusieurs dizaines de spectateurs en habit de soirée, des Italiens, des Grecs, des Britanniques, dont l'on pouvait penser qu'ils avaient attendu la fin du conflit dans leurs villas avant de reprendre les habitudes d'avant-guerre. Ils considéraient avec inquiétude cette assistance de bal de charité. On les regardait avec suspicion, avec envie. Tôt ou tard ils reprendraient leur territoire indûment occupé par les soudards. Ils étaient les vrais vainqueurs de la guerre, qui ne leur avait presque rien pris et leur rendait déjà presque tout. Les accents germaniques étaient rares. Seuls quelques notables indiscutablement indemnes de nazisme avaient été conviés à sceller de leur présence la grande réconciliation musicale offerte par le vice-roi Cork. Car il était entendu que la Ve Armée américaine répondait désormais de Mozart, de ses quintettes et de son *Requiem*, de sa mélancolie et des mille trois conquêtes de Don Giovanni, un garçon beaucoup plus séduisant qu'Errol Flynn.

Lee regardait tout cela d'un œil amusé. D'un œil nostalgique.

Baumgartner apparut sous les applaudissements. Le silence se fit. Un geste du chef, et l'ouverture s'éleva dans la nuit. La salle entière retenait son souffle. La musique montée des cordes, l'écho des cuivres lointains paraissaient venir d'un monde qui ignorait la boue, les chairs en charpie, les rafales des francs-tireurs. Une grâce venait chanter sa promesse par-delà les années grises et rouges. A ceux qui avaient survécu, cette musique disait la douceur d'être là.

Le rideau s'était levé. Les GIs du général Cork découvraient une mer de papier bleu. La proue d'une galère capitane apparut au bord d'un quai de carton peint. Un homme longeait la façade d'un palais mauresque, chantait, puis se cachait précipitamment dans un recoin du décor à l'entrée d'un Turc qui avait le crâne chauve du sonneur de gong de la Rank. Je vis la déception tirer les visages. Les GIs attendaient Broadway, et c'était la fête de fin d'année d'un collège du Delaware. La musique était lente. Les clarinettistes s'obstinaient à ne pas jouer

232

comme Glen Miller. L'intrigue, copiée sur celle du *Fils du Sheik*, avec des eunuques noirs et des caftans mauves, manquait d'un bon scénariste. Quelques chuchotements s'élevèrent au fond de la salle. Des hommes en habit se retournèrent, la mine courroucée. Lorsque des janissaires coiffés du ketché de cérémonie prirent place sur la scène et chantèrent en chœur, des fantassins soviétiques commencèrent à battre la mesure. Les WACS, réglementairement blondes, bas gris et calot, levaient les yeux au ciel et se laquaient les ongles en attendant l'entracte. Puis la salle s'échauffa. A la fin de chaque aria, on applaudissait. Les Soviétiques faisaient fête aux maquillages circassiens, en approuvant ce qu'il y a en Mozart d'un Tatar en dentelles, d'un prince-oiseleur de Minsk récitant des compliments pour la Cour.

Puis le silence se fit respectueux. Maria Cebotari venait de reparaître en scène. La cantatrice marchait telle une ombre rouge, lente, déchirée. Elle était la belle captive au sérail, la fiancée qui a perdu l'homme aimé. Entre les moucharabiehs et les narguilés de verre jaune, Cebotari s'avançait. Je me tournais vers Lee. Elle paraissait scruter une image dans un miroir. Son regard suivait la femme offerte à tous, prête à chanter une musique de *Traurigkeit*, de tristesse douce et fidèle. Lee, je le savais désormais, avait elle aussi été une prisonnière d'Orient. Revoyait-elle à cet instant les labyrinthes de torchis du Caire, le soleil brûlant des pelouses de Gizeh? Elle avait fui le Nil aux limons jaunes et le gin-rummy sous les auvents de Zamalek, elle avait fui, Elizabeth Miller Eloui, ce nom qui était encore imprimé sur sa carte de correspondant de guerre.

La voix de Cebotari montait comme une flamme, et j'entendais pour la première fois ces mots que j'ai tant de fois écoutés depuis...

Welcher Wechsel herrscht in meiner Seele

Seit dem Tag da uns das Schicksal trennte!
Hélas! que ma vie a donc changé depuis que le destin nous a séparés...
Un silence étreignait la salle. La veille du spectacle, les autorités du Festival avaient fait savoir que Maria Cebotari tiendrait son rôle malgré des circonstances difficiles. Son mari, un acteur du nom de Gustav Diesel, venait d'être victime d'une attaque cardiaque. Entre deux répétitions, la cantatrice retournait à son chevet pour le veiller. Il allait mieux; il n'était pas sauvé. L'élégie que Constance adresse à son Belmonte perdu emplissait maintenant le Festspielhaus comme un chant d'amour à l'autre qui souffre, à cet homme abattu qui attendait sur un lit d'hôpital...

O Belmont, hin sind die Freuden
Die ich sonst an deiner Seite kannte!
Banger Sehnsucht Leiden
Wohnen nun dafür in der beklemmten Brust!
Traurigkeit ward mir zum Lose
Weil ich die entrissen bin...

Ô Belmonte, disparues sont les joies que je connaissais naguère auprès de toi!... Le tourment sans fin de l'attente anxieuse est le lot quotidien de mon cœur angoissé... La tristesse est ma seule compagnie depuis que l'on m'a ôté l'espoir de ma vie...

Les inflexions de la voix épousaient les notes écrites autrefois par un enfant génial de Salzbourg, et Cebotari à cet instant *était* Constance, au plus près d'une vérité. Les visages se tendaient vers la femme seule en scène. Chaque homme entendait une voix dans cette voix, la même et celle d'une autre. C'était la voix des femmes, de toutes les femmes de la guerre qui elles aussi avaient attendu, à Leipzig et à Denver, à Paris et à Volgograd, à Katowice et à Birmingham, elles avaient attendu dans le tourment et la fierté en sachant que la vie des hommes a un prix, qu'il faut leur garder le bonheur de voir les enfants grandir dans les années... Il y aurait une douceur à revenir, à vieillir, un train était parti emportant vers d'autres villes cet homme qui avait partagé leur jeunesse, reviendraient-ils les beaux moments, les douces promenades sur la rivière et les bras où elles s'étaient perdues, où était-il cet autre qui avait été leur autre, ce jeune homme qu'elles avaient aimé, dans quelle casemate, quel enfer, des lettres arrivaient et n'arrivaient plus, elles n'avaient plus que des photos et des enfants à leur ressemblance, des enfants qui leur vie entière verraient en rêve le temps où leur père n'était pas là, et chacun dans la nuit de Salzbourg entendait cela, la suave, la sublime *Sehnsucht* d'une femme qui savait qu'un homme luttait pour elle, pour vivre, si proche et si lointain, et les visages français, russes, anglais, américains s'étaient pétrifiés parce que cet appel venu de l'autre côté du monde résonnait dans *la langue de l'ennemi*, la langue des premières lignes où leurs frères étaient morts, la langue des kapos et des rafales, la langue des potences d'Ukraine et des fossés de Lidice, et la voix roumaine de Cebotari habitait la voix autrichienne de Mozart comme la leur, ils entendaient dans cette douceur déchirante la voix perdue d'une femme, de toutes les femmes, c'était leur propre histoire que ces mots allemands racontaient au monde, et à jamais.

Je regardai Lee. Elle pleurait.

Le lendemain, nous sommes retournés au bord de la Salzach. L'eau des fontaines coulait cristalline. Un son de cloche traversait parfois le lointain. Nous nous étions assis sur la berge. Lee jetait des cailloux dans la rivière; ses pommettes hâlées par le soleil disaient que la vie reviendrait, une saison encore au long des routes. Un vol d'oiseaux passait devant le Mönchsberg. Des femmes cheminaient sur l'autre rive. Lee se redressait, habitée par on ne savait quoi, un souvenir, une image. Nous étions perdus et retrouvés dans ce monde où l'on vit – il n'en est pas d'autre, il n'en est pas de plus beau.

– Qu'est-ce que l'on fait là, dit-elle soudain, comme si ses yeux s'étaient dessillés. A Salzbourg, avec le général Cork et ses boys... C'est drôle...

– Qu'est-ce qui est drôle?

– Rien.

Elle jeta un caillou dans l'eau. Les feuilles d'un marronnier se reflétaient dans la rivière.

– Tu pensais à quoi?

– A rien, dit Lee. Ou plutôt si, je pensais à ces femmes.

– Quelles femmes?

– Les femmes de la rue. Les Autrichiennes. Elle me regardent curieusement. Je suis blonde comme elles, mais je porte un uniforme qui leur fait peur. Elles me regardent comme si j'avais trahi.

– Comme Dietrich, dis-je. Ils la détestent. Pourtant elle a fait le bonheur du général Cork...

– Oui. En fait, je...

Lee s'interrompit, lança un caillou dans l'eau.

– En fait?

– Je crois que j'aimerais les photographier, dit-elle. Au moment où elles me prennent pour quelqu'un qui a trahi. Leurs yeux à cet instant-là...

Lee regardait rêveusement la Salzach. L'eau coulait sur un lit de pierres.

– Tu aimes photographier les femmes?

– J'aimais ça, oui. Quand j'ai commencé à Paris, des femmes ont tout de suite posé pour moi. Des brunettes, un peu garçonnes. On riait beaucoup, mais au moment du *shot*, il fallait qu'elles se taisent. C'est ce silence-là que j'aimais. Et puis les mains, les gants. Les bijoux posés sur la peau. Et leurs visages...

– Qu'est-ce qu'ils avaient, leurs visages?

Lee posa la tête sur sa main. Elle était pensive. Un monde de studios évanouis se dessinait derrière elle.

– Quand elles regardaient l'objectif, j'avais peur.

– Peur?

– Oui, Dave, peur. Un visage c'est comme une robe, ça dure une saison, et même un peu plus, et puis c'est fini. Alors, est-ce qu'on doit garder une image de ce qui va finir...

– C'est ton métier, non?

– Oui, c'est mon métier. Mais il ne faut pas trop jouer avec les choses redoutables. Et un visage, c'est vraiment une chose redoutable... Moi j'ai joué, avec le mien aussi. Mais ça n'a plus d'importance, maintenant.

Un sourire vint sur ses lèvres. Elle avait joué aussi avec la guerre, avec elle-même. Peut-être jouait-elle désormais avec moi.

– Tu aimes les femmes?

– Pas comme tu penses, dit Lee. Ce sont elles qui ne m'aiment pas.

– Pourquoi dis-tu ça?

– Parce que c'est la vérité. Elles ne m'ont jamais aimée.

– Tu as eu des amies, non?

Elle haussa les épaules.

– Je ne sais pas. Il y a vingt ans, j'avais une amie à New York. Elle s'appelait Tanja. C'était comme ma sœur. Je ne sais pas ce qu'elle est devenue. Je l'ai perdue, elle aussi.

J'approchai ma main de son visage, lui caressai la joue. Elle inclina la tête, laissant ses cheveux flotter sur ma main.

– C'est bon, Dave.

– Tu aimes les caresses?

Elle sourit.

– Oui, j'aime ça.

– Comme une chatte.

– Comme une vieille chatte. Une chatte en automne, dit Lee.

Le soleil d'août allumait des reflets sur l'eau. Une chaleur fraîche de matin alpestre.

– Mais non, tu vois, c'est encore l'été, dis-je.

– Oui, dit-elle, c'est l'été. Et dans trois semaines nous aurons froid, on allumera les cheminées, ils retourneront tous à leur petite vie. Tu as envie de retourner à ta petite vie, Dave?

– Non. Pas plus que toi.

– Personne n'a envie de ça, dit Lee. Personne.

Elle avait détourné les yeux vers la rivière.

– Est-ce qu'on sait de quoi on a envie, dis-je. Est-ce qu'on le sait toujours?

Ses yeux revinrent sur moi. Ils étaient bleus, profonds.

– Oui, parfois on sait, dit-elle.

– De quoi as-tu envie, maintenant?

Elle eut un curieux sourire.

– J'ai envie de choses noires, dit Lee.

– De choses noires?

– J'ai envie d'aller à Vienne.

– Alors allons à Vienne, dis-je.

– Les villes sont noires, dit Lee. Même Paris est noire.

– Tu penses encore à Paris.

Elle fit un geste de la main, comme si tout s'était évanoui.

– Oui, je crois. Mais c'était un autre Paris.

Il y eut un silence. L'eau clapotait à nos pieds. Lee commença à parler. Les mots venaient simplement, ils coulaient d'une blessure qui peut-être ne s'était pas refermée. Ce jour-là, plus longuement qu'elle ne l'avait fait à Rosenheim, elle me parla d'événements qui la reportaient seize ans en arrière. Ai-je compris que cette Lee qui jouait avec un brin d'herbe au bord de la Salzach, ai-je su que ma compagne d'Alsace et de Bavière serait un jour une légende?

En vérité, non. Il n'y a pas de légende pour ceux qui avancent, pour ceux qui peuvent encore aimer.

Elle arriva à Paris au début de l'été 1929. Une lumière de juin noyait les rues. Dans la chambre d'hôtel, les malles révélèrent leur fouillis : robes claires, bâtons de réglisse, cosmétiques en flacons, paquet de lettres serrées d'une écharpe. Lee n'avait aucune obligation, mais une envie. Elle était lasse des servitudes de la pose. Elle voulait devenir photographe.

Quelques mois plus tôt, à New York, on lui avait montré d'étranges clichés. Une main en suspens flottait dans la lumière grise. Des beautés sans défaut arpentaient une galerie de miroirs. Des fétiches primitifs côtoyaient l'ovale d'un visage de femme. Ces clichés venaient de Paris. Ils étaient signés Man Ray. On chuchotait ce nom avec le respect agacé qu'inspirent les jeunes maîtres. L'homme déjà avait sa réputation, celle d'un peintre new-yorkais qui avait fui les Philistins de Manhattan pour vivre à Paris. Il s'y était établi comme photographe, tirait des portraits et travaillait pour les revues de mode tout en poursuivant dans son atelier d'autres recherches. On le disait aussi cinéaste, ami de Duchamp, tissant sa toile au cœur du Paris qui inventait.

Lee n'en savait guère plus. Mais son désir de Paris s'était confondu avec ces images énigmatiques. Elle ne connaissait pas le visage de l'homme qui avait pris ces clichés. Elle le devinait ombrageux, crépitant – l'absolu d'un caractère. Elle avait résolu d'aller le trouver dès son arrivée. Il fallait pour cela de l'effronterie, peut-être de l'inconscience. Elle ne se déroba pas. Lee passa une robe amarante, ramena ses cheveux courts en arrière. Un taxi la déposa à l'adresse qu'on lui avait indiquée : 31 *bis*, rue Campagne-Première.

Le concierge lui dit que Monsieur Man s'était absenté. Lee battit en retraite. Le soleil chauffait le pavé. Elle entra dans un café. Le patron, serviette sur le bras, lui servit une bière glacée. Les yeux de Lee vagabondaient sur la rue écrasée de chaleur. Un homme apparut. Il était râblé comme un boxeur, le sourcil charbonneux, l'air résolu.

– Tiens, voilà Man, dit le patron.

Lee se leva et vint se planter en face de l'homme.

– Je suis votre nouvelle élève, lâcha-t-elle.

Man Ray la toisa et, bougon, lui rétorqua :

– Je n'ai pas d'élèves, et d'ailleurs je pars pour Biarritz.

Lee le regarda droit dans les yeux :

– Alors je pars avec vous.

Et elle partit avec lui.

Je ne peux qu'imaginer, quarante-six ans après l'insolence de cette passion. Man Ray, que tout le monde appelait *Man*, tomba follement amoureux de Lee. Il avait vécu jusqu'alors avec des modèles de trottoir, des Françaises gouailleuses qui paraissaient sortir d'un bal de Lautrec. Lee fut l'intrusion américaine, l'évidence moderne. Elle était intelligente, rapide, d'une beauté rare. En quelques jours Man fit place nette et congédia sa précédente compagne, une reine de Montparnasse connue sous le nom de Kiki. Lee fut installée à demeure, poussée devant et derrière la caméra.

J'imagine cette Lee de vingt-deux ans. Elle est assise sur un fauteuil du petit atelier. Ses yeux clairs brillent dans l'ombre, son pied se balance. Elle parle avec des lèvres de ferveur. Elle parle de New York, de la joie, des choses que l'automne fanera. Ses cheveux sont blonds, la nuit est noire. Le vent est tombé doucement. Et c'est comme une chanson qui revient, un sentiment d'enfance.

Je sais qu'elle fut éblouie. Paris était la cité des miroirs. Elle voyait son reflet dans le labyrinthe du Palais des glaces, aux vitrines des boutiques, aux glaces des passages. La rue lui parlait d'elle, cette ville appelait la jeunesse, cette ville attendait depuis toujours que viennent s'y mirer les belles et les amoureuses. Les tramways jetaient des étincelles dans les arbres. Il lui semblait que les maisons, comme celles du *Little Nemo* de son enfance, allaient se lever et marcher. Elle longeait avec Man l'étal des marchés où l'on offrait des cerises à la passante. Les colonnes Morris vantaient *Paris qui brille*; les petites dames de Sion passaient devant l'hôtel de la Monnaie qui fut la tour de Nesle des dames galantes. Les statues des squares s'embrassaient sous l'œil des enfants. Lee rêvait d'une saison qui ne finirait pas, d'un plaisir plus fort que l'attente. Les marronniers jetaient leur ombre sous ses pieds. Elle traversait la place Maubert comme un jardin aux senteurs de chou et de fleurs coupées. Une brise frisait ses cheveux. Elle reconnaissait déjà les chats complices, le banc offert aux promeneurs, le vitrail enfumé des maisons d'illusions. Une odeur de pain craquant sortait des échoppes. Le train de légumes d'Arpajon se hâtait poussivement vers les Halles. Lee respirait l'air des rues; elle portait à même la peau la robe amarante dans laquelle Man l'avait trouvée. Lee se sentait de Paris comme la pluie est du ciel.

Dans un studio qui avait la taille d'une salle de bains, elle apprit ce qui ferait sa vie : la pénombre autour d'un bac de bois et l'amour des images. Un artisanat de papier, de liquide et de lumière. Man était un homme, le sien. Il était son maître. Il avait parfois l'air d'un grand médecin. Man lui montra comment attaquer un sujet en perspective oblique plutôt qu'en pose frontale. Comment jouer d'une forme tremblée pour rendre sensibles les mouvements. Elle l'écoutait amoureusement. Man, qui était parfois rugueux, savait ne pas être impérieux. Avec patience, avec sûreté, il éclairait le monde des images. Il transmettait. Lee était pleine de gratitude. Elle était surtout stupéfaite. Jamais on ne lui avait autant donné.

Man avait inventé des trucs. Il lui montra de curieux spectres d'objets tirés en gris, une inquiétante marbrure de lignes. Il avait suffi d'impressionner une plaque sensible en y posant un peigne, des épingles, des clefs ou un revolver. Il appelait cela ses rayographes. Puis il tirait du glissoir des portraits signés de sa main. On voyait Picabia en voiture, Tzara sur une échelle, Nancy Cunard aux bras chargés de bracelets. Lee s'étonnait : le rendu de la lumière sur les surfaces était anormalement doux. Man lui expliqua qu'il photographiait à distance avant de travailler le négatif à l'agrandisseur, en resserrant sur les visages. Les portraits prenaient ainsi un velouté de soie, un lissé de peau de pêche. Plus profond dans ses cartons, Man exhuma pour Lee ses premières séries parisiennes. Huit ans après, il en restait des tirages muets. Des visages. Ernest Hemingway. Pablo Picasso. James Joyce. Man avait eu le talent de choisir.

La première leçon de Man était pour elle ineffaçable. Il lui parlait de l'amitié, des fratries d'artistes qui naissent dans les métropoles. Man lui dit alors ceci, non sans tristesse : on ne fait jamais vraiment partie d'un groupe dont on est le photographe. L'œil est un passe-droit, la caméra ouvre toutes les portes, mais le *snapshot* efface celui qui voit. Tu veux être photographe ? Tu vas être celle qui s'éclipse dans l'instant, tu seras le passe-muraille et l'absence qui montre, tu disparaîtras dans l'image qui naît comme je mourrai en perdant ton amour.

Les nuits flambaient. Man la jetait dans un tourbillon de visages, de lieux, de couleurs. C'était l'été, je me souviens du goudron fondu sur Madison Avenue cette année-là, et de la fumée qui montait des trottoirs. A Paris, Lee riait comme une jeune idole sous les feuillages. Il y avait des fêtes, toujours des fêtes. Rue de Babylone, une comtesse italienne donna un bal blanc. C'était l'une de ces soirées que les étrangers de Paris offrent aux Parisiens de passage. Man avait été requis pour pimenter les plaisirs. Une piste repeinte en blanc attendait les danseurs dans le jardin d'un hôtel particulier. L'orchestre se dissimulerait derrière un buisson. Des valets de pied poudrés comme des douairières s'affairaient entre les buffets où l'on avait dressé des fontaines de champagne. Les pâtissiers disposaient sur les tables les sucreries d'Orient, le marasquin de Zara, les fruits entiers à la duchesse Zichy. Man installa un projecteur sur la balustrade de la corniche principale. Il s'était muni de vieilles bobines de Méliès. Les invités franchissaient le portail à atlantes et descendaient dans le jardin. Les images des films muets se projetaient sur l'écran des silhouettes en mouvement.

Man était venu en tenue de tennis. Lee portait des shorts blancs et une blouse de Madeleine Vionnet. Elle tournait au milieu de la piste, pressée contre les danseurs. Elle aimait cette ivresse de nuit claire, la douceur inclinée des arbres de juin, les regards français posés sur ses jambes. Les saccades des films de Méliès projetaient un visage contre un plastron, une locomotive sur une ombrelle, la lune sur un chapeau. Le jazz-band jouait derrière son buisson. A New York, dans les bals, elle n'avait eu que des *part-*

ners. Ici, il y avait des *cavaliers.* Ils étaient gais, effrontés sans insistance, lui faisaient sentir qu'elle était une femme. Elle perdait Man entre deux danses, elle le retrouvait. Il lui détaillait quelques noms de Paris. Ce prince oriental au bandeau piqué d'un plumet d'autruche, la barbe de rajah couvrant les faux cabochons, c'était Arthur Rubinstein. Ces officiers de marine en bordée, la casquette Pondichéry posée de guingois, s'appelaient Jean Godebski et Carlos de Beistegui. Un jeune homme revêtu de la chasuble des Dominicains et muni d'un crucifix abordait les plus jolies femmes en leur proposant la confession. « Tout cela est plus Directoire que Régence », disaient des voix autour d'elle. On la présenta à la princesse Natalie Paley, chapeau-rotonde, sweater de mousse blanche, offrant sa main aux baisers mortels. Ce n'était que des noms, des vies qui rôdaient là, tout passerait, il fallait danser, danser sur la piste où les mouchoirs ornés de couronnes ducales épongeaient le front des cavalières, danser jusqu'à la fin des nuits. Le brouhaha des cris et les craquements du plancher piétiné résonnaient au fond du jardin comme une basse continue brodée des éclats de rire des jeunes filles.

Puis l'hôtesse demanda le silence. Un grand socle blanc avait été amené sur la pelouse. Les projecteurs s'éteignirent. Quand ils se rallumèrent, cinq personnages antiques étaient disposés en tableau vivant. Un aboyeur annonça *Le Réveil d'Ariane.*

Ariane, drapée dans une toge plissée, s'alanguissait sur le faux marbre. Elle était plutôt d'une beauté espagnole, celle d'une *maja* jouant de la narine, qu'elle avait très pincée. C'est la vicomtesse de Noailles, chuchota Man à l'oreille de Lee. D'une colonne dorique jaillissait un buste vivant entoilé d'un keffieh de hibou. Le visage beurré par un enduit blafard restait impavide. C'est Madame Bousquet, dit

Man. Trois silhouettes masquées se tenaient figées autour du socle : un récitant pinçait les cordes d'une lyre ; un hoplite corpulent couvrait Ariane de sa lance ; un pâtre bouclé serrait une conque contre son cœur. Man mit un nom sur chacun de ses masques : Boris Kochno, Bébé Bérard, Jean-Michel Frank. La foule applaudissait. Lee applaudissait aussi cette étrange cérémonie. Les Français étaient décidément curieux. Ils s'ingéniaient à transformer leurs femmes en statues et leurs maisons en ruines grecques. Rue de Babylone, on rêvait d'Athènes. Peu lui importait, à vrai dire. *I don't give a damn. I love you, Man.*

Il fallait vivre. Lee était d'abord mannequin. Elle se présenta munie de ses recommandations à la rédaction parisienne de *Vogue*. On l'accueillit avec les égards dus aux belles imprudentes qui parlent l'anglais. Elle reconnut ce climat de panthères dévorant des camélias, cette débauche d'horoscopes et de notes de frais, cet artisanat kabuki dopé au gingembre qui gouvernait aussi le bureau de New York. On la poussa dans une pièce. Derrière son fume-cigarette, un jeune homme leva le sourcil. Il la toisa. Des paroles peu amènes suivirent, articulées dans un anglais guttural. Lee le connaissait de réputation. Elle ne cilla pas. George Hoyningen-Huene avait trente ans. Il était de ceux qui s'obligent le soir à détester ce qu'ils ont aimé le matin. Ce fils d'un officier de la maison du tsar régentait le studio de Paris. Il avait quitté la Russie en 1917, prêché la pauvreté et courtisé la richesse, dessiné des robes et appris la photographie. On le disait maître de la lumière : il avait la tête pleine d'Italie et voulait retrouver avec son Leica le velouté des huiles de Bellini, les pénombres de Giorgione, les *velature* diaphanes du Titien. Il passait pour impitoyable, sculpteur de femmes, dragon du spot. Lee lui apparut comme un berger grec aux cheveux courts, arraché aux chênes de l'Arcadie par la nervosité américaine.

Lee allait devenir un de ses modèles d'élection. Des mois durant elle connaîtrait sa férule, sa main façonneuse, ses éclats de peintre d'icônes. Il ajustait sur elle les encolures nouées et les bustiers brodés de sequins. Pour lui, dans le studio, Lee portait les robes de petit soir et les tenues de deuil blanc. Elle sentait les étoffes caresser sa peau, les plissés frôler ses jambes. Elle aimait les formes libres, les drapés qui appellent le pas et habillent la démarche. Les pantalons de plage, les pyjamas de soirée flottant sur la cheville l'enchantaient. Il lui semblait alors que Paris l'enveloppait d'un crêpe blanc, qu'un souffle d'air la ravissait dans le ciel.

Hoyningen-Huene était contradictoire. Il voulait la rigueur et il voulait l'excès. Les années vingt avaient lâché la bride, il reprenait au mors : il fallait châtier la forme pour qu'elle renaisse. Il ne dédaignait pas chez Lee la chevelure courte, le corps bronzé, les jambes découvertes. Était-elle iodée, américaine? Tant mieux. Un smoking d'homme, un foulard papillon noué sur un tailleur droit, un fourreau à étreinte avaient sa préférence des jours grecs – ceux où il féminisait Lee en virilisant la coupe. Puis il n'y tenait plus. Lui venaient des foucades de grand-duc, il fallait les lamés de Jean Dessès, les rayonnes pivoine, les spirales de Molyneux. Lee devenait satin et dentelle, elle tournait sur elle-même constellée d'accessoires comme un reliquaire. Essaie ce bracelet en onyx, ou ces gants ajourés, ou peut-être cette broche sur pavage perlé, ou encore ce clip d'argent, voici un sac coquillage qui va avec des escarpins sablés, mets cette capeline de Louise Bourbon, non, plutôt ce chapeau Mickey de Violette Marsan, tourne, reviens, fais bouffer la blouse, tu es une joueuse de mah-jong, tu es la femme à l'ombrelle, ça ne va pas, on arrête.

Lee se sentait gavée, bousculée. Elle s'asseyait sur une chaise dans un coin du studio, étanchait sa soif avec un gobelet d'eau. Le nouvel assistant de Hoyningen-Huene se penchait vers elle. Il était blond, faunesque, il lui murmurait à l'oreille quelques obscénités internationales qui la remettaient d'aplomb. Elle aimait bien ce jeune Allemand, Horst, son effronterie, ses sarcasmes de troll. Pendant les pauses. Lee conversait avec les deux acolytes. Elle les interrogeait sur la technique, les éclairages. Elle apprenait.

J'ai encore dans l'oreille son rire quand elle me raconta ces séances, quinze ans plus tard. Lee portait son battle-dress avec le sigle de *War Correspondent*. Elle désigna son casque posé à terre et dit : « Ça, c'est un chapeau de Maria Guy. » Elle tâta l'étoffe rêche de la vareuse : « Ça, un bustier de Marcel Rochas. » Elle leva ses rangers : « Ça, des mocassins de Ferragamo. »

Lee gardait de la reconnaissance pour Horst et Hoyningen-Huene. Et aussi, je crois, de la rancune. Ils lui avaient trop secoué les ailes. Ce qui lui restait de ces séances, c'était surtout des phrases. Quand les petites mains sortaient les vêtements de leur carton, Lee les entendait épeler la référence – un numéro d'article et un nom de robe. L'étrangeté, la beauté de la langue française lui est apparue là, à travers des mots futiles froissés à l'oreille comme un tissu. Qu'est-ce qu'un *plissé soleil*? Une *jupe à godets*? Une *robe de grand soir*? Une *basque rebrodée*? Une *surpiqûre discrète*? Lee ne voyait plus très bien les robes. Mais la féerie des mots chantait à travers les années.

Des images de ces séances existent. Elles ne me disent rien de Lee. Elle y est une autre, comme elle était, comme elle sera. Elle y est un mystère.

Photo de George Hoyningen-Huene.
Lee porte une robe du soir à motifs d'arabesques. Les cheveux sont tirés, l'œil charbonneux. Taille serrée par une mousseline cloquée, plis du tissu retombés en évasement léger. Les bras sont nus, l'incise du décolleté remonte en deux triangles qui s'amenuisent en fines bretelles. Elle porte des bracelets, un pendentif assorti. L'ombre redouble la silhouette sur une paroi blanche. Elle a croisé ses mains sur la poitrine. Le regard est dirigé hors champ. Elle est brunie par l'éclairage, tirée vers la nuit.

Photo de George Hoyningen-Huene.
Lee repose sur un transatlantique. Elle porte une chemise d'étoffe écrue, large aux manches. Le col ouvert est souligné par un double revers. Visage incliné, plus proche, en appui sur une main. Le sourcil est crayonné, les lèvres très dessinées. On la devine distante, incompromise, un peu garçonne. Le photographe a recherché la beauté américaine, le derme sain. Un souvenir de Cape Cod.

Photo de George Hoyningen-Huene.
En arrière-fond, deux vases au col fin d'où sortent des lys. Lee porte une robe de soie et de satin qui tombe sur la cheville. La robe est drapée en vagues, froncée à la taille par une ceinture à nœud anglais. On discerne la pointe du sein droit sous le tissu. Les mains sont ramenées en avant, les poignets ceints de bracelets strassés. Épaules et bras nus. Là où la découpe brise, la peau apparaît. Le visage a pris une inclination latérale très gracieuse. Le profil marque la ligne de partage entre ombre et lumière. Les cheveux flottent mi-longs, cendrés. Le fond est noir, avec des reprises d'ombre sur la robe.

Auprès de Man c'était une vie insoucieuse, pleine de nuits blanches. Le ministère Tardieu, le scandale Oustric, la mort de Conan Doyle, ils s'en contrefichaient. Je crois tout simplement qu'ils se sont beaucoup amusés. Un journal déclara que Lee avait le plus beau nombril de Paris. Elle ne démentit pas. Un verrier vint lui proposer de façonner une coupe de champagne d'après la forme de son sein. Elle accepta. Man, pour le catalogue d'une compagnie d'électricité, photographia le torse de Lee en y superposant le zigzag d'un courant voltaïque. Puis Lee se présenta dans les bureaux de *Vogue* munie d'un sein sectionné qu'elle tenait d'un carabin des hôpitaux parisiens. Elle voulait en faire une pièce de décor. On la jeta dehors.

Les fenêtres s'ouvraient sur les avenues d'été. Paris était une enfilade de nuits où l'on dansait. Soirées aux terrasses, dans les rues, banquettes de moleskine des brasseries, arbres de l'avenue de l'Observatoire, virées dans la forêt de Fontainebleau, appartements de la cité Vaneau, cafés de la rue Boulard, il y avait les pommiers en fleur sur les routes de Normandie et la Marne au crépuscule, la main de Man dans la sienne et les sourires dans la rue, l'aube sur les façades de la rue Cassini, et toujours, dans les bals de quartier où les filles s'appelaient Louise ou Suzy, les matchiches et les tangos, les valses avec ces passes, ces voltes incroyables, les Françaises avaient le jarret civilisé, étrange troupe folklorique de cette province qu'était Paris, le cœur abstrait des choses, l'absolue légèreté du monde.

En amour aussi, Man prisait les jeux. Il aimait l'éclairage oblique sur une peau nue, les silences de l'ombre. Ses amis surréalistes lui parlaient du *Marquis* avec des mines de bookmaker vantant le bon lévrier. Mais il ne fut pas question de cela entre eux; ou il en fut question autrement. Ce qui ressemble le plus à la mort, c'est l'exaltation de l'enfant pervers au fond de soi. Lee aimait la vie. Elle ne retirait rien de l'humiliation et tout du consentement. Ce à quoi elle consentait, c'était à sa propre honte.

Un soir, plus loin sur le chemin, elle me raconterait en passant, mais ses yeux ne fuyaient pas, ceci qu'elle voulait que je sache. Cette chose qu'elle portait en elle et que chaque homme faisait peser. A l'âge de sept ans, alors que sa mère était souffrante, on avait confié Lee à des amis de Brooklyn. Leur fils, un jeune appelé de l'US Navy, passait quelques jours de permission chez ses parents. Peu importe les circonstances, elles n'effacent, elles n'expliquent rien. Le fait brut est celui-ci : il la viola.

Quand elle revint à Poughkeepsie, il apparut qu'elle souffrait d'une infection vénérienne. La pénicilline n'existait pas encore. Il fallut la traiter au dichloride de mercure.

C'était une petite fille. C'était une femme. La flétrissure de ses sept ans avait enfoncé en elle une fleur noire dont les pétales s'ouvraient dans les tréfonds. Elle recherchait désespérément le moment où la honte enfouie deviendrait acceptation. Ce moment-là advint, du moins je le devine, dans l'amour que Man lui portait. Man ramenait à la surface cette part d'elle que tout blâmait, il aimait sa honte et l'attisait par des gestes secrets. Qu'en poussant les choses au pire elle soit pourtant aimée, aimée absolument. Que la blessure paraisse aux yeux d'un homme qui accepte tout, qu'en allant au plus bas elle rencontre un être qui ne juge pas, alors elle serait sauvée. Ce que Lee trouva au fond d'elle-même, au bout de sa honte, c'était l'amour de Man.

Cet amour ressemblait à une chambre noire. Lee travaillait des heures dans le studio de Man, avec lui, ou bien seule. Elle y exécutait avec soin des opérations devenues familières. Et dans ce ballet resserré entre les cuvettes, la lanterne, l'agrandisseur, les flacons et les pinces, sous la lumière ambrée qui baignait la pièce, elle se sentait étrangement exaltée, libre, et prisonnière aussi, comme rendue à un monde de mémoire qui la hantait. Elle procédait à ces manipulations comme un cambrioleur répète un hold-up, elle était l'officiante d'un mystère qui passait la raison : comment capturer une image, comment tirer d'un même négatif un nombre infini d'épreuves identiques. Cela ressemblait à du vol, cela n'était pas si loin de l'amour. Elle aimait dans la photographie ce qui évoquait les débuts, l'art des pionniers – le grain fort des calotypes au chlorure d'argent, l'odeur des papiers huilés, les salures de Brébisson. Les effluves d'émulsions entraient en sympathie avec d'autres mélanges acides, odeurs fortes des ateliers de chimistes, alacrité d'une terre fraîchement retournée par l'averse. Les rumeurs du boulevard Raspail montaient dans le lointain, étouffées par les murs. La nuit avançait. En trempant les plaques dans le bain fixateur, elle surprenait parfois un reflet rendu par l'eau trouble, venu de l'autre côté des images. Lee voyait se dessiner un masque recouvert de feuilles d'or. Une figure d'idole immergée. Elle devinait, dans ce primitif d'elle-même, le souvenir d'un jeu de surfaces attaquées par la lumière d'où était sortie un siècle plus tôt une première image, incertaine mais irréfutable. Man Ray lui avait longuement détaillé cette enfance de la photographie, la pierre de Munich, le jardin de Niepce, le procédé de Fox Talbot, parce qu'il sentait que le récit d'une origine apaiserait en Lee les craintes de la débutante. Lee s'était sentie requise plus qu'elle n'aurait dû par cet artisanat d'encres grasses et d'acides élémentaires; puis elle avait compris ce qui l'attirait dans ces bleus actiniques, ces plaques de verre, ces vieux daguerréotypes : c'est qu'ils lui rappelaient son père dans son laboratoire, nimbé de ce clair-obscur qui restait pour elle la couleur de l'enfance, et celle du remords. Elle songeait à ce que Man lui avait décrit, les balbutiements d'un métier, les photographies du siècle précédent, comme pour y trouver la trace du jeune homme que son père avait été avant même qu'elle ne puisse se souvenir de lui. Ainsi, disait Man, le bitume de Judée des premiers photographes était-il dissous dans l'essence de lavande, puis étendu sur une plaque d'étain. On versait sur la surface impressionnée un dissolvant qui attaquait les parties non insolées, celles où s'étaient indurées les valeurs sombres. Sur l'image achevée, les blancs étaient donnés par le bitume pâli, et les noirs par le métal mis à nu sous solution d'acide. Enfin on tirait les épreuves en taille-douce; Lee aimait ce mot français, *taille-douce*. Il lui semblait que sa vie était à l'image de ces grains qu'un éclat pigmente par violents assauts de lumière sur une surface sensible. Dans le studio, elle scrutait le mystère des gestes arrêtés : les tirages figeaient l'allure de cette autre indéchiffrable qu'elle était pour elle-même.

La photographie était un secret à propos d'un secret.

Sous ses yeux, Man se comportait en chercheur d'or bredouille. Il affectait de tenir ses travaux pour quantité négligeable. *La photographie, ce n'est rien.* Et pourtant, ces tirages contrastés comme des eaux-fortes, ce travail en longue focale sur les natures mortes, son entêtement dans le studio, tout indiquait qu'il recherchait comme un peintre ce que la peinture ne lui donnait plus. Huit ans plus tôt, un Français nommé Cocteau était venu le chercher pour prendre des clichés d'un écrivain mort. Man avait traversé un Paris d'octobre sous les arbres aux feuilles jaunies. Au cinquième étage d'un immeuble de la rive droite, une femme en tablier blanc l'avait introduit dans une chambre où l'odeur entêtante des fleurs imprégnait jusqu'aux rideaux. Un homme gisait sur un lit de cuivre, près d'une tablette en bambou couverte de cahiers. Le mort avait le visage mangé par une barbe de dey, des cheveux aile de corbeau, et sous les yeux des cernes mauves comme une nuit d'Asie. Dans cette pièce confinée où flottaient des miasmes de médications, Man avait déployé ses appareils tandis qu'une dame déposait des orchidées et qu'un homme au visage de Bouddha chuchotait des noms propres. C'était la première fois qu'il photographiait un cadavre. La mort avait rajeuni ces traits jusqu'à les faire paraître ceux d'un homme de trente-cinq ans. Man photographiait cet homme, mais plus encore son absence, la disparition de l'être hors de la fragilité du corps. Il fallait changer la plaque entre deux clichés. Man chancela. Il lui semblait que c'était la mort même qui jetait ses acides sur l'objectif. De nouveau, le buste de Marcel Proust s'encadra à l'envers dans l'appareil. Man faisait un portrait, le portrait d'un cadavre, et il voyait soudain une vérité. Ces traits d'adolescent qui revenaient hanter le visage du mort étaient pareils à l'image positive qui surgit d'un négatif au développement. La mort révélait une certitude comme une image latente activée par le bain restitue un fragment du temps. A l'instant où la fin faisait remonter l'enfance sur le visage de Proust, il comprit que la photographie avait pour raison ultime d'atteindre ce moment, que toute vie combat, où la mort se confond avec la vérité.

C'était en 1922. Jusqu'à l'arrivée de Lee, Man avait pensé à autre chose. Il compromettait son image dans des facéties qui flattaient l'époque, ou la choquaient, ce qui finit par revenir au même. René Clair l'avait mis en scène jouant aux échecs avec Marcel Duchamp : les pièces se déplaçaient sur les cases noires et blanches. Des mécènes lui commandaient des films, des magazines achetaient ses clichés. Il buvait avec Kiki et Picabia à l'hôtel Istria. *New York is sweet but cold. Paris is bitter but warm.* Et pourtant, lorsqu'il longeait en hiver les façades de la rue Campagne-Première, le restaurant Rosalie au n° 3, le n° 17 où Atget avait vécu, il revoyait l'homme gisant dans une chambre de la rue Hamelin, cet instant où la mort s'était confondue avec un cliché qui passait la mort. Autour de lui des surréalistes allemands disaient qu'ils recherchaient l'*Urform der Kunst*, la forme originelle de l'art. Man se fâchait, tout cela était bon pour les professeurs d'esthétique, à jeter aux chiens. Et cependant... La nuit, enfermé dans son studio, il travaillait obstinément, cherchant sous le grain des tirages satinés quelque chose qui rendrait sa vie à sa vie. Chaque tirage était comme un tableau, une scène. Entre la surface où l'image s'était révélée et le verso blanc, dans cet à-plat sans épaisseur, il guettait le signe qui lui redonnerait ce jour d'octobre 1922 où il avait cru voir ; où il avait vu.

Il ne trouvait pas. Il avait rencontré Lee.

Elle crut d'abord que Man, comme un père, lui avait tout donné. Puis elle sentit que dans son amour entrait aussi une rage de possession ; qu'il cherchait en elle la résolution d'un mystère dont Lee n'avait pas la clef. Chaque séance de pose devenait une cérémonie. Elle entendait des ordres, elle obéissait. C'était bien plus troublant qu'une soumission. Il lui semblait que l'œil de Man se posait au-delà d'elle. Non pas un envoûtement, mais son contraire : la traversée d'une illusion. Qui était-elle devant l'objectif ? Que vois-tu de moi que je ne sache pas ? Suis-je un corps? Une personne? Je ne sais pas, Lee, je cherche. Tu es plutôt une empreinte, une ombre. Les objets te font cortège et te survivent. Je ne photographie pas la forme, mais la trace : mieux, la trace d'une trace que le verre dépoli perçoit, inversée, dans un spectre de lumière blanche. Une vitesse lente sur une forme en mouvement crée un flou. Peut-être es-tu ce flou. Ma main règle le diaphragme, calcule l'ouverture. Je suis ton obligé, ton décorateur. Je suis aussi ton soleil, ton maître. Les liquides révélateurs appliqués sur les plaques mordues par la lumière font surgir l'image : ainsi en va-t-il des amitiés, des amours, des autres, *révélant* en chacun ce qui était gravé sans apparaître. Je peux tirer d'un même négatif un nombre infini d'épreuves identiques : je te multiplie comme une silhouette dans une galerie de miroirs. J'ai la clef de l'un et du multiple. Décrire sans apparaître; m'effacer dans la seconde où je t'imprime. Ton reflet se fige, se durcit, tu es morte. Mais survivante aussi – le cliché va rester. Pour conserver ta silhouette, il faut tuer la profondeur. Tu es devant moi dans toutes les dimensions de l'espace. A l'instant où je presse le déclencheur, le relief s'aplatit, une image naît. Pour voir, il faut d'abord inverser. Noir et blanc échangent leurs dominantes, l'un devient l'autre. Que dit le négatif? Quelle est ta couleur? La vie a choisi la nuance de ton gris. Mon cliché l'établit. Suis-je un peintre? Un écrivain? Je ploie les formes sur du papier – le monde vient s'écrire là. Je suis un peintre, soit, mais tu m'as dicté le sujet. Je suis un miroir qui emprisonne les contours, mais tu es le contour vivant de la mort qui vient...

Lee avait vécu plusieurs mois chez Man. Elle connaissait par cœur l'entrée du 31*bis*, la date que l'architecte Arfvidsson avait gravée sur le porche :

1911. Son noviciat s'achevait. Elle s'émancipa, trouva un atelier près du cimetière Montparnasse. Lee voulait un studio à elle : Man n'avait pas d'autre droit que la gratitude qu'elle lui rendait. Elle déménagea sans le quitter. La rue s'appelait Victor-Considérant.

Lee ouvrit ses malles, posa des tentures arc-en-ciel sur les fenêtres et fit place nette. Elle voulait un endroit clair et lumineux. A Montparnasse, les bohèmes cultivaient leur chauvinisme, fait de chemises sales et d'imitations de Tatline, d'ongles gris et de bacchanales en sandales. Lee n'épousait pas ce nationalisme de la marge qui, de Fulham à Greenwich Village, de Formentera à Petrograd, exigeait la maison de brique, les bracelets constructivistes et l'amour au gramophone. Elle était nette d'allure. Elle allait accueillir des clients sous son toit.

Ils vinrent, attirés par la rumeur. Lee s'était déclarée portraitiste. Chacun voulait s'y retrouver à son avantage. Des maharanées se voyaient en personnages de Gainsborough, des ducs en danseurs argentins. Des originaux voulaient un cliché de leur chow-chow ou de leur lézard – Lee photographiait les animaux au tarif d'un portrait d'enfant. Puis arrivèrent les maisons pour lesquelles elle avait travaillé comme modèle. *Vogue* et Chanel, Schiaparelli et Patou la sollicitaient. Elle avait vécu en mannequin, elle continuait en photographe. C'était plus qu'un succès : une résurrection.

Je crois – je le dis sans détachement – que Man est l'homme qu'elle a le plus aimé. C'est aussi, par voie de conséquence, celui qu'elle a le plus trompé. Elle ne laissait plus la parole donnée à un homme l'emporter sur ses envies. A cette époque, elle avertit clairement Man qu'elle pouvait coucher avec qui elle l'entendait. Lee était intelligente, courtisée, sans soucis d'argent ; des contrats arrivaient maintenant de Londres. Elle traînait au Jockey avec son ami Julien Lévy, chez Bricktop avec la bande de Cocteau.

Cocteau prémédita, non sans malice, d'attirer la femme de Man dans son univers. Comme il préparait un film, il proposa à Lee un rôle, celui d'une statue vivante.

Le tournage était électrique. Cocteau, les manches relevées, cajoleur et précis, dirigeait une troupe impossible. Le travesti Barbette musardait. Des jeunes gens aux fins sourcils déambulaient sous les projecteurs. Georges Auric grimaçait au pied de la caméra. Un bœuf récalcitrant refusait d'entrer dans le champ : il fallut convoquer un bouvier. Feral Benga, le grand danseur nègre, arriva au studio avec une cheville foulée. Comme il devait jouer un ange, son rôle devint celui d'un ange boiteux. L'acteur Enrique Rivero portait dans le dos une estafilade, stigmate d'une rixe avec le mari de sa maîtresse. Cocteau la masqua d'une étoile. Le film s'appelait *Le Sang d'un poète*.

Les assistants posèrent sur les épaules de Lee une armature de plâtre figurant le buste d'une statue aux bras tronqués. Ils la drapèrent ensuite dans une toge blanche qui laissait saillir les moignons. On la barbouilla d'un maquillage blafard. Enfin, on lissa sa chevelure en ondulé corinthien, avec un enduit de beurre et de farine.

Lee fut poussée au milieu du décor : une pièce ornée d'un grand miroir mural. Elle était la statue. Sa bouche noyée semblait s'éteindre dans une petite zone de lumière blanche. La caméra tournait. Enrique Rivero entra, torse nu. La porte se referma comme par magie. Il portait sur sa main des lèvres imprimées. Mais ces lèvres bougeaient, il abritait une bouche vivante au creux de sa paume. Il regardait la statue inerte, s'approchait d'elle, collait sa paume sur le visage blanc. La bouche vive qui habitait la main de l'acteur se posait par décalque sur les lèvres de la statue. Elle prenait vie. Ses paupières battaient. Une femme sans bras s'éveillait d'un sommeil séculaire, remuait sa nuque, s'animait. Sous les projecteurs, Lee sentait l'enduit farineux coller aux cheveux empoissés. Ses lèvres bougèrent. Elle prononça les mots que Cocteau avait écrits pour elle. *Tu crois que c'est si simple de se débarrasser d'une blessure? De fermer la bouche d'une blessure? Il te reste une ressource : entrer dans la glace et t'y promener.* Enrique Rivero s'approcha alors du miroir, passa sa main sur la surface. Lee tourna son profil minéral vers lui. *Je te félicite. Tu as écrit qu'on entrait dans les glaces et tu n'y croyais pas. Essaie. Essaie toujours.* L'homme appuyait ses mains sur le miroir. Le miroir l'absorbait comme l'eau d'un étang avale un corps.

– Coupez, dit Cocteau. On recommence.

Vers cette époque, Lee eut une aventure avec un architecte d'intérieur, un Russe blanc qui se faisait appeler Zizzi Svirsky. L'homme était avantageux, d'habitudes dispendieuses, traînant les cœurs derrière lui. Il avait des éclats de sabreur qu'un violon fait pleurer. *Dobri Tchass Zbogom!* Il apprit à Lee l'excès sans lendemain, les magnums décapités, les reptations sauvages sur la descente de lit. Elle se souvenait en riant de Svirsky lui chuchotant à l'oreille : *I luv' you, your hair is so springy* – Je t'aime, tes cheveux sont si moelleux. Pour un peu, il lui aurait palpé le crâne.

Man n'était pas indifférent à ces écarts. Il en souffrait. Cette souffrance devint violence, mais dans le studio. Il commença à photographier des lys, parce que la consonance française du mot évoquait le prénom de Lee. Il choisissait des lys blancs, de voluptueuses richardies d'Afrique au parfum de poison. Il leur donnait au tirage une amère nuance de gris. Tu es ma fleur qui blesse, ma corolle blanche aux pétales de chagrin.

Il constellait ses tableaux d'allumettes et de vis, de figures mathématiques et de têtes suspendues. La souffrance est une équation. Je te considère comme insoluble parce que tu es partie, tu es mon chiffre adorable et perdu. Sa vengeance allait aux objets. Il se précipita dans une boutique de Saint-Sulpice, acheta une boule de verre remplie de neige factice. Après en avoir dévissé le socle, il y introduisit une réplique de l'œil de Lee. Tu es absente, je t'éborgne. Tu es le regard prisonnier de la neige qui brûle mon amour.

Man rôdait sur le boulevard Montparnasse. Les cloches sonnaient au loin l'heure de l'absence. Chaque maison lui semblait hostile. Il revenait vers son studio, les bras chargés d'accessoires fous. Man avait de toujours le goût des masques, des bijoux et des gants. Il avait peint des ouïes de violoncelle sur le dos de Kiki, photographié des anatomies de marbre à côté de bustes vivants. L'inconstance de Lee raviva ce fétichisme. Man posait des larmes de verre filé sur le visage des modèles. Tu es ce sanglot dur qui ne coule pas, cet œil sans vraies larmes qui ne me regarde plus. Il martyrisait des modèles à la beauté sans défaut, cerclant leur gorge d'un collier de contention, éparpillant sur leurs corps nus des cartes à jouer, mêlant leur image aux totems d'un dieu mauvais – idole des Fidji, plumets des îles Nicobar, masques d'écaille du détroit de Torrès. Je t'ai aimée terriblement, jalousement. Tu as tué toute autre passion en moi.

Lee revenait pourtant, elle n'était jamais partie. C'était la femme blonde du premier jour, il la retrouvait portée par le vent. Belle, rapide, ses lèvres s'ouvraient doucement, une bouche de femme qui s'abandonne, cette lisière du souffle où l'on sombre, le vibré vert des arbres, la poussière d'or dans l'air, tu es celle qui a poussé la porte, tu es entrée dans cette maison où je perdais ma vie. Tu marches dans les saisons comme une souveraine, je revois le bal blanc, je te revois, *very smart shorts and blouse*, et la lumière sur ton visage... Pourquoi as-tu quitté ce chemin, pour quel autre qui ne comprend rien, pour quoi?...

Elle l'embrassait, jetait ses bras autour du cou de Man. De nouveau l'effusion, les objets renversés, le plafond qui tourne. Un jour de retrouvailles elle posa pour lui. Man, insatisfait du négatif, voulait le jeter. Lee le sauva et le retravailla dans son propre studio. Puis elle revint triomphante. Elle avait réussi un prodige de tirage qu'elle s'appropriait. Man la traita d'usurpatrice. Lee l'insulta violemment et quitta l'atelier. Quand elle y revint de nouveau, ce fut pour trouver l'image punaisée au mur. Le cou était tranché au rasoir; une giclée d'encre rouge coulait de la blessure.

L'orage allait venir.

Lee était devenue familière d'une demeure abritée dans une allée de la villa Saïd. La maison avait appartenu à un écrivain, Anatole France. Dans ce quartier qui respire la maraude et l'orgie de luxe – abords de l'Étoile, proximité du bois de Boulogne –, elle était reçue par le maître des lieux, un Égyptien de belle allure nommé Aziz Eloui Bey.

L'homme était royal et courtois comme une altesse évadée du Divan. Dans sa première quarantaine, il régentait depuis Paris des participations dans la Misr Bank et les chemins de fer égyptiens, auxquelles s'ajoutaient les revenus d'anciens domaines khédiviaux. Il était l'époux d'une éblouissante Circassienne, Nimet, indolente et courtisée par les gens de mode. Les gazettes du temps la tenaient pour l'une des dix plus belles femmes du monde. Aziz avait pour Nimet ce sentiment las que les hommes riches prodiguent à leurs épouses quand elles sont belles et usagées. Comme souvent, cette répudiation tolérante leur tenait lieu de vie conjugale.

Une étrange cour se pressait chez eux entre les vases de majolique débordant de tulipes et les tiroirs remplis de vieux *warrants* de la Compagnie du Canal. Des surréalistes de passage, des courtiers coptes et des femmes de yacht tenaient compagnie à ce couple de modernes pharaons. Lee s'y compromit, et elle s'y amusa. Le bonheur studieux de la rive gauche la fatiguait. Elle aimait retrouver ces musulmans émancipés, amateurs de sherry et de *poker parties*.

Ce qui se passa alors en étonna plus d'un. Lee fut conviée à Saint-Moritz dans le chalet Villa Nimet. Le couple vaquait là au milieu d'un harem de relations, perles et chapkas confondues. Aux uns les amours d'été, aux autres les toquades d'hiver; toujours est-il qu'Aziz s'éprit de Lee. Il avait du charme, de l'ascendant, et cette façon méditerranéenne qui sacrifie tout à l'objet du moment sans grand souci de l'après. Que Lee ait répondu à ses avances pour jouer n'a somme toute rien de surprenant. Elle était femme à trouver qui la cherchait. Plus mystérieusement, ce jeu prit pour elle aussi un tour passionné : l'amour d'Aziz, dirait un Espagnol, fut *correspondido*. Il y a dans l'existence de Lee, au début de 1932, une flambée de passion pour Aziz Eloui Bey. A la lumière de ce qui allait suivre, je ne me l'explique pas totalement. La vie de chacun se consume d'une façon qui avant tout est à autrui incompréhensible. S'émancipait-elle d'un maître pour se jeter au cou d'un autre?

Voyait-elle dans Nimet la Circassienne un double inversé, un négatif de sa blondeur ? J'ai connu plus d'un homme qui, se croyant aimé, n'était que l'objet d'une transaction entre deux miroirs, entre deux femmes...

Il faudrait pour décrire les événements d'alors le rythme saccadé des vieux films muets. Tout brûlait. Lee et Aziz ne se cachaient plus. Nimet, chassée de son lit par une Américaine, tombait dans des langueurs terribles. Man Ray courait Montparnasse avec des mines de pistolero en brandissant un revolver sous le nez des passants. Il écrivait des lettres désespérées, multipliait les autoportraits corde au cou, griffonnait obsessionnellement sur du papier le nom d'*Elizabeth Elizabeth Lee Elizabeth*. Dans les premiers temps de la villa Saïd, Lee avait photographié Nimet. L'ovale de madone, l'admirable teint pâle étaient relevés par la fine crête des sourcils et le nez d'oiseau primé. Lee pouvait-elle savoir que ce cliché portait en lui la mort ?

Nimet était détruite. Il y avait encore, dans ces époques-là, des femmes que l'abandon blessait à mort. Une étrangère blonde était entrée dans sa maison, avait engagé le combat sans sommation, qui plus est avec les armes de l'innocence. Elle y avait perdu son mari.

Nimet Eloui Bey s'enferma dans une chambre de l'hôtel Bourgogne et Montana. Un fournisseur coté lui livra les liqueurs les plus corrosives, vodka, gin, absinthe. En quelques semaines, prostrée sur son lit, elle se suicida à l'alcool.

Pour Lee, la stupeur fut abrupte. A tout pays quitté, à toute ville traversée il fallait donc léguer un mort. Un petit garçon basculait dans un étang. Un avion s'écrasait sur la piste de l'aéroport Roosevelt en calcinant un corps aimé.

Paris devenait un piège noir. Lee marchait seule

263

au long des rues, elle cachait son visage dans l'ombre. L'alcool lui brûlait la bouche. Elle ne supportait plus la toile des draps sur sa peau. La pâleur muette de la morte la condamnait, elle voyait dans le miroir un reflet terreux qui l'accusait du fond de la nuit. Lee se sentait avilie. Elle offrait sa tête aux averses glacées. Elle hurlait. Je n'aime pas entrer dans ces détails qui sont d'un temps où elle a souffert. Non, je n'aime décidément pas m'y attarder. Seule m'importe l'issue, la fin.

Aziz et Man prenaient le visage de la malédiction. Tous ses vaisseaux brûlés, Lee décida de quitter Paris à jamais. Elle partait comme une voleuse. Son studio était bradé, sa vie cassée. Tout se précipitait. Tout s'achevait.

Au dernier jour, Lee se rendit chez Man. Elle lui devait cet adieu. Quand elle poussa la porte, ce fut pour trouver un studio désert. Man n'était pas là. Lee remarqua un nouvel objet posé sur le sol. C'était un métronome ordinaire comme on en trouve chez les marchands de musique. Mais un œil, découpé dans un cliché, avait été fixé sur la tige du balancier. Elle le reconnut. Cet œil était le sien.

Lee se baissa, régla le gradueur sur cent battements par minute. Le rythme d'un cœur qui bat très fort. Puis elle referma la porte.

Lee devait embarquer au Havre sur un *liner* de la Cunard. La destination était New York.

Nous roulions vers Vienne. Passé Linz, un sentiment d'abandon avait envahi la plaine. Sous la lumière d'août, une étrange angoisse pesait. Les feuilles des arbres étaient agitées par le vent humide et chaud. Quelque chose couvait, comme la fièvre qui monte d'un pays de marais. Des maisons basses se recroquevillaient dans la torpeur. Une pierraille couleur de manteau blanc saillait parfois entre les bandes de pâturages. De loin en loin, des carcasses de véhicules militaires apparaissaient, calcinées, depuis longtemps désossées. Leurs jantes de métal rouillaient sous le soleil. En avril, une panique de fin du monde avait jeté sur ces chemins les armées qui fuyaient Vienne. Il ne passait plus désormais que quelques cyclistes solitaires, guidons et porte-bagages bâtés d'énormes balles de chiffons. C'étaient des femmes à longues jupes, des hommes au veston maculé de poussière. Ils n'osaient lever les yeux sur l'étoile blanche de la Chevy.

Aux approches de la ville, il fallut franchir plusieurs barrages. Des patrouilles alliées gardaient les accès. Les soldats levaient la main et stoppaient d'un geste les véhicules qui s'étaient aventurés jusque-là. La poussière nous avait transformés en explorateurs surgis d'un raid d'avant-guerre. Incrédule, un GI nous questionna. *What the hell are you looking for in Vienna?* Je n'aurais su lui répondre. Nous avancions parce que la plaine était devant nous, sans cesse repoussée au-delà des frontières. Un peu plus loin, des soldats soviétiques avaient barré la route. Un officier examina longuement nos laissez-passer. Un

265

curieux éclat mauve brillait dans ses yeux. Il regardait Lee comme une proie. Puis il tendit le bras avec une mimique qui paraissait dire : à votre gré, mais un jour vous serez mangés.

Nous entrions dans une ville de cendres. Les flèches des églises vibraient sous la vapeur d'été. Des frises de barbelés coupaient les avenues. Derrière les sacs de sable, les fantassins attendaient. Des taches de lumière dansaient sur l'acier des mitrailleuses, et l'on voyait luire les visages en sueur. Devant les portes profondes des immeubles roulaient des poussettes chargées de linge, de ferraille, de meubles misérables. Sur tous les visages il y avait déjà l'ombre bleue de la mort. Lee regardait sans un mot les perches tordues des tramways, les murs gris et jaunes. Cette ville serait peut-être la dernière.

Il fallut contourner plusieurs quartiers avant de trouver la zone américaine. Puis nous vîmes surgir les bannières étoilées et la silhouette familière des GIs en patrouille. Le sigle de *Life* s'était écaillé depuis Colmar, mais il restait lisible. Un sergent nous ouvrit la route avec sa jeep jusqu'au QG de zone. C'était un petit palais au fronton orné de statues de marbre. L'intérieur sentait le tabac et la soupe. Un capitaine nous accueillit sans trop d'égard. Les cheveux en brosse, le poitrail décoré d'une *Silver Medal*, il était fatigué, las des délégations du Congrès qui venaient à grands frais vérifier en Europe l'usage des dépenses votées, las des journalistes qui confondaient le parc automobile de l'US Army avec une compagnie de taxis jaunes, las des frontières américano-soviétiques tracées au milieu de villes où les Yankees et les Russes n'avaient rien à faire. A l'évidence, Lee l'intriguait. Quand il déchiffra sur sa carte de presse le mot *Vogue*, il releva les yeux avec un air stupéfait. Il décréta aussitôt que le quota de chambres réservées à l'hôtel

Sacher permettait de loger un journaliste, mais pas deux. Cela nous suffit amplement, dit Lee. En soupirant, le capitaine signa un bon de logement assorti des recommandations d'usage. La circulation dans la ville était autorisée zone par zone. Il convenait donc de solliciter un visa quadripartite contresigné par les différentes autorités nationales. La cinquième zone, celle du centre, était administrée selon une rotation mensuelle par chacune des puissances occupantes. Le capitaine nous mit en garde contre les décalages horaires qui rendaient la vie impossible à Vienne. L'horloge de Greenwich régissait la zone britannique, et les Américains s'y étaient ralliés. Les Français vivaient à l'heure française, et les Soviétiques à l'heure de Moscou. Selon l'endroit de la ville où l'on se trouvait, il pouvait être huit, neuf ou dix heures. Une rue traversée, et l'on changeait de fuseau horaire. La vie à Vienne, nous dit-il, ressemblait à celle du Lièvre de Mars. Nous l'abandonnâmes à ses méditations.

Pendant deux jours nous ne sommes pas sortis du Sacher. On nous avait donné, au fond d'un couloir tapissé de vieux tissu, une chambre plus spacieuse que celle de l'hôtel Scribe. Depuis Paris, j'avais oublié ce qu'était un véritable hôtel de centre-ville. La douche fonctionnait, sans eau chaude, mais elle fonctionnait. Des peignoirs marqués au poinçon du Sacher étaient accrochés à la patère. Le grand lit sentait le drap lavé au savon noir. Un fauteuil de cuir rouge était poussé dans un angle contre un secrétaire de bois verni.

Nous sommes restés là parce que Lee d'abord le voulut. Salzbourg l'avait nettoyée. C'était comme une forme flottante qui retrouve ses contours. Lee donnait le sentiment d'avoir triomphé d'elle-même, de s'être une fois de plus échappée. Elle se réfugiait dans la salle de bains où elle usait l'un après l'autre les petits savons de l'US Army. Quand elle sortait de la douche, les cheveux peignés en arrière, les jambes fraîches sous le peignoir, et qu'elle s'allongeait doucement sur le lit, je sentais qu'elle quittait pour un temps ces vêtements qui l'avaient éteinte. Les bottes, les *slacks*, la vareuse valsaient au sol. Son corps reprenait la pose muette de celle qui attend.

J'avais la gorge nouée. Nous n'avions plus le cœur à la danse, et Lee revenait aux danses noires, une nouvelle fois elle était nue devant moi. Autour de ce corps usé par les regards s'éveillait la beauté qui appelle, une fois encore le visage levé vers moi, une fois encore la poitrine offerte et le triangle ombreux des cuisses. Là, dans cette chambre de Vienne, je l'ai envisagée. Nous étions l'un en face de l'autre. Elle était une femme de trente-huit ans qui avait senti sur son corps d'autres lèvres, d'autres visages contre le sien. Du fond de quel monde me voyait-elle, je n'avais su le deviner. Je l'avais crue mystérieuse, mais le mystère des êtres n'est jamais que la certitude transparente qu'ils ont d'eux-mêmes, jusqu'au silence.

En la prenant, tête basculée, légère rétraction, je me coulais durement dans cette vie dispersée, gâchée, livrée au vent. Un vertige me creusait le ventre. Je voulais l'effacement, l'oubli des départs, de ce que j'avais été. Je revoyais, mais quoi? C'était comme dévêtir le corps d'une inconnue, on l'a regardée, bas de soie et yeux brûlants, et elle vous tend la main... Ces filles que j'avais aimées, robe de tulle et ruban, les grands ombrages dépassant des épaules, il fallait désentraver l'étoffe qui collait trop, et puis leur voix dans la complicité du lit... C'est ainsi, je n'ai jamais aimé que les femmes de ma génération, celles qui ont respiré l'air de 1937, quand NBC Broadcast grésillait dans la nuit d'Amérique – ces femmes, des femmes, celles qui ont connu le monde qui était le mien. Et désormais c'était Lee dans cette chambre de Vienne, *prends-moi, Dave, maintenant je suis à toi*, le soleil d'août tapait sur les volets, on entendait l'aboiement des chiens jaunes, les moteurs des camions rasant les façades. Un jour, deux jours, là.

Lee s'enfonçait, revenait, il me la fallait à chaque instant avec sa peur, son parfum, ses gémissements. La guerre était finie : un reste de paquet de tabac, des ampoules flash sur la tablette... Les heures passaient. Je descendais acheter au bar des bouteilles de pur malt, des amandes grillées. Lee ne dormait pas. Elle m'attendait assise dans le fauteuil de cuir rouge. Blanche, nue. *Night-blue*. Regarde-moi, *my little one*, je ne suis que cet homme qui ne sait pas, qui se serre contre toi dans une ville étrangère. Les objets sont âpres comme la route, je sens leurs arêtes sur ma peau, reste encore cette ombre qui bat sous ma main, les heures passent et repassent, nous n'avons pour nous que cette vie jetée aux loups.

Un miroir était encastré dans une armoire, un miroir sable et eau d'hôtel viennois, et elle en surgissait nue comme du fond d'une rivière glacée. L'homme qui se tenait derrière elle lui relevait la tête pour qu'elle se voie. *J'ai voyagé, Dave, et maintenant je veux que tu me regardes*. Mais c'est elle qui regardait dans la glace renaître une autre, et une autre dont je ne connaissais pas le visage, et une autre encore. Du fond du temps revenait la première image autrefois gravée sur une plaque, petite fille amoureusement regardée par son père... Les femmes prisonnières des albums dorment loin en arrière, sur les tirages, dans la poussière des planches de contact... Ton corps a été guetté, capturé... Tu entres dans une chambre de Brooklyn où un homme va te blesser à jamais, *creepin', crawlin'*, les rideaux sont tirés sur la vie, les cartes éparpillées

269

sur le sol. Mais non, ce sont les lumières du Rye Beach Club, des jeunes gens en col anglais montent dans un coupé. Ils écartent l'écharpe qui vole pour t'embrasser, l'un, l'autre, un avion va tomber, un corps dans l'eau. Ou bien c'est un quai de Paris. Les ponts te regardent dans le fleuve, tu marches avec Man. Les choses t'échappent mais elles sont pierre et bois, le reflet des maisons rencontre ta pâleur, tu marches sur le pavé luisant des rues. Tu sens le velours d'une main glissant des cheveux à la nuque, tout cela vient du bonheur d'aimer.

J'allumais une cigarette. Lee restait étendue sur le lit. Les rumeurs de la rue montaient étouffées, une houle semblait battre les murs. La fatigue nous engourdissait. Quels cris, quels fantômes revenaient comme une traîne de robe dans le rouge des feuilles ? Il s'était consumé un temps que je mesurais mal, je cherchais à tâtons parmi les meubles, les boutons de porte, les couloirs. Des rires d'hommes dans les chambres. Lee était là, dans le sommeil qui bouge, dans les nuits comme un grimoire. La seule certitude des choses effacées, ce calme étrange... Je retenais mon souffle. Un grand vent avait traversé les chambres. Moins que jamais je n'aurais su dire où nous étions, où nous allions. Je cherchais l'air comme un homme qui étouffe. Lee m'habitait. Elle me brûlait.

Trente ans après, cette histoire me revient avec ses contours. Je revois tout cela. A la fin de l'été 1945, nous vivons dans cette chambre de Vienne. Je sais maintenant qu'il y a autour de Lee quelque chose d'intimidant. Ces noms propres qui sont devenus des passeports pour le temps. La vie en France vers 1930, un photographe nommé Man Ray. Un cinéaste qui est Jean Cocteau. Et sans doute ai-je été influencé par cela, puisque ma vie a bifurqué en

1947. Mais je le dis sans pudeur, sans honte : au Sacher, ces noms me parlaient assez peu.

En 1945, Lee est comme une clandestine. Une beauté renommée à Paris vers 1930, à peu près inconnue ailleurs. Un mannequin qui a vécu avec des artistes. En Alsace, dans les jeeps d'« Iron Mike » O'Daniel, elle n'appartient qu'à son silence. Ce que j'apprends d'elle, ce qu'elle veut bien m'en dire, m'apparaît infiniment moins fort que ce que nous vivons dans l'instant. Des années après j'ai compris ce qu'avait été la vie de Lee. Je la rêve ici plus précisément peut-être qu'elle n'a été. Mais en septembre 1945, Vienne va nous engloutir comme une jungle. Lee est alors beaucoup plus que son passé : elle est la femme dont j'ai vu le courage en Allemagne. Je l'aime comme elle est, avec sa méticulosité de grande photographe. Un être ressemble au moment où on l'a aimé. Lee voulait cette ville après une autre, et ce grand bruit de mort écoulée. Nous vivions au présent. Elle voulait se perdre dans Vienne.

Nous nous y sommes perdus.

Les laissez-passer étaient arrivés à l'hôtel. La circulation était autorisée dans toutes les zones, avec une restriction pour la zone soviétique interdite la nuit. Nous avons tourné des jours durant à travers Vienne. Il montait de cette ville une odeur de pommes de terre et de choux bouillis, une odeur de kérosène et de pharmacie ; un parfum fade et tramé qui ressemblait à la vie, si diabolique, si dénuée de vrais péchés. La Chevy franchissait et refranchissait des *checkpoints*. Il restait un peu de cette concorde qui avait scellé la fin des combats : aux postes soviétiques, les sentinelles examinaient minutieusement nos documents, puis nous laissaient passer sans rechigner. Le rideau n'était pas encore tombé.

Le Ier arrondissement, zone interalliée, était ce mois-là sous l'administration d'Ivan. L'espace dessiné entre la Hofburg et l'Opéra en ruine était devenu un Kremlin temporaire, avec ses tsars à casquette, ses lévites de serge, ses commissaires politiques. Un immense drapeau rouge flottait sur le dôme de bronze de la Hofburg. Des officiels russes marchaient sur la Josephplatz en se tenant par le bras, pareils à ces adolescents que l'on voit sur les places italiennes. On les sentait impitoyables et gais, un rien orientaux, cachant·au fond de leur poche le lacet qui étrangle. Sur les façades des vieux palais austro-hongrois, des banderoles couvertes de caractères cyrilliques annonçaient les grands spectacles du Karltheater. La guerre à venir se dessinait sur les tréteaux. Tandis qu'en zone française on donnait les messes de Mozart et de Schubert, de gros Antonov amenaient de Moscou Chabukiani, Sergeyev et Ulanova venus danser *La Sylphide* sous les ovations des maréchaux.

La calotte bohémienne des petits théâtres abritait des troupes de comédiens qui jouaient *L'Opéra de quat'sous* sur des scènes où l'on avait accroché les portraits de Staline et de Harro Schulze-Boysen, le héros de la *Rote Kapelle* pendu en 1942 avec sa sœur Libertas. Vienne devenait pour les Russes un autre Leningrad; les statues scythes et les marais du Danube se confondaient avec les bastions italiens reflétés dans les canaux de l'ancienne Petersbourg. Les Soviets occupaient leur quartier d'Autriche avec cet esprit de mission qui était leur lot depuis l'époque où les farandoles du Proletkut s'achevaient dans les cellules de la Loubianka, un revolver sur la tempe. Mais, en vérité, la ville entière était à l'image d'un homme menacé. Les tubes des mitrailleuses effilés comme un bec de cigogne, les gros châssis des SU-100 profilés sur le Prater finissaient de me convaincre : j'étais un Américain qui assistait au suicide de l'Europe.

Aux abords de la zone soviétique, on traversait une lande urbaine couverte de barbelés : un *Hinterland* de maisons rasées sous haute surveillance. Les fanions rouge et jaune de la police militaire russe flottaient sur les automitrailleuses en faction. Des projecteurs jetaient sur ces glacis une lumière de *flood*. Au crépuscule on voyait des soldats s'agiter autour des SU-37 stationnés dans les ruines, telle une troupe d'aigles roux guettant le passereau. Les serveurs prenaient place dans les nids de mitrailleuses calés au-dessus des corniches. Des chiens maigres s'aventuraient souvent sur ce tapis de gravats. Tôt ou tard, le halo d'un projecteur les repérait. Une rafale sèche suivait, qui les coupait en deux. Le rire des serveurs à l'affût réveillait l'écho des façades. Les Soviets détestaient les chiens nazis, avec leur pedigree tatoué à l'intérieur de l'oreille, leurs crocs éduqués à mordre le transfuge, la femme, le juif, l'enfant. Tout chien, tatoué ou non, était pour eux l'incarnation sur pattes du dernier hitlérien. Les Russes mitraillaient ces pauvres bêtes comme une forme vile dans laquelle l'âme du *Herrenvolk* eût transmigré une dernière fois.

Sous les lanternons des palais aux fenêtres crevées, les vagabonds jetaient des barreaux de chaises dans les braseros où grillaient des patates. En s'approchant, il fallait bien se rendre à l'évidence : ce n'était pas des vagabonds, mais des habitants sortis comme des rats de leurs immeubles, talonnés par la faim, la saleté, la lassitude. Sous leurs chapeaux de feutre gris, les hommes avaient des visages de cuirassiers blancs, des visages d'excellents valseurs, mais en guenilles. Ils baissaient les yeux, remontaient le col de leur veste. C'était pour chacun la halte et le bivouac, l'attente d'une patrie toujours pressentie, mais jamais retrouvée.

Des lampes votives brûlaient comme des feux follets sur l'étendue du Zentralfriedhof. A travers les grilles, sous la garde des fusils alliés, on distinguait des cortèges furtifs qui se perdaient entre les arbres. Les Viennois inhumaient leurs morts avec une sorte de honte, honte de rendre leurs anciens à la terre en habits de pauvres, honte d'être fouillés par les sentinelles slaves, honte d'avoir laissé mourir leurs enfants de faim, de disette, de pénicilline trafiquée. Derrière ces grilles, dans le tremblement des flambeaux et l'odeur de pourriture, Vienne redevenait la ville des *Schnörrer*, des mendiants. La ville du silence. Le kaddish ne résonnerait plus sur ces étendues, et plus la voix des poètes ivres de vin blanc du Danube. Le chant des adieux qui s'élevait chuchoté au bord des fosses se perdait dans la tristesse fugace des feuilles, comme si cet automne avait duré depuis des siècles, comme si chaque mort étendu dans sa boîte de planches avait porté au flanc gauche la blessure de l'archiduc tué à Sarajevo.

Dans les jardins impériaux du Belvédère, les soldats russes tiraient à balles les grosses carpes lentes. Les poissons ondulaient sous la surface trouble des bassins. Le projectile fouettait soudain l'eau, une forme grise tressautait puis émergeait sur le flanc, la tête éclatée. Une balle russe s'était logée dans l'œil d'une carpe centenaire, parce que des hommes avaient faim, et que la faim des hommes gouverne le monde des choses. Vienne était un empire de la disette où la survie devenait la seule valeur. On tenait pour rien les bâtiments, les tableaux, le prix qu'une femme attache à sa pudeur.

Toute femme jeune qui levait les yeux vers vous le faisait à la manière fière et languide des putains. Elle pouvait espérer un logis, une recommandation, un visa, du lait pour son enfant anémié. Elle pouvait à tout moment acheter cela avec sa peau, à tout moment leur corps vous était offert. La nuit, dans les allées des parcs, les femmes s'éclairaient les jambes avec des lampes dont elles estompaient l'éclat à la peinture bleue, pour ne pas enfreindre trop ouvertement le couvre-feu. Les jeeps de la MP longeaient des allées remplies de lucioles bleutées qui promettaient chacune l'oubli, les lèvres mordues, le sexe blond et brun des femmes d'Autriche. Les GIs fredonnaient à leur approche de petites rengaines américaines, *Come dance with me*, ou bien encore *O have you seen my little Lola with a shape like a bottle of Coca-Cola*... Ils ramassaient parfois l'une de ces « mollets bleus », ensanglantée, foulée aux pieds par ses rivales de carrefour.

Nous avons rôdé des jours entiers à la recherche d'on ne savait quoi. *We're drifting*, disait Lee. Nous glissions en de longues errances. Partout, une même tristesse amplifiée par le silence et la symétrie. Au long des allées géométriques du parc de l'Augarten, trois tourelles de la *Flaktürme* restaient pointées vers le ciel. Les décombres d'un palais révélaient parfois des boiseries réduites en charpie, des miroirs encastrés au cœur des panneaux de cèdre. Leur surface dépolie renvoyait la perspective de la rue, capturée par le reflet, prolongée dans un autre monde. C'était une ville où les événements se reproduisaient à l'infini. L'espace absent scintillait entre les choses. Les verrières effondrées dans les jardins, les fenêtres en trompe l'œil, les rocailles de cérémonie disaient à chaque coin de rue que la vie n'existe que pour sa mise en scène, qu'elle finit par ne plus se distinguer de son image. Ville amère et irréelle, ville de mannequins et de rumeurs – résumé de ce qui court, trompe, meurt et détrompe, les krachs, les femmes, les miroirs.

Nous passions en zone soviétique pour longer le Danube. Je cherchais, et Lee plus encore que moi, les détails qui révèlent une ville à l'étranger : une lumière sur le mur, le sourire d'une passante. Vus des quais, les ponts effondrés n'étaient plus que des reliques entre l'eau du ciel et celle du fleuve. Des Maures sculptés levaient leur cimeterre sur les rondes-bosses des façades. Quelques palais de la Double Monarchie s'étaient affaissés comme des boxeurs sonnés. Nous marchions lentement sous les murs aux crépis jaunes. Dans le vent du soir, Vienne ressemblait enfin à une vie humaine avec ses lignes de fuite, ses fragilités, ses rides. Les façades entoilées de drapeaux rouges se penchaient sur l'eau. Des vaguelettes passaient l'étiage du quai. On aurait pu se croire au balcon d'un consulat surplombant les espars goudronnés d'une grande lagune : ce mouroir de matières démentait par ses arêtes, ses stucs écorchés, ce que Vienne avait de trop désincarné – les fleurs morbides, les vitrines Biedermeier, les lumières de fin d'été. Les polychromies s'étaient écaillées ; des trous de mitraille révélaient la brique. Les bois de Carinthie pourrissaient dans l'eau noire du fleuve comme des coques oubliées au radoub.

Le vent faisait voler les cheveux de Lee. Elle paraissait un instant accordée aux ocres estompés, aux blancheurs de cette ville endormie. C'était comme si Vienne avait détaché ses amarres, sombrant, dérivant vers un gouffre de flammes. Le visage de Lee disait l'inclination au secret, l'abnégation simple de celle qui a été adulée, pas pour les meilleures raisons, et qui s'efface. Dans la lumière autrichienne elle était belle, et vulnérable. Je l'aimais.

Mais cette ville avait le visage de la mort. Des prisonniers agonisaient au fond des geôles soviétiques. Le typhus avait décimé certains îlots autour de Grinzing. Les vieillards tombaient dans la rue et ne se relevaient plus. On placardait chaque semaine des listes de disparus sur le porche des églises. Des ambulances militaires se croisaient, sirènes éteintes, comme si elles avaient porté le deuil des corps rendus au silence.

J'accompagnai Lee un matin de septembre jusqu'à l'*Allgemeines Krankenhaus*, l'immense Hôpital général du IXe arrondissement. On nous laissa entrer avec une belle indifférence. La rampe d'accès donnait sur une cour à portique. D'énormes plaques commémoratives étaient vissées sur les murs. Elles apprenaient au visiteur que Billroth avait inventé en ce lieu la chirurgie moderne, et Semmelweis l'antisepsie. Hebra le dermatologue et Skoda le maître du diagnostic nous regardaient dans leurs médaillons. Des convalescents erraient, appuyés sur leurs béquilles.

Un maigre soleil baignait la pelouse. Les infirmières traversaient la cour d'un pas pressé. Elles avaient les traits tirés et portaient des vêtements chiffonnés. *Shortage of drugs*, disaient les communiqués alliés : plus de médicaments. Tandis que les malades des troupes d'occupation étaient dirigés vers des cliniques où l'on entassait les stocks de médicaments convoyés depuis Munich ou Francfort, les hôpitaux autrichiens ne pouvaient compter que sur eux-mêmes. Leurs réserves s'étaient rapidement épuisées. Ils manquaient cruellement de vaccins, d'antiseptiques et de pénicilline.

En traversant une cour, Lee me désigna un homme à la jambe bandée. Sa blessure aurait pu paraître pansée dans les règles si, en lieu et place des compresses et bandages habituels, on n'avait enturbanné le membre blessé d'un ersatz de linges, de papier d'emballage et de ficelles sommairement entrecroisées. D'autres pensionnaires de l'hôpital vinrent nous demander des cigarettes. L'un d'eux, le bras plâtré, l'air égaré, portait encore des traces de sang coagulé sur sa chemisette. Ce n'était qu'un moindre mal au regard de tous ces corps tombés dans la poussière de France et d'Allemagne. Mais cet hôpital était entré avec la paix dans une autre guerre, celle du manque, de la mort ordinaire, la mort des pauvres et des enfants qui ne combattent jamais qu'eux-mêmes. Le désespoir suintait des murs. On avait autrefois inventé dans cette enceinte une nouvelle façon de scruter le corps malade, de traiter les plaies qui le défigurent. La mort se vengeait jusque dans la paix.

Une infirmière et un médecin s'étaient approchés de nous. Ils avaient repéré les sigles de correspondants de guerre. L'homme parlait anglais. Il nous expliqua en quelques phrases que l'hôpital avait été doté en 1938 des blocs opératoires les plus modernes. Il regorgeait de tous les instruments de chirurgie, de tous les appareillages médicaux dont un praticien peut rêver. Mais les troupes soviétiques avaient pillé en avril les stocks de sérums, de bandages stériles et de pénicilline. Une réserve d'anesthésiques servait encore pour les opérations les plus graves. Pour le reste, les médecins en étaient réduits à veiller ceux qui venaient mourir sous leur garde. Le médecin s'était fait éloquent. Il espérait, nous le sentions bien, que des envoyés spéciaux voient et parlent, au moins une fois ; que la compassion l'emporte sur les uniformes qui nous séparaient.

Nous l'avons suivi jusqu'à l'entrée d'un pavillon de pierre grise. Il ouvrit une porte qui donnait dans un long couloir. Sur les murs couraient des frises ornées de paysages alpestres, avec des ballets d'ours et de petits lapins. Le sol avait été fraîchement balayé. Une propreté de pensionnat, de caserne triste. Deux chariots étaient rangés contre un mur. Des instruments étaient soigneusement alignés dans les coupelles : ciseaux, épingles de nourrice, cathé-

278

ters, thermomètres. Ce n'était pas l'odeur d'éther des hôpitaux ordinaires. C'était une odeur mate, sévère et froide comme le marbre. Le médecin poussa une porte et nous invita à entrer. Trois lits à barreaux blancs étaient disposés au milieu de la chambre. Sous les draps, des formes menues respiraient.

Des enfants.

Dans les deux premiers lits, les petits hommes reposaient à plat ventre. Ils dormaient. On ne voyait que l'arrière de la tête pelée, étrangement réduite. Le médecin s'approcha du dernier lit. J'avançai aussi. Lee s'était immobilisée. C'était le même visage qui revenait, celui qui nous poursuivait depuis un après-midi d'avril. L'enfant ne dormait pas, et il ne pleurait pas non plus. Il avait la paupière soulevée, fixe, l'œil gris. On lui aurait donné deux ans si la peau collée à l'ossature, la clavicule saillante et les yeux vissés dans les orbites ne l'avaient pas transformé en vieillard. Une respiration sifflante soulevait doucement la cage thoracique. Le cœur prisonnier battait sous le cerclage des côtes.

– Il a attrapé un virus, dit le médecin. Nous n'avons rien pour le soigner.

L'enfant était raidi par une fièvre froide. En voyant Lee, il esquissa un mouvement ralenti, celui d'un homme qui s'arrache lentement à la vase. Il essayait de tendre le bras. Le muscle extenseur jouait mal sous la peau. Lee prit sa main.

– Où sont ses parents? interrogea-t-elle.

– Nous ne savons pas, dit le médecin. Ils sont perdus.

Les doigts maigres se crispèrent comme un poulpe sur la main de Lee. Il ne pleurait pas. Les yeux, encore coordonnés, suivaient les gestes. La peau du bras portait des traces de cyanose. Cet enfant était bleu, bleu comme les nuits de Vienne, bleu comme le Danube des valses cassées. Cet enfant était réel par tous ses contours. La main de Lee restait dans la sienne. Il allait bientôt mourir. Il luttait comme un petit gladiateur, ses doigts serrés sur la main d'une femme qui n'était pas sa mère... La vie qui nous avait mordus, qui nous prenait dans ses bras, elle lui serait retirée avant d'avoir commencé. Il n'en aurait eu que cela, le temps d'éprouver l'injustice des choses, l'absurde glissement dans le rien. C'était un être humain, lui aussi, à la ressemblance des hommes maigres qui ne parleraient plus... On donne la vie dans le lit des femmes qui vous aiment un peu, et puis on la regarde partir quand elle est là, sans pouvoir faire grand-chose.

Le médecin était resté en retrait. Il s'approcha et me glissa à l'oreille :

– Vous pensez qu'elle va prendre la photo?

– Demandez-lui, dis-je.

Il s'approcha de Lee et lui dit quelques mots. Elle l'écoutait, la main de l'enfant dans la sienne. Puis elle se dégagea, reposa doucement le petit bras sur le drap blanc. Elle porta la main à son Rollei, parut hésiter. Lee décapuchonna lentement l'objectif.

Elle prit le cliché.

Nous voulions oublier. Le bar du Sacher était devenu notre refuge. J'y passai des après-midi à écrire une *story*. Lee avait déniché un laboratoire qui développait les négatifs des correspondants alliés.

Ce sont les premières photos d'elle que j'aie vues; jusqu'alors, les rouleaux partaient directement à Londres pour développement. Lee photographiait des champs de ruines, des passants furtifs. La chanteuse Irmgard Seefried avait posé pour elle au milieu des décombres de l'Opéra. A l'instant où Lee appuyait sur le déclencheur, Seefried avait attaqué une aria. La voix s'était perdue. Il ne restait que l'ombre d'une femme chantant dans un décor effondré. La voix de Vienne perdue au fond du silence.

Quand Lee s'absentait, je travaillais devant un verre de scotch et des amandes grillées. Le bar du Sacher bruissait de rumeurs. Les officiers anglo-saxons se rencontraient là avant dîner. On avait reconstitué les commodités d'un mess où l'on retrouvait invariablement les mêmes bouteilles, les mêmes menus, la même chaleur de garnison, relevés par le sentiment que l'ennemi avait changé. Officiellement, il s'agissait d'appliquer les accords de Londres. En fait, on surveillait les mouvements, les propos, les signes qui filtraient de la zone soviétique. Les Britanniques avaient envoyé là quelques-uns de leurs meilleurs officiers d'Intelligence. Ils se réunissaient dans un recoin du bar et tiraient sur leurs cigarettes à bouts dorés, des cigarettes *Hanimeli* venues tout droit d'Istanbul, en échangeant des propos feutrés. Lorsqu'ils se sentaient observés, ils hélaient le serveur et désignaient la table où se tenait le gêneur en martelant d'une voix sonore : *Bring us a bottle of whatever this young man is drinking. It's African wine, isn't it?* L'importun se terrait dans son fauteuil et ne tardait pas à décamper.

Les officiers de l'US Army étaient moins discrets. Les poches pleines de dollars et de schillings, ils se préparaient à de longues tournées dans la nuit de Vienne. Ils étaient les maîtres des bars de l'*Innere Stadt*, le night-club Oriental, le café Chez Victor, où des hommes en manteau gris vendaient à la sauvette des clichés de femmes nues, où l'on achetait pour quelques pièces le corps blanc des filles d'Autriche, avec leurs yeux cernés par la faim, leurs longues jambes maigres.

Un après-midi où j'entrais dans le bar du Sacher, une voix s'éleva du fauteuil proche de la porte.

– *I guess Mr Schuman is rushing to his soirée?*

Je me retournai. J'avais déjà entendu ces mots dans un hôtel de Paris, un soir de l'autre été. C'était bien lui. Jeremy Barber me regardait, carré dans un fauteuil de cuir marron. Il souffla une bouffée de cigarette en me désignant le fauteuil en face du sien. Je lui donnai une tape sur l'épaule. Barber fit le geste d'épousseter sa manche d'uniforme. Mais son œil brillait toujours de cet étrange éclat, où il y avait peut-être de la bonté.

– Asseyez-vous, Schuman, dit-il calmement. Je vois que vous n'êtes pas mort, *old friend*.

Barber venait de surgir comme un djinn dans ce fauteuil du Sacher. Je n'étais pas mort, et lui non plus. Il portait le même uniforme qu'à Paris, avec la chemise suramidonnée et le badge des envoyés spéciaux britanniques. Il parlait toujours cet anglais où les mots d'invention yankee étaient soulignés par une prononciation *à la française*, pour bien faire sentir qu'ils n'étaient pas les siens. Quand je lui demandai ce qu'il avait fait depuis la France, Barber répondit qu'il avait *fréquenté* la zone d'occupation britannique en Allemagne. Il cita avec le plus souverain mépris le nom de quelques villes, Dortmund, Bochum, Essen, comme s'il revenait d'une savane. Il vanta toutefois les ardoises gris-bleu et les maisons à colombage de l'Allemagne, beaucoup plus coquettes que les chaumières élisabethaines.

Barber n'avait pas changé. J'étais certain qu'il avait été de tous les coups durs avec le XXIᵉ Groupe d'armées de Montgomery, mais il parlait d'ardoises gris-bleu. Il commanda deux verres de scotch.

Quand je lui dis que Lee était quelque part dans l'hôtel, il opina, comme s'il avait la confirmation de ce qu'il pensait.

– Je m'en doutais, dit Barber.

– Pourquoi?

– Parce que vous êtes l'homme qu'il lui faut, David. Du moins en ce moment. Et parce que, permettez-moi de vous le dire, vous avez l'air hagard.

Barber plissa les yeux. Des officiers britanniques s'installaient à la table voisine.

– Pourquoi dites-vous ça, Jeremy?

– Simple déduction. A Paris, j'ai vu que vous l'intéressiez. Mine de rien, vous êtes ce que l'on fait de mieux dans cette guerre. Vous êtes un général du journalisme, et elle aime les généraux. Elizabeth a besoin de se sauver, c'est-à-dire de se perdre. On peut compter sur vous, Schuman. Vous n'êtes pas bavard. Le passé ne vous tourmente pas. *You're a reliable man...*

– Vous croyez ça, Jeremy?

– Oui, mon vieux. En un sens, Lee est malade. Comme moi. Comme vous peut-être.

– Qu'est-ce que vous voulez dire?

Barber prit le verre qui était devant lui.

– *Cheers*, David. Vous savez très bien ce que je veux dire. Vous n'avez rien à faire par ici, et moi non plus. Nous sommes restés pour une raison qui nous regarde, chacun en particulier. Je connais la mienne. Et je devine la vôtre. Vous restez parce que vous êtes contaminé par l'Europe comme un colonel de Sandhurst par les eaux du Gange. Vous avez attrapé la fièvre et ça ne vous quittera jamais. Vous êtes fasciné, David, fasciné. Et vous restez pour une femme. Vous restez pour elle.

Je ne répondis rien. La nuit tombait derrière les rideaux du bar. Barber devenait curieusement grave. Il continua :

– Vous avez pris une sorte de responsabilité en amenant Lee jusqu'ici, et vous le savez. Non qu'elle soit folle, c'est même le contraire. Mais il y a son démon. Son *dibouk*, comme disent mes amis de Whitechapel. Elle a besoin de faire son métier, de changer de continent à chaque solstice, et il lui faut un homme pour cela. Vous êtes l'homme. Le dernier en date.

– Qu'est-ce que vous insinuez?

– Rien, mon vieux. Vous savez, je l'ai un peu connue à Londres. Elle vit dans un petit milieu qui, à sa façon, est très civilisé. Tous ces gens ont de vagues états de service dans le surréalisme, ils s'embrassent sur les deux joues en gazouillant dans leur jargon sidéral. Si le monde continue à décliner, les tableaux qu'ils ont sur leurs murs les rendront riches avant quinze ans. Et si vous voulez mon avis...

– Allez-y.

Barber porta le verre à ses lèvres. Il faisait durer le plaisir.

– Mon avis, reprit-il lentement, est qu'elle vaut mieux qu'eux tous. Ça m'ennuie de dire ça d'une femme, mais je le pense. Elle a beaucoup aimé cette vie-là. Et puis elle en a eu assez. A Paris elle avait envie de recommencer. Cette guerre nous a drogués, Schuman, drogués. Tous.

– Vous ne vous en êtes pas mal tiré.

– Ne croyez pas ça, dit Barber. Chacun paie ce qu'il doit payer, moi comme les autres. Chacun paie pour devenir humain. Pendant cette guerre, nous sommes devenus fous, et nous sommes devenus humains. Même Lee est devenue humaine. Évidemment, ça peut avoir des conséquences. Le vertige, par exemple.

J'avalais une rasade de scotch. L'alcool remplissait l'estomac d'une bonne chaleur. Barber leva le nez comme s'il avait humé l'air du large.

– Encore une chose, Dave...

– Oui?

– Vous savez qu'un homme l'attend à Londres. Rien n'est sûr, mais il se peut qu'il l'attende. Vous le savez?

– Oui, dis-je. Je le sais. Et alors?

– Bon, dit Barber. Je n'ai rien dit. Elle est ici?

– Elle travaille dans un studio. Sur des tirages.

– Au fait, dit Barber, vous avez trouvé de bons sujets à Vienne?

– Je crois, dis-je. C'est un rêve de *story writer*. Et vous?

Il soupira.

– Je suis ici depuis cinq jours. Entre nous, c'est bien pire qu'en Allemagne. Les socialistes du *Daily Express* sont sur mes talons. Ils pensent que la zone soviétique est un laboratoire. Ils pensent que les péchés de guerre se rachètent mieux sous administration communiste. On vous donne de l'espoir, de l'égalité et de l'oubli. Et moi je pense que les peuples occupés sont des peuples corrupteurs. Ils revivent d'autant mieux que leurs occupants sont corruptibles. Et nous sommes corruptibles.

– Vous exagérez, Jeremy.

– Je ne crois pas. Les Soviétiques violent les femmes. Nous, nous les achetons. Mais ce n'est pas notre argent qui les corrompt. Ce sont les filles autrichiennes qui vous achètent en faisant savoir qu'elles couchent pour une ration U ou un paquet de Lucky.

– Elles ont faim.

– Mais toute l'Europe a faim, dit Barber, sauf ceux qui vivent comme nous sur les stocks américains. Pour moi il y a les pays de femmes violées et les pays de femmes vendues. En Autriche, elles se vendent.

Il alluma une cigarette.

– Naturellement, lui dis-je, les femmes britanniques sont insoupçonnables...

Barber souffla une volute de fumée.

– Encore faudrait-il qu'il y ait sur nos îles, dit-il avec un sourire carnassier, des êtres qui méritent le nom de femme. Et quand par hasard on en apprivoise une, d'importation il est vrai, on la retrouve épuisée à cent lieues de Jermyn Street.

– Lee est américaine, dis-je.

– Je n'en suis pas si certain, dit Barber. Elle s'est brouillé le sang avec toutes sortes d'opiums. Elle est sincère, à sa façon. Et moi j'ai toujours pensé que la sincérité fait la décadence, alors que l'hypocrisie fait la civilisation. Vienne, par exemple, est une ville civilisée.

– Comme Londres, dis-je.

Barber tira sur sa cigarette.

– Londres est *la* civilisation, dit-il. C'est peut-être pour cela que j'en suis parti.

– Vous aimez la décadence, maintenant?

– J'aime l'entre-deux, Schuman. Ça ne vous étonnera pas.

Il se pencha vers moi avec un air de confidence.

– D'ailleurs, si vous vous intéressez à la civilisation, je peux vous montrer ma dernière découverte.

– Découverte?

286

– Oui, dit Barber avec un air jubilatoire. La princesse Agata Windischgrätz.

– Vous avez découvert une princesse?

– On en trouve dans tous les buissons du Danube, dit Barber. Mais celle-là vaut la visite. Elle est restée à Vienne pendant la guerre, mais son frère s'est exilé au moment de l'Anschluss. Donc insoupçonnable.

– Quel âge?

– Trente-cinq peut-être. Assez cultivée. Le genre à porter des tailleurs anglais. Jolis yeux verts, si vous voulez savoir. Elle a tous les états-majors dans sa poche. Vous devriez voir le spectacle. Elle reçoit les officiers supérieurs dans son palais, et ils approvisionnent ses cuisines en retour. Ils en sont très flattés.

– Des *paying guests*, en somme.

– Non, dit Barber. C'est elle qui les corrompt, justement. Elle se dévoue pour l'Autriche. Je vais vous faire inviter. Avec Lee. Je suis curieux de voir le résultat.

Barber leva son verre et cligna de l'œil.

– *Cheers*, David.

– *Cheers again*, Jeremy.

Sous la pénombre de la salle à manger, les chandelles éclairaient des miroirs encastrés dans de grands panneaux d'acajou. Un lustre de cristal où l'on avait niché des ampoules électriques tombait du plafond. Des moulures mouchetées encadraient les niches murales ornées de porcelaines *creamware*. Il y avait un contraste entre la couleur rose pâle des murs et les tons rose fané, plus marqués, du tissu d'ameublement. Sur un mur peint en trompe l'œil, des masques à voilette se penchaient vers une gondole. Il en descendait un groupe de personnages qui paraissaient avoir dévalisé un dépôt de perruquerie : ce n'était que chevelures de soie, catogans en queue de rat, perruques à la frégate, mèches refrisées au fer chaud. Une dame accoudée à la fausse fenêtre tenait en laisse un petit singe tamarin. L'enduit des fresques s'était craquelé par endroits, zébrant ce carnaval de traits d'orage.

La princesse Agata Windischgrätz me regardait.

Une demi-heure auparavant, nous avions traversé un hall où des coupelles d'argent côtoyaient sur les dessertes de vieux exemplaires de *Vanity Fair*. Une lumière bleue filtrait d'un plafond à coupole. Lee et moi portions notre uniforme de correspondant de guerre. Lee n'était pas vraiment maquillée ; mais elle avait souligné d'un trait de *lipstick* le dessin de sa bouche.

Elle me glissa :

– Je déteste ça.

Le vieil homme qui nous précédait, un majordome recuit, ne se retourna pas.

L'homme poussa une porte. Un salon se découpa dans l'encadrement. Trois personnes se levèrent, l'une avec empressement, les deux autres avec élégance. Le colonel Yarborough, *American Provost Marshall*, avait revêtu son uniforme de soirée. C'était un gros homme toujours débordé, le meilleur des soldats et le roi des cantines, qui avait la haute main sur l'intendance US à Vienne. Toute la ville le courtisait, et son programme de réjouissances réparti sur cinq zones n'avait rien à envier au carnet d'un *Mayflower Pilgrim* en pleine saison bostonienne. Son contentement d'être se réfugiait dans les phalanges, le colonel Yarborough aimait se frotter les mains, ce qu'il faisait à l'instant où nous entrions.

Jeremy Barber s'était extirpé plus négligemment du fauteuil. Il avait son allure des grands jours, celle d'un Lord Justice qui marie sa fille. En nous voyant entrer, Barber avait tendu la main à sa voisine comme un danseur de quadrille. Mrs Lee Miller, du *British Vogue*, fut présentée dans les formes à la princesse Agata Windischgrätz, et Mr Schuman, de *Life*, ne tarda pas à l'être aussi. La maîtresse des lieux nous invita à prendre place dans les fauteuils. Barber menait la conversation à notre arrivée, et il ne désempara pas. Il avait pris ce ton virevoltant qui fait la réputation des Anglais quand ils ne sont pas chez eux. Lee, qui connaissait la partition, eut une moue amusée. Mais je vis qu'elle détaillait imperceptiblement la femme qui lui faisait face.

La princesse Windischgrätz nous observait en souriant. A peu près de l'âge de Lee, elle avait la taille prise dans un tailleur tilleul, les jambes gainées de bas clairs. Une broche assortie au vert de ses yeux scintillait discrètement sur le rabat du col. Le visage triangulaire frappait par une expression d'intelligence que l'éducation n'avait pas éteinte. Une mèche brune jetait un flou sur le front, qu'elle avait très dessiné, d'une pâleur de porcelaine dure. Une ombre de blush teintait les pommettes, mais sans apprêt, comme une note enjouée sur ce visage, qui était beau. Son port dépourvu d'affectation suggérait une familiarité qui invite sans donner. Un insensible désaccord avec le lieu la distinguait. Son palais était une coquille, mais elle y recevait comme dans un campement. L'affectation d'indépendance des patriciennes de Nouvelle-Angleterre, qui s'ingéniaient à ressembler à une Ginger Rogers canaille au milieu de leurs colonnades trop blanches, trouvait là son équivalent sans caricature. On sentait que la princesse acceptait sans ostentation ce qu'elle avait reçu, les marbres de sa demeure comme les pas du lambeth-walk, ses cousinages en Carinthie comme la fréquentation du colonel Yarborough, et que de tout cela, qui restait amusant, elle ne ferait pas une affaire. Elle prononça quelques mots dans un anglais presque parfait. L'attaque était précise, l'accent mozartien. Elle regardait Lee.

Avec sa vareuse, ses bottes lacées et son *slack*, Lee ne paraissait pas moins belle. Ses cheveux flottaient en vagues épaisses sur l'œil de voyageuse. Les cernes sombres, le hâle de Salzbourg avaient ensauvagé ses traits. Ce qui les distinguait l'une de l'autre n'était pas l'élégance, car elle était égale. C'était, on pouvait le deviner, le sens de la possession. La princesse resterait dans son palais parce qu'elle tenait à sa ville quoi qu'il advienne. Lee traversait un monde où toute chose gagnée serait détruite. L'une avait été courtisée, l'autre pouvait encore aimer.

Barber distillait quelques potins d'avant-guerre. Il évoqua Anthony Eden surpris en contemplation active devant les Endymions du Palatin, les tapissiers de Bloomsbury échangeant leurs literies, les escapades croisées du couple Nicolson. Le colonel Yarborough fit remarquer que l'amour coûte cher en essence. Barber le foudroya du regard. La princesse Agata Windischgrätz écoutait Jeremy avec cet air italien, cet air provincial malgré tout que prennent les gens du Sud, ou de l'Est, quand on évoque devant eux les choses britanniques. Lee regardait la princesse sans ouvrir la bouche. Au fond, elle travaillait pour des femmes comme celle-ci. Le silence du mannequin devant l'objectif, les interminables séances de pose. Lee avait aimé ce monde. Peut-être l'aimait-elle encore.

La princesse nous invita à passer dans la salle à manger. Les couverts avaient été disposés sur une table trop grande pour notre maigre compagnie. Des verres en cristal de Venise trônaient devant des assiettes poinçonnées au sceau des princes Windischgrätz. Je reconnus les bouteilles couchées dans les corbeilles : celles que l'on servait à l'état-major américain. Lee m'adressa un petit sourire où il y avait de l'ironie. Agata Windischgrätz avait surpris la mimique.

Un sentiment d'irréalité flottait sur la pièce. L'existence était ici mise en scène comme dans un studio. Cette ville crevait de faim, mais une Europe de satin y maintenait imperturbablement ses rites. Et Jeremy n'était pas le dernier à mener le bal.

La jeune princesse avait placé le colonel Yarborough à sa droite. J'occupais le siège à sa gauche. Lee faisait face au colonel, et Jeremy était mon vis-à-vis. Le vieux majordome réapparut porteur d'un soupière d'argent. Il servit un bouillon qui avait la couleur des soupes Campbell du corps de troupe. La princesse y porta sa cuiller comme si de rien n'était. Barber, impavide, prit la mine du gourmet qui goûte un plat succulent. Les figures masquées des fresques nous regardaient dîner, moqueuses et figées. Agata

Windischgrätz avait leur carnation, leur bouche rouge, leurs façons libres. Lee, avec ses cheveux flottants, mettait une note plus fauve, plus brûlée.

Dans cette pièce éclairée par la flamme des bougies et le luminaire électrique du lustre, les ongles laqués, les gestes délicats de la princesse évoquaient un temps de cour avec ses indifférences, ses sensualités roses, ses tristesses cachées. L'odeur du bouillon Campbell mêlée à celle des parquets cirés, les reflets assourdis des aiguières et des porcelaines d'Augarten composaient un tableau automnal qui avait l'éclat secret des choses corrompues.

Barber se taisait. Une absence voilait son regard. Il me vint à l'esprit que ses arrogances, sa drôlerie impitoyable trahissaient l'homme déçu. Quelqu'un autrefois avait dû briser son cœur. Il affectait en égoïste de tout moquer, mais c'était encore faire grand cas des autres.

La princesse Windischgrätz avait dû remarquer ce rembrunissement, car elle s'adressa à Barber avec cet accent flûté qui devait autant aux suaves cadences de Franz Schubert qu'à la lecture de *Harper's Bazaar*.

– Vous avez l'air triste, Jeremy.

Barber parut sortir d'un rêve. Il fit une grimace comique.

– Jeremy n'est jamais triste, dit Lee, même à Londres. N'est-ce pas, Jeremy?

Barber prit son air faunesque.

– Mais si, je suis triste. La seule raison qui me retient de sauter dans le Danube, c'est de savoir que Novello, Messel et les autres seraient capables d'organiser après ma mort une veillée funèbre extrêmement divertissante, où l'on jouerait des valses de Strauss en claquant des castagnettes.

– Qui est Novello? interrogea la princesse.

– Un de mes compatriotes aussi malfaisant que la

gale, répondit Barber. Il porte d'ailleurs un nom de *wop*, comme disent nos amis américains. Un nom de Rital.

Le colonel Yarborough fronça les sourcils. Cette soirée contournait la voie hiérarchique, ce qui manifestement l'inquiétait.

– Novello ressemble à un proverbe, reprit Barber. *Inglese italianizzato, diavolo incarnato.* Anglais italianisé, diable incarné...

– Vous connaissez aussi ce Novello? dit la princesse en se tournant vers Lee.

– Je ne sais pas ce qu'est un *wop*, dit Lee. Novello est un ami de Beaton, ça me suffit.

– Mais c'est merveilleux, dit la princesse.

– Non, plutôt regrettable, dit Lee.

– Pourquoi? Vous n'aimez pas Beaton? dit Agata Windischgrätz.

– Cecil est un jardinier qui se prend pour un peintre, intervint Barber avec un air gourmand. Il faut le voir tailler les roses de son jardin de Reddish. On dirait un coiffeur grec aux prises avec un mouflon. Quand on lui présente des duchesses, il les prend pour des bégonias de concours. Il rêve de les tailler au sécateur, toutes.

– Mais les femmes ne sont pas des fleurs, dit Agata avec un sourire.

– En effet, dit Lee en la fixant.

– Mais justement, coupa Barber. Cecil vous expliquerait que les femmes sont des fleurs imparfaites qu'il faut constamment rappeler à l'ordre de leur nature : la mort par dessèchement. Il les installe sous des tentures, des colonnes, des tapisseries. Il fait rutiler les ors et les cristaux, c'est son côté *butler*, et il dispose les femmes comme des tulipes dans un vase. Puis il allume les lampes.

– Les fleurs pourrissent par la tige, dit le colonel Yarborough avec un air pénétré.

Un silence interloqué suivit cette déclaration, dont le sens n'allait pas de soi.

– En effet, reprit Barber, et c'est Cecil qui pousse l'urne sous les pétales.

– Mais pourquoi dites-vous que c'est un peintre? interrogea la princesse.

– Parce que, dit Barber, il se prend pour Joshua Reynolds. Il vous expliquerait sans rire que ses clichés de la duchesse de Gloucester valent la *Perdita Robinson* de Gainsborough.

– Perdita, on croirait un nom de chien, dit le colonel Yarborough.

– Beaton déteste les chiens, glissa Lee.

– Beaton dit cela, reprit la princesse, parce qu'il aime votre monarchie.

– C'est un régicide! rugit Barber. En d'autres temps on l'aurait branché à Highgate. Vous savez comment il compose les arrière-plans pour les portraits de la famille royale?

– Non, dit Agata Windischgrätz.

– Avec des peintures italiennes, dit Barber. Des tableaux *wops*. Il repère des arcades romaines chez Borromini, des ruines chez Pannini, des scènes de bal chez Nicolo Dell' Abate... Il les photographie, les agrandit, efface les personnages et les place en toile de fond.

– Il n'y a pas de mal à ça, dit le colonel Yarborough. A Hollywood, ils font la même chose.

– C'est bien ce que je voulais dire, commenta Barber avec un sourire sardonique.

Le majordome desservait les assiettes à potage. La princesse Windischgrätz s'animait comme une figure sortie de sa fresque. Dans *Anna Karénine*, il y a un personnage du même style Louis XV que le salon de la princesse Betty Twerskaïa. Avec l'insensible décalage du moderne, Agata était un peu comme cela. Elle se tourna vers Lee.

– Vous travaillez pour le même journal que Beaton, n'est-ce pas ? C'est votre patron ?

Elle avait mis une nuance un rien perfide dans le mot « patron ».

– J'ai été recrutée en 1926 par Mr Nast, dit Lee, glaciale.

– Je ne vous donnais pas autant d'années de service, rétorqua la princesse avec un sourire gracieux.

Les luminaires du lustre se mirent à clignoter, puis s'éteignirent brusquement. La pièce resta éclairée par les seuls chandeliers. La centrale électrique du secteur était située en zone soviétique, et les coupures de courant se multipliaient. On entendit aussitôt une cavalcade dans un salon mitoyen. La porte communicante s'ouvrit et deux hommes de la MP firent irruption dans la salle à manger, la main posée sur le holster.

– *Welcome to the rodeo*, lança Barber en levant son verre.

Le colonel Yarborough, d'un geste courroucé, leur désigna la porte par laquelle ils avaient surgi. Ils s'y enfoncèrent en reculant.

– Mes hommes sont un peu nerveux, dit le colonel empourpré.

– Assez jolis garçons toutefois, dit Agata.

Elle sembla chercher l'approbation de Lee.

– Est-ce que l'on manque d'hommes à Vienne ? dit Lee en la regardant dans les yeux.

– A qui s'adresse cette question ? coupa Barber.

– A notre hôtesse, dit Lee.

Agata fit un geste de la main.

– Nous sommes une ville de cafés. Une ville de mélanges, comme vous savez. Nous adorons avaler la crème avec le chocolat...

Agata Windischgrätz se tourna insensiblement vers moi. Lorsqu'elle se penchait, l'échancrure de la veste laissait deviner sous le chemisier une petite poitrine ferme.

295

Le majordome déposait dans les assiettes des fragments de civet de lapin, reliques probables d'une chasse d'officiers dans la Wachau.

– A propos de mélanges, dis-je, que pensez-vous des derniers arrivés ?

Le colonel Yarborough leva l'œil. On entendait des cris de sentinelles se hélant dans la rue. La princesse Agata resta muette quelques secondes, comme une chanteuse qui place sa voix.

– Vous savez, commença-t-elle, les Turcs appelaient Vienne la ville à la pomme d'or; ce qui pour eux signifiait le royaume à conquérir. Je crois que cette guerre, c'est la pomme livrée sur un plateau à ceux qui vont la dévorer.

– Mais où voyez-vous des Turcs ? dit le colonel Yarborough.

– Colonel, c'est comme vous l'entendrez, dit-elle. Ici nous avons un proverbe : aux Grecs il a été donné de construire, et aux Turcs de détruire.

– Mais qui vous a détruit ? dis-je. Qui vous a détruit d'abord ?

– Vous chercherez, répondit Agata. Les coupables ne manquent pas. Il y avait un monde, et il n'est plus. Vous savez, j'ai encore connu ce monde-là dans mon enfance. Les vieux conseillers auliques au fumoir, les casinos de Brione. Les chasses au faucon... J'ai entendu ma nurse demander à ma mère : « Lequel de vos enfants vous accompagnera en promenade ? », et ma mère répondre : « Celui qui va avec ma robe bleue. »

– C'est une très bonne *punch-line*, approuva Jeremy.

– Oui, dit Agata, mais nous n'étions pas au théâtre. Ce n'était pas Noel Coward, c'était ma mère.

– Non mais attendez, dit le colonel qui avait pris du retard. Expliquez-moi votre affaire de Turcs.

Agata le regarda comme un enfant. Puis, détachant les mots sur un rythme plus lent :

– Les Turcs ont mis plusieurs fois le siège devant cette ville, colonel. Ils ne sont jamais entrés. La dernière fois, en 1643, les troupes impériales de Charles de Lorraine ont repoussé les hommes de Kara Mustapha. Quand les généraux turcs rentraient vaincus chez eux, on leur tendait un lacet de soie. Cette fois-ci, les Russes sont dans Vienne. Et personne ne leur donnera un lacet de soie...

– Ah, c'est bien ça, dit le colonel, rassuré. Les Turcs, ce sont les Soviétiques...

– Je ne sais pas qui sont les Turcs, dit Agata avec un soupir. Pendant la guerre de Sept Ans, Frédéric le Grand menaçait de s'empoisonner si le sort ne lui était pas favorable. Nous nous empoisonnons comme des Prussiens depuis longtemps. Non, je crois que nous avons été nos propres Turcs, que nous ne laisserons à personne le soin de nous tendre le lacet.

Je regardai Lee. Elle restait silencieuse. La femme qui se tenait à ma droite était intelligente. Le spectacle de cette Autrichienne tenant tête à ceux dont elle se servait avait quelque chose d'envoûtant. Je devinais que Lee lui faisait malgré tout crédit. Et aussi qu'elle avait envie de la voir poussée dans ses retranchements.

– J'ai vu en zone française une étrange sculpture, dis-je. Elle est datée de 1942. On y voit Charles de Lorraine fouler aux pieds les dépouilles du pacha turc. Tout est correctement agencé, si ce n'est que l'étendard qu'il piétine ne porte pas de croissant. Il porte une étoile de David.

Le colonel Yarborough fronça le sourcil. Agata ne cillait pas.

– Peut-être avaient-ils besoin d'un lacet, eux aussi ? dit Lee.

Barber se taisait. Il observait la scène avec un air de proconsul aux jeux du cirque.

– Il y avait chez les juifs viennois un génie et une sédition qui faisaient Vienne, reprit Agata en ignorant la question de Lee. Vienne s'est montrée séditieuse envers eux, envers elle-même, et la ville en est morte.

– Les juifs ont été tués par eux-mêmes, en quelque sorte, dit Lee en élevant la voix.

– Je ne dirai pas ça, corrigea Agata. Quand j'étais enfant et que je me jetais trop vite sur le gâteau, on me disait : « pas de hâte juive ». Eh bien, les Viennois ont chassé les juifs avec une hâte juive.

– Vous voulez dire que vous êtes devenus juifs en les chassant ? dit Lee d'un ton cinglant.

– Je ne veux rien dire, répondit Agata. Je dis seulement que la mort choisit des peuples pour parler, et que nous sommes devenus aux yeux du monde un de ces peuples.

– Et à vos propres yeux ? dis-je.

– Je n'ai rien fait qui aille contre la vie de quiconque. Je n'ai rien fait non plus pour sauver ce qui pouvait l'être. Ma famille a parlé pour moi. Mais ne craignez rien, je ne vais pas vous fouler aux pieds comme Charles de Lorraine. Bien au contraire. Je laisse ça à vos amis qui viennent de couper l'électricité. Et puis n'oubliez jamais que nous étions un pays occupé.

– Mais consentant, dis-je.

– Consentant, oui. Et si quelque chose me rattache à ce pays, c'est bien pour payer, quand il le faut, le prix de ce qu'il a fait. Nous étions la génération de la *Dreissigjähriger Blitzkrieg*, de la guerre-éclair de trente ans. Nous allons payer. Les femmes vont payer les premières. Les rues de Vienne sont remplies de filles qui sont prêtes à coucher avec les vainqueurs, parce qu'elles ont faim.

Agata se tourna légèrement vers moi.

– D'ailleurs je ne m'exclue pas du lot, dit-elle suavement. Il suffit qu'un Soviétique m'attrape dans la rue.

– Nous les surveillons, dit le colonel Yarborough d'un air entendu.

– Il ne fallait pas perdre, coupa Lee, vindicative. Vous ne subissez pas la loi de la justice, vous subissez la loi des vainqueurs. C'est pire.

– Un vainqueur peut aussi être un assassin, dit Agata. Nous avons l'habitude. Depuis 1938 ce pays appartenait déjà à d'autres vainqueurs. Et ceux-là étaient faibles.

– Faibles? dis-je.

– Oui, faibles, dit Agata. Il y a une phrase de Nietzsche qui explique cela. *Wir haben ein ungeheure Kraft moralischer Gefühle in uns, aber keinen Zweck für alle...*

– Traduisez, dit le colonel Yarborough.

– Nous avons une énorme force de sentiments moraux en nous, mais pas de but pour tous.

– Et alors? dis-je.

– Et alors, continua Agata, la force allemande, c'était en réalité la faiblesse des futurs vaincus. C'est difficile à comprendre, mais ce peuple n'a trouvé à cette énorme force que des exutoires qui avaient seulement l'apparence de la morale, les femmes au foyer, les hommes sur le front, tout en sachant qu'ils n'étaient pas à la hauteur d'eux-mêmes, de cette *ungeheure Kraft moralischer Gefühle*. Les Allemands n'ont pas peur de la force, ils ont peur de la faiblesse. Donc ils ont martyrisé ceux qu'ils prenaient pour des faibles, ou, si l'on veut, ceux qu'ils haïssaient comme eux-mêmes. Ils ont fait la guerre sans comprendre que le véritable *Übermensch*, c'était le démocrate. Maintenant ils le savent. Je suis curieuse de voir la suite... Pour vous, la suite ce sont ceux qui viennent d'éteindre le lustre.

– Ceux qui viennent d'éteindre le lustre sont nos alliés, dit Lee.

– Voyez-vous ça, interrompit Barber. Notre amie, avec son prénom de général sudiste, est déjà vendue aux Kazakhs. Elle en a assez de Fabergé, elle veut du beurre rance.

– *Don't be so highbrow*, Jeremy, dit Lee. Les Russes ont des avantages, même pour toi.

Barber parut sortir de sa coquille. Il épousseta sa manche, émit un soupir prometteur. Je sentais venir le numéro.

– Toutes ces toquades pétersbourgeoises nous perdront, attaqua-t-il en soufflant. Ça a commencé avec Chaliapine à Drury Lane, ça finira avec Vichinsky dans le boudoir d'Anthony Eden. Vous avez vu ces escogriffes d'Alma-Ata, avec leurs corbeaux apprivoisés et leurs femmes soldées... Ils ont des tout petits yeux, très chop-suey. On dirait des Huns dans un champ de pavots. Qu'ils soient bolcheviques n'a pas grande importance. Mais ce sont des Tartares, des épileptiques. Des idiots, au sens tellurique du mot. Ce ne sont pas des Soviets que vous avez à vos portes. Le Soviet est une invention suisse, brevetée au Savoy, revue et corrigée par la décence allemande. Ce sont des Russes. Des *Russes*. Vous allez avoir sur les bras le moine Raspoutine, les tsarévitchs hémophiles, les soûleries d'isba, Iasnaia-Poliana, les convulsions au dessert et l'armée Wrangel par-dessus le marché.

– Nous sommes là pour l'empêcher, dit le colonel Yarborough, dans le respect de nos accords.

– Mais colonel, tonna Barber, vos accords ne vous obligent pas à jouer *Stars and Stripes* sur des balalaïkas! Quand je vois un de vos Bantous de Harlem bras dessus bras dessous avec ces sacs à bortsch, mais c'est la pire des atrocités depuis la naissance de Mrs Simpson!

– Qu'appelez-vous mes Bantous de Harlem? dit le colonel Yarborough, découvrant que l'on avait placé sous ses ordres une unité dont il ignorait tout.

300

– Mais vos nègres, enfin, qui portent des colliers en dents de phacochère et boivent du lait condensé. Vous pourriez au moins leur acheter des turbans!

– Tu es raciste, maintenant? dit Lee.

– Je suis anglais, Elizabeth. Beethoven a rajouté une marche funèbre à la Troisième symphonie quand Bonaparte s'est couronné empereur, je ne voudrais pas que l'on ajoute un solo de tam-tam à *Pomp and Circumstance* quand un Wolof régnera sur Vienne.

– Mais qu'est-ce que vous avez contre les nègres? dis-je à mon tour.

– Mais rien, tonna Barber. *They're awfully divine...* Vous devriez savoir, à votre âge, que les misanthropes sont les seules personnes absolument exemptes de racisme, puisqu'ils exècrent tout le monde. De la même façon que les solitaires sont insoupçonnables de misanthropie, puisqu'ils ne voient personne.

– Jeremy, vous vous sentez tout de même anglo-saxon, dit le colonel Yarborough dans un mouvement de conciliation.

– Et vous? rétorqua Barber.

– Oui, bien sûr, dit le colonel.

– Eh bien, là aussi il y a des nuances, dit Barber. Vos compatriotes adorent se déguiser en Mohawks pour jeter des balles de thé dans l'eau. Nous, nous préférons mettre de l'eau dans notre thé.

– Mais nous parlons la même langue, dit le colonel, se voulant toujours apaisant.

– Parfois, dit Barber. Le *pidgin English* se répand chez nous, en effet.

– En somme, coupa la princesse, vous êtes de Londres comme on est de Vienne.

– Je suis bien obligé, répondit Barber, de constater que passé Brighton on est chez les cigognes, chez les taulières de la rue Blomet, chez les Peuls. Au sud de Rouen, la Terre de Feu commence.

– Eh bien, je peux vous assurer, dit Agata, qu'on ne trouve plus de Peuls à Vienne depuis 1938. Seyss-Inquart y a veillé personnellement.

Il y eut un silence. La princesse Agata Windisch-grätz se leva.

Toute la compagnie passa dans le salon, éclairé lui aussi aux chandelles. La conversation continua, plus anodine. Du café était servi. La flamme des bougies dessinait des ombres sur le visage d'Agata. Barber l'avait décrite intrigante, mais je ne savais plus si elle était amorale, comme il le pensait, ou si elle ne cherchait pas plutôt refuge dans la vie telle qu'elle venait, avec ses chimères, ses épreuves, ses vainqueurs déjà vaincus. Qui pouvait savoir ? Peut-être avait-elle roulé dans les bras des *Staatssekretäre* peuplant la cour servile du Seyss-Inquart qu'elle venait d'évoquer. Mais peut-être cet éclat qui traversait ses yeux verts était-il celui d'une femme qui avait pleuré sur le misérable paysage moral d'un ordre gras, à la nuque basse, qui avait pour finir assassiné sa ville. Elle me regardait à travers la flamme avec cet œil trouble, plein de rêverie, que donne la cire consumée. C'était presque le début d'un roman. Il suffisait de retourner la carte et de déchiffrer la figure. Agata serait l'étrangère dans une journée d'automne inquiète. Lee finirait par l'aimer. Elles parleraient ensemble en marchant sur le Ring de la lingerie noire de Buda, du vacarme des choses, des drôleries du cœur. Il y aurait des soirées tièdes et claires, sans lune. J'avais dans ma vie raté bien des visages, et celui-là m'offrait sa promesse, sa déroute.

Mais cette histoire n'était pas la mienne, et ne le serait jamais. Ce palais glissait dans la nuit comme un souvenir de studio, avec ses éclairages tamisés, ses accents internationaux, ses fleurs morbides. Je remarquai une boîte à musique posée sur une crédence. De minuscules bergers à houlette étaient ciselés sur le coffret. Un ressort déroulé saillait de l'habitacle. Ainsi en allait-il de Vienne ; les horlogers survivaient auprès de leurs machineries démantibulées, narquoises comme le mal. Je ressentais une impression d'éloignement infini. Cet endroit devenait étouffant. J'ai regardé Lee. Son visage ne disait qu'une chose, l'envie de fuir. En deux minutes, nous avons pris congé de la compagnie.

Puis nous sommes partis comme des voleurs.

La rue était moite. Une pluie lente et chaude tombait. Les hommes d'escorte du colonel Yarborough nous saluèrent au passage. En marchant vers la Chevy, on voyait dans le lointain, vers les berges limoneuses du Danube, les pinceaux des projecteurs soviétiques qui se croisaient dans le ciel. Le profil de Lee se détachait, pâle sur les murs. J'ai pris sa main et elle l'a serrée. Elle a dit :

– *This is a wicked city.*

C'était une ville maudite. Le trottoir était jonché de vieilles bouteilles et de papiers sales. Le plâtre des façades avait éclaté sous les tirs d'enfilade. La nuit sculptait les formes en contrastes durs comme dans la lumière troublée des premiers cinématographes. Tout devenait noir et blanc.

Les portes de la Chevy claquèrent, puis le moteur réveilla l'écho des maisons. J'ai regardé Lee au moment où la voiture démarrait. Son visage avait pris l'éclat de la cire. Dans cette obscurité de ville détruite, Lee retrouvait le teint des belles de 1925.

La flèche de la Stephanskirche culminait au loin sur les coupoles crevées. Des jeeps patrouillaient au long des avenues au pavé luisant. La ville bourdonnait. J'ai ralenti aux abords de l'Oriental. Deux filles dépoitraillées conversaient devant la porte avec des hommes qui portaient l'uniforme du *Signal Corps*. Une odeur d'algue et de bitume émanait de la rigole. Des mots volaient dans l'air :

« Cleveland, Ohio... *Schön*... I want to drink *pulque*... Two schillings are enough... »

Des soldats français en tenue de sortie marchaient

groupés sur le trottoir. J'ai accéléré. Lee gardait les yeux fixés sur les ombres de la rue. Les objets épars sur la chaussée, un peigne de celluloïd, une bouteille vide, étaient eux aussi le spectre d'images perdues. Nous sommes passés devant les ruines d'une maison Sécession encore ornée de portants *streamlined* et de cadres d'acier chromé. Une patrouille s'était abritée dans les décombres. Des halos de lampes-torches balayèrent la carrosserie. Le visage de Lee se découpa dans la lumière.

Je garai la voiture non loin du Sacher. Les sentinelles postées devant la porte faisaient les cent pas, leurs capotes luisantes de pluie. Les vêtements collaient à la peau. Nous sommes entrés dans le bar. Comme chaque nuit, une lumière bleue tombait du plafond. Des filles au regard lourd étaient assises sur les banquettes au milieu d'officiers alliés. Le léger décolleté de leurs robes découvrait des chairs maigres. C'étaient des petites-bourgeoises que le manque poussait jusque-là, dans la compagnie des galants officiers qui ne les prenaient que le deuxième soir. Elles avaient la jambe modelée, le pied nu dans des escarpins fatigués. Une chaleur humide empoissait le bar. Lee commanda un scotch et moi un brandy. Quand Lee porta le verre à ses lèvres, un liséré rouge estampa la bordure : du rouge à lèvres, seule relique du dîner chez Agata Windisch-grätz. Le brouhaha des conversations ne suffisait pas à couvrir le bruit de pluie qui montait du dehors. Les serveurs ramassaient entre les tables des paquets de *Gold Flakes*. Lee fixait quelque chose derrière mon épaule. Elle était distraite, ou intriguée. Elle fit un mouvement de tête qui voulait dire : retourne-toi, regarde.

Je me retournai dans la direction qu'elle indiquait. Un groupe d'une dizaine de personnes s'était rassemblé autour d'une table. Il y avait trois Soviétiques – chose rare car ils se risquaient de moins en moins la nuit en zone occidentale. Quatre officiers britanniques leur tenaient compagnie; ils étaient jeunes, l'air de sortir de la Public School. Ensemble, Soviétiques et Britanniques entouraient de leur attention une femme d'une cinquantaine d'années. De port très droit, les cheveux taillés à la garçonne, elle était vêtue d'une veste d'homme trop large et d'une jupe de mauvais tissu. Elle avait les yeux battus, mais rien dans son allure ne suggérait l'abaissement. Au contraire, cette femme au maintien bien dessiné semblait régner sur le petit cercle. Elle alluma une cigarette avec un plissement voluptueux de la bouche, tandis qu'un Britannique empressé poussait un cendrier devant elle. Cela ressemblait à une scène de tournage, lorsque l'actrice au repos sur sa chaise devient le centre d'un ballet d'assistants. Cette femme n'était pas autrichienne, je l'aurais juré. Toutes ses attitudes évoquaient l'appartenance au clan des vainqueurs : les manières triomphantes d'une reine fatiguée qui rentre d'exil.

Un homme des plus étranges se tenait assis près d'elle. Le crâne presque rasé surmontait un visage au nez légèrement bosselé. Désormais attaqués par la cinquantaine, ces traits de vieil adolescent avaient dû être d'une rare beauté, un peu asiate, un peu cruelle. Mais la peau prenait sous la lumière une couleur ligneuse, celle d'une racine tropicale tordue par la sève malade. Il portait un costume de serge grise, une chemise boutonnée jusqu'au col, d'énormes godillots. Cet homme tassé sur son siège croisait les mains sur ses genoux comme un enfant puni. Ses yeux se promenaient lentement sur l'assistance, mais sans expression – et pour tout dire sans regard. Je crus un instant qu'il était aveugle. Il voyait pourtant, car il tendit la main vers son verre avec des gestes ralentis. Il porta le verre à sa bouche, but précautionneusement, puis le reposa sur la table. L'homme ne proférait pas une parole. A un moment, la femme rajusta son col de veste, et l'homme esquissa un sourire d'enfant béat. La femme semblait s'adresser aux officiers soviétiques dans leur langue. Quand les Soviétiques parlaient, l'homme au sourire perdu hochait la tête comme s'il avait entendu une musique radieuse et oubliée.

– Ils sont si bizarres, me dit Lee.

– L'homme surtout. Regarde-le.

Il avait lentement voûté ses épaules. La femme assise près de lui ne cessait de parler avec des grâces d'actrice. Mais l'on sentait que la déférence des autres ne s'adressait pas à elle seulement, mais à lui surtout. Les officiers soviétiques et britanniques scrutaient comme un oracle cet homme écrasé de stupeur. Ils guettaient un mot, un geste qui ne venaient pas. On aurait dit une scène d'adoration devant un dieu vivant. C'était incongru et prenant.

– Il me faut la photo, dit Lee. Je vais aller les voir.

Elle se glissa entre les tables. Je songeai à Barber. Il devait nous maudire dans le salon de ce palais où l'on servait de la soupe Campbell et du vin d'état-major. Partout dans Vienne des étrangers mélangeaient leurs vies piétinées...

Lee cependant venait d'aborder le petit groupe. La femme assise levait vers elle des yeux charmés. Un des officiers britanniques s'adressait à Lee comme s'il avait tenu un briefing. Plusieurs minutes passèrent. L'homme muet ne manifestait aucune émotion. Lee était volubile, anormalement empressée. Puis elle prit congé, serra la main de la femme et retraversa la salle dans ma direction. Elle avait les joues colorées par l'excitation, un sourire au bord du rire nerveux, comme si elle avait découvert l'incroyable.

– Devine qui est l'homme, me souffla-t-elle.

– Aucune idée.

– C'est Nijinsky. Je fais les photos demain.

J'étais stupéfait. Lee me répéta ce qu'elle venait d'apprendre. Le danseur fou avait été surpris en Hongrie par l'invasion allemande. Craignant pour sa vie, sa femme Romola l'avait caché dans une maison proche de Sopron, sur le lac Neusiedler. Ils avaient vécu là quelques mois, à moitié morts de faim, se chauffant avec le bois qu'ils ramassaient dans la neige. Lorsque les bombardiers russes étaient apparus dans le ciel, Nijinsky s'était réveillé d'un silence de vingt-six années et avait prononcé un seul mot : *Bog*. En russe, « Dieu ». Quand les forces terrestres avaient investi la région, le visage de Nijinsky s'était éclairé : autour de lui, tous les hommes parlaient soudain sa langue. Les soldats ahuris s'étaient prosternés devant le grand Vaslav Fomitch. Il avait dansé, oui, dansé pour eux au milieu de leurs bivouacs. Le couple vivait désormais au Sacher sous protection alliée, entouré par une cour d'officiers balletomanes.

Lee avala une rasade de scotch et partit d'un éclat de rire un peu fou. Dans son fauteuil, le danseur minéral hochait lentement la tête.

Le téléphone vient de sonner. Je repose le stylo. C'était une invitation pour Broadway; une pièce de Neil Simon. J'irai, bien sûr. Walter Matthau et George Burns seront en scène. C'est mon pays, avec son théâtre et ses acteurs. La bibliothèque est moelleuse, refermée comme un cocon sur ma solitude. Les frondaisons du parc ondulent jusqu'aux falaises du West Side. Bientôt, l'automne reviendra. Je crains de n'être plus dans ma vie. Quelque chose qui m'avait été donné s'est épuisé au long des années. J'ai voulu me convaincre que tout cela avait un sens;

que mon métier servait à quelque chose, ne serait-ce qu'aux artistes. Il faut aimer l'homme seul qui vacille devant la toile. Une année succède à l'autre, un visage à d'autres visages, cela s'appelle le temps. Mais il y a eu d'autres artistes, d'autres époques, et je savais en les regardant que le sens était déjà perdu. Je revois Nijinsky dans la nuit de Vienne. Ses yeux vides se posaient sur le monde des choses refusées. Romola se tenait à son côté, vitupérant le rationnement, les visas introuvables, les queues, le marché noir. Elle l'avait accompagné au plus loin, elle était devenue la mère d'un muet. Nijinsky souriait comme un enfant tend la main vers l'oiseau merveilleux que l'on n'attrapera jamais. Il revenait vers l'enfance perpétuelle, l'ombre blanche où la douleur vous est épargnée. Près de lui, Nijinskaya régnait comme la gardienne d'une idole pétrifiée, la vestale d'un dieu abattu. Les officiers la saluaient avec déférence. Elle l'avait tout à elle, enfin sien, enfin arraché aux hommes, aux femmes, aux foules, pour toujours son petit garçon docile jusqu'au fond du silence. Et cet homme nimbé de la bonté de l'idiot était pareil aux anges tombés des corniches, pareil aux *putti* du Belvédère effondrés dans la poussière · autrichienne.

Trente ans plus tôt, il avait été le faune de Debussy et la silhouette rupestre du *Sacre*, autour de lui la danse magique et les germinations mystérieuses, autour de lui les augures du printemps et les cercles enchantés du rite. Je revois ses yeux morts, Vienne 1945, le dieu schizophrène du Sacher n'ouvrait la bouche que pour appeler son dieu, *Bog*. Et à travers les années remontait un tumulte, une scène de Paris, peut-être avait-il commencé de se perdre là... Un fracas de mer déchaînée montait vers lui, il était seul sous les feux de la rampe dans cet océan barbare, le monocle de Stravinsky était fixé sur lui, les dan-

seuses pleuraient... Public vociférant de 1913, le visage de Monteux dans la fosse, les comtesses indignées, Florent Schmitt hurlant *taisez-vous les garces du seizième*... Il cherchait des yeux Karsavina, ombres, flammes sur le plancher, le costume de scène en crêpe de Chine le brûlait comme une tunique de Nessus... Vaslav Fomitch, vingt-quatre ans... Asymétries, mouvement cassé en gestes, *sideway runs with bent knees*, la pesanteur soulignée pour mieux l'effacer... Profil égyptien, figure en équerre, tête retournée, soudain rentrée dans les épaules... Les tambours résonnaient, il portait l'école *arquée* de Petersbourg à son ultime flamboiement sous les falaises de la préhistoire, harmonies rauques, murailles de basalte en fusion... puis tout s'était brouillé. Il s'était réveillé dans la neige de Sopron, étrange silence rompu par des signes dans le ciel... Vaslav Fomitch ramassait du bois mort sur les rives du lac Neusiedler, il cherchait le spectre d'une rose et les faunes du rivage... Quand les bombardiers avaient survolé le lac, il avait caché sa tête dans ses mains. Le fracas de 1913 retombait du ciel, une fois encore les orages de la préhistoire et la
· danse sacrale, mais ce n'était plus les nymphes alanguies et les vierges du corps de ballet, c'était l'étoile rouge des *spez* surgis des plaines, c'était la face charbonneuse des *snipers* marchant sur la Hofburg. Le rideau se déchirait en dévoilant un paysage en flammes, une nuit de steppe où le temps n'existait plus...

Au Sacher, Lee attendait avec son Rollei, comme toujours, et je sais maintenant ce qu'elle pensait, ou plutôt je le devine par un nom qui lui échappa le lendemain : *Picasso*. Lee l'avait revu quelques mois auparavant à Paris, impérial, roi secret du siècle. Lui aussi avait croisé vers 1916 la caravane de Diaghilev quand il épousait Olga sous les fleurs. Une donne mystérieuse ramenait dans la vie de Lee ceux de 1920, et le danseur fracassé payait peut-être pour le peintre en gloire. Elle aussi avait été un corps dominé, exhibé, un mannequin poussé comme un danseur dans la lumière. Puis elle avait choisi l'ombre, elle était devenue photographe.

Aujourd'hui encore je déchiffre à tâtons ce dédale, ces coïncidences. Le danseur fou que j'ai vu au Sacher avait été pour Rodin *le modèle idéal, celui que l'on rêve de dessiner et de sculpter...* Vers 1905, Rodin posa devant Steichen, celui-là même qui en 1926 photographiait Lee à New York... Vingt ans encore avaient passé, et Lee photographiait à son tour Nijinsky dans un hôtel de Vienne... Tout s'estompe, je ne comprends plus, je ne sais pas qui est cet homme à ma ressemblance dans le hall du Sacher, plus maigre, plus ignorant et plus jeune... Mais c'est moi pourtant, auprès de ces êtres qui avaient brûlé comme des sarments, qui n'avaient cessé de se croiser dans les années. Le temps me joue et me retourne, c'est comme une porte qui bat dans une maison vide, je me suis perdu depuis longtemps dans son labyrinthe, et m'y perdrai jusqu'à la fin. J'attends dans ma ville ce qui vient. Je n'en sortirai pas. On revient toujours à New York, pour y vivre, et un jour pour y mourir.

C'était en novembre 1932. Depuis le pont du *S.S. Europa*, Lee vit Manhattan surgir de la brume. Une lumière hivernale orangeait le flanc des buildings. Le cri des mouettes se mêla aux sirènes déchirantes de la Battery. Des transbordeurs cheminaient vers Ellis Island. Une mauvaise neige tombait.

Lee regarda les ponts jetés vers les *boroughs*. Elle était rendue à cette ville où l'on range à chaque étage les hommes comme sur des plateaux à glissière. Elle avait peur. A son dernier départ, des roses rouges étaient tombées d'un avion, et la piste de l'aéroport Roosevelt s'était tachée de sang. Elle revenait là parce que dans une chambre de l'hôtel Bourgogne et Montana, à Paris, le cœur d'une femme avait cessé de battre.

Quand elle posa le pied sur le quai, Lee sut que tout serait à refaire. Elle retrouvait New York comme aux premiers jours de 1926. Personne ne l'attendait.

Elle descendit à l'hôtel Taft. L'hiver emprisonnait l'Hudson, glace pilée dans un shaker gris. Les escaliers pare-feu se hérissaient de fuseaux de gel. Le blizzard balayait la neige des corniches dans un poudroiement de grand Nord. Aux carrefours, les *Police squads* s'affairaient autour des véhicules embourbés. Des quartiers entiers dormaient, saisis, et l'on entendait le claquement des câbles qui s'effondraient. Quelques jours elle fut seule comme on l'est rarement, comme on ne voudrait jamais l'être. Lee guettait les pas sur la neige, leur déchirement doux de feutrine. Cette ville morte reprise par les glaces de l'origine ressemblait à son cœur. Elle avait trouvé Paris en juillet. New York ne lui redonnait que l'hiver.

Lee pourtant dut s'animer. L'argent ne tarderait pas à manquer. A vingt-cinq ans, elle pouvait poser aussi longtemps que sa beauté la protégerait. Mais elle avait appris un métier et entendait l'exercer. Elle y mit toute l'énergie d'une femme menacée. En quelques jours, harassant les standardistes de l'hôtel, elle renoua avec d'anciennes relations, comtesses de paquebot, cinéastes du muet plutôt volubiles, débutantes qui avaient depuis longtemps commencé.

Des chevaliers servants réapparurent opportunément. Chaque nuit, une Nash ou une Frazier venait la prendre et la conduisait au restaurant Claremont, dans les grills de Pearl Street ou sur la terrasse couverte du Saint Regis, avec ses projecteurs et ses bouquets de magnolias. Lee serrait les dents. Le souvenir de Man et d'Aziz, la blessure, elle se les interdisait. Elle poussait les portes à tambour des grands hôtels, gravissait l'escalier des maisons où l'on dansait. Elle retrouvait un peuple futile, le dos nu des danseuses, les *brokers* à chéquiers, les enragés de régates lâchant des noms d'actrices et de skippers. Ils parlaient cet américain de passerelle où un mot sur trois est français, où l'on trouve du *négligé* et du *cachet*, du *chic* et du *déjà-vu*. Le champagne coulait. Lee cherchait des clients qui consentiraient à poser pour une femme jeune, belle, qui avait vécu à Paris. Elle espérait rencontrer quelques grands *tycoons* de la mode qui l'imposeraient comme photographe.

Elle cherchait des clients, elle trouva des protecteurs. Dans une soirée, deux hommes d'affaires, jeunes, d'une gaieté de *sportsmen*, charmèrent son inquiétude. Cliff Smiths était l'héritier de la Western

313

Union. Il prenait chez les femmes l'agrément qu'il savait leur rendre, avait de l'entrain et de la courtoisie. Son ami Christian Holmes menait une vie à l'opulence tranquille, réglée de toute éternité entre les titres au porteur et les châteaux de Cape Cod. Chaque matin, il naviguait sur un yacht de sa résidence de Long Island jusqu'au *pier* de Manhattan où un chauffeur l'attendait pour le conduire dans ses bureaux de Wall Street.

Je ne sais si Lee eut pour Cliff Smiths autre chose que de l'amitié. Elle ne faisait en revanche pas mystère de sa liaison avec Christian Holmes. La chronologie pourrait ici importer, mais à vrai dire elle m'est indifférente. Une chose est certaine : Smiths et Holmes firent la mise de fonds qui permettait à Lee d'ouvrir un studio. Fut-elle la maîtresse de Holmes dès avant, ou seulement après, je ne le sais trop. Je peux bien admettre ceci, qu'en ce monde d'alors où les femmes seules n'allaient pas loin, elle avait besoin à chaque ville retrouvée d'un homme qui la porte, au moins pendant quelque temps. Elle ne pouvait se résoudre à cette reddition que l'on nomme, faute de mieux, mariage. Mais sa liberté s'accommodait ici et là de quelques amants utiles. Holmes fut de ceux-là. Je dis utile parce que, dans des circonstances habituelles, elle ne l'aurait pas retenu.

Smiths et Holmes lui laissaient les mains libres. Lee s'installa dans deux appartements loués sur la 48e Rue, non loin du Radio City Music Hall. Elle aménagea son gîte dans le premier, et dans le second un studio. Tous ses soins allèrent à ce dernier lieu. Lee décora les fenêtres de rideaux aux couleurs du spectre, jaune, rouge et bleu. Les bacs en bois de cyprès, les liquides de développement, les papiers à tirages furent déposés dans une chambre aux volets goudronnés. La pièce de séjour devint le studio lui-même. Lee espérait une clientèle de nantis qu'elle savait exigeante et capricieuse. Les techniciens de la Western Electric fixèrent une batterie de lampes au plafond et sur les murs, reliant discrètement les câbles à un boîtier de minuterie qui commandait les nuances d'éclairage. Des fauteuils, une chaise longue étaient disposés dans une pièce qui servirait de reposoir entre les prises de vue. Lee prit contact dans le West Side avec les laboratoires Flushing et De Luxe, se fit livrer des objectifs Kodak Ektar. Les tréteaux étaient dressés. Il fallait trouver les acteurs.

Ce ne fut pas chose aisée. Depuis 1929, la Dépression avait abattu des empires. Les budgets de publicité étaient à la diète. Lee pouvait espérer quelques contrats avec la presse Condé Nast, au besoin en posant elle-même. Des industriels souhaitaient parfois constituer des catalogues ou financer une page de réclame. C'était trop peu pour faire vivre un studio.

Lee comprit très vite où était le filon. A New York, la vanité avait ses usages tarifés. Le prix que les puissants attribuaient à leur ego en fixait le cours. Ils auraient cru déchoir s'ils n'avaient évalué au prix fort leur propre image. Des peintres, tel John Sargent, avaient su autrefois en profiter. Lee tendit ses filets et se déclara portraitiste. Elle spécula très vite sur l'imitation. Il fallait créer l'engouement irraisonné, la *hype*. Par entremise, par captation, elle attira quelques importants devant son objectif. Lee était perfectionniste. Ses ongles brunissaient à l'examen vétilleux des tirages qu'elle rayait au moindre défaut. Mais elle offrit surtout aux gobeurs de Madison Avenue un raffinement qui les subjugua.

Deux ans auparavant, un incident bizarre était survenu dans le studio de la rue Campagne-Première.

315

Une souris en fut l'auteur. L'animal frôla dans le noir le pied de Lee qui hurla de surprise et ralluma quelques secondes la lampe. Dans les bacs, une douzaine de négatifs furent exposés à ce bref éclat. C'étaient des clichés d'une femme nue sur fond noir. Sous l'effet de la lumière soudaine, l'arrière-plan s'était consumé jusqu'aux contours de la forme principale, charbonnant d'un léger liséré la silhouette nue.

Lee répéta l'expérience avec Man jusqu'à la maîtriser parfaitement. Cette *solarisation* donnait de l'effet aux contours en stylisant la découpe. Les visages apparaissaient mystérieusement isolés, comme une icône en noir et blanc.

Forte de cette invention, Lee *solarisa* ses premiers clients new-yorkais. Ils en furent ravis. Bientôt tout le haut de Manhattan voulut connaître cette nouveauté née du concours d'une ravissante jeune femme et d'une souris française. Elle mit dans ce négoce beaucoup d'application. Chaque sujet posait pendant plusieurs heures, et parfois une journée entière. Le reposoir les délassait, la conversation de Lee les charmait. En cours de séance, elle offrait des *delicatessen*, des crêpes Suzette, des sodas de Park & Tilford. Aucune présence étrangère n'était tolérée.

Là, dans ce cabinet obscur, elle apprit les ruses de New York, elle connut la grande comédie. Les hommes calculaient un profil de pugiliste à la Gable. Nombre de ses clientes paraissaient sortir des œufs de dinosaure de la mission Andrews. Elles avaient le visage carminé, le jarret fouetté, l'assurance soulignée par les visons. Une religion sauvage du moi les habitait. Lee remarquait les antirides, les cheveux sculptés à l'ondulateur, la peau surpiquée par l'aiguille épilatoire. Elles se présentaient au studio aussi parées qu'un totem, et sur elles brillaient les aigues-marines, les cyclopéennes, les agates irisées.

Ces femmes avaient vécu trop vite pour étourdir le temps – ici des mondes duraient une semaine. Mais la vitesse vieillit, c'est la lenteur qui conserve. Elles distillaient le *gossip*, vantaient Toscanini à la tête du NBC Orchestra, racontaient leurs cuisines en émail de Kohler et les scandales roses de Broadway, puis accéléraient la séance sous n'importe quel prétexte, un bal chez les Whitney, la première d'Elsie Huston chez Tony's, ou l'hydravion qui les attendait au Marine Terminal de La Guardia. Lee les raccompagnait très poliment. Une fois la porte refermée, elle courait rire sous la douche, épuisée. En Europe, on poinçonnait le profil des reines sur la monnaie. Ici, sur l'avers des nickels, il y avait un bison.

Lee put enfin respirer. En quelques mois, avec une belle énergie de redressement, elle s'était inventé une rente. New York cependant lui était resté invisible, gommé par ces longues heures de studio. Au printemps de 1933 elle retrouva la nuit, résolument, effrénément. Elle avait vécu trois ans sur un continent lumineux. Lee voulait désormais mépriser la tristesse, avertie par une familiarité sans crainte avec le pire. Je crois que Christian Holmes fut son objet, et peut-être sa victime.

Lee aimait Holmes comme un camarade disert, empressé, fleurant l'eau de Givenchy. L'homme tel qu'elle me l'a décrit était plus familier des lignes à moulinet d'Abercrombie que des rayonnages de la New York Library. Elle allait le retrouver dans ses bureaux de la ville basse. Les buildings de la finance jetaient leurs comptoirs aux contremarches de l'ancienne New Amsterdam. Des aigles d'or s'agrippaient à la façade. Lee traversait un grand hall avec son plafond de bois verni et ses hôtesses de cire. Aux étages, elle trouvait Holmes plongé dans une sorte

317

de baquet de Mesmer : spéculations à l'électricité, téléphonistes en lévitation, huissiers dératés brandissant des titres de la Canadian Pacific. Des rubans sortaient par saccades du *ticker*. Les téléphones sonnaient comme des cloches un jour de noces. On sentait qu'un combat invisible se livrait là, relayé par la transmission sans fil et l'Église adventiste de la 7ᵉ Rue. L'argent coulait de la corne d'abondance, mais comme une hydre de conte qui d'un monstrueux coup de queue pouvait fracasser tous les rêves.

Lee ne doutait pas du talent de Christian, de sa compétence. Il était empreint de cette pondération active qui signe les carrières durables. Et pourtant, il ne l'impressionnait pas. Pour autant qu'elle ait pu en juger, son métier reposait sur la maîtrise de quelques opérations moyennement complexes, à quoi s'ajoutait l'art de glaner les *tips* – les bons tuyaux – et parfois une once d'audace ou de divination. C'était somme toute une sorte de journalisme parlementaire mêlé de chiromancie. En fait d'intelligence, Holmes avait celle que les autres pensaient nécessaire et qu'il croyait devoir lui suffire.

Avec la meilleure volonté du monde, Lee ne pouvait placer le signe *égal* entre cette intermédiation habile et les incommensurables sommes d'argent que Holmes engrangeait. L'effet multiplicateur, qu'elle acceptait d'autant plus qu'elle en profitait, lui paraissait hors de proportion. Elle venait de quitter Man Ray. Elle pouvait terme à terme comparer l'un et l'autre. Quelque affection qu'elle ait pour Christian Holmes, il n'aurait pas tenu une minute devant Man, qui pourtant courait les cachets pour payer son loyer. Il lui semblait qu'il y avait dans cette disproportion une injustice. Qui décidait de la valeur des choses ?

Un soir, elle ressentit ce porte-à-faux comme une

honte d'elle-même. Elle était assise avec Holmes dans une salle du *Famous Door*. C'était l'un de ces clubs pour capes d'hermine où l'on venait applaudir Dinah Shore ou Lena Horne. Le quintette de Lester Young était en scène. Le saxophoniste égrenait chaque nuit ses notes que nul comptable ne consignerait, pour rien, pour quelques dollars qui passeraient dans la poche du *dealer*, parce qu'il fallait tenir, continuer. A cette heure-là, les bureaux de Wall Street étaient fermés, et Lester Young jouait superbement. Sur la table, entre le seau à champagne et le cendrier, une rose rouge était posée. Lee se pencha vers Holmes et lui demanda un billet de cent dollars. Holmes, un peu surpris, s'exécuta. Lee piqua l'angle du billet vert sur une épine de la tige et lança la rose sur scène, aux pieds du musicien. Cent dollars, c'était le cachet de plusieurs *sets*. Lester Young ramassa la fleur, en détacha le billet. Il fit signe à une placeuse noire qui passait près de la scène. Il se pencha vers elle, clippa le billet dans le décolleté; puis, fixant Lee à distance, il retourna la rose d'un jet assez précis pour que la fleur tombe aux pieds de la jeune femme comme elle était tombée aux siens.

Qui décidait de la valeur des choses?

Lee en conçut cette pensée idiote et vérifiable qu'il y a dans le monde des êtres remplaçables et d'autres qui ne le sont pas. Que Christian Holmes se retire, un autre courtier prendrait sa place, avec le même œillet à la boutonnière, le même zèle, et la maison ne croulerait pas. Man, lui, creusait son sillon, inutilement peut-être, mais c'était son sillon. Il y a une solitude à être soi, à n'être que cela. Que Lee trouve seulement sa part *insubstituable* et elle saurait ce qui l'appelait, ce pour quoi elle était là. Elle avait voyagé, elle avait aimé. Mais les voyages et les amours n'étaient que des questions répondant à une autre question. Alors quoi ? Rien, rien encore. Il fallait brûler, il faudrait partir – faute de mieux, faute de soi.

Je crois que Lee, dans la belle santé de sa vingt-cinquième année, fit payer ces incertitudes à Christian Holmes. Elle le trouvait d'une candeur reprochable. Holmes se piquait d'être un bon amant, gymnique, entraîné. Mais en vérité il avait des jeux de l'amour l'image qu'en donnaient les cinémas de la 42e Rue : une rumba sentimentale, avec des ondoiements appuyés, des déhanchements de carioca. C'est le propre des pays protestants que d'exagérer ce qu'ils méconnaissent, les dangers du monde extérieur comme la lascivité des femmes. Ce que l'on y tient pour de la débauche prend toujours un air appliqué – un mime un peu hystérique où l'on sent la patte du Diable, car le démon, plutôt que malfaisant, est kitsch. Ces bouches géantes qui s'unissaient sur l'écran du Roxy, ces ondulations de croupe n'étaient même pas troublantes : elles étaient faibles. Aux côtés de Christian Holmes, Lee se sentait une poupée casée dans une existence où les maisons à colonnade, les dons à l'Église réformée et le commerce des femmes étaient hygiéniquement distribués, comme des certitudes que l'on s'octroie avant le grand sommeil.

Lee le força. Elle le dessala. Il fallait tout lui apprendre, et surtout ce qui ne s'apprend pas. Elle devinait qu'elle s'en lasserait vite; autant brûler l'étoupe avant l'averse. Lee lui fit comprendre qu'elle aimait entendre des mots putassiers dans la bouche d'un homme très élégant. Qu'il sache les mêler, les distiller dans une conversation secrète. Être traitée comme une fille s'ajoutait au trouble de voir un homme retenu avouer les pensées brusques, le désir brut qu'il avait d'elle. Elle sentait bien que cette sauvagerie prolongée par l'intelligence des mots ressemblait à la vie, profuse, noire, faite pour se perdre dans les bras durs d'un autre. Il fallait au satin la déchirure, au visage les larmes, à la nuit toutes les promesses. *Vous n'avez pas froid aux yeux*, lui disait-on à Paris. L'expression l'avait amusée, mais elle ne convenait pas. Lee était libre sans dépravation. Elle aurait voulu traverser les choses comme l'on marche avec à la bouche le fruit frais cueilli, quand sa pulpe encore tiède redonne sous la langue l'éclat du grand Midi. Dans le pire je l'ai toujours vue élégante, comme elle était, comme elle avait été.

Mais l'élégance dans le New York de 1933, ce n'était pas Mrs Harrison Williams tirée comme Nefertiti, nimbée de make up blanc, entoilée dans ses arabesques. L'élégance, et Lee le savait, c'était Lester Young jouant au Famous Door, son saxophone feulant comme un chat, la cigarette de colombienne piquée dans la pince du cornet. C'était la rue, ses lignes, ses silhouettes, les filles de la 102ᵉ Rue ondulant en rayonne de bazar, insolentes comme des reines.

Un soir qu'elle sortait d'un club de l'Upper West avec Christian Holmes, et comme ils s'apprêtaient à monter dans son coupé Ford, une petite putain les héla. Elle s'adossait au mur, la jambe remontée en équerre, la poitrine pointée sous le corsage. La fille mâchonnait un chewing-gum. A l'adresse de Holmes qui ouvrait la portière, elle pointa Lee du doigt et lâcha, gouailleuse : *Hey, Mister, lend me the lady?* Lee, amusée, fit mine de marcher vers la fille. Holmes s'empourpra, saisit Lee par le bras et la tira dans la voiture. Pour ce geste qui résumait tous les autres, Lee ne l'aima plus.

Elle pouvait bien désormais retourner à son plaisir, se détacher de la *café society* dont elle tirait ses revenus. Paris lui avait appris à aimer les villes. Et dans New York il y avait un autre Paris. Lee s'octroya des pauses. Elle laissait ses pas la porter vers les quartiers où une inflexion de lumière, un bâti trapu, un fouillis d'échoppes lui évoquaient d'autres rues ombrées de marronniers, d'autres comptoirs obscurs. Elle traversait la petite Syrie de Rector Street, un Mouffetard de contrebande rempli de maçons siffleurs. Autour de Sutton Place, les *cottages* de la 60ᵉ Rue, avec leurs tiares de tuiles rouges et leurs allées de buis taillé, parlaient à sa mémoire d'autres maisons sous les feuillages, ateliers de la rue Boissonade, villas cachés du XIVᵉ arrondissement. Sous la lancée des buildings, une vie arasée se refermait en menues cités protégées du profane par la cloche nickelée des alarmes. Là couraient les Balkaniques en fustanelle, les plumassiers bâtés d'édredons, les Hongrois à l'œil de romance. Toutes les vies qui ne lui seraient pas données se rassemblaient. Lee aimait les faux Chinois de Bayard Street, engraissés au houblon, sertissant des ampoules électriques dans l'œil des dragons. Et les nuits mauves de Central Park quand les adeptes du *home-run* couraient sous les lampes voltaïques, quand les ouvriers italiens étreignaient sur les nappes à carreaux leurs compagnes rieuses. Quelques rues encore et la ville redevenait un fracas de klaxons, une chaussée sillonnée par les tramways rouges. Les fourgons de la Crosstown Rapid couraient vers la saignée du fleuve. Sur l'East River Drive, de grosses machines pilonneuses défonçaient la berge. Lee songeait aux ponts sur la Seine, à la douceur des printemps.

Elle avait fui la France et Paris revenait la chercher, par remords et désormais par nostalgie, jusqu'au pied du Woolworth Building, jusque sur le journal lumineux de Colombus Circle où s'affichait le nom d'Adolphe Menjou. Mais où étaient-ils les

Français au long nez humant le liège des bouchons, et les chambres bleues de la villa Saïd, et la robe amarante du premier jour?

Vers cette époque, Lee changea de fréquentations. Elle voyait encore Holmes, mais sans goût, pas même celui de le faire souffrir. Elle cherchait sans se l'avouer un Montparnasse à New York et ne le trouvait pas. Des agents littéraires, des producteurs de théâtre lui en tenaient lieu. Ensemble ils flambaient au poker, buvaient sec, dansaient dans le casino de Central Park au son de l'orchestre d'Eddie Duchin. Mais c'était un ersatz. Je crois qu'un seul homme sut lui dire ce qu'elle voulait entendre. Julien Lévy avait connu Lee dans l'entourage de Man. Il venait d'ouvrir une galerie d'art à New York. Plus tard, je l'ai considéré comme un maître, et il m'a parlé de Lee. Sa voix au timbre bas, d'une sagesse amère, flirtait volontiers avec le sarcasme. Julien, fuyant la dynastie du bâtiment dont il devait hériter, avait préféré dans sa jeunesse l'atelier des peintres. Il était homme à vendre des Dalí à Harpo Marx, ce qu'il fit en effet. Il me disait n'avoir retenu du yiddish que quatre mots : *pupik*, le ventre ; *brust*, le sein ; *tokus*, la croupe ; *zoftig*, jouissif.

Ayant assisté de loin aux épisodes parisiens, il connaissait assez Lee pour lui rendre de l'estime, et trop bien pour ne pas en redouter la passion. En la retrouvant en 1933 à New York, il se tint avec elle sur cette lisière où un homme connaît une femme sans la toucher. Amis peut-être, amants jamais. En ne la prenant pas, il se l'attacha. Il lui donna ce qu'elle n'attendait plus guère : l'affection d'une lucidité qui ne juge pas. Lee écoutait des soirées entières sa conversation, ses variations rêveuses où passait une grâce. Julien Lévy était aigu par mécontentement, sachant discerner en toute chose la pente grotesque, la part de comédie. Mais il était charmeur par mansuétude, ressentant en tout être la fragilité de ce qui doit finir. A Manhattan, pendant l'hiver de 1933, il lui parla de l'oubli qui consent et des heures enchantées, du temps révolu et de la douceur qui pardonne. Dans son meilleur, New York avait le visage de Julien Lévy.

Lee ressentait pourtant les premières attaques du désenchantement. Comme photographe de société, elle avait de l'argent, des relations, une fenêtre sur Manhattan. Elle n'était pas certaine d'aimer ce qu'elle découvrait : les femmes durcies par la vitesse et les destinées sans caractère, l'indigence méprisée et l'habitude des petites trahisons, faute de savoir que les grandes peuvent perdre. Ce pays savait certes fabriquer des durs attachants, James Cagney et son revolver fumant, Babe Ruth et sa batte impitoyable. Du folklore, somme toute. Et après ?

Je crois qu'elle éprouva pour la première fois le sentiment, qui ne la quitterait plus, de faire défaut à l'exigence : d'être en deçà de qui l'appelait. Non qu'elle se soit tenue elle-même dans une grande estime. Mais elle avait de l'orgueil et ne se contentait pas. A Paris elle avait cru déchiffrer l'énigme qu'elle était encore à ses propres yeux. Un visage apparaissait au fond du bac de bois. Le papier révélait comme dans une eau stagnante son reflet capturé par un homme qui l'adorait. Man plaçait son œil derrière l'appareil comme Theodore Miller avant lui, et par deux fois Lee avait senti que cet objectif froid abritait le regard de l'amour. Elle avait voulu à son tour percer le secret, se tenir à la place d'où elle avait été aimée : elle était devenue photographe. Lee cherchait dans le monde la dernière image, l'ultime regard qui lui rendrait celui qu'un père aimant avait posé à jamais sur elle. Elle avait perdu Man. A New York, elle ne trouvait rien.

Ce qui se passa alors, vers le début de l'été 1934, ressemble à ces décisions par lesquelles une vie s'infléchit sans réflexion ni regret. Une chaleur tropicale était tombée sur la ville. Les New-Yorkais déambulaient insomniaques, la veste sur l'épaule. Le goudron adhérait au caoutchouc des semelles. Des silhouettes écrasées mendiaient l'oxygène sur les terrasses, dans l'ombre des parcs, sous la lumière d'une lune blanche qui semblait annoncer la fin du monde. Lee était épuisée de moiteur. Elle recherchait les encoignures secourables, l'eau froide de la douche. Sur sa peau les vêtements collaient.

Une nuit le téléphone sonna. La voix qui résonnait dans le combiné venait du passé. Des mots français se mêlaient à un anglais onctueux et lui parlaient de désir, de trêve, d'avenir. L'homme téléphonait depuis un hôtel de New York, mais ses intonations évoquaient une autre vie, deux ans en arrière. La voix était celle d'Aziz Eloui Bey. Des contrats l'avaient amené en Amérique. Il souhaitait rencontrer Lee avant de retourner au Caire.

Elle le retrouva au Seaglade. L'orchestre jouait des romances. Les ventilateurs tournaient. Ils eurent d'abord l'un pour l'autre les mots retenus, presque timides, de ceux qui se sont aimés. Dans cette nuit étouffante de New York, Lee retrouvait ce qu'elle avait oublié, la douceur d'Aziz, sa prévenance, la grande civilité égyptienne. Pendant la folie de la saison parisienne, elle avait été trop ardente, et trop aveugle aussi pour prêter attention à ce qu'elle discernait maintenant en lui : l'agrément serein d'un homme de quarante-cinq ans qui cherchait une compagne pour la fin du voyage. Aziz avait tiré un trait sur Paris, vendu la maison de la villa Saïd et domicilié ses affaires au Caire. La mort d'une épouse qu'il n'aimait plus l'avait affecté ; elle ne l'avait pas détruit. Il revenait vers Lee, seule rescapée de son ancien monde, la seule qui pour lui eût encore du prix.

Lee à cet instant rêvait d'apaisement et de départs. L'homme qu'elle avait fui à Paris venait la reprendre à New York. Elle considéra le signe avec ce délibéré, non dépourvu d'excès, qu'elle mettait à brûler une vie après l'autre. Elle était fatiguée du macadam de Madison Avenue, lassée des passions indociles.

Jusqu'alors elle s'enflammait, puis elle détruisait. Argylle, Man, Aziz, Holmes en avaient fait les frais – et d'autres encore, dont les noms m'échappent. Pour la première fois, un amant revenait d'au-delà de l'abandon, plus loin que la tempête. Ce n'était plus la violente querelle de l'amour qui blesse et emporte, mais la sensation de retrouver une demeure que l'on a connue, l'odeur amère de ses enduits, la douceur familière de ses recoins. Aziz lui fit sentir qu'elle n'était ni de Paris ni de New York, mais de l'endroit du monde où elle s'appuierait au bras d'un homme aussi longtemps qu'elle en accepterait la compagnie, aussi longtemps qu'un dieu absent consentirait à mêler leurs traces. Il l'attendait, et ne la retiendrait pas.

Lee se sentit légère. Ses passions successives l'avaient étouffée autant qu'un mariage. En posant sa main sur celle d'Aziz au-delà des orages éteints, elle divorça du pire. Sereinement, sans se perdre, elle fut libre.

Tout se précipitait. Lee rompait avec la rébellion qui l'avait enchaînée. Elle se jeta dans la loi qui la délivrait. Elle le fit sans transiger, avec insolence, comme déjà, comme toujours. Dans les derniers jours de juillet 1934, elle épousa Aziz Eloui Bey au consulat royal d'Égypte. Sur la 7e Avenue, dans son tailleur blanc, Lee leva les yeux vers cette prison de verre et de fumée qu'elle allait quitter. Les rues vibraient de chaleur. Tout était bien. Au *Manhattan Registry Office*, le greffier prit sur lui de la mettre en garde contre une union avec un homme de couleur. Elle l'insulta copieusement.

L'été illuminait New York. Brûlant ses derniers vaisseaux, Lee décida de fermer le studio. Elle avait tout, elle n'avait rien. Puis un ultime remords la saisit. Sans ciller, elle câbla à Man Ray qu'un studio et une clientèle l'attendaient à New York. La réponse qui vint de Paris était cinglante.

Alors, sans grand souci de ce qui demeurait, Lee ferma la porte. Aziz la reprenait. Une époque s'achevait. Les malles furent embarquées sur un paquebot de la P & O.

La destination était Port-Saïd.

Nous avons quitté Vienne le 25 octobre 1945. Il avait fallu quinze jours de démarches dans des bureaux obscurs pour obtenir des visas. Cette ville ne serait pas la dernière. Un charme plus fort nous appelait en avant sur la route, vers ces plaines inconnues que l'automne avait saisies. Lee caressa pendant quelques jours l'idée d'un voyage à Moscou. La chose se révéla impossible. Quelque chose s'était tendu entre les deux camps. D'avril à octobre, la belle unanimité de Torgau avait fait place à une méfiance d'animaux qui s'observent. Deux bombes étaient tombées en août sur le Japon : les Soviétiques nous considéraient désormais comme un peuple redoutable. Leurs bureaux refusèrent tout net les demandes d'accréditation. Ils consentaient seulement à faire délivrer des visas pour les pays sous tutelle interalliée. La Hongrie voisine nous était ouverte.

A la mission américaine, un certain major Betz tenta de nous dissuader. L'hiver promettait d'être rude. Les approvisionnements parvenaient difficilement à Budapest où une centaine d'Américains seulement étaient postés en application des clauses de l'armistice signé par le gouvernement Miklos. Une épuration terrible s'abattait sur les Croix fléchées et les partisans de Szalasi : la commission militaire interalliée était présidée à Budapest par le maréchal Vorochilov, qui se taillait la part du lion. Le major Betz en parlait comme d'un pays déjà perdu.

Il nous mit sous les yeux des dépêches d'information classée. On y faisait état d'exactions dans les campagnes hongroises. A Györ, une patrouille soviétique avait assassiné un évêque qui refusait d'ouvrir la cathédrale où s'étaient réfugiées des femmes menacées de viol. Dans l'est du pays, des bandes où se mêlaient déserteurs de l'Armée rouge, pillards hongrois et fugitifs de l'armée Vlassov rôdaient au bord des routes. Une seconde dépêche recensait des disparitions mystérieuses. Le major nous fit part de la préoccupation des Occidentaux quant au sort d'un diplomate suédois, Raoul Wallenberg. Cet homme avait sauvé des milliers de juifs pendant le conflit. Depuis le mois de mars, il avait disparu.

Chacune de ces révélations eut un effet contraire à celui que le major escomptait. J'avais furieusement envie de franchir cette frontière. Et Lee sortit du bureau convaincue qu'il existait des villes plus excitantes, plus réellement perdues que cette Vienne de stuc et de crème fouettée. Tout cela n'était peut-être qu'un prétexte. Il nous suffisait.

Quelques précautions s'imposaient. Lee chargea l'arrière de la Chevy avec des boîtes de pellicule, une capote kaki et des bas nylon obtenus aux stocks US. Elle emportait aussi un nécessaire à maquillage et des cartouches de Lucky. *Vogue* avait accepté de couvrir son voyage contre un sujet pour le numéro de Noël : la mode à Budapest après le siège. Lee s'en amusa. C'était le type même du sujet infaisable. J'avais pris avec moi un manteau, quelques livres, des jerricans neufs et remplis. *Life* me laissait carte blanche.

La veille du départ, un officier de l'OSS vint me trouver au Sacher. Sur ce ton martial et comploteur, repérable à dix pas, qui était celui de nos services spéciaux, il me fit deux recommandations. La première était de prendre avec moi une arme. Je lui répondis que je gardais depuis l'Allemagne un calibre 45 dans le vide-poches de la Chevy, sans en avoir jamais eu l'usage. L'autre recommandation était indirecte. Demandez à Mrs Miller, me dit-il, de prendre en route tous les clichés possibles. Je lui répondis que Mrs Miller travaillait en principe pour le *Vogue* britannique, et qu'elle s'intéressait surtout au plan du visage des Hongroises. Ce fut la première fois que j'eus à constater ce qui allait devenir une règle de l'OSS, puis de la CIA : la tendance à utiliser tout envoyé spécial comme un *stay-behind*.

A l'aube du 25 octobre, nous avons laissé Vienne derrière nous. Lee était assise à mes côtés, et cela seul importait.

Il fallut une journée pour gagner Budapest. La route était étrange. Sous un ciel gris, couleur de rocher, des prés boueux s'étendaient jusqu'à l'horizon. Le long ruban de macadam devenait par endroits une voie incertaine où des blocs déchaussés révélaient la maçonnerie d'anciennes voies romaines. Un vent paresseux poussait dans la glaise les feuilles mortes. La carcasse d'un camion, l'épave d'un char mangé par la rouille et les lichens surgissaient parfois devant nous. La terre avait refermé ses cicatrices en les recouvrant d'une boue humide. Ce n'était plus le parfum cramé des routes d'Allemagne sous les lilas d'avril. C'était une odeur de végétation croupie dans l'eau, une matière spongieuse qui collait aux roues et jetait sur la calandre des giclées jaunes. Ce paysage, si étal que l'on croyait parfois voir l'arrondi de la ligne d'horizon, vous aspirait par le bas comme lorsque l'on marche dans la fange d'un bord de marais et qu'un gargouillis sourd de l'empreinte avec un bruit de succion. Autour de nous, une torpeur dormante pétrifiait sans détruire. Les panneaux indicateurs avaient été redoublés par des pancartes neuves qui indiquaient en caractères cyrilliques la direction de Budapest.

Des buissons hérissés d'épines noires saillaient des fossés de bordure. La trace fraîche des chenillettes, le sillon des convois de camions avaient labouré les flancs de route, dessinant le passage profond des hommes. Leur empreinte se lisait comme l'on trouve parfois incrustée dans le pierrage des ruisseaux la dentelle fossile d'une grande digitale. D'une heure à l'autre, la masse brouillée d'un nuage dérivait dans le ciel.

Des barrages surgirent à plusieurs reprises sur la route. Les sentinelles soviétiques, avec leurs longues capotes et leurs casques enfoncés jusqu'aux oreilles, pointaient sur nous les *banjo-guns* à chargeurs cylindriques. Ils hurlaient de leurs voix rauques : *Dah Vye! Dah Vye!* L'étoile blanche peinte sur la carrosserie ne laissait guère de doutes sur notre nationalité. Mais ils exigeaient nos laissez-passer, les examinaient longuement, tournaient autour du véhicule avec un air méfiant. Lee fut plusieurs fois dévisagée. A Vienne, on lui avait recommandé de dissimuler ses formes féminines, surtout la nuit. Ses cheveux relevés sous la casquette vert olive, le visage maculé par la poussière de la route, l'uniforme de campagne lui donnaient l'air d'un petit reporter androgyne. Les soldats russes finissaient toujours par nous demander des cigarettes qu'ils allumaient en fermant leurs mains en conque, comme s'ils n'avaient connu que des pays de grands vents. En vérité, rien ne nous protégeait d'eux, sinon ces documents qu'ils avaient ordre de respecter. Ils auraient pu nous abattre comme des chiens et plaider la méprise. Ils laissaient passer.

Nous repartions sur la route. A la crête des mouvements de terrain, un village apparaissait de loin en loin. On voyait se dessiner les clochetons à bulbe, les bâtiments ocres et verts. Des silhouettes couraient dans les champs. De vieilles femmes en tunique brodée nous regardaient passer. Une lumière désolée baignait ces hameaux d'où montait une odeur de basse-cour, de paille et de purin. Des porcs erraient entre les acacias plantés autour des bâtisses. On apercevait un instant des charrues immobilisées près des granges, des instruments aratoires traînant dans la poussière. C'était comme un pays de marée basse : le flot s'était retiré, il ne restait qu'une vie surprise par le reflux, désormais prisonnière du sable.

Les blessures de la guerre demeuraient visibles. Près des entrées de sous-bois apparaissait parfois une ferme brûlée aux gros madriers sombres. Des coupes éclaircissaient les herbes hautes à l'endroit où l'on s'était battu. Il n'était pas rare de découvrir en lisière de ces défrichements un carré de tombes surmontées de croix hâtivement assemblées. Ces visions se perdaient dans la tristesse de la plaine comme le souffle de vent dans un tourbillon.

Lee se penchait par la portière. Elle respirait la sauvagerie d'une terre gorgée d'eaux noires. Elle n'était jamais autant elle-même qu'entre deux villes, incertaine du terme, libérée de ce qui resterait en arrière. Un peu avant Budapest, elle chantonna : *We are approaching the river Jordan, crossing into Canaan.* Sa main caressa ma nuque. C'était comme un remerciement. J'étais son guide, elle était ma sœur douce et violente. Oui j'ai traversé les rivières et l'eau du fleuve roulait sur les pierres, oui je suis entré dans la terre que tu m'avais montrée. Nous étions prisonniers de Pharaon et tu as pris ma main pour me conduire où je devais aller. J'irais où elle voulait, à sa guise, dans ce mouvement qu'était sa vie. J'avais fait mon métier en Europe et je savais que c'était la dernière fois, que cela ne durerait pas. Je pensais aux autres correspondants envoyés sur les fronts de cette guerre. Des types rieurs, de grandes plumes trempées sur le vif. Bill Lang, de *Time*. Red Mueller, de *Newsweek*. Joe Liebling, du *New Yorker*. Bob Neville, de *Stars and Stripes*. Ils étaient rentrés, désormais. On leur donnait la direction de bureaux prestigieux. Ils se mariaient. Les disques de *bop* et les films de William Wyler les attendaient. D'une certaine manière, je n'étais plus des leurs. Plus j'avançais, plus je comprenais Lee. Ce que l'Europe m'avait appris en quelques mois, ce lent, ce véneneux enfoncement, elle le savait depuis vingt ans déjà.

Budapest apparut sous une lumière d'automne. Devant nous, en déclivité, on voyait sinuer jusque très loin les boucles du Danube. Il y avait de l'enchantement au sortir des plaines indécises à retrouver l'immense lit sablonneux du fleuve. Le paysage tout entier avait pris une teinte de feuilles tombées. La silhouette de la ville dessinait une masse confuse, ouverte en deux par les eaux lentes. Sur la colline dominant les berges, les restes d'une forteresse se découpaient comme la cheminée éclatée d'un volcan. Le vent inclinait des fumées dans le ciel. Sous la déchirure des énormes nuages gris, la ville prenait une couleur minérale, celle d'un champ de pierres sculptées par l'érosion. A distance, l'œil distinguait de petites barres immergées dans les eaux noires du Danube ; en regardant mieux, on reconnaissait les tabliers de ponts dynamités.

Je dus ralentir. Le ruban de route qui plongeait vers les faubourgs était crevé de trous d'obus hâtivement colmatés par des pelletées de terre fraîche. Les roues arrière chassaient sur cette surface trompeuse. Lee se pencha à l'extérieur, le Rollei prêt au déclenchement. Des silhouettes cheminaient au bord de la route. Femmes chargées de sacs de jute, cyclistes à casquettes. Ces faubourgs ressemblaient à ceux de villes industrielles du Michigan : la même teinte ferreuse, les mêmes appentis dans le carré de jardin, la même route asphaltée qui s'arrache à la campagne pour entrer dans une zone de petites manufactures qui sentent la rouille et l'huile de moteur. Des enfants jouaient au milieu de terrains vagues. Dans un entassement de matelas, de bidons de fer, de marmites, ils avaient édifié des cabanes pareilles à celles que les *hobos* de la Dépression taillaient dans les ronciers bordant les voies ferrées. Une impression de solitude me serra le cœur. Autour de nous, une odeur de pierre charbonnée, de salpêtre et de soupe se mêlait aux effluves croupissants de feuilles mortes.

A un tournant de la route, deux T-34 apparurent postés en faction devant une ruine. Les sentinelles soviétiques levèrent le bras. Je dirigeai la Chevy vers les chars, prévoyant un accueil rude. Mais ceux-là étaient aimables et, me sembla-t-il, légèrement ivres. Leur bivouac respirait l'ennui ordinaire. Un accordéon était posé sur une pierre. Des perches avaient été glissées dans la fente de visée des tourelles ; ils y faisaient sécher du linge. L'une des sentinelles désigna l'étoile blanche peinte sur la carrosserie, puis l'étoile rouge qu'elle arborait sur son épaulette. Nous étions amis, donc. Le soldat fit le geste de remonter sa capote en soufflant – il faisait froid – puis tapota son ventre en soufflant de nouveau – il avait faim, probablement. Lee portait toujours ses cheveux remontés en chignon sous la casquette. Son visage nu aurait pu être celui d'un jeune homme aux longs cils. Les soldats la regardaient bizarrement. Peut-être la voyaient-ils, à travers les brumes de l'alcool, comme un journaliste un peu efféminé. Ils laissèrent passer.

Un lacis d'avenues succéda aux maisons effondrées des faubourgs. Les cicatrices du siège étaient partout visibles. Budapest avait été investie en février par les troupes de Vorochilov. Les canons soviétiques avaient pilonné la périphérie pendant des semaines. Une fois les batteries de *Flak* neutralisées, les pilotes lâchaient leurs bombes légères en volant très bas. Des carrés d'immeubles avaient été soufflés. Puis le feu s'était concentré sur le Vár, la forteresse de Buda où résistaient les acharnés de la SS et les bataillons d'élite de la Wehrmacht.

En roulant sur ces avenues bordées d'immeubles du siècle précédent, on sentait qu'une mécanique monstrueuse avait broyé les arbres, les maisons, les chairs humaines. Le revêtement des trottoirs était explosé en ravines de terre meuble. Des pans de murs noircis par les flammes surplombaient les carrefours. Aux étages apparaissaient des restes de papier peint, des étais de charpente calcinée, parfois le squelette d'un lit de fer suspendu à une corniche. Le ciel couleur de plomb pesait sur ces débris comme un lendemain de catastrophe. Lee se pencha vers moi et dit :

– C'est Paris bombardé.

Les alignements aérés, les arbres arrachés de leur grille, les verrières de fer forgé ressuscitaient en effet l'image d'autres boulevards. Moins une ville d'Orient qu'une cité d'Europe perdue dans la plaine, avec le fantôme de ses élégantes, de ses journaux, de ses cafés. Il en restait quelques silhouettes longeant furtivement les squares. Lee me désigna au milieu d'un jardin de carrefour les tumulus et les croix de tombes récemment creusées. Les Hongrois avaient enterré leurs morts en pleine ville. Au-dessus des porches, des enseignes intactes signalaient le siège d'anciennes boutiques ; on voyait un hérisson, une tourte, un cerf aux longs andouillers. Mais les devantures volées en éclats étaient barrées par des planches sommairement clouées.

Nous n'avions aucune idée de l'endroit où nous dormirions. Il fallait trouver un hôtel. Je suivis à tout hasard une voiture, une Adler solitaire qui allait sûrement son chemin dans les rues. Au sortir d'un entrelacs de ruelles, une trouée s'ouvrit vers le ciel. Devant nous, ce fut soudain l'éblouissement du fleuve. Je garai la Chevy au long du quai.

Le Danube coulait sous un pont effondré. Le soleil couchant allumait des lueurs rouges sur le flot. En descendant de la Chevy, on voyait des gerbes d'eau boueuse battre le pierrage du tablier à demi immergé. Un pont de bateaux avait été arrimé aux berges, veillé à ses deux entrées par des auto-mitrailleuses à l'arrêt. L'eau s'engouffrait tumultueusement sous les arches de bois en ondulant comme la crinière d'un animal sauvage. Dans la distance une île plantée de grands arbres dressait son étrave au milieu des flots. Le vent frisait la surface du Danube en longues vagues répercutées vers l'aval. Plus près de nous, de grands bâtiments ministériels montraient leurs frontons zébrés par la mitraille. Mais le regard était captivé surtout par la silhouette déchiquetée d'une haute forteresse dominant la berge opposée comme une énorme dent creuse. Entre les maisons accrochées à flanc de colline, des taches pareilles à des grappes de fruits pourpres signalaient les poussées d'arbres et le liséré plus fin des coulées de lierre. Le crépuscule noyait d'une teinte vineuse cette falaise habitée. Plus loin que tout, un monde semblait finir là.

Lee se tourna vers moi.

– Tu vois, Dave, nous y sommes arrivés.

Ses traits trahissaient la fatigue du voyage, de tous les voyages. J'ai posé une main sur son épaule. Lee gardait les yeux fixés sur l'île. Peut-être revoyait-elle d'abord, dans cette froidure d'automne, une autre île serrée entre les deux berges d'un fleuve solaire.

Peut-être à cet instant songeait-elle à Zamalek. Nous avons regardé le Danube qui coulait plus loin que nous. La lumière baissait. Il fallait décidément trouver un hôtel.

Au bord du fleuve, un établissement à l'enseigne du Bristol était ouvert. Le réceptionniste nous conduisit à travers les deux étages d'une étrange ruine. L'hôtel semblait vide de tout occupant. L'électricité ne fonctionnait pas. Le réceptionniste nous présenta plusieurs chambres. A la lueur d'une bougie on distinguait une literie sans draps ni couvertures, des murs lacérés, un plancher poussiéreux. Les pièces sentaient le bois brûlé et la crotte de rat. J'eus un haut-le-cœur. Lee tourna les talons. Les pires *posadas* du Nouveau-Mexique empestaient moins. Sans trop d'égards, nous avons laissé l'homme à son taudis. En désespoir de cause, le bonhomme eut la bonté de nous recommander une autre adresse. L'hôtel Astoria, dans la rue Kossuth. Des passants nous indiquèrent la direction avec empressement. Nous allions bientôt découvrir les avantages qu'il y avait à être américain en Hongrie.

Au long de la rue Kossuth, des véhicules soviétiques stationnaient en file. Quand nous entrâmes dans le hall de l'hôtel Astoria, dix regards étonnés se tournèrent vers nous : des officiers russes qui jouaient aux cartes. Sans interrompre leur partie, ils nous suivirent des yeux. Un membre du personnel de l'hôtel nous entraîna aussitôt à l'étage. Il avait l'air gêné. Là encore on nous montra plusieurs chambres sinistres. Il n'y avait pas de chauffage. Sur l'un des lits, c'était un drapeau nazi à svastika noire qui tenait lieu de couverture, comme s'il n'y avait pas eu d'autre ressource en linge de chambre que les dépouilles de l'ancien occupant. Cela sentait la pire, la plus sinistre indigence. Nous commencions à soupçonner quelque chose. Je demandai à l'employé d'hôtel s'il était possible de téléphoner à la délégation américaine. Il nous conduisit avec un soulagement perceptible dans un cagibi, tourna la manivelle d'un téléphone noir, obtint de l'opérateur le numéro demandé. Puis il me tendit avec empressement le combiné. En ligne, une voix grasseyante à l'accent du Middle West parut s'extraire d'un doux sommeil. Puis des exclamations déplaisantes fusèrent. Nous aurions dû nous présenter à la délégation américaine dès notre arrivée. Par accord tacite, les sites de logement étaient répartis entre les différentes puissances alliées. L'hôtel Astoria était territoire soviétique. Si nous restions là, nous serions expulsés avant une semaine sous n'importe quel prétexte. Mon correspondant nous invita, mais c'était presque un ordre, à rejoindre immédiatement un lieu sûr où l'on hébergeait les Américains de passage : le couvent des Sœurs de la Pitié, dans Stefania Ut. Puis il raccrocha.

Je rapportai en aparté le contenu de cette conversation à Lee. Elle grimaça. Mais, après tout, ni les crottes de rat ni les drapeaux à croix gammée n'étaient engageants. Quand nous sortîmes de l'hôtel Astoria, la nuit était tombée. La Chevy redémarra.

Le porche du couvent des Sœurs de la Pitié donnait dans une grande avenue sombre. Je cognai à plusieurs reprises le heurtoir contre le bois. Pas de réponse. L'écho répercutait les coups derrière la porte. Rien. Lee croisa les bras. Puis on entendit un bruit de socques traînées. Une face blanche apparut derrière le grillage du guichet. Lee s'exclama :

– *American correspondents! Journalists!*

Un silence. La porte s'entrouvrit en grinçant. L'ombre blanche nous dévisageait à la lumière d'une lanterne. C'était une jeune religieuse aux grands yeux farouches. Elle referma la porte, tourna furtivement les talons en nous faisant signe de la suivre. Nous étions dans un patio planté qui sentait l'écorce. La lueur de la lanterne éclaira sur les murs des médaillons de pierre. Le gravier crissait sous les pas. La jeune nonne nous entraîna vers un corridor à voûte gothique. Elle bifurqua au fond du couloir et nous désigna une grande porte de chêne. Après avoir repris son souffle, elle toqua avec déférence. Puis elle poussa la porte.

Une silhouette vêtue de bure se tenait assise derrière une table de bois massif. La lueur d'un chandelier dessinait les traits d'un beau visage quinquagénaire. La Mère supérieure nous observa en silence. Dans un anglais un peu altier, elle nous invita à prendre place sur les deux chaises qui lui faisaient face. La jeune nonne sortit en fermant doucement la porte. La Mère supérieure nous considéra quelques instants.

– Vous êtes dans l'un des meilleurs couvents de Hongrie, dit-elle finalement d'un ton très britannique.

Elle regardait Lee avec une évidente curiosité.

– Merci de nous accueillir, dis-je.

– Ne me remerciez pas, coupa la Supérieure un peu sèchement. Les circonstances sont ce qu'elles sont. Nous avons des devoirs envers Dieu. Nous avons aussi, malheureusement, quelques soucis avec notre liberté. Cette maison est ouverte à ceux qui peuvent un jour nous aider à poursuivre notre mission. Notre règle ne s'oppose pas à ce que des hommes vivent ici. Nous l'interprétons ainsi. Des cellules vous attendent. Vous y habiterez. Une remise peut abriter votre véhicule, je vous ferai donner la clef. Personne ne vous posera de questions. Mais je dois vous dire ceci : vous êtes dans un couvent catholique. Vous êtes dans une maison de prière. Nous avons supporté Bardossy et les nazis. Nous savons endurer au nom de la foi. Mais nous voulons être respectées pour ce que Dieu exige de nous. Maintenant il se fait tard. Ma sœur va vous conduire.

– Nous vous remercions, dit Lee.

La Supérieure la considéra un instant sans parler. Cet instant durait. Elle parut hésiter. Puis elle reprit lentement :

– Regardez bien Budapest, dit-elle. Sachez l'aimer. C'était une belle ville...

Elle inclina alors la tête d'un mouvement qui valait congé. La porte se rouvrit derrière nous. La jeune nonne nous attendait.

Dans la nuit, je m'éveillai en sursaut. J'attrapai ma lampe-torche. Le halo éclaira un mur chaulé orné d'un crucifix. Ma montre-bracelet indiquait quatre heures du matin. Il faisait froid. Un morceau de ciel noir se découpa derrière la petite fenêtre haut perchée. J'avais le ventre noué. Ce n'était pas de la faim, c'était de l'angoisse. J'avais envie d'alcool. J'étais seul.

Je me levai en tâtonnant, enfilai mon pantalon et mes bottes. Les religieuses avaient laissé quelques bougies sur la table. Une sensation de manque me tenaillait, comme une nausée. Lee dormait à trois portes de là, dans une cellule du même couloir. J'avais besoin de la voir. Une prémonition aussi forte qu'un mauvais rêve me disait qu'elle était partie. Peut-être était-ce seulement de ne plus l'avoir avec moi. La guerre nous avait sonnés. Et puis nous avions continué en avant, au-delà de la paix, en nous tenant l'un à l'autre comme des enfants perdus. Lee était une drogue, je le sentais bien maintenant qu'elle m'était enlevée pour une nuit.

Le couloir était désert. Un rayon de lune baignait

340

le sol. J'avançai en retenant mon souffle. Quelques pas encore, j'actionnai le loquet, poussai la porte et la refermai silencieusement derrière moi. La lampe-torche éclaira le grabat. Lee était pelotonnée sous une couverture. Le rond de lumière courut dans la pièce. Où que nous allions, elle reconstituait un désordre pareil au pêle-mêle d'un *dressing-room* jonché de robes. Je connaissais le rituel. Lee jetait tout en vrac, sauf les deux Rollei qu'elle sortait de leur étui. Elle effleurait du doigt les arêtes nickelées, nettoyait l'appareil avec des chiffons secs. Ses gestes avaient la sûreté d'une petite main qui plie l'étoffe aux lignes d'ourlets. Les deux appareils étaient alors réencastrés dans leur logement, la sacoche soigneusement rangée dans un coin de la pièce.

Je repérai la sacoche au pied du lit. Les bottes avaient volé sur le dallage. Un pack de pellicules était posé sur une tablette à côté de sa casquette et d'un petit carnet.

Lee se retourna dans son sommeil. Elle était bien là, endormie dans la cellule d'un couvent de Budapest. Un chien hurla au loin. Lee fit une moue d'enfant contrarié. Je m'approchai d'elle. Son sommeil n'était pas serein. Les lèvres exhalaient un parfum d'alcool. Une contraction plissait son front. Soudain Lee ouvrit les yeux. Sa bouche muette s'arrondissait, je crus qu'elle allait hurler. J'écrasai ma main sur sa bouche, Lee se crispa, sa main agrippa la mienne. Je desserrai l'étreinte.

– C'est toi, Dave, dit-elle d'une voix embrumée.
– Mais oui, c'est moi.

Lee cligna des yeux comme on sort d'un rêve. Puis elle se redressa et se laissa couler dans mes bras. Je la serrai très fort. Ses cheveux flottaient sur mon épaule. Elle tremblait.

– Tu as froid?
– Non, ça va... Qu'est-ce que tu fais, Dave?

341

– Je dormais mal.

Elle se serra plus fort contre moi.

– Alors reste ici, dit Lee. Reste. J'ai peur.

La voix était hypnotique. La voix des premières nuits de Paris. De nouveau une bête tapie en elle-même semblait se réveiller. Et cette présence était beaucoup plus menaçante que toutes les ombres de la route.

– De quoi as-tu peur?... Tout est calme, Lee.

Elle avait laissé sa tête sur mon épaule. Je la sentais contre moi.

– J'ai peur. Depuis Rosenheim j'ai peur. Je ne peux pas parler de ça.

Il y avait un reste de songe, ou de cauchemar, dans sa diction ralentie.

– Mais si, parle. Parle-moi, Lee.

Je sentais ses seins légèrement pressés contre ma poitrine. Sa voix devenait plus claire.

– Je fais un rêve, articula-t-elle. Toujours le même.

– Quel rêve?

Elle passa une main dans mes cheveux.

– Je vois mon père. Sa tête est cachée sous un voile noir. Mon père me regarde derrière son appareil. Il veut que je le rejoigne... que je mette mon œil à la place du sien. C'est idiot mais je n'y arrive jamais. Je ne peux passer de l'autre côté.

– Ce n'est pas si terrifiant.

– Non, dit Lee. Mais je suis paralysée... Alors d'autres arrivent pour prendre ma place... Je vois Steichen qui me sourit. Je vois Hoyningen et Horst qui me font de drôles de grimaces. Et Man... Ils me regardent derrière la caméra. Je prends racine, mes jambes sont lourdes. Alors je m'enfuis... Je marche au bord de l'eau... Il y a des gens qui courent. C'est un pays de femmes brûlées. Des femmes meurent dans les flammes... Mais c'est en moi que quelque chose brûle, au fer rouge. Une brûlure atroce. Entre mes jambes, Dave, entre mes jambes. Ils ont tout brûlé...

Je sentis ses ongles s'enfoncer dans mon dos.

– Calme-toi, Lee.

Elle me serra plus fort.

– Je ne veux pas de cette chambre à Brooklyn, je ne veux pas. Je vois son visage. En rêve, je vois son visage.

– Le visage de qui?

Un sanglot la secoua. Elle parlait. Elle pleurait.

– Je ne sais pas, Dave. Il a le visage de Man, le visage d'Argylle, le visage d'Aziz... Je ne sais même plus son prénom. Je joue dans une chambre sombre, comme ici. Les rideaux sont tirés. Il pousse la porte, il entre. Je lève la tête. Devant moi, sur le parquet, il y a deux poupées. Je porte une robe claire, des socquettes, des souliers à boucle. Il s'approche, il s'agenouille. Il caresse les cheveux de laine des poupées. Il me parle, il m'appelle Lee Lee. Il me dit que je suis gentille. Je lui souris. Puis ce sont mes cheveux qu'il touche, Dave, comme tu les touches maintenant... Mais c'est normal, ma mère aussi me caresse les cheveux, et mon père... Je le laisse faire. Il me dit que je suis une belle petite fille, que je dois l'aimer... Est-ce que je l'aime? Mais oui, je l'aime bien, j'ai sept ans... Il passe un doigt sur ma bouche, il me dit « est-ce que tu veux mordre mon doigt? »... Oui, je veux bien mordre son doigt, comme un chiot je le mordille. C'est drôle. Son autre main remonte sur mes jambes, il redescend, puis il remonte, c'est une sensation curieuse. La peau picote, frissonne, cela fait un creux dans le ventre. Il n'y a personne d'autre dans la maison, seulement les bruits de la rue... Où sont passés les autres, je ne sais pas... « Regarde, dit-il, moi aussi j'ai des jambes, plus longues que les tiennes. Tu peux toucher mes jambes, elles sont dures et fortes. » C'est amusant de toucher les jambes d'un grand, il a dix-huit ans, très vieux déjà... Il prend ma main, la fait remonter sur la toile du pantalon. Il la place en haut. Il y a une bosse sous ma main, je la sens tendue entre ses jambes... Sa main descend vers la ceinture, il tire la languette hors du passant... Son visage a pris une expression bizarre... A quoi veut-il jouer? Je n'ai pas peur, pourtant... Et même j'ai envie de regarder. Il a débouclé sa ceinture, il attend. Il respire plus vite. Il repose ses mains plus fort sur mes cuisses, il roule sous ses doigts la culotte de coton. « Enlève ça, Lee Lee, il fait bien trop chaud. Je sais que tu as trop chaud. » Ses mains tirent sur le tissu, il fait glisser le caleçon sur mes jambes. Mais non, je ne veux pas qu'il prenne ma culotte, pourquoi fait-il cela?... Sa main passe sous ma robe, mon ventre se creuse encore, j'ai le vertige... Des gouttes de sueur coulent sur son front... Sa main, Dave, sa main remonte vers mon sexe lisse, mon sexe d'enfant... D'abord il y a eu un étrange plaisir, mais maintenant j'ai peur... Il me fait basculer sur le dos tandis que sa main dégrafe tout à fait le ceinturon. Son pantalon tombe sur ses chevilles. Puis il se place au-dessus de moi, les coudes appuyés de part et d'autre de ma tête... Il va tomber sur moi, m'écraser, j'ai peur... Il baisse brusquement son caleçon, il y a entre ses jambes une chose énorme, tendue... Non, je lui dis non, laisse-moi tranquille... Et lui : « Doucement, Lee, doucement, ne bouge pas. Je ne veux pas te faire de mal »... Mais si, je sens son souffle sur moi, il m'emprisonne le bras, mon cœur explose, la panique me mange le ventre... Je suis une petite fille, Dave, je ne sais pas ce que font les hommes et les femmes... Je crie, il pose sa main sur ma bouche, il m'étouffe, je me débats... Il y a une lueur très méchante dans ses yeux, une lueur folle comme je n'en ai jamais vu, il

344

veut me tuer, je suis certaine qu'il veut me tuer, et papa n'est pas là, ni maman, pourquoi m'ont-ils envoyé là, pourquoi m'ont-ils laissé partir... Il soulève ma robe avec un affreux sourire, je hurle mais personne ne vient... Personne... Oh, Dave, mon ventre me brûle... Il veut me tuer... Il me déchire... Il a fait entrer la mort en moi, pourquoi fait-il cela... Pourquoi...

Sa main avait serré mon bras à le rendre bleu. Elle se mit à sangloter contre mon épaule. Je tenais Lee contre ma poitrine, et pourtant j'étais bouleversé comme si je l'avais perdue. Je la détachai doucement de moi en l'aidant à s'allonger sur le lit. Il me sembla que des pas résonnaient dans le couloir; puis le silence revint. Lee demanda à boire. Je pris une bouteille de scotch dans son havresac, en avalai une gorgée et la lui tendis. Elle but avidement. Le sol se dérobait sous mes pieds. Je haïssais ces moments où elle souffrait, mais chaque fois son vertige me portait vers elle avec encore plus d'amour. Je voulais la protéger, et je voulais la suivre aussi.

Lee reposa la bouteille et m'attira à elle. Ses yeux brûlaient. Elle caressait mes cheveux.

– Toi non plus tu ne veux pas me faire de mal, David?

– Non, Lee, je ne veux pas.

Elle effleura mon cou de ses lèvres.

– Tes jambes sont dures et fortes, David. Vraiment dures et fortes.

– Arrête, Lee.

Ses mains passaient plus vite dans mes cheveux.

– Tu ne veux pas que je te morde un doigt? Tu ne veux pas, David? Réponds-moi. Dis-moi que tu le veux.

– Non, Lee.

Sa bouche se perdait dans mon cou, elle m'embrassait en bougeant lentement la tête.

– David?

– Oui.

– Tu vas faire ce que je te dis.

Elle me mordillait les lèvres. Ses yeux se fermaient.

– Dave?

– Oui, Lee.

– Maintenant fais-le. Maintenant.

– Quoi?

Elle rouvrit les yeux.

– Viole-moi, Dave. Viole-moi.

Quelque chose à Budapest se trouble, mais peut-être n'est-ce que ma mémoire qui se voile d'une légère buée. Je nous revois sortir le matin suivant dans la rue Stefania. Par une étonnante faculté d'amnésie, Lee était presque pimpante, comme si elle avait pour un temps conjuré ses démons. Elle avait noué autour de son cou un filet de camouflage, un *fishnet* réglementaire qu'elle portait en foulard. Je revois la tenue vert olive, la visière de casquette inclinée; Lee avait passé en bandoulière son étui à Rollei, prête à courir la ville pour trouver de nouvelles images.

Je suivais moins bien l'allure. La plaine magyare, avec ses marais et ses feuilles putréfiées, me laissait sur la rétine un éblouissement jaune. L'étrange scène de la nuit me serrait la gorge. Peut-être ressentais-je confusément que les événements des derniers mois suivaient un scénario dont je n'étais pas le maître : chaque incident amené par le hasard était apprivoisé par Lee comme si elle avait suivi pas à pas une histoire plusieurs fois écrite. Au long de cette course aléatoire, elle retrouvait des bornes, souvent douloureusement, parfois jusqu'à s'y perdre, mais elle les retrouvait. Ces nuits dangereuses, elle les avait déjà arpentées. Ces routes jalonnées de cadavres ne lui étaient pas étrangères. J'avais cru la guider, et à une reprise au moins je l'avais tirée d'affaire. Mais le fil que nous suivions était le sien. Il m'amenait à une bien curieuse conclusion : plus nous avancions dans l'espace, plus Lee remontait dans le temps. Elle s'enlaidissait, elle s'amoindrissait délibérément. Mais ce n'était pas par coquetterie d'ancienne belle. Elle recherchait plutôt, en effaçant ce qu'elle avait été, une sorte de salut. Son corps vif avait été figé par les studios, puis les hommes qui la pétrifiaient d'un *snapshot* avaient remisé leurs clichés dans les cartons de l'exil. Lee était morte une première fois en leur léguant ce profil. Pour survivre, il lui fallait biffer ces anciennes images. Elle cornait le papier, rayait le tirage d'un ongle très sûr.

Lee avait vu sur les chemins d'Est se lever l'atroce chiennerie de la guerre, et le souci d'elle-même s'anéantissait dans la pitié du monde. Ce qu'elle récusait, mais ce qu'elle reconnaissait aussi au long de ces plaines incendiées, c'était une partie d'elle-même – la pire. Quand le feu a frappé, il ne reste que l'odeur noire de l'éclair; les dieux mauvais se retirent, repus de destruction. Lee traversait ces immensités livrées aux bandes prétoriennes, ces villes où les hommes avaient faim. Ce qu'elle attendait de la vie était aussi là, l'énigmatique désir de mort, la trace rouge qu'un corps laisse sur le sien.

A Budapest, nous marchons dans une ville proche de l'hiver. Je ne sais si je discerne bien les formes, leurs contours, leur désastre. Lee me guide; elle voit ce que je ne vois pas. Elle remarque une confiserie en ruine où nichent des mendiants. Au bord du fleuve, les berges limoneuses s'alanguissent sous un ciel gris. L'armature de fer du Lánchíd, du *pont de chaînes*, rouille au milieu du flot. Le Danube est blond, disent les Hongrois, mais je ne regarde qu'elle, si blonde, si mienne alors. Lee porte sa fatigue sans y consentir : elle a soudain cette maturité calme des femmes qui vous connaissent et que l'on connaît. Elles ont de l'indulgence et peut-être de la gratitude, elles peuvent s'asseoir silencieuses en disant des riens avec une sorte de tendresse. Et cela n'éteint pas la passion, bien au contraire; cela les rend passionnément adorables.

Lee me désigne un bas-relief abrité par une niche de pierre : une déesse antique au front ceint de lauriers. Elle photographie le bas-relief. A cet instant Lee a le cerne délicat, le visage tranquille de la figure de pierre. Je crois retrouver la belle de Colmar dans les tavernes de la Lauch. Elle rit, se jette dans mes bras, je l'embrasse comme une fiancée. Et pourtant la nuit d'avant elle pleurait.

Nous marchons dans la rue Apród. Une plaque couverte de mots hongrois est restée vissée sur une façade. Elle indique un nom, Semmelweis. Il est probablement né là. Je pense à l'*Allgemeines Krankenhaus* de Vienne, à l'enfant bleu qui mourait dans son lit de fer. Lee presse le pas. Des escaliers à balustres se penchent sur le vide. Nous croisons des passants emmitouflés qui transportent des billes de bois. Au bout d'une ruelle plantée de saules un petit café a relevé son rideau. L'intérieur est sombre comme un antre de pirates. Des gueules farouches se lèvent vers nous, puis replongent le nez dans leur verre. Le barman nous sert deux verres de kummel. Je paie en pengos. A chaque pays sa monnaie, l'Europe ressemble aux visages de vieillards gravés sur ses billets. Lee fait la folle, me tend sa main à baiser, se cache dans mes bras. L'alcool réchauffe le ventre. Je veux embrasser ses lèvres, ses lèvres sanguines comme une grappe écrasée. Je regarde ses yeux profonds. *Viole-moi, Dave, viole-moi.* Qui est-elle?

Je n'ai pas oublié le charme de ces premières promenades, et chaque nuit le bruit du vent autour des cellules de Stefania Ut. Il me fallut quelques jours pour reprendre pied. Je devais une *story* à mon journal. Lee cherchait de son côté quelques jeunes femmes qui pourraient poser pour son sujet. Le thème était obscène, et elle le savait. S'il y avait une mode dans la ville, c'était celle des réfugiés qui se terraient dans les souterrains du Vár, les pieds chaussés de chiffons et de godillots crevés; c'étaient les manteaux râpés des passants et les capotes des ordonnances soviétiques, ou bien ces jeunes mères en guenilles qui faisaient la queue pour obtenir des bidons de lait. Lee décida finalement de photographier quelques Hongroises de la rue, vêtues d'un rien, mais si jolies, si insolentes qu'elles paraissaient de jeunes reines. Je commençai de mon côté à enquêter et, d'une certaine manière, je ne fus pas déçu.

Budapest bruissait de menaces sourdes. Dix mois après le siège, une odeur de chairs décomposées collait encore aux vieilles pierres du Vár. Des Hongrois de Slovaquie, de Voïvodine et de Transylvanie roumaine erraient affamés dans les faubourgs. On acclamait l'expulsion d'Autriche de l'archiduc Otto de Habsbourg : la Double Monarchie tant honnie par les vieux Hongrois s'effaçait pour toujours. Mais les T-34 des libérateurs protégeaient une jeune garde rentrée de Moscou. Ces hommes s'appelaient Rakosi et Nagy, Gerö et Revai. Un chef de la résistance intérieure, Rajk, était depuis la guerre d'Espagne leur Robin des bois. En mars, les communistes avaient inspiré au gouvernement provisoire une réforme agraire secrètement dictée par Moscou : l'aristocratie expropriée était déjà à terre. En novembre, ils venaient d'entrer dans le cabinet d'union nationalme présidé par le pasteur Tildy. Des guimbardes couvertes d'affiches se croisaient sur les avenues jonchées de feuilles mortes; les rares tramways qui circulaient étaient assaillis par les partisans de Rajk qui y déployaient leurs drapeaux rouges. Dans le quartier du Vár, des vieillards sortis du crépuscule

350

habsbourgeois devisaient avec des employés portant à la boutonnière une tulipe ottomane, l'ancien symbole des partisans de Kossuth.

Les marchés de la ville n'étaient plus approvisionnés. Des caravanes de citadins se dirigeaient en vélo ou en camion vers les campagnes pour acheter de la nourriture. Comme le cours de l'or et des monnaies fortes changeait deux fois par jour, le pengo d'avant-guerre, qui était toujours la monnaie de compte, était devenu sans valeur. Les paysans exigeaient donc d'être payés en nature. Les cuisines, les garde-robes, les salons de Budapest se vidaient. Une manne de bijoux, de chemises de soie, de tapisseries françaises, de lustres métalliques, de tissus coptes, de moulins à café, d'orfèvrerie d'Augsbourg, de pièces de moteur, de poupées bavaroises, de scies à métaux, d'instruments de musique, de pyjamas en pilou, de postes à galène, de pendules, de légendaires de la fée Hélène, de vieux dolmans élimés migrait vers la campagne hongroise en échange de bottes de poireaux et de carottes, de tubercules et de pommes rainettes, de salades et de navets noirs.

Des rumeurs couraient sans cesse la ville. Le nouveau ministre de l'Intérieur Imre Nagy régentait une police politique, l'AVO, qui pourchassait les dignitaires des Croix fléchées et les partisans de Bardossy, l'ancien Premier ministre nazi. Mais on évoquait d'étranges disparitions. Un aristocrate de grande influence, le comte Bethlen, était porté manquant; les Hongrois de la rue chuchotaient un mot : *Siberia*. En vérité, cette ville n'était plus assiégée. Elle était désarmée. Les canons refroidis attendaient une autre guerre qui viendrait de l'intérieur. Les forts de Budapest avaient été dégarnis : l'armée soviétique postée à la périphérie tenait virtuellement la ville.

La Hongrie où j'ai passé quelques semaines de l'hiver 1945 n'était pas encore un pays communiste.

Mais le crépuscule tombait une dernière fois sur le centre fracassé du monde. La statue de l'illusionniste Ferencz Kazinczy surplombait toujours la ville. Bientôt le noir se ferait dans la salle. Au milieu des bibliothèques éventrées, il n'y aurait plus que le vent pour tourner les pages de la mémoire.

Je consigne cela pour me convaincre. En décrivant Budapest, je ne pense qu'à Lee. La nuit vient de tomber sur New York. Les lumières s'allument de l'autre côté du parc. Sur mon écran de télévision, son coupé, le président Ford et le chancelier Schmidt se congratulent. Je me vois comme un autre, presque comme un mort.

Je ne saurais dire si l'homme qui gravissait les escaliers du Vár dans la brise du soir se confond avec celui qui tient cette plume. Ce qui est irrévocable est perdu, ce qui ne reviendra pas s'achève. Si ma vie ne trouve forme que pendant ces quelques mois d'Europe, alors tout ce qui est venu après m'a été donné par surcroît. Cela m'a prémuni contre l'amertume, parce que j'avais déjà trouvé ce que je n'attendais pas, une élucidation, une certitude plus forte que le mystère d'avoir été là.

Souvent je me suis demandé pourquoi cette rencontre m'avait été donnée presque précocement, et par qui? Si j'étais croyant, je devrais postuler que ce qui transfigure les actes vient de Dieu, loue sa création. Si je ne le suis pas, ce qui est finalement plus difficile, je dois accepter l'absence de signe, le pur hasard. Je rencontre Lee en août 1944, nous sommes deux personnes déplacées lancées dans un voyage où se dévoile l'horreur du monde. Et plus nous nous enfonçons dans les ténèbres, plus j'entends ce que je n'avais jamais entendu, un cri de vérité blessée, le hurlement d'un être qui enfouissait sa tête entre ses bras comme un enfant à qui son père ne pardonnera plus.

Lee ne parlait jamais très longtemps du passé. Ou bien par bribes, dans la Chevy, aux moments où elle rêvait. Je n'ai pas compris tout de suite ce qu'elle était et ne voulait plus être. La fabuleuse beauté des années vingt devenait une femme qui n'aimait que le présent, son métier, les routes que l'oubli ouvrait devant nous. Elle avait connu des artistes, mais ils restaient pour elle les visages d'une jeunesse, sans cet apprêt que l'histoire a très vite posé sur eux. Lee ne les avait pas ratés : elle était des leurs. Mais elle ne tirait de leur amitié aucune présomption – c'était le contraire d'une prétentieuse. Jamais je ne l'ai entendue émettre un jugement esthétique. Elle saisissait son Rollei, prenait ou ne prenait pas le cliché. C'était tout, mais tout était là. Cette guerre l'avait portée vers des spectacles atroces. Elle ne les avait pas refusés, et je crois même qu'elle les recherchait. Quelque chose de beaucoup plus grand que nos vies était soudain donné. Elle me l'a dit à Rosenheim : *Cette guerre était horrible, et excitante aussi.* Lee a payé pour être libre une dernière fois.

J'ai aimé qu'elle ne s'aime pas. J'avais connu des coquettes, des cupides, des cœurs tendres. Je les trouvais souvent prédatrices, généralement égarées sur ce qu'elles peuvent attendre des hommes. On connaît tout cela, les flirts de vanité, les chantages ordinaires, les maternités jouées au *Stock Exchange*. La plupart des gens s'y résignent et suivent leur vie au fil d'un songe triste. Lee, quand je la rencontre, est vaccinée. Elle a traversé les images et les reflets d'images. Elle a eu à ses pieds qui elle voulait, et même les autres. Elle était dégrisée d'avoir connu toutes les griseries, les beaux fracassés dans leurs aéroplanes, les femmes embrassées de Montparnasse, et aussi la sagesse du désert. Elle pouvait du jour au lendemain choisir la reddition, se jeter dans les bras de la Standard Oil. Tout était tracé, à cinquante ans les thés au Knightsbridge Hotel, les pharisiens de la grande banque, le plaid sur les genoux, les piqueurs saluant *lady Elizabeth*. Et puis quoi?

En Hongrie elle oubliait, mais elle oubliait violemment, et je revois son profil dans la fumée d'un café de Pest, comme elle riait, d'un rire de délicate qui a tout piétiné, tout voulu. Elle m'a fait cette grâce de ne rien épargner, ni elle ni moi, et pourtant, quand elle me tendait la main et que j'y déposais un baiser, à son air moqueur alors, je savais qu'elle acceptait, qu'elle consentait. J'entends sa voix un peu fauve, fléchie par l'automne, sa dilection pour les mots français, elle aimait *horizon* et *double jeu*, elle les prononçait comme on ôte un gant invisible. J'ai encore cette empreinte de sa main dans la mienne, les gestes brûlent et se défont, et cette main que je ne reprendrai pas dessinait je ne sais quoi dans l'air, ou plutôt je le sais, un signe, un chiffre qui s'est perdu et que je ne retrouverai plus.

L'Égypte, à l'arrivée, fut comme un rêve. Au débarcadère de Port-Saïd, une Packard grise et un chauffeur les attendaient. Lee se souvenait de ce premier voyage sur des routes improbables, de la lumière éblouissante. Les mosquées faisaient le dos rond dans la pierraille. Les klaxons réveillaient des mules allongées sur le chemin. Lorsqu'ils atteignirent les faubourgs du Caire, Aziz lui désigna la pointe d'une île séparée des berges par un étroit chenal. La Packard s'était engagée sur un pont où tout un peuple de fellahs conduisait ses négoces. Les stocks déchargés des felouques s'étalaient sur des tréteaux où les guirlandes de fruits côtoyaient les plumes d'autruche et les ananas du pays de Pount. La Packard s'engagea dans l'allée centrale de l'île de Gezireh. Des villas dormaient au fond des parcs. Les étendues gazonnées du Sporting-Club et de l'hippodrome posaient leurs taches vertes sur l'horizon. Un théâtre d'été déployait ses gradins vides au bord du fleuve. C'était Zamalek, quartier des résidences et des *lawns* de golf, une Angleterre brunie sous les coupoles des palais khédiviaux.

La voiture bifurqua, suivit un mur d'enceinte puis franchit un portail. Les vantaux se refermèrent sur la rue. Une allée ombragée d'acacias lebbakhs conduisait vers une esplanade. Devant ses yeux, une grosse bâtisse victorienne entourée de plantations odorantes venait d'apparaître. Un flamboyant des Indes lançait ses feuilles vers le ciel. Des euphorbes rouge sang éteignaient leur éclat dans la poussière. Le soleil jouant à travers les arbres dessinait sur la façade des points de lumière pareils à un rehaut de gouache. Aziz et Lee gravirent l'escalier main dans la main. Deux ifs taillés en boule flanquaient la porte. Un serviteur l'ouvrit devant eux comme par enchantement.

Ils se trouvaient dans un hall auquel des tentures vert d'eau donnaient une couleur d'aquarium. Sur les murs étaient accrochés des selles en peau de daim, des éperons dorés et deux fusils d'acier bleuté. Un nécessaire de brosses en soie de Kent, avec sa glace d'ivoire jauni, dormait sur le sol. Une gueule de crocodile béait sur la paroi. On aurait pu se croire dans un country-club du Kenya, une antichambre de dieu chasseur.

Le serviteur poussa une porte de bois verni. Un grand salon à l'anglaise s'offrit à la vue. Tout y était arrêté, suspendu dans un sommeil de cloître. Des rideaux de damas retenus par des embrasses en torsades voilaient l'éclat cru du soleil. On avait posé des porcelaines de Bristol sur deux crédences qui fleuraient l'enduit de copal. Autour d'une table basse, trois fauteuils de cuir à large têtière faisaient pendant à un sofa recouvert de chintz. Sur la table étaient disposés des étuis de cuivre, un porte-cigarettes d'ambre et des revues variées – l'édition hebdomadaire du *Daily Mirror*, le *Sphinx* d'Alexandrie et des journaux de Paris. Aziz la prit par le bras et l'embrassa.

Au cœur de la pièce, une cheminée de cottage à tablier sculpté attendait l'hiver munie de ses allume-feu en sapin et de ses chenets de fer forgé. Lee se sentit comme une panthère lâchée dans un cabinet de cire. Elle frôlait les plantes luxuriantes étouffant dans leur pot, de hautes digitales, des caroubiers de serre. Sur le mur, une estampe montrait l'arrivée de la malle de Brighton entourée de valets de pied en livrée pétunia. Ce silence de château n'était troublé que par la rotation lente d'un ventilateur dont les pales éventaient le plafond. Dans un redan lambrissé de la pièce était aménagé un salon de bridge. Les paquets de cartes posés à côté des boîtes de cigares verts attendaient la main du joueur. Sous une carte des Indes occidentales, un meuble tournant abritait des liqueurs, bouteilles de porto et de sherry, absinthe français à soixante-huit degrés. Au fond d'une niche était posé un cendrier creusé dans une patte d'éléphant. Lee se laissa tomber dans un fauteuil. Elle entrait dans le monde des choses.

Au Caire, Lee ne fut prisonnière que d'elle-même. Avec toute la prévenance, avec tout l'amour dont il était capable, Aziz la traita comme une reine. Elle avait vingt-sept ans, et le sentiment déjà d'avoir traversé plusieurs vies. Quelques mois durant elle pensa que celle-ci serait la dernière. Lee avait trouvé la maison intacte, comme neuve. Aziz avait eu soin de faire disparaître la garde-robe, la correspondance, les fards, tous les signes d'appartenance ou de possession qu'une femme morte avait laissés derrière elle. Il lui fit sentir qu'elle était dans cette demeure comme la première des premières.

Au début, Lee fut une captive consentante. Elle s'éveillait. Aziz déjà n'était plus là. Ses occupations à la Misr Bank, ses loisirs de *sportsman* le retenaient, elle le comprit vite, dans un monde de billets gagés et de chasses au canard. Non qu'il ait manqué d'attentions ou d'égards. Mais pour lui le jour était aux hommes et la nuit aux femmes. Lee avait l'usage de ses journées et la liberté de les agrémenter. Elle ne fit rien, s'abandonna au hasard des heures. Son Leica de New York dormait dans une housse.

Après le petit déjeuner qu'elle prenait dans sa chambre, Lee descendait fraîchement douchée, vêtue d'une robe de lin ou de shorts clairs. Elle traversait le salon et passait dans la bibliothèque. Lee prenait un livre sur les rayonnages, le feuilletait, le replaçait. Son doigt glissait sur les reliures, s'arrêtait sur un titre. *Nicolas Nickleby*. La vie de Kossuth. Les œuvres de Magnus Hirschfeld. Un Baedeker de 1935. *L'Éducation sentimentale*. Les discours de Béatrice Webb. *L'Odyssée*. Puis elle retraversait le salon, poussait une porte.

La terrasse couverte s'offrait à elle avec son vélum, son rocking-chair, ses commodités de paquebot. La scie des criquets envahissait l'étendue. La chaleur ployait déjà les massifs de sabals et de jacarandas. Elle fermait les yeux, les rouvrait. Une poussière dormante brillait sur les gazons.

Lee descendait les quelques marches donnant sur le jardin, puis marchait vers les communs détachés du logis principal. Un ancien fournil de brique y avait été aménagé en seconde cuisine. Elle trouvait là deux acolytes qui avaient d'emblée gagné sa sympathie. Le cuisinier soudanais, une face boucanée sortie du puisard, s'inclinait devant elle en souriant de toutes ses dents. Il s'activait aux fourneaux sous l'œil d'un singe chapardeur, un *spider-monkey* au poil gris qui boudait sur son perchoir. Lee s'attardait auprès d'eux, dans une odeur de légumes et de friture fraîche. Le cuisinier avait été formé à l'école italienne. Il régnait sur des jarres remplies d'huile d'olive, de cheveux-de-paillasse, de vermicelles génois. Il conservait dans des pots de grès les condiments et herbes du delta, fanes, mélisses et laîches des marais. Lee tâtait la croûte des *pies* au poulet, humait les fromages fondus et les laitances. C'était une autre sorte d'atelier. Les poissons du Nil, surpris d'être passés si vite de la vase au linceul de beurre, jetaient sur la table leur rictus de gangsters abattus. Les farces moelleuses craquaient comme un cuir de divan. Le cuisinier offrait à Lee, sur un sofa turc, des carrés de palmier doum taillés dans la pulpe. Le *spider-monkey* surveillait jalousement le plateau des pâtisseries où s'alignaient les abricots au sésame, le kadayif pistaché, les tartes à l'orange.

Lee ressortait dans la lumière. Le soleil caressait son visage. Elle entendait derrière elle les imprécations du singe. Elle marchait plus avant dans les jardins, descendait vers une petite pièce d'eau où se chauffaient lézards et tortues naines. A son approche, les lézards se glissaient sous les feuilles et filaient dans les anfractuosités. Lee cueillait entre le pouce et l'index une tortue plus lente. Les pattes gourdes du petit chélonien remuaient comme une nageoire entravée. Elle levait l'animal jusqu'à son visage, le reposait dans sa paume, puis le laissait aller sur une dalle. La tortue naine se hâtait autant qu'elle le pouvait, encombrée de sa carapace tel un fuyard ralenti par le bât. Ainsi en allait-il des destinées, avec leurs élévations et leurs abaissements : une main invisible vous désignait, vous soulevait puis vous libérait sans nécessité.

L'odeur des arbres dattiers se mélangeait aux senteurs de terre rouge. Lee écartait de la main une retombée de palmes et s'engageait dans une allée ombragée de lauriers somalis. Elle s'arrêtait, traçait à la pointe d'une branchette des signes dans la poussière. Poughkeepsie, New York, Paris, New York de nouveau, l'Égypte. Quelle main l'avait déposée, elle aussi, au bord de ce fleuve tapissé par les limons de l'origine ? La propriété était bornée par un grillage qui courait au long de la berge du Nil. A travers un mur d'eucalyptus, Lee apercevait la longue bôme flexible des bateaux à voile latine. Il montait un bruit de perches raclant les fonds pierreux. Le monde n'était plus que cela : le reflet dans l'eau des felouques cramoisies, leurs drisses pavoisées, le soleil perçant entre les feuilles.

Lee glissait sur l'instant sans rechercher une fois encore le litige avec les autres, avec elle-même. Un fleuve immémorial coulait devant ses yeux, et l'inclinaison des palmiers sur l'onde lui offrait une ombre sans effet, un spectacle sans cause. Ici rien ne l'attendait, rien ne recevrait d'elle son sens ou sa fin. Il fallait acquiescer ou partir. Elle restait. Dans la touffeur des longs après-midi, lorsque la lumière filtrée par les stores tombait sur les cuivres jaunes du salon et qu'une torpeur endormait la pièce dans son suaire de damas, elle avait senti, pour la première fois peut-être, que les choses valaient mieux que leur image : qu'il y avait une douceur à être là. Derrière les moustiquaires qui enserraient les pièces comme un filet, elle se laissait couler dans une existence sans souci où le besoin n'existait pas. Lee avait fui dans les villes, cherché à l'abri des façades un endroit où on ne la regarderait plus. Elle avait donné sa jeunesse à des hommes dont elle se jouait sans les comprendre – mais fallait-il comprendre? Ils lui étaient apparus comme une peuplade abusée, plutôt amusante, mais rétive à l'exception. L'exception, c'était Man. Il connaissait l'envers des images, il lui avait appris qu'il n'est pas illusoire de vouloir exister au-delà de soi-même. Man l'avait dominée, et plus encore il l'avait étonnée. Dans la bohème de la rue Campagne-Première, Lee avait découvert l'exigence, la réclusion dans la chambre de développement tandis que les heures couraient sur l'horloge. Jusqu'à Paris elle n'était qu'une fille rebelle. A Montparnasse elle était devenue libre d'être autre chose : Man, en la contraignant, lui avait montré la voie. Elle l'avait quitté, pourtant. Mais elle avait désormais le soupçon que Man avait espéré cette conclusion qui prouvait, fût-ce à son détriment, que Lee était digne des leçons qu'il lui avait transmises.

Le crépuscule annonçait les plaisirs tournants. Aziz crut deviner que Lee ne se contenterait pas longtemps du nilomètre des Omeyyades et du jardin zoologique de Gizeh. Il lui faudrait les nuits du Caire. Ce fut sa première erreur. Parvenue à ce moment de sa vie, Lee n'aspirait qu'à la solitude. A la nuit tombante, la Packard sortait tous phares allumés du domaine de Gezireh. Lee portait les tailleurs commandés à Paris, les caracos à sequins, les écharpes de grand soir. Ils roulaient au long du fleuve en se laissant envahir par le silence. Un vent chaud inclinait lentement les arbres des jardins Esbekiyeh. Les voix des muezzins s'enroulaient au loin comme des serpents. Aziz posait une main sur son bras. Elle lui souriait. Qui étaient-ils, sinon deux êtres dans l'incertitude des choses, rassemblés par cet écart indéchiffrable qu'est tout mariage? Des lumières brillaient au bout du Shaniah-El Genaineh. En s'approchant on distinguait une meute de voitures parquées, les De Soto rouges et les Citroën au mufle grillagé. Aziz amenait sa voiture devant le porche du Shepheards, laissait les clefs au chasseur.

Leur entrée surprenait autant que l'aurait fait l'arrivée d'un calife dans une taverne du Surrey. Les chapeaux-cloche tournaient sur eux-mêmes, les fume-cigarettes prenaient Aziz et Lee en ligne de mire. Le restaurant Saint-James du Shepheards bruissait comme une volière. La société du Caire s'y mêlait aux hôtes de passage, planteurs du Kenya, transitaires de l'agence Cook, ordonnances sur la route des Indes. L'entrée de cette blonde superbe au bras d'un natif stupéfiait autant que ses jambes nues – Lee s'abstenait de porter des bas. Un maître d'hôtel à fez, qui donnait de l'Excellence à Aziz, les dirigeait vers une table. Lee sentait le regard des hommes. Elle retrouvait, pour les provoquer, ses allures de mannequin. Puisqu'ils voulaient l'enveloppe, le simulacre, ils l'auraient. Lequel d'entre eux aurait pu comprendre qu'au moment où elle paraissait, c'est l'ombre qui en elle appelait. L'enfouissement. Le silence. Aziz lui-même le comprenait-il? Lee savait que dans la fierté d'un mari entre aussi le plaisir légitime de montrer sa femme. Il fallait donc jouer la comédie d'un soir, sourire aux magnats coptes, tendre la main aux hommages. La marionnette n'était pas morte.

Lee passa là des soirées qui évoquaient un Paris d'opérette, avec ce côté smoking et tulle, faux nez et trompettes en carton. L'orchestre jouait des espagnolades, des ritournelles viennoises. Aziz le prévenant lui tendait le briquet, faisait déposer des roses sur la table. Lee ne regrettait rien, mais elle n'oubliait pas. Le Shepheards était un arbre de Noël paré de boules crevées. La soirée continuait dans quelque cabaret de luxe. Les chaouchs du Fantasio leur ouvraient la porte capitonnée. La salle était enfumée. Les filles qui dansaient en hétaïres, bras enroulés, frôlaient les hommes en costume sombre. Au Parrot's, des jeunes gens à cravate blanche lançaient des serpentins sur leurs compagnes. Au Highlife House, un drogman proposait sous le manteau des cartes postales obscènes ou des documents contrefaits – autographes de Ramon Novarro, lettres-patentes de lord Allenby. Lee sortait au bras d'Aziz, l'entraînait à son tour plus avant dans la nuit.

Derrière le Shaniah-El Genaineh s'étendait un quartier dont l'entrée était signalée par un simple panneau : *Accès interdit aux forces de Sa Majesté sans distinction de rang*. Des tentures de coton pendaient de fenêtre en fenêtre. Un parfum de café et de cigarettes interdites flottait. Pour trente piastres, on pouvait acheter un carré de haschisch tiré de ces cargaisons qui venaient de Syrie française par le chemin de fer d'El-Kantara. Pour cinquante piastres, on avait une putain grecque ou arménienne. Les maquereaux, reconnaissables à leur fez galonné ainsi qu'à la bosse dessinée sous la veste par la matraque en os de baleine, patrouillaient à l'entrée d'échoppes claires-obscures. Il y avait là quelque chose d'oppressant et de libre à la fois, qui prenait à la gorge. De ce fouillis madréporique sortaient des filles aux yeux cernés, des estropiés qui tendaient la main. A ceux-là avaient été dévolues la misère et la fatigue. C'étaient des existences, elles en valaient d'autres, elles valaient la sienne. Être blessé ne sauve pas. Mais c'est de ne pas l'être qui condamne. Ces vies étaient perdues. Ces vies étaient.

Au bord des piscines, sur les courts de tennis, Lee connut l'autre clan, celui des pharisiennes. Le *Black Satin and Pearls Set*. Lee était douée de cette intuition sociale propre à certains Américains expatriés – ce sont les meilleurs devins, ils feraient d'excellents marxistes. Il ne lui fallut pas longtemps pour saisir le manège. La vie du Caire se résumait à quelques pachas régnant sur trente femmes interchangeables. Ce pouvait être un ministre conseiller de l'ambassade de France, un grainetier libanais, un fondé de pouvoir de la Morgan. Les réputations se colportaient. Les aigrettes se tournaient comme un affût d'artillerie vers l'homme qui avait les faveurs du moment. Car faveur il y avait, ou plutôt élection. Sur ces terres de mulets, la vie des hommes était un concours hippique paresseux, bride relâchée, éperons mordant la dentelle. Une diète de grandes électrices affirmait ses toquades et ses disgrâces comme dans un concours d'élégance automobile la présidence accorde le ruban. Le jury se retrouvait au bar du Gezireh Palace, dans les apartés des cotillons ou sur le bord des piscines à l'heure du dernier plongeon. L'acide du *gossip* importé des capitales se tempérait d'huile de noix – mélange colonial à la mesure du bonheur simple accordé par le climat, que les habitudes de civilisation avaient tôt fait de transformer en ennui. On retournait les hommes comme une cartomancienne ses cartes. De source sûre et de science croisée, le Divan en maillot de bain spéculait, soupesait, corroborait. Toutes femmes mariées, elles savaient que, une fois le temps des illusions passé, les époux ont une valeur d'échange et les maris des autres une valeur d'usage. Elles procédaient donc au troc, vantant une marchandise qu'elles savaient avariée dans l'espoir de recevoir en retour une rutilante provende. Comme chacune procédait identiquement au cours de ce *potlatch*, il n'y avait d'autre remède à ces mensonges croisés que la vérification sur pièces : la coucherie.

Cela advenait tôt ou tard, et plutôt vite que bien. On voyait alors sur tel visage une moue, ou plus rarement une satisfaction péniblement dissimulée. A ce premier sondage il fallait un contre-examen. Tel ahuri avait-il révélé d'étonnantes dispositions? Telle mécanique méritait-elle révision? La chose, telle une preuve controversée devant un prétoire de Common Law, devait être *cross-examined*. Une estafette se dévouait, puis revenait au rapport. Méthode de vérification expérimentale qui n'aurait pas déparé les laboratoires de Niels Boehr ou de Madame Curie – on était, tout de même, au XXe siècle. En quelques mois la carte était ainsi dressée, les cours de bourse fixés : ces dames maîtrisaient l'art du relief comme celui de la corbeille. Quelques rescapés décorés d'une Victoria Cross d'alcôve, ou plutôt de la cocarde des comices, se voyaient alors rendre les honneurs. Ils étaient les Lovelace certifiés du delta. Le système offrait le double paradoxe d'instiller dans les jeux amoureux, ordinairement totalitaires, des ferments de démocratie élective. Et d'instaurer en pays de loi coranique une polyandrie certes minoritaire, mais activement propagée auprès des *educated natives* par les épouses de l'ancienne métropole.

Lee fut approchée. Non qu'on la sollicitât pour siéger au consistoire. C'est au contraire qu'elle troublait les arrangements, les permutations, les *swaps*. Dans cet univers où les femmes n'étaient qu'essayées, elle était la seule que les hommes convoitaient. Quand elle arpentait en pantalon les soirées, les yeux de tous se posaient sur l'évasement du revers, la taille pincée, et l'on cherchait sous l'étoffe à deviner les jambes. Elle était américaine, ce qui est une faute de goût. Elle avait épousé un Égyptien, ce qui en est une autre. Et l'on sentait bien que son allure recelait trop d'assurance pour sa juvénilité, qu'elle avait en elle de la liberté pour plusieurs vies et, ce qui est peut-être pire, que ces vies avaient déjà été vécues. Les femmes autour d'elle redoutaient l'annexion de tout ce qui passait la hauteur des carpettes. Sur son passage elles serraient leurs bibelots, se raccrochaient au bras des hommes. L'absence apparente de vices chez une créature que sa beauté semblait y vouer déconcertait. La coterie des petits plaisirs craignait en elle la promesse des grands, qui sont rarement donnés. On supputait un passé orageux, des baux sur l'amour. De la galanterie. Avait-elle dansé au music-hall? Vécu à Beyrouth? Avait-elle des rentes? Pouvait-on être aussi *normalement* blonde? N'y avait-il pas assez de grues sur le delta?

Sans ostentation, elle les méprisait. Non que leurs coucheries d'après-thé aient réveillé en elle, comme souvent chez les jeunes mariées, le blâme – ou la nostalgie – qui s'attachent aux plaisirs que d'autres s'accordent encore quand on vient soi-même de se les interdire par contrat. A tout moment sa propre liberté pouvait prévaloir sur la loi à laquelle elle avait consentie. L'idée même qu'elle fût mariée sous le régime égyptien, qui mélange droit romain et préceptes coraniques en préservant la possibilité de polygamie, la distrayait considérablement. Ainsi donc Aziz pourrait l'assortir de trois autres concubines qui la suivraient comme les nains de Blanche-Neige, industrieux, comiques et phalanstériens. Ainsi donc elle vivrait au harem avec TSF et poker comme une favorite blonde raclant à la palette l'épiderme de la quatrième épouse. Le chiffre quatre surtout l'amusait. C'était trop ou pas assez.

Non, ce qui l'importunait jusqu'à la répugnance chez ces femmes, c'étaient les accommodements, le fil élastique à la patte : les démesures tièdes. C'était que dans l'amour elles prêtent à des actes somme toute indifférents – ils sont ceux de l'espèce entière, jusque dans ses contrefaçons – la valeur d'une religion sociale, tempérée, canaille, et plus encore prudente. Qu'elles aient proclamé la dignité de leur choix, qu'elles s'en soient faites les vivantes incarnations suivies de leurs drogmans et de leurs enfants, c'était le risque de se voir contredites dans leur être à la première incartade. Une femme mariée qui joue à la femme mariée, c'est un duc qui prêche l'aristocratie ou un oxonien qui vante Oxford : il faut être ce que l'on prétend être, avec les avantages y afférents, mais il faut l'être irréprochablement.

Lee n'avait pas choisi cette carte-là, elle ne *pouvait* pas la choisir. Elle avait contresigné des actes mais ils ne la résumaient pas. Elle n'en tirait ni respectabilité ni, d'ailleurs, apaisement. Elle était pourtant prête à respecter celles qui portaient haut la bannière du statut nuptial, à leur faire crédit comme un agnostique peut respecter un pasteur, ou un anthropologue constater une coutume sans la juger. Et dans ce respect il entrait de la croyance, tant il est vrai que l'on croit d'autant plus fort à une chose qu'elle semble échoir aux autres et ne pas vous être donnée. Or voici que chacune de ces créatures, se définissant en toutes circonstances par le nom d'un homme, était secrètement hantée par les moyens de le tromper sans pour autant le perdre. Célébrant l'office à midi, elles défroquaient à cinq heures. Ce faisant, ce n'est pas à leur compagnon qu'elles manquaient – manque-t-on jamais assez à un homme –, c'était à elles-mêmes. A ce qu'elles prétendaient être et n'étaient pas. Lee pressentait qu'il entrait du malheur dans ces pauvres arrangements. Car pour autant elles ne rompaient pas. Au contraire, elles rajustaient le masque et continuaient à prétendre. Lee n'admettrait jamais qu'une remontrance lui vienne de ce côté-là ; que le clan du désamour lui donne des leçons de vertu. Elle les méprisait plus encore d'avoir accordé leurs adultères au climat. Rigides dans leurs comtés, elles s'étaient détrempées sous les automnes nilotiques, tels ces casques de carton bouilli que le froid durcit et que la chaleur gaufre. Elles ne savaient pas, les sottes, que la passion n'est pas gouvernée par les thermostats.

Des mois passèrent. Il y eut des séances de télépathie dans les salons du Gezireh Palace, des fins de dîner où l'on sonnait de la trompe avant de courir aux night-clubs, l'apprentissage du golf et de l'arabe. Son intimité avec Aziz était empreinte d'affection, mais déjà dénuée de passion. Qu'il y ait eu du désir, que les nuits l'aient encore poussée vers lui, cela n'est pas douteux. Elle eut des retours d'élégance et des langueurs d'agrément. Mais elle qui avait connu la dissipation n'était plus tentée.

367

Cette maîtrise d'elle-même, subie plutôt que recherchée, lui enlevait de l'expression. Elle avait le sentiment de signer des chèques sans provision avec la plume d'un autre.

Elle ressortit son Leica. Ce qu'elle savait du monde venait de cette petite boîte noire. Au premier cliché de rue, les pierres volèrent. Un livre proscrivait le vol d'images : le Coran s'interposait entre les visages et l'objectif. Pour la première fois peut-être, elle dut se détourner des êtres pour regarder les choses. Elle les regarda.

A cette époque, Lee déserta les enclos européens et se fit promeneuse de rue. Ses pas la portaient invariablement vers le port de Boûlâk. Elle marchait au long des docks. Un troupeau de nacelles, de bacs, de galiotes se pressait au mouillage des Messageries. La fumée des caboteurs tachetait la ligne du fleuve de corolles grises. Les capitaines de felouques invectivaient, une gaffe à la main, des fellahs au sourire édenté. Ils déchargeaient sur les quais des caisses où l'on avait serré les fibres de jute et de chanvre, les poivres de Singapour, le coprah de Manille et les jarres d'huile de soja. Des comptables à bouliers dansaient autour des denrées, humant l'échantillon, évaluant la cargaison. Le mugissement des bateaux-dragues éveillait un écho sur la rive. Lee se penchait sur le parapet et regardait le reflet des sabords dans l'eau jaune. Une lumière cuivrée accrochait des lueurs sur les carènes, sur les chaînes déroulées des clochers de cabestan. Il lui semblait que la terre se brisait là où le fleuve ébréchait un socle très ancien. A fleur d'eau, les échoppes de factage hâtivement maçonnées montraient leurs cicatrices. Les pieux fichés dans la couche limoneuse soutenaient un lit de planches où les fondations reposaient. La pierre écorchée, blessée par le soleil, paraissait mendier l'eau toute proche. Lee respirait. Les celliers exhaussés à l'étiage des crues embaumaient l'air d'une odeur de sherry sec, mélangée à celle des fûts de chêne marqués à feu.

Son pied contournait les vieux cordages d'étoupe, les voiles canonnées en rouleaux sur le quai. Tout aspirait au départ, au grand large. Rien ne s'y opposait que la ligne d'horizon, mais rien ne bougeait. A l'approche des hangars de la P & O, les docks s'animaient de nouveau. Une nuée de portefaix se jetait sur les stocks. Des courtiers coptes munis de certificats de fret faisaient déclouer des caisses sous l'œil des officiers de la police fluviale. Les ballots éventrés déversaient leur contenu sur la terre chaude. Les tambours de Madère et les muids italiens cerclés de saule roulaient sur leurs coffrages; on marquait la bonde d'un trait de craie. Lee respirait les noix de palme, les caoutchoucs de Ceylan, les ivoires du Soudan mêlés aux balles de liège et aux feuilles de tabac. Une main courtoise tendait parfois à la promeneuse un citron ou une poignée de dattes fraîches. Elle mordait leur chair jaune soufre en sachant désormais distinguer entre les nubiennes, au goût astringent, et les rouges d'Alexandrie, plus moelleuses sous la dent.

Lee avait lié connaissance avec deux capitaines de la police fluviale affectés à la surveillance du port. Elle gravissait la tour de poutrelles où était perché le poste d'observation. Au sommet, une esplanade recouverte d'un bâti de bois léger abritait leur royaume. Gîtant là comme des écureuils, ils avaient aménagé un salon suspendu. Le sol était recouvert de kilims de contrebande. Des boussoles et des lanternes appareillées constellaient les murs. Un ventilateur mécanique aérait mollement le râtelier où des revolvers d'ordonnance étaient rangés. Sur une table basse, un télégraphe morse couvert de poussière côtoyait des piles de sauf-conduits et des billets de nolisements. Il régnait là le calme étrange d'un mirador perdu dans la jungle. Lee s'asseyait en leur compagnie. Ils la recevaient avec déférence, avec amitié. Du thé froid était servi. Elle goûtait cette palabre dans le ciel au-dessus de la rumeur du port. Ses yeux se posaient sur les objets dispersés comme une énigme, comme ces spectres de formes dont Man constellait ses rayographies. Le Coran et l'almanach nautique de Brown cohabitaient sur une étagère. Des menottes cadenassées restaient accrochées à la paroi faute de poignets. Un sextant de Hughs & Sons évoquait d'improbables navigations. Lee aurait voulu rester là, encagée au-dessus du sol, la tête tournée vers le soleil. A l'embrasure d'une meurtrière ouverte dans le lattis, la mitrailleuse Vickers réglementaire était pointée canon relevé vers le ciel. Voulait-on tuer les anges?

Puis Lee n'y tint plus. Ses paroles se faisaient plus rares. Ouvrait-elle un livre, c'était pour le reposer aussitôt. Le miroir lui renvoyait l'image d'une beauté sans usage. Elle entrait dans une de ces dépressions que creusent les souffles marins lorsqu'ils rencontrent la masse d'air continentale. Lee avalait des whiskies et regardait les étoiles. Les pièces de la demeure de Zamalek lui parurent soudain hantées. Elle frissonnait. Lee vivait dans la maison d'une morte qui peut-être se vengeait. Le souvenir des années parisiennes la poursuivait. La nuit, elle rêvait de la rue Campagne-Première, elle voyait son œil s'agiter dans la neige d'une boule de verre. Une statue blanche lui parlait. Elle se réveillait en nage. L'air soulevait doucement les rideaux, la crête des palmiers ondulait dans le parc.

La décision ne prit pas une semaine. Lee s'en ouvrit à Aziz. Elle lui imposait une récréation. Il ne s'y opposa pas. Le prix à payer pour la garder, fût-ce par intermittence, avait la forme d'un billet d'embarquement de la P & O avec descente à l'escale de Marseille. Elle voyagerait seule. Aziz lui offrit un aller-retour et l'accompagna sur le quai. C'était au début de l'été 1937. A la gare Saint-Charles, Lee prit un train pour Paris.

Sombres étaient les nuits de décembre à Budapest. La trace dorée des étoiles filantes se reflétait dans le cours du Danube. Le vent portait vers les maisons des odeurs d'avoine folle et de marais. A la limite du ciel, vers le sud, de gros nuages bas passaient devant la lune. La ville se resserrait en vagues concentriques autour des avenues délabrées de Pest. Passé dix heures du soir, un silence de nécropole s'abattait sur les vieux quartiers.

Nous n'avions aucune envie de retourner trop vite vers les cellules froides du couvent des Sœurs de la Pitié. Au long de cette fuite inlassable il fallait toujours un endroit pour nous étourdir de chaleur et d'oubli. Il fallait que des êtres nous mêlent à leur spectacle, nous confient quelque chose de leur vie hasardeuse où l'on puisse se perdre comme le fil dans la tapisserie.

A Budapest le visage de Lee se confond avec un lieu. Et même, je ne retrouve les incidents diurnes, les petits faits de la journée que comme un battement indifférent entre les nuits passées au Park Club. Il arrive parfois qu'une cité contrainte par un siège ou une épidémie se rassemble autour d'un bastion où les dernières forces se conjuguent, où les derniers maîtres se dévisagent. On y jette des flammes, ou bien on se laisse couler dans une félicité amère éclairée par les lueurs d'un monde qui finit. Au cœur de cette ville acculée au bord du précipice, une lumière brillait encore. Elle avait l'éclat rieur et troublé d'un feu follet qui danse sur les fondrières. Lee y suspend son allure comme ces films soudain arrêtés sur une image, le mouvement se fige, puis la bobine repart vers sa fin. Je la regarde une dernière fois rendue au bonheur.

Le Park Club était un ancien cercle de l'aristocratie hongroise, le Jockey Club des grandes familles magyares. Les officiers de la Commission interalliée s'en étaient emparés pour leur usage. On ne trouvait pas à Budapest d'endroit mieux approvisionné. Les intendances militaires fournissaient le bar en vodka n° 21, en Ballantine's Finest et en Southern Comfort. Je revois, au bout de Stefania Utca, le superbe bâtiment 1890 protégé par des grilles de fer forgé. Un ballet d'uniformes défilait sous les colonnes du vaste avant-corps à balustrade. Au milieu du hall, des sentinelles soviétiques, américaines et britanniques contrôlaient l'identité des visiteurs. En levant la tête on découvrait une galerie ornée de vieilles tapisseries noircies par la fumée. L'escalier conduisait au couloir de l'étage où s'alignaient des bustes de marbre, qu'un plaisantin coiffait parfois d'une casquette. Des gravures aux cadres dorés retraçaient quelques scènes de l'histoire hongroise. On voyait les mûres sauvages recouvrir le corps du roi Louis, précipité avec son cheval au fond d'un ruisseau après sa défaite devant Soliman le Magnifique. La Vierge *patrona Hungariae* et la fée Hélène nous regardaient sous leurs grands cils mouillés. Une odeur de cire ancienne imprégnait les murs. Les portraits de saint Étienne et de saint Ladislas, de Kálmán le Bibliophile et de Bela IV, de János Hunyadi et du roi Mathias scrutaient le visiteur.

Un premier salon de style mauresque était orné de mosaïques représentant la tombe du saint musulman Gül Baba. Ce salon ouvrait sur une salle de bal ornée de fresques. Un balcon à colonnes surplombait la piste. Des bûches brûlaient dans la cheminée où trônaient encore des céramiques émaillées de la manufacture Zsolnay. Un parfum de tapis persans et de vieux bois régnait là, relevé par les émanations d'alcool blanc et l'odeur d'eau de Cologne des officiers fraîchement rasés. La salle de bal communiquait avec un bar où se pressait la foule accréditée du Budapest interallié et nocturne.

Lee démêla plus vite que moi les fils qui unissaient cette étrange compagnie. Les Soviétiques tenaient virtuellement Budapest, mais leur armée manquait de presque tout. A côté des gros T-34, ils alignaient encore en Hongrie des pièces d'artillerie tractées à cheval. En arrivant à Budapest, les Russes ne s'étaient pas mieux comportés que les Français en Sarre-Palatinat : leurs troupes arrachaient les boiseries anciennes, razziaient les garde-robes, descellaient les cuvettes de latrines, faisaient main basse sur les machines à écrire, puis expédiaient leur butin vers l'Ukraine. La solde du corps de troupe n'était plus versée, si tant est qu'elle l'eût jamais été ; il y avait chez les Russes une intendance approximative, des dotations irrégulières en nourriture, et le marché noir pour le surplus.

Les hommes de la délégation britannique étaient payés en pengos. Ils étaient soumis autant qu'un Hongrois à l'inflation, contraints eux aussi aux mille ruses du troc et de la parcimonie. Restaient la centaine d'Américains cantonnés à Budapest. Eux étaient payés en dollars. Chaque semaine, des P-47 Thunderbolt décollaient de Vienne avec à bord des stocks de rations et d'alcools, des instructions secrètes destinées aux officiers généraux et un comptable de l'US Army qui convoyait des mallettes remplies de billets verts.

Comme l'argent transformait les rares Américains présents à Budapest en nouveaux riches, le Park Club était devenu le QG nocturne de l'oncle Sam. On s'y vengeait des manigances soviétiques en reconstituant sous les plafonds dorés de la vieille Europe un climat de cercle nautique qui voulait évoquer Montauk ou Fisherman's Wharf. Les officiers russes et britanniques qui avaient accès au lieu y venaient peu. L'atmosphère était celle d'un mess yankee. Un orchestre local, rebaptisé *The Two Georges*, jouait un jazz de bonne tenue, alimenté depuis Vienne en partitions fournies par la musique de l'US Army. Sous le portrait du poète János Arany, les deux cuivres et le batteur interprétaient avec entrain *He's the boogie woogie boy of Company B* ou *Don't sit under the apple tree with anyone but me*, galvanisés par le contrebassiste, un sergent noir de Newark qui insufflait aux trois musiciens hongrois le *stomp* des clubs new-yorkais. Il m'appelait *brother*. Je lui tapais dans le dos. Il disait : Tu vois, Dave, le jazz ça vient tout seul dès qu'il y a trois clodos, un ivrogne et une pute qui sont là, ou peut-être une femme du monde. On joue, et sans savoir pourquoi il va y avoir une demi-heure superbe, et ces gens-là vont en garder le souvenir toute leur vie. C'est ça, le jazz, même ici. Et il riait. Quand des officiers soviétiques s'aventuraient au Park Club, l'orchestre entonnait un tonitruant *Hurray for the flag of the free*. Sur les tables traînaient des brochures *Why we fight*, bréviaire de la lutte antinazie distribué au corps de troupe pendant tout le conflit. Depuis le VJ Day, ces brochures n'avaient plus d'usage, sinon de signifier à Ivan que l'armée américaine savait aussi gagner des guerres.

Tout cela n'aurait eu que l'apparence d'un cercle militaire allié si une clientèle plus curieuse n'avait animé l'endroit. Les anciens membres du club, brutalement appauvris par la réforme agraire, chassés de leurs demeures ancestrales, avaient fait leur réapparition. Ils revenaient dignement, sans tristesse, parfois munis d'un étui à cigarettes plaqué or ou de pendentifs incrustés d'aigues-marines. Entre deux verres de vin blanc de Mecsek, ils conduisaient leurs messes basses avec les garçons du bar. Il y était souvent question de cigarettes et d'alcools américains, de kilos de sel et de boîtes de cartouches. Nombre d'hommes et de femmes de l'aristocratie hongroise étaient des chasseurs enragés. Ils pouvaient tolérer l'expropriation foncière, ils ne supportaient pas d'être privés de leurs fusils – de cette odeur de pelage ensanglanté, de cordite et de terre mouillée qui avait été leur plaisir. Le Park Club était devenu une bourse de la chasse. On échangeait des munitions surnuméraires et des combines de guet divulguées par ceux-là mêmes qui savaient mieux que personne où trouver les combes giboyeuses et les gâtines riches en daguets.

Nous avons appris à les connaître au fil des soirées. Le grésil frappait les grandes baies du club. Des bûches flambaient dans la cheminée tandis que les *Two Georges* s'époumonaient sur des partitions d'Artie Shaw. Ces Hongrois savaient amadouer les maîtres de l'argent aussi subtilement qu'à Hollywood leurs compatriotes Bela Lugosi ou André de Toth régnaient sur les tablées du Garden of Allah.

Lee les considérait avec une sorte de complicité. Pour venir au Park Club, elle se fardait les lèvres d'une touche de *lipstick*, comme pour se rappeler au souvenir d'une autre époque. Elle s'asseyait à une table, allumait une Lucky, et ses gestes avaient le charme d'une élégante qui regarde un monde retrouvé. Les Hongrois étaient curieux de toucher du doigt ce qui avait enchanté leur jeunesse, le vrai jazz, les films de Norma Shearer, les calibres 45 sortis des fonderies du Michigan. Ils parlaient parfaitement l'allemand et le français, moins bien l'anglais qu'ils articulaient avec cet accent ravalé, rauque, que j'ai connu plus tard à certains *landlords* écossais.

Les plus jeunes étaient un peu ivrognes, roublards comme des seigneurs, toqués de jeux de hasard. Ils évoquaient les doux ossements du roi Bela III et de sa femme Anne de Châtillon, puis chantonnaient *The Carioca* en sortant de leur poche une boîte de sardines turques. Un soir, un serveur tomba sur le parquet, victime d'un malaise : autour des tables on prenait des paris sur sa survie. En les écoutant, je me souvenais des Hongrois de New York, leurs restaurants entre Lexington et l'Avenue A, leurs violonistes et leurs chaudronniers qui faisaient des dettes et applaudissaient aux *Burlesks* de Molnár.

Lee les enchantait. Bonne bridgeuse, elle pouvait les suivre dans leurs enchères et surtout dans leurs tricheries. Les Hongrois du Park Club, habiles à déceler la grossièreté sous le vernis, avaient à l'inverse discerné sous les *slacks* de cette femme vêtue en homme une sophistication qui échappait habituellement à plus d'un. Peut-être sa simplicité de reine promettait-elle, à eux qui entraient dans la nuit, une assurance de survie : quand un monde s'évanouit, il reste d'autres chemins lumineux au-delà du crépuscule. Lee les appelait par leurs prénoms ; ils nous conviaient à leurs tables. Dans leurs yeux, ceux des femmes surtout, je lisais un pressentiment : elles savaient que nous serions les derniers à contempler librement leur liberté. Elles n'en disaient rien, elles n'en laissaient rien paraître.

Des rumeurs couraient le Park Club. Quelques-uns de ces jeunes aristocrates, pressés par le besoin d'argent, désespérés par la perte de leurs privilèges, se transformaient en trafiquants ou en maquereaux. Ils spéculaient sur le marché noir, détournaient des stocks de pénicilline, dénonçaient leurs rivaux à la police de Nagy. Ils couchaient avec leurs femmes ou avec celles des autres en se sachant infectés par la syphilis. Quelques opiomanes étaient déjà rendus

377

fous par le manque. Ces hommes jeunes, fins comme des lames, avaient été choisis par la mort. Ils résistaient, flambaient, puis s'abandonnaient à leur fin. Il y eut des suicides. Les quatorze cimetières de Budapest accueillaient des corps enveloppés dans un drapeau de l'ordre de Malte. Des jeunes gens négociaient quelques gallons d'essence puis traversaient la campagne jusqu'au domaine de leur enfance. Ils se tiraient une balle dans la tête sous les arbres où ils avaient grandi. Leur sang chaud marquait une dernière fois la neige d'un blason rouge.

Les femmes résistaient mieux. Elles avaient été élevées par des *nannies* anglaises qui donnaient toujours la préférence aux jeunes mâles. Elles avaient dès leur plus jeune âge appris à lutter pour être belles, désirées, épousées. Au printemps, elles s'étaient enrôlées en masse dans les quelques restaurants et cafés qui rouvraient à Budapest. Le registre de l'hôtellerie de Budapest ressemblait désormais à une section de l'Almanach de Gotha.

Tard dans la nuit, quelques-unes d'entre elles se présentaient au Park Club. Elles avalaient un peu de vin de Siklos, un verre de Ballantine's. Les lumières des lustres oscillaient sur les verres de cristal, sur les porcelaines et les tapis d'Olténie. Les plus jeunes portaient de longs cheveux tressés dans le dos, un col blanc rabattu sur des robes de laine noire. Elles gardaient le port des danseuses qui entrent dans le salon de leur premier bal, quand la vie est donnée comme un beau fruit que l'on croque sous la voûte du ciel. Ces filles splendides avaient monté les pur-sang de la *Heuschule* de Vienne et les hongres nerveux des élevages de Baranya. Elles avaient dansé, et dans leur cœur la vie dansait encore. Je regardais leurs gros bas de laine, leurs robes taillées à la mode de 1938. On voyait parfois sur les banquettes du Club la comtesse Pal Almassy. Ses cheveux brillants accrochaient la lumière. Elle avait été avant la guerre l'une des meilleures écuyères européennes; des cavaliers anglais l'avaient accompagnée au pesage en battant le briquet dès qu'elle portait une Gold Flake à ses lèvres. Désormais elle allumait ses cigarettes toute seule. Au fond de ses yeux bleus passait quelque chose d'un monde perdu, quand les jeunes beaux du Sussex faisaient claquer les sabots des balzanes dans la sciure des manèges, quand les coupés démarrant sur le gravier des clubs promettaient des nuits pleines d'oubli.

Nous restions assis pendant des heures près du bar, noyés dans le brouhaha des conversations, la fumée des cigarettes et la rumeur du jazz-band. Parfois les *Two Georges* jouaient un blues que les gramophones avaient seriné vers 1925, *Nobody knows when you're down and out*, ou bien le *Georgia Grind* d'Edmonia Henderson. Le Park Club ressemblait alors à un *speakeasy* de notre première jeunesse. Les jeunes Hongrois conduisaient leurs cavalières sur la piste de danse. Certains s'enhardissaient et invitaient Lee. Elle acceptait volontiers de les suivre. Sous les moulures et les fresques mythologiques, Lee retrouvait les pas des vieilles danses, le bras d'un jeune homme autour de sa taille. Je la regardais tourner avec ses cheveux libres, les pattes du *slack* prises dans les bottes de campagne. Ses lèvres s'arrondissaient au passage dans un baiser muet. Le Park Club était une dernière lumière dans la forêt, un château de conte où le temps s'arrêtait. Autour de nous une ville s'enfonçait dans l'angoisse et la faim. Je regardais Lee Miller passer d'un cavalier à un autre, *and now charming ladies and young gentlemen, please change partners*, les visages s'échauffaient, le parquet craquait sous les pas, le bassiste noir slappait les cordes à s'en écorcher les doigts, et ils dansaient une dernière fois sans savoir ce qui viendrait, ils dansaient dans l'oubli du présent, redressés par la certitude d'avoir aimé. Je regardais le visage blanc de Lee reflété dans les miroirs de la salle de bal. Sous ses pieds foulant le parquet ciré d'autres pistes glissaient, planchers de Broadway aux heures des *Scandal Shows*, salons de bal de la 5ᵉ Avenue, pavés ronds de la place Maubert dans les nuits de juillet, losanges de marqueterie de Bricktop et du Jockey, esplanades odorantes du Shepheards sous les pyramides, petits appartements de Soho où l'on dansait fenêtres ouvertes sur les arbres...

Ces nuits étaient hantées, on ne savait par quoi. Peut-être était-ce le fantôme des années perdues, quand la vie valsait avant le grand naufrage.

Les *Two Georges* attaquaient le *medley* de clôture. Un pot-pourri de Jerome Kern.

– J'aime cette ville, disait Lee. Je les aime parce qu'ils vont perdre. Ce ne sont pas des Viennois... pas des Allemands non plus... Les femmes sont pauvres, mais... mais vraiment élégantes. Vraiment.

– Leurs hommes sont vicieux, Lee. De foutus vicieux.

Elle haussait les épaules, hochait la tête.

– Man aussi était vicieux... Enfin, vicieux, je ne sais pas... D'abord ça n'était pas son vrai nom... Il s'appelait Emmanuel... Il voulait les femmes nues devant lui, c'est tout... Ses assistantes étaient comme lui... Berenice... moi... Pascin était beaucoup plus débauché, beaucoup plus... Man m'a photographiée avec un collier de chien autour du cou, un collier avec des clous... ça le faisait rire...

Le *medley* continuait à l'infini. La salle tremblait.

– Qu'est-ce que tu disais, Lee?

– Rien... Je parlais de Man... Il tournait des films avec des putains... des films pour un acteur français, très laid... Michel Simon, son nom... Et moi aussi

380

j'aimais me montrer, dans ces robes... Il y a du vent,
non?... C'est le vent qui rend triste?
Je caressais son visage. Elle frissonnait.
– Parle-moi encore, Dave. J'ai besoin de toi. On
ira au bout de cette route... Tu es un grand journaliste, mais je m'en fous, de *Life* et des autres... J'ai
encore des amis comme toi, aussi généreux... Tu as
de la bonté, Dave, et tu veux le cacher. Moi je t'aime
comme tu es... Roland n'a pas pu comprendre ça...
pas pu. Je ne veux pas te perdre... Prends-moi avec
toi.
L'orchestre s'arrêtait soudain. Le maillet du batteur caressait les peaux, une corde de basse vibrait,
puis le silence revenait. Les danseurs marchaient
lentement vers le vestiaire. Lee se levait, je la suivais
en titubant un peu. Une petite foule descendait
l'escalier. A peine sortait-on qu'un air froid vous
dégrisait.

Il y avait de la gaieté dans cette ville triste. Les derniers viveurs jetaient leur pauvreté à terre et la piéti-
naient avant de disparaître. Ces danseuses, ces aristocrates trafiquant la pénicilline, ces serveurs
distingués, que sont-ils devenus deux ans plus tard?
J'ai souvent pensé à eux en confondant leurs silhouettes avec les teintes mordorées de cet hiver-là.
Déjà la ville sombrait. Toute chose résonnait étouffée comme le murmure d'un ressac qui brise sur le
rivage. A cette époque le général Patton mourut
dans un accident près de Heidelberg. Des attentats
secouaient les rues de Haïfa et de Jérusalem. Un procès s'ouvrait à Nuremberg. J'entendais tout cela
comme le battement d'un cœur lointain, engourdi
par les syllabes de cette langue indéchiffrable. Dans
la masse noyée de la ville, plus rien d'humain ne
paraissait bouger. Où étions-nous? Le vent de la nuit
emportait les feuilles rouges sur les trottoirs, dans le

dernier souffle d'une vieille Europe qui se trouvait peut-être au bord du monde. Les fantômes des promenades heureuses et des ombrelles d'autrefois rôdaient sur les bords du Danube. Tout cela brûlé, pétrifié comme une ville biblique qui aurait offensé les dieux.

Mais j'étais là pour ses yeux. Je voyais un visage flotter dans les nuits, je rêvais de celle contre qui je dormais. Personne ne t'a aimée dans cette ville blonde où tu étais seule, personne d'autre que moi, cet homme de rien à qui tu avais tendu la main dans un Paris d'automne, et je t'avais suivie au milieu de notre âge, Lee, Elizabeth Lee Elizabeth, tu arrachais ces liens secrets qui déchiraient ta vie, tu étais enfermée comme les femmes qui cherchent Dieu dans le silence. Couvent des Sœurs de la Pitié, il ne fallait pas rire trop fort, respecter la règle, guetter le piètement d'oiseau des nonnes qui marchaient dans le couloir. La cellule était presque nue. C'est là que tu voulais être. La nuit tu croyais entendre la voix des morts, un malaise te dressait debout dans la cellule. Je venais te rejoindre transi de froid. Tu te tenais près du lit, fumant une cigarette, avalant un peu d'alcool. Une chandelle brûlait sur la table. C'était la vieille lumière, celle qui réchauffe les doigts gourds, celle des nuits de décembre où l'on marche vers le sapin chargé de cadeaux, et vos parents sont encore là pour vous guider à travers le monde des choses qui blessent, ils oublient leur désarroi et leur mort à venir, ils vous aiment d'un amour qui n'exige pas. Je te prenais dans mes bras, nous étions là dans un frisson d'alcool et de larmes ravalées, dans le temps qui passe et ne revient pas. Dis-moi encore que tu m'aimes, *say it I love you je t'aime*, je n'ai plus que cette lumière sur mon visage, ils ont incendié les plaines et l'automne est tombé sur le monde... Les murs se dérobent, une porte s'ouvre sur un paysage d'arbres et de châteaux, un fleuve traverse la plaine dans le souffle des vents. La neige au-dehors s'est remise à tomber. Nos nuits sont faites de rêves comme nos rêves sont faits de nuit. Que je franchisse la rivière, que les eaux s'ouvrent, *we are approaching the river Jordan, crossing into Canaan.* Ton visage est dans mes mains, tes yeux se ferment sur la nuit, Lee je t'ai aimée au fond de moi, nous sommes allés vers le pays où les hommes sont nus, nous avons vu ce qu'il ne fallait pas voir. Tes mains qui n'avaient pas d'enfant à bercer tiraient du bain un simulacre qui ressemblait à la vie, mais ce n'était qu'un peu de papier humide où naissaient des images... Tu fuyais cette mort vivante que les photographes avaient infligée à ta jeunesse, tu avais été cette ombre qu'ils voyaient apparaître sur la plaque, fille de l'eau renaissant dans le temps arrêté. Mais pour moi ton corps vivait dans sa saveur, son mouvement, non plus le reflet d'un passé, mais l'éternité d'un instant arraché aux images où le temps t'avait emprisonnée. Et en te serrant contre moi, en embrassant cette bouche que d'autres avaient déchirée, je sentais la houle d'une vie traquée battre contre la mienne, et le temps s'arrêtait dans la certitude d'avoir trouvé enfin ce pour quoi j'étais là.

Elle n'avait pas revu la France depuis cinq ans. A peine arrivée à l'hôtel Prince-de-Galles, Lee s'empara du téléphone. Des exclamations de surprise résonnèrent dans le combiné. Elle se trouva conviée le soir même à un bal masqué chez les sœurs Rochas.

Au crépuscule, un taxi la conduisit sur l'autre rive. L'été jetait son ombre verte sur les avenues. Les passantes, jambes nues sous la jupe volante, attaquaient le bitume à la pointe de l'escarpin. Des fleurs s'ouvraient à l'étal des derniers marchés. Lee sentait son cœur battre.

Quand elle entra dans le grand salon, un autre monde lui sauta au visage. Ce qu'elle avait fui, ce qui l'avait consumée vivait encore. Des filles appliquées à se dévêtir autant qu'il est possible ondulaient libéralement entre les tables. L'une était couverte de feuilles de lierre, une autre avait cousu des assiettes sur son justaucorps blanc. Des jeunes messieurs du Faubourg tapaient sur des tambours basques tandis qu'un gramophone lointain dévidait sa complainte. Max Ernst rôdait, les cheveux teints en vert. En pleine guerre d'Espagne, Paris n'avait pas renoncé à ses corridas.

Lee ne passa pas inaperçue. Elle portait une robe bleu nuit, très simple. Sa peau hâlée au soleil de Boûlâk faisait ressortir la chevelure blonde. Deux écrivains français, Georges Bataille et Michel Leiris, dirent à Sonia Orwell – elle me l'a répété dix ans plus tard – qu'ils n'avaient jamais vu une femme aussi belle. A cet instant, dans le brouhaha, au bord des fenêtres ouvertes sur la nuit, Lee se retrouva. Paris la rendait à elle-même. Ses amis de 1931 venaient la serrer dans leurs bras. Lee resplendissait. Elle avait rêvé de leurs visages en se croyant oubliée. Elle ne l'était pas, il y avait entre eux le souvenir des saisons partagées. L'obscurité se peuplait de minute en minute, et Lee reconnaissait son *homeland*, la fumée au plafond, les bretelles glissant sur les épaules, l'œil noir des hommes. Elle était seule à Paris comme au premier jour. Qu'une main se tende, qu'elle se serre contre un corps, et la vie reviendrait.

Elle crut d'abord voir un fantôme. Elle se retint au manteau de la cheminée pour ne pas tomber. Elle avait pâli. Une jeune Antillaise, le front ceint d'un foulard fleuri, posait sa tête en riant sur l'épaule d'un petit homme gesticulant.

Man Ray.

Quelques pas les séparaient, et deux continents, et cinq années. Lee ne bougeait pas. Man ne l'avait pas vue. Elle le regardait comme une femme regarde un homme qu'elle a aimée – avec ce pincement au cœur mêlé de rancune, et aussi cette sorte d'amitié qui vient avec le temps. Quelque chose était à jamais donné, une époque de sa mémoire, une partie d'elle vivait dans cet homme qui passerait, emportant ce qui n'était qu'à eux, les nuits de 1929, le beau sourire d'une jeune femme de vingt-quatre ans qui était partie et ne le quitterait jamais.

Man tourna la tête. Devant lui se tenait la femme au cou tranché, la robe amarante. L'œil du métronome. Il resta bouche bée. Puis il lui sourit.

Ce qu'ils se dirent cette nuit-là, au milieu de la fête, je le devine et je le sais. Man ne fut ni violent ni amer. Il fut affectueux. Man avait souffert par elle, mais cette souffrance avait éclairé ses années. Il naît de l'irrévocable, quand on en guérit, une douceur qui porte. Je crois aussi que cette familiarité tendre qu'il lui prodigua, et elle en fut surprise, était un contre-feu. Il opposait l'aménité au vieil amour, parce qu'il fallait vivre. La jeune Antillaise au bandeau vint à leurs côtés. C'était Ady, la nouvelle compagne de Man. Lee l'embrassa. L'époque du lys blanc avait vécu. Mais cette tendresse rendue était aussi une prise de congé. Si une mélodie traverse toute vie jusqu'à lui donner sa forme dernière, elle résonna à cet instant. En 1929 comme en 1937, Man s'était trouvé sur son chemin au premier jour de Paris. La main qui s'était tendue huit ans plus tôt se déprenait en rendant Lee à sa solitude. Elle était libre d'aimer. Elle était, à cet instant, seule.

Man avait disparu dans la foule. La fête battait son plein. Lee vacillait entre deux existences. Qui dans le monde l'attendait, sinon un homme au bord du Nil qu'elle avait fui ? Pour qui la robe bleu nuit, pour qui les cheveux blonds ? Quelle main se poserait sur sa joue, quelles lèvres nouvelles sur les siennes ? Elle eut envie de courir les rues, d'aller au premier venu.

Cet instant-là, où le silence des choses désarme le désir, où la fuite cherche son objet, je le connais parce que je l'ai vécu. La femme qui un soir de 1937 s'appuie au manteau de la cheminée, pleine de lassitude et d'ardeur revenue, n'est pas si loin de celle qui traverse le hall de l'hôtel Scribe en août 1944. Au premier regard qu'elle me jeta, je ne pouvais deviner qu'une histoire se répétait avec Paris pour décor.

En 1937, au bal Rochas, Lee est au cœur de la nuit ; elle y est abandonnée d'elle-même. Un homme va surgir, comme déjà, comme toujours. Dans la foule, Lee voit passer Julien Lévy déguisé en clochard. A son bras s'appuie un comparse vêtu d'un costume déchiré de mendiant, la main peinte en bleu. Julien Lévy aperçoit Lee et se précipite dans ses bras. Lee a déjà posé les yeux sur l'autre personnage. Aux premières intonations elle a reconnu un Anglais. Il la regarde, et je crois qu'il est ébloui. Il parle trop vite, comme un homme intelligent qu'une femme trouble. Elle l'écoute, il la fait rire, elle est charmée. Lee consent à ce qu'elle devine : un autre qu'elle va aimer. J'imagine ces premiers instants, non pas de séduction, mais de reconnaissance.

Le lendemain, elle se réveilla à l'hôtel de la Paix avec le bel Anglais. Il s'appelait Roland Penrose.

Lee s'était jetée à la tête d'un inconnu. Elle ne fut pas déçue. Tout en Penrose lui parlait de son passé, et le prolongeait. Son visage de quaker malicieux cachait beaucoup d'extravagance. Un étrange destin. Lee m'en parla comme d'un frère incestueux. Je sais beaucoup de lui parce que les nuits de Budapest en 1945 furent les plus longues de ma vie. En 1937, Penrose était l'honorable correspondant du surréalisme en Angleterre. On le disait peintre, et il l'était ; mais avec politesse, comme un introducteur des ambassadeurs s'efface devant ceux qu'il précède. J'ai toutes les raisons de haïr Penrose. J'ai toutes les raisons de l'estimer.

Depuis trente ans, je l'ai suivi de loin. J'ai lu ses livres et ses interviews. Il est absent et toujours présent, de l'autre côté de l'océan. Je vois la figure, je tiens le caractère. J'imagine l'homme comme s'il était mon contraire. Penrose est né sous les derniers feux d'une Angleterre édouardienne, fils d'un peintre académique qui dessinait des nymphes et des guerriers Scots en flattant ses chiens. Le manoir de Watford où il avait grandi était une de ces demeures gothiques gardées pour l'éternité par des bosquets de chênes. Le portail aux lions de pierre, la tourelle dorée et les fenêtres plombées abritaient des salles d'armes constellées d'armures et de trophées. Le cabinet de curiosités avait enchanté son enfance : on y trouvait une défense de narval, le tabouret de Newton, des essences exotiques et une fiole d'eau du Jourdain. Penrose organisait avec ses deux frères des sabbats où l'on récitait Sheridan Le Fanu et les pages méphitiques des Écritures – *ils couveront des œufs de basilic et tisseront des toiles d'araignée.* Ils psalmodiaient les *Nuits* de Young illustrées par William Blake en répétant les titres comme des incantations, *Night the First, On Life, Death and Immortality; Night the Third, Narcissa.* Puis ils écoutaient les premiers jazz.

Ses dix-huit ans le trouvèrent sur la Piave avec une unité d'ambulanciers. Il connut ces crépuscules où la canonnade autrichienne illuminait les lagunes lointaines. Lorsqu'il revint à Cambridge, il était déjà un ancien combattant. Il dessinait des monstres dans l'antichambre de Keynes en cherchant l'échappée. Son frère Lionel lisait Freud. Son frère Beacus hantait comme matelot les côtes du Labrador sur un *Rum and Bible Ship*, fit le tour du monde sur le *Garthpool*, fut du naufrage du *Lydia Cordell* au large du Yorkshire.

Roland Penrose se contenta de Paris. En 1922 il traînait à Montparnasse avec des ahuris qui jetaient leur prépuce aux chats et attachaient par la patte des papillons aux fleurs. Pensionné par sa famille, il avait connu Braque et Kisling, tourné dans un film de Buñuel, épousé une demoiselle de la Légion d'honneur prénommée Valentine. Il voyagea. En Inde, il vit les chauves-souris de Malabar et les vaches sacrées de Bombay. Tout en se soûlant au gin citronné, il regardait le maharadjah d'Indore promener à dos d'éléphant son père Noël privé. Les postures érotiques des statues de Kanarak lui rappelaient sa nurse, qui était d'ailleurs la sœur de

Havelock Ellis. L'Empire prédisposait au surréalisme. Penrose s'en était fait l'agent de liaison. Sa famille lui coupa les vivres. Il apprit à vivre sans argent, organisant des expositions à Londres, animant des conférences où Dalí pérorait dans un scaphandre flanqué de deux lévriers blancs. Facétieux comme un elfe, il était homme à voir des analogies entre le crâne de Darwin et le dôme de Saint-Paul, se sentait étranger à Londres et partout chez lui. Penrose savait endiabler la vie. Cet été-là, il ensorcela Lee.

Lee croyait au destin, mais sans superstition. Quand elle connut mieux Penrose, elle découvrit de curieuses coïncidences. En 1922, Penrose avait croisé Man Ray à Paris. En 1927, lors d'un voyage au Caire, Penrose fut présenté à Aziz Eloui Bey.

Dans ces années-là, Lee n'était encore qu'un mannequin new-yorkais, à cent lieues de sa vie future. Et pourtant trois des hommes qui l'aimeraient étaient liés déjà par un pacte de fortune. Quelle nécessité avait rassemblé autour d'une femme à venir le juif Man, le musulman Aziz et le quaker Penrose, je ne saurais le dire. Penser que cette nécessité a la forme d'une ville n'est pas au-delà de toute conjecture. Lee rencontre Man en 1929, rue Campagne-Première. Elle est présentée en 1931 à Aziz dans la maison de la villa Saïd. Penrose surgit en 1937 au bal Rochas. En 1944, je la vois apparaître dans le hall de l'hôtel Scribe.

Paris est au centre de la toile. Lee y a le visage du hasard.

Penrose, ai-je dit, l'ensorcela – mais par le charme, la vitesse, la surprise de deux êtres qui se désennuyaient d'eux-mêmes et de leurs conjoints. Valentine, déjà détachée, était restée à Londres. Aziz attendait au Caire. Penrose fit ce qu'un homme doit faire aux jours de première passion : il enleva Lee, la poussa dans une voiture et partit vers le sud. Ils traversèrent un pays de juillet où la chaleur faisait vibrer les blés. La route leur jetait au visage un parfum de champs brûlés. La France de 1937 coulait dans une veille paresseuse, comme un chemineau somnolant derrière la haie soulève vaguement la paupière à la sonnée du tocsin. Au bord de la route nationale, les nappes jetées sur l'herbe accueillaient le pain blanc des congés payés. Des femmes en robe claire agitaient la main. Rien encore d'un aboi, d'une imminence. C'était un sentiment de terre assoupie, un bouquet d'odeurs liées au retour. Dans les andains fraîchement coupés, des enfants taillaient des frondes aux rameaux des branches basses. Par les fenêtres ouvertes, on entendait chanter les TSF.

A Mougins ils prirent pension dans un hôtel aux murs chaulés. La chaleur montait de la garrigue bruissante de cigales. Ils descendaient vers la plage par des escarpements baignés de lumière. Le sable accueillait leur peau, et leurs baisers avaient un goût humide de sel. C'était l'été de ses trente ans. Huit années plus tard il chantait encore dans la mémoire de Lee comme une dernière saison de bonheur, un adieu à tous les soleils d'avant-guerre.

Penrose aimait les solitudes peuplées. Mougins était le quartier général d'une bande où Lee retrouva les visages de sa vie. Man apparut bientôt accompagné d'Ady. Éluard suivait avec sa femme Nusch. Le minotaure de ces rivages s'appelait Pablo Picasso. Le roi espagnol tenait sa cour sur la plage de La Garoupe. Autour de lui les femmes ressuscitaient en couleurs. Entre Ady, Nusch, Lee et Dora Maar, c'était grand concours de paréos à pois, de cheveux sculptés à la main, de capelines de paille jaune. Lee pactisa avec Ady sous l'œil de Man. Elle aimait les bracelets ronds de l'Antillaise, ses bandeaux d'œuf de Pâques, et cet accent des îles où passe un souvenir de goélette.

Picasso était assis dans le sable comme un colosse de Puget en maillot de boxeur. Il bricolait sans cesse des galets, des baguettes ou des tessons de bouteille. Il avait des gestes de rempailleur de chaises pliant l'osier, le tressant en rémiges. Ses doigts volaient, diablotins véloces au bonnet d'étincelles. Dans un français de Montmartre, il expliquait à Lee le langage espagnol de l'éventail. Posé sur les lèvres, l'éventail fermé signifie le refus. L'éventail agité lentement suggère l'indifférence. Mais une femme qui passe l'index sur l'éventail ouvert exprime une invite. Et l'éventail fermé écartant une mèche du visage veut dire : « Ne m'oublie pas. » Picasso faisait mine d'écarter avec un coquillage une invisible mèche sur son crâne chauve. Lee riait. La situation, telle que Penrose la lui avait croquée, touchait il est vrai au grand vaudeville. Nusch, venue avec Éluard, avait été la maîtresse de Picasso. Dora Maar, compagne de Picasso, avait été celle de Georges Bataille. Lee, nouvellement amoureuse de Penrose, avait vécu avec Man Ray. Penrose dessinait pour Lee un rébus sur le sable :

Picasso → Nusch et Dora Maar.
Man Ray → Lee et Ady.
Nusch → Picasso et Éluard.
Lee → Man Ray et Penrose.

L'équation était infernale. Penrose, formé par Cambridge aux schémas logiques, continuait ses chaînes déductives sur le sable :

Picasso n'a eu ni Ady ni Lee.
Nusch n'a eu ni Penrose ni Man.
Lee n'a eu ni Picasso ni Éluard.
Éluard n'a eu ni Lee ni Dora Maar. Mais il a eu Gala, qui a eu Max Ernst et Dalí.

Penrose n'a eu ni Nusch, ni Dora, ni Ady, ni Gala.
Mais il a Lee, et c'est l'essentiel.
Lee le suppliait d'arrêter. Penrose persistait, jusqu'à l'absurde. Elle avait la migraine. Lee lui masquait les yeux, il la ceinturait, ils roulaient dans le sable en effaçant les noms d'autres amours. Ce que Lee savait de Picasso venait de cet été-là. Dora Maar était sa femme du moment. Dévotieuse, cartomancienne, elle avait été élevée dans l'encens des chapelles surréalistes. Sa liaison avec Picasso l'avait d'abord redressée. Aux côtés du maître, Dora se croyait reine morganatique, épouse de l'empereur. Elle espérait les suaves attentes dans le pavillon de thé, les jeux d'ombrelles sous les pagodes. *Nada.* Elle voulait être adorée, elle se retrouvait décrite. Dora était aux prises avec un souffle, un démon. Elle devait chaque jour poser pour lui. Chaque jour, Picasso conviait la petite bande à évaluer le résultat. Sur la toile, Dora était attaquée, filtrée, cassée en angles, reprise en perspective, disséquée, annulée. Êtes-vous cela ? Une rieuse aux seins rouges, zébrée de jaune ? Mais non, vous voilà en femme qui pleure. Maintenant vous ne pleurez plus, vous serez aujourd'hui le sosie d'Olga, je vous peins en danseuse. Vous êtes une femme ? Vous croyez ? N'êtes-vous pas plutôt un assemblage de lignes ? Une spirale ? Un limaçon ? Un astéroïde ? Je vous écartèle, mon amour, je vous décompose, puis je vous ressoude. Aquarelle figurative, ce matin ? Mais non, lacération cubiste. Regardez-vous, yeux triples, doigts mordus, ou plutôt un seul œil, vous êtes le cyclope au chapeau fleuri. La colère d'un dieu-femme s'abat sur le monde, j'ai peint *Guernica* il y a trois mois, soit. Mais décrivons plus précisément ce dieu. D'ailleurs vous êtes une femme. Je vais donc vous décrire. Comment, vous n'êtes pas coupable ? Vous êtes une femme, n'est-ce pas ? Oui. Alors. Vous

êtes belle, dites-vous? Vous êtes surtout, et incommensurablement, comique. Reposez-vous, Dora. Nous reprendrons demain.

Dora ressortait pantelante de ces séances. Picasso, très gai, laissait alors voler sa main en portraits facétieux. Éluard fut croqué en Arlésienne donnant le sein à un chaton. Et Lee, un matin, vit Picasso descendre, une toile à la main. *Portrait de Lee Miller*. Le visage d'un jaune éclatant s'ouvrait en profil double. La pupille était bleue comme une eau de crique. Le fard rose appuyait un sourire en virgule de bonheur. Les seins pointaient exubérants, plantés sur leur orbe. Une Lee en sucre candi, *sweet*, américaine. Une femme d'été aux lèvres d'orange.

Lee embrassa Picasso. Il l'avait épargnée. Penrose acheta la toile sur-le-champ, 50 $, et l'offrit à Lee.

A la fin de l'été, Lee et Penrose se retrouvèrent en cale sèche. Ils avaient transformé une aventure parisienne en saison de Provence. L'automne venait. Chacun tirait des traites sur la vie de l'autre. Valentine Penrose existait encore dans une maison de Hampstead. Aziz attendait au bord du fleuve. Je ne saurais dire si Lee à cet instant se montra prudente. Elle savait de trop riche expérience que sa ferveur passait mal l'épreuve de l'habitude. Je crois aussi qu'en France elle s'était sentie surnuméraire, et comme détachée de l'Occident. Lutter dans les rédactions, courir le cachet, rouvrir un studio, merci bien. Lee n'était pas allée au bout de l'Égypte, elle n'était pas allée au bout d'elle-même. Elle offrit à Penrose l'absence pour être mieux attendue. Penrose était plus qu'une passade et moins qu'un mari. Lee aimait cet entre-deux : il était celui du possible.

Le *liner* de la P & O qui la reprit à Marseille emportait à son bord une femme respirante, libre de choisir ce qu'elle quitterait un jour. Les côtes françaises s'éloignèrent. Le portrait peint par Picasso dormait dans une valise. Sur le quai, Penrose lui avait remis un paquet fermé d'un ruban rouge. Elle l'ouvrit au large de l'Italie.

Il contenait une paire de menottes badigeonnées à la peinture d'or.

Des longs mois qu'elle allait encore passer en Égypte, je ne sais que peu de choses. Ils sont l'image dans une vie de ce moment où l'autre devient inconnaissable, tant il se retire dans une vérité qui n'est qu'à lui.

Pendant l'automne de 1937 Lee resta quelque temps au Caire. La ville qui l'avait hantée lui devenait familière. Ce qui l'avait étouffée au début prenait désormais le caractère d'une villégiature d'enfance – on a rompu avec elle, on ne saurait y vivre, et pourtant l'on y revient avec un sentiment fort et particulier. Les choses étaient à leur place, mais comme décollées d'elles-mêmes, flottant dans une brume légère. Les dames-jeannes du cuisinier soudanais, le bac à vapeur de Boûlâk, les stucages de l'aquarium de Zamalek lui représentaient un monde dont elle attendait peu et qui n'exigeait rien : à elle qui n'aimait que les découverts, le temps faisait soudain crédit.

Lee avait souffert de l'indolence. Elle découvrait l'acceptation. Qu'un train s'ébranle à la tête de ligne de Gizeh, que la fumée d'un incendie monte dans le ciel des quartiers, qu'un rayon de soleil réveille la poussière sur les rideaux de damas, qu'importe, cela était et devait être. Ses yeux se portaient sur l'autre rive vers les maisons d'Embaba où les carrés de Desaix écrasèrent les mamelouks de Mourad Bey. Cela aussi s'était effacé, comme les lamentations des pleureuses et les visages aimés. Il restait le rouge asiatique des berges, le chant des oiseaux au faîte des palmiers.

Elle lisait de mauvais romans policiers sans s'étonner des crimes ni de leur punition. Le portrait signé de Picasso était accroché dans le hall d'entrée, entre les mâchoires de crocodile et les canons d'acier nickelé. Aziz ne lui demanda rien. Il était dans l'ordre de son libéralisme anglais, doublé d'une résignation attentive, de la laisser vivre. Il lui savait gré d'avoir éclairé sa vie en étant sa femme. La loi égyptienne lui donnait prise sur elle jusque dans l'émancipation. Il lui suffisait pour la répudier de se placer derrière elle et de prononcer par trois fois : je me sépare de toi. Mais ils étaient désormais au-delà de cette loi. Ils étaient libres.

Lee n'usa pas de cette liberté contre lui. Elle savait que Penrose l'attendait. L'évasion serait trop facile. Entre deux hommes, elle choisit l'intransigeance et la douceur d'être elle-même : ce fut l'année du désert.

Elle s'était rapprochée de quelques résidents qui trompaient leur ennui par des raids motorisés sur les anciennes routes de Leukos et de Bérénice. Plusieurs mois durant, un couple de négociants portugais, une égyptologue britannique et un attaché militaire de l'ambassade des États-Unis devinrent ses compagnons d'échappée. Ce qu'elle allait chercher là, je ne le sais trop. Ce paysage impermanent qui n'avait d'autre terme que l'horizon ressemblait peut-être à ce que Lee devinait d'elle-même, à ce qu'elle avait attendu des autres.

Ils roulaient au crépuscule vers la mer Rouge, éblouissant de leurs phares les huppes du désert et les petits fennecs. Le delta s'éloignait avec sa vie endiguée, le cliquetis séculaire des châdoûfs enfonçant les palettes dans le limon. Une vie furtive se cabrait là contre la mort torride et les stigmates du temps. La poussière se levait de la piste comme d'une couverture battue.

L'aube les trouvait au bord d'anciennes stations romaines. La chaleur dardait ses rayons sur les veines de porphyre. D'étranges poissons nageaient au fond des citernes d'eau turquoise. A fleur de roche, des brèches sculptées par l'érosion sifflaient sous la passée des vents. Ils parlaient peu et se rendaient au paysage. Un combat de dieux avait été livré sans autre issue que la pierre. La vie des hommes se réfugiait au fond de cavernes taillées dans la roche comme un *pueblo* hopi. Il en sortait des silhouettes en robe, curieux pontifes qui offraient au voyageur des dattes et des pierres de diorite. Une collerette de sel cerclait les points d'eau asséchés. Des femmes raclaient ces dépôts pour en extraire le *natron* qui polit le verre et blanchit le lin. Le soleil simplifiait les lignes. Lee se sentait lavée, désobligée de toutes les comédies. Un monde était resté en arrière qui semblait ne devoir jamais la reprendre. La route s'ouvrait devant eux. Parfois l'ombre secourable d'un temple abritait leur repos. La pierre dure de Thèbes attendait la fin des siècles. Sous le chapiteau papyriforme, à la lumière des lampes au magnésium, l'égyptologue déchiffrait des cartouches portant le sceau de Mentouhotep et de Sésostris, de Psammétique et de Séthi, de Darius et de Xerxès. Des empires étaient passés que le sable ensevelissait. Lee frissonnait. L'écho renvoyait son rire quand elle décelait dans un bas-relief une correspondance bizarre. Le dieu Amon lui évoquait un sachem à scoliose. Le dieu Seth, un kangourou de Max Ernst. Le dieu Ptah, le sonneur de gong de la Rank.

Les voitures parfois s'ensablaient. Des hommes aux cheveux roux surgissaient de la dune en offrant un chameau ou une mule. Leurs visages ne trahissaient rien. Puis ils s'évanouissaient comme ils étaient apparus, rappelés par le néant. J'ai supposé un temps que Penrose l'avait rejointe lors de l'un de ces voyages. Mais l'hypothèse est trop romanesque, et ne correspond pas. Je crois que tout se joua alors au-delà des hommes. Lee séjourna plusieurs semaines dans les dépendances du couvent de Saint-Antoine, aux environs de l'ouadi Arabah. Sous le narthex carré, la lumière éclairait les profils des patriarches d'Alexandrie, Théophile et Athanase, Dioscore et Marc l'Évangéliste. La nuit devenait plus froide, et la terre semblait une autre lune. Lee resta des heures près du *maghârah*, l'ancienne caverne où les démons tentèrent le saint. Drapée dans une couverture, elle regardait le rien.

Voyage après voyage, la piste inclémente la reprenait. Elle vit les déesses d'émeraude et les coupoles de Wadi Natroum, les oasis aux jardins splendides et la Mère des colonnes, elle vit les saints cavaliers pourfendant la Bête et la fissure sacrée d'où Moïse descendit porteur du Décalogue. Ce qu'elle fut au cours de ces voyages de l'année 1938 me renvoie à son mystère. Elle avait appris quelque chose dont elle ne parlait pas.

Au retour, elle trouva des lettres brûlantes de Penrose. Lee avait passé plus de quatre années au Caire. Une nouvelle vigueur la rappelait vers l'Europe. Elle n'avait pas d'enfant, et pas de regrets non plus. Rêvait-elle à la jeune femme qu'elle avait été? Aux corniches noircies des places de Paris? D'un côté il y avait cette demeure endormie, les arbres ployés en retrait, et plus loin cela se faisait aveugle. De l'autre, qui pouvait savoir? Lee était celle que l'on a croisée à New York ou à Paris, il y a cinq ans, dix ans, je ne sais plus...

Au printemps de 1939, le vent souffle sur la passerelle du *S.S. Otranto* à l'embarquement pour Southampton. Aziz de nouveau l'a accompagnée sur le quai. Lee voit l'homme qui l'aime encore agiter la main. Elle a promis de n'être absente que quelques semaines. Elle sait qu'elle ne reviendra pas. Personne n'est jugé, tout est égal. Elle a trente-deux ans.

Au débarcadère de Southampton, Penrose attend. Une brise marine frise les vagues. Les ballons de barrage, argentés et rebondis, flottent au-dessus des docks. L'Angleterre mobilise.

Passé Noël, nous nous étions sentis étrangers à Budapest. Lee se lassait du Park Club. Toutes les photos étaient prises, toutes les *stories* écrites. Des Hongrois commencèrent à solliciter notre influence, qu'ils surestimaient, pour obtenir de la délégation américaine des antibiotiques, de la pénicilline, et même des visas. Nous ne pouvions pas refuser. Mais l'engrenage se mettait en place : les petits trafics, la mendicité déguisée, les chantages au désespoir. La proclamation de la République était imminente. On venait de nationaliser les mines et les compagnies d'assurances. Ces apparences de démocratie dissimulaient une reprise en main à l'issue prévisible : on liquidait avant de serrer l'étau. Plusieurs nuits durant, les cellules du couvent de Stefania Ut se peuplèrent d'ombres furtives ; c'étaient des Hongrois pourchassés par l'AVO qui venaient se mettre à couvert avant de passer en Autriche.

Lee revint un soir avec dans son Rollei les clichés de l'exécution de l'ancien Premier ministre Bardossy. Il avait été fusillé en public, le dos appuyé à une muraille de sacs de sable. Quatre soldats l'avaient mitraillé à deux mètres. Comme il gelait à pierre fendre, le prêtre qui assistait le condamné n'avait cessé, me rapporta-t-elle, de se moucher dans son étole. Lee n'en avait conçu aucune émotion, car c'était un nazi. Mais un léger parfum de dégoût montait de ces règlements de comptes. Le lendemain, par provocation pure, Lee offrit du *lipstick* et quelques paires de bas à deux jeunes nonnes. Elles acceptèrent ces menus cadeaux. Lorsque la Mère supérieure s'en aperçut, elle nous menaça d'expulsion – et c'était plus qu'une menace. Notre temps dans cette ville était compté. Trop d'alcool, trop d'immobilité. Il fallait partir. Pour où ? En vérité, il n'y avait plus que la route pour nous faire rêver. Dans cet amour sans armes que j'avais pour elle, pour ses faiblesses, pour ses silences, l'ondulation de la Chevy était comme l'assurance que je la possédais. La perspective de rebrousser chemin me serrait la gorge. C'était même de l'angoisse qui me venait à y songer. Lorsque je lui posai la question que je devais lui poser, Lee me répondit par un sourire. Bien sûr que nous allions continuer. Bien sûr. Il y avait encore des pays dévastés où l'on s'enivre, encore des nuits pour oublier. Il suffisait d'avancer.

Alors, sans avertir nos rédactions, et sans prévenir quiconque d'autre que l'ambassade de Roumanie – il fallait des visas –, nous avons pris la route de Bucarest.

Deux jours avant le départ j'avais agité devant Lee l'hypothèse d'un retour à New York. Je savais que les clichés qu'elle avait expédiés à Londres depuis août 1944 avaient été salués par les rédactions. Au cours de notre périple, des télégrammes de félicitations étaient parvenus à Rosenheim puis à Vienne. Des journalistes m'avaient parlé au Sacher de certaines de ces photos qui faisaient événement, celles notamment de la maison d'Hitler sur la Prinzregentenplatz. Même si Lee fuyait cette notoriété-là, elle n'aurait aucun mal à prendre du service dans n'importe quel magazine de Manhattan. Elle n'écarta pas cette idée. Et même elle évoqua ses parents, ses deux frères dont elle parlait rarement. L'un était devenu un aviateur émérite. L'autre tenait un studio de photographie à Los Angeles. Ses parents, dont elle n'avait plus de nouvelles depuis l'Allemagne, vivaient toujours dans leur maison de Poughkeepsie. Peut-être faudrait-il un jour revenir vers le lieu natal, revoir les dépôts de l'East Pacific sous les frondaisons en espaliers.

Lee resta rêveuse. Quelque chose, je le sentais bien, s'interposait entre l'Amérique et le point de l'espace, quel qu'il soit, où nous nous trouvions à un moment donné. Il suffirait pourtant d'un coup d'aile depuis Croydon ou Le Bourget, d'une nuit dans les embruns de l'Atlantique, et au matin le tarmac de La Guardia secouerait les roues avant que l'avion ne s'immobilise au bout de la piste. Il faudrait bien rencontrer un jour cette fin où le moteur décélère, crachote puis se tait. Lee envisageait cela comme on hésite devant un *set* de tarots à retourner la carte. Je la pressai un peu, puis je sentis que je n'avais aucune envie, moi non plus, de retrouver trop vite le Flatiron Building et les *browstones* de Washington Square. La plaine immense pouvait bien continuer devant nous. Je forçai la décision. Lee en parut soulagée. Nous avons quitté sans regret le Park Club, les sbires de Nagy et le Vár en ruine. Nous brûlions chaque ville comme une cartouche. Budapest avait vécu.

Il me reste de ce voyage-là l'étrange sentiment que donnent parfois les longues traversées. On a navigué des jours, dormi entre deux rives, et pourtant les événements se resserrent sur quelques détails survenus pendant le temps, pas si étendu au fond, où leur répétition a néanmoins pris valeur de rituel. Lee avait acquis à Budapest une chapka de fourrure soldée pour quelques dollars. Elle la portait avec sa capote de l'US Army. Je conduisais dans le même uniforme, mais tête nue. Je me dis rétrospectivement qu'il y avait de la bizarrerie à porter avec entêtement ces défroques. Mais tout le justifiait : la qualité de correspondant de guerre, l'immunité que ces habits procuraient, la méfiance mais aussi le respect qu'en avaient les troupes russes stationnées en Europe centrale. Ces uniformes étaient commodes. Ils ne nous avaient pas desservi. Je crois que Lee y attachait une valeur sentimentale : c'est sous cette apparence qu'elle avait retrouvé l'aventure. Elle était redevenue ostensiblement américaine en traversant le monde des hommes. Ce treillis anonyme gommait de son corps tous les souvenirs de haute couture, et peut-être lui donnait-il aussi l'assurance que je l'aimais comme elle était, libre de ses anciennes coquilles de luxe.

Pourtant cet uniforme, ou plutôt ces uniformes, car nous en avons usé plusieurs, étaient susceptibles de variantes dont Lee avait le secret. Le casque à ronde-bosse mobile qu'elle avait utilisé en Alsace pouvait, telle la grille d'un heaume, se porter tantôt relevé et tantôt abaissé. Elle le remplaçait en dehors des combats par une casquette qu'elle déformait en cassant la visière de toile vers le haut, à la manière des *pitchers* de base-ball – et parfois en l'inclinant de guingois comme une chanteuse de cabaret. Le casque exigeait une chevelure tirée en chignon ou prise dans une résille, alors que la casquette admettait des cheveux contraints ou libres, selon la fantaisie. Incidemment, Lee savait très bien jouer de ces alternances. Ces coquetteries n'étaient pas préméditées, mais plutôt instinctivement suscitées par les nouveaux habits qu'elle avait endossés. Ainsi la chemise kaki permettait-elle une quadruple accroche : fermée par une cravate en tenue de mess; fermée sans cravate à la façon des vareuses soviétiques; déboutonnée sur un T-shirt vert olive; déboutonnée sans T-shirt à même la peau. Le cou s'enveloppait parfois d'un *fishnet* noué en écharpe ou même, à Budapest, d'une véritable écharpe trouvée dans les vestiaires du Park Club. La courroie de cuir de l'étui à Rollei coupait le torse comme la bande pectorale d'un harnais, mais la pression exercée à la longue sur l'un des seins conduisait Lee à la glisser tantôt autour du cou comme une lanière de jumelles, tantôt à l'épaule comme un sac de soirée. Aux chemises des tenues d'hiver et d'été pouvait se substituer une vareuse de battle-dress, ample, recouvrant les hanches; la vareuse se serrait à la taille par une ceinture, mais j'ai aussi vu Lee la porter flottante, comme une blouse droite. Les ergots de la ceinture, en principe destinés à l'accrochage de grenades anti-personnelles, autorisaient d'autres usages : suspension de bourses à lanières où elle nichait des rouleaux de pellicules, ou encore encastrement d'un paquet de cigarettes déjà entamé. Les *slacks* tombaient sur la jambe, assujettis au revers de cheville par un lacet glissé dans la couture. Selon que l'on nouait ou non le lacet, le tuyau du pantalon cerclait le haut des rangers ou plissait négligemment sur le cuir. Lee portait les *slacks* soit superposés, soit rentrés dans la jambière des bottes, où le pied jouait plus ou moins lâchement selon le crantage de la boucle. Ajoutons le recours sporadique au *badging* – les unités d'Alsace et d'Allemagne nous avaient donné des insignes que Lee portait clippés en souvenir sur la casquette ou sur les rabats de poche-revolver; l'usage par beau temps de Ray-bans réglementaires retenues au col par une cordelette; et les divers éclats, taches de boue, maculages de poussière qui constellaient comme un imprimé ocellé la toile entre deux lavages. Je retrouve cette élégance paradoxale, griffée comme malgré elle sur les oripeaux anonymes de la guerre. Lee ne pouvait s'empêcher de plier à sa mesure ce qui lui était donné. Je voulais dépeindre une guerrière, et j'ai décrit un mannequin. Je voulais raconter un voyage, et je retrouve une allure. Mais c'est comme cela que je l'ai connue.

Nous arrivâmes à Bucarest épuisés par deux jours de route. Le froid de janvier avait saisi l'immense puszta hongroise. Par ignorance, j'avais sous-estimé les distances. L'est de la Hongrie n'était qu'une longue solitude de friches sauvages qui filaient vers l'horizon. Plutôt qu'un pays figé par l'hiver, on aurait cru traverser un plateau hercynien d'où allaient surgir, hache de pierre à la main, les guerriers d'un combat préhistorique. Des broussailles étiques se pétrifiaient dans la masse gelée des bas-côtés, pareilles à ces insectes que l'on retrouve coulés dans la transparence de l'ambre. La terre avait pris par endroits cette marbrure bleue, presque arctique, des sols asphyxiés par le gel. Une marée de vagues craquelées sombrait à l'infini, donnant à l'œil l'impression d'un champ de bataille où se dressent les monticules des morts et les gravats des maisons soufflées par le mortier. Le Chevy tenait bon. Ses roues chassaient parfois entre deux rigoles de neige durcie. Il fallait toute la force excavatrice de l'accélération pour rester sur la route.

Au poste-frontière, des silhouettes sibériennes étaient sorties de cahutes où luisait l'éclat rouge des braseros. Les Hongrois furent tatillons, sondèrent les ailes de la voiture comme s'ils avaient cherché des armes ou des documents de propagande. Lee, l'écharpe remontée sur le nez, la chapka enfoncée sur les oreilles, resta assise sans bouger sur son siège. Les gardes hongrois avaient des visages de fonctionnaires humiliés. Un pan entier de Transylvanie venait d'être rendu à la souveraineté roumaine : leur fierté en souffrait. Ils nous laissèrent passer sans enthousiasme. Un peu plus loin, des soldats roumains apparurent sur la route. *Stai! Stai!* criaient-ils en faisant le geste, bras levé, d'intercepter un suspect en fuite. J'étais sur mes gardes. Une semaine auparavant, une fusillade avait éclaté à Tivnaïa, sur le Dniestr, au poste-frontière avec l'URSS ; cette escarmouche entre soldats russes et roumains avait été provoquée, du moins le disait-on à Budapest, par une affaire de femme.

Les hommes qui se portaient vers nous étaient manifestement ivres. L'un arborait son fusil à l'épaule, crosse en l'air. L'autre tenait à la main une bouteille d'un liquide blanc, alcool ou eau-de-vie. Ils ne nous demandèrent pas les visas, mais des cigarettes. J'en fus quitte pour un paquet de Lucky. Très gais au demeurant, ils articulaient des paroles obscures avec des mimiques qui voulaient signifier la bienvenue. Lee n'avait pas desserré les dents. Rien n'indiquait qu'elle fût une femme. A grand-peine, les deux soldats soulevèrent une barrière.

Nous étions en Roumanie.

Je ne saurais dire que le paysage se modifia immédiatement. Mais dans cette longue coulée vers la capitale, des signes surgirent au bord du chemin qui annonçaient un autre monde. Passé l'interzone que la Hongrie venait de restituer, où l'on avait jeté à terre les panneaux magyars – une contrée sans flèches, sans noms –, apparurent des bornes de signalisation frappées de mots suaves et ronds, pleins de *iol* et de *iu*, de *oa* et de *sco*, de syllabes tantôt étranglées comme un cri d'oiseau, tantôt bombées comme une bulle qui crève. Des villages pointaient dans la distance, lovés au contrefort des montagnes. Quand on les traversait, c'était pour croiser des carrioles peintes attelées de juments à longue crinière, des paysannes en robes tissées de couleurs indiennes. Elles plaçaient leurs mains en visière pour nous regarder passer. Une architecture gothique, étrangement allemande, caractérisait les plus vieux édifices. On sentait la pauvreté, mais pas l'indigence. De gros verrats à poil dur engraissaient dans l'enclos des fermes en fouillant du groin la neige talée. Des fumées grises montaient lentement dans le ciel. On devinait aux relents de bouillon et de vinaigre un de ces pays de soupes grasses où l'on attend les jours de fête pour faire un carnage de volailles.

A Sibiu, des yeux étaient peints sur les toits. Leurs cernes à demi masqués par la neige encadraient les cheminées surgissant de la tuile. Les habitants marchaient mains dans les poches avec l'assurance tranquille de ceux qui ne partiront jamais. Le grand massif transylvain dominait la ville. La neige pochée par des centaines de semelles, l'angle brisé des maisons, l'écho des voix dans l'air froid rappelaient l'atmosphère des scieries du Nebraska. Nous avons passé là une nuit, à l'étage d'une auberge. Dans la salle commune qui tenait lieu de restaurant, de café et de parloir municipal, des habitants vinrent nous saluer avec une vraie gentillesse. Un poêle réchauffait la pièce. Comme l'électricité était coupée après dix heures, l'aubergiste alluma les mèches de chanvre de grosses bougies cireuses. Ces gens de Sibiu étaient curieux de l'étranger. Leurs toques d'astrakan, leurs gros manteaux bourgeois sentaient encore la campagne. L'un d'entre eux parlait le français. Encouragé par ses compagnons, il nous donna notre première leçon de roumain. Le vent d'hiver qui secouait cette nuit-là les volets, c'était le *crivetz*. Ce pain de maïs noir à la croûte craquante, c'était la *mamaliga*. On nous servit une soupe aigre de poisson et de poulet, une *ciorba*, disaient-ils, puis des boulettes de viande enveloppées dans des feuilles de chou, le *sarmale*. Malgré sa fatigue, Lee soutenait la conversation. A un moment, je crus lire dans les yeux des Roumains une perplexité. Et plus que de la perplexité, une sorte d'inquiétude comme on en a pour les gens qui sont trop manifestement épuisés. Que faisait ici une femme comme elle? semblaient-ils dire. Combien de jours tiendrait-elle encore? Il me fallut un temps pour réaliser combien elle était pâle. Lee donnait le change; je ne voulais pas voir que Budapest, avec son tourbillon de nuits blanches, avait tiré sur ses réserves au-delà de ce que j'imaginais. Quand l'aubergiste nous invita à visiter ses cuisines, Lee en se levant fit un faux pas et manqua tomber.

Nous le suivîmes néanmoins dans une salle qui sentait le poivron et le salami. La voûte était fumée par les graisses. Des cendres rougeoyaient au milieu d'une grande cheminée à chenets ouvragés. A la lumière d'un bougeoir, une femme travaillait sur une planche de bois où des sterlets frais sortis du torrent étaient alignés. Avec un tour de main très sûr elle tranchait les têtes, sectionnait les nageoires puis grattait les écailles. Le pouce pressé sur le manche du couteau guidait la lame à travers la laitance, fendait le ventre gris dans sa longueur avant de l'éviscérer. Le poisson vidé allait mariner au fond d'un bain vinaigré qui le lavait des scories de tourbe, pour se retrouver de nouveau sur la planche, tronçonné et roulé dans une salure à petits cristaux. Lee regardait bizarrement cette femme. J'eus l'idée saugrenue qu'elle aussi avait envie de fendre la peau tendre du sterlet, d'arracher les entrailles et de hacher sauvagement la chair ouverte. Mais peut-être revoyait-elle simplement une autre cuisine, le *spider-monkey* sur son perchoir, les tranches de palmier doum présentées en rosace sur un plateau de cuivre. L'aubergiste nous invita à boire un verre de *zuica*. C'était une eau-de-vie de prune qui brûlait le gosier. Après trois verres, je demandai la clef de la chambre. Comme à regret, l'homme nous conduisit à l'étage. Sur les murs, des émaux gras et luisants brillaient à la lumière de la chandelle.

– *Noapte buna*, dit-il en nous laissant au seuil de la chambre.

Nous nous sommes écroulés sur le lit. Je ne voyais plus rien. Lee s'endormait déjà.

Le lendemain, nous étions à Bucarest.

L'Athénée Palace avait été avant-guerre un des grands hôtels roumains. Il restait de cette époque les fauteuils de peluche rouge, les robinets à griffons dédorés d'où coulait une eau calcaire, et les garçons d'étage qui s'inclinaient en murmurant *Multumesc, Doamna* – merci, madame.

Il suffisait de quelques heures passées à Bucarest pour y sentir l'étreinte relâchée d'une main de fer. La ville respirait, mais comme oppressée, redoutant une imminence sans nom, vivant dans un suspens que déchiraient parfois les salves montant du jardin botanique de Cotroceni où l'on achevait d'une balle dans la bouche les derniers partisans d'Antonesco.

L'hôtel était presque vide. La chambre que nous avions obtenue donnait sur la rue Victoriei. Ma première impression de Bucarest est un cadrage de Lee. Non pas un cliché mais un coup d'œil, une remarque qu'elle me fit près de la fenêtre. En tirant le rideau, on pouvait suivre un spectacle pareil aux reconstitutions des villes de la ruée vers l'or dont étaient friands les *Keystone Pictures* de notre enfance : c'étaient les mêmes planches de bois jetées sur la neige, les femmes en robe de percale contournant les plaques verglacées, les silhouettes barbues chargées de bidons, cette même couleur pigmentée, tremblotante et brouillée dont on ne savait jamais si elle était celle de la boue ou simplement un effet du grain de la pellicule malmenée par les saccades du projecteur. Cette rue découpée par la fenêtre comme sur un écran ressemblait à l'Amérique de 1917 avec ses derricks, ses passants à chapeau claque, son parfum d'huile de lampe. Était-ce vers cela que ce périple, comme un amour, nous avait ramenés? Lee Miller, *born 1907*, Dave Schuman, *born 1905*, regardant depuis une chambre de Bucarest le paysage des années où ils jouaient sans se connaître?

Nous aurions pu rester dans cette chambre, n'en plus sortir, retrouver ce pays de l'origine, quand nos parents étaient jeunes, quand Milwaukee et Poughkeepsie, villes aux noms indiens, ressemblaient encore à l'Europe. Je vois Bucarest comme la cité des sortilèges où tout commence et tout finit. Je vois ses églises valaques, la rue des Nénuphars et le corps de garde bombardé du palais Stirbey, je revois la jupe froncée à la taille de ses femmes pauvres. J'entends la *doina* incantatoire que chantait une voix dans un café, une de ces complaintes qui disent la solitude des marais et des pâturages mouillés, on y évoque les fleurs qui passent et meurent, les plantes amères et les feuilles emportées. Sans doute aurais-je pu perdre Lee dans cette ville, mais je l'y retrouve aussi.

Je sais que j'ai accompli là les derniers actes, les derniers *vrais* actes de mon métier. Aller trouver notre compatriote Burton Berry à la délégation américaine pour l'interroger sur l'état des forces, le jeu des pièces sur l'échiquier; relever les numéros d'unités des chars soviétiques stationnés à l'extérieur de la ville en essayant de deviner ce que les généraux Malinovsky et Tolboukhine mijotaient en Roumanie; tirer les vers du nez à quelques journalistes proches du Premier ministre Petru Grozea; écouter longuement les doléances des fondés de pouvoir des compagnies pétrolières anglo-saxonnes – la Shell qui tenait l'Astra-Romana, la Royal Dutch Shell qui contrôlait la Steana Romana, la Phénix majoritaire dans la British Unirea, la Standard Oil qui possédait la Romano-Americana – pour les entendre me dire tous la même

chose, pitoyablement la même chose : qu'ils attendaient d'un mois à l'autre le retrait de leurs concessions au profit exclusif de la Sovrom-Petrol, la société
d'économie mixte formée de gré à gré entre l'URSS et
la Roumanie. Ils ajoutaient que c'en serait fini de
l'Occident par ici, car la Roumanie tenait au monde
libre par le pétrole et à la France par la grammaire, et
l'on savait bien ce que les Russes feraient du pétrole
et ce que les Français faisaient de leur langue... Mais
pourquoi raconter cela? Même à l'époque, je n'ai
rien écrit. J'ai encore des brouillons, des notes
esquissées sur un bloc, quelques portraits croqués au
dos d'un exemplaire de *Scanteia*, l'organe du PC roumain, et même le négatif d'un cliché pris par Lee – on
y voit la reine Hélène de Roumanie sur l'escalier d'un
palais. Une femme digne, fragile et menacée. A quoi
bon.

Le goût de ce métier m'a quitté là. J'ai vu un monde
finir. A l'automne 1945, les jeux étaient faits. Un œil
lucide pouvait déchiffrer la figure. Ce n'était pas glorieux à voir. A Munich, nous étions des vainqueurs ; à
Bucarest, les témoins d'une mise sous séquestre. Il y
a de l'inéluctable en tout, et les mots n'arrêtent rien.
Dans cet intervalle-là, il restait une place pour le
voyage, pour l'oubli. Je m'en aperçois aujourd'hui :
j'ai aimé Lee dans les derniers mois de liberté de deux
ou trois pays. Et peut-être l'ai-je aimée avec la gravité
sourde qui émanait de cet hiver-là, avant que le
rideau ne se baisse pour solde de tout compte. Au
fond, ses hommes – Aziz, Penrose – je m'en contre-
fiche. Je piétine ses années sans moi, je crache sur
son passé. Qu'ai-je à faire de tous ces voyages
puisqu'un seul m'importe... J'ai eu Lee dans son pire
et son meilleur moment, quand elle jetait à terre ses
vieux masques. Et quand bien même n'aurais-je été
que celui qui lui a tenu la main pour faire le pas, pour
passer de *l'autre côté*, cela me suffit.

Cela me justifie.

A Bucarest, Lee redevient solitaire ; elle n'est plus qu'à moi. De la quinzaine de jours que nous avons passés là – j'ai dit que tout finit à Bucarest, mais ce n'est pas à Bucarest que s'achève mon histoire –, il me revient une odeur de fange. Un redoux imprévu apporta quelques jours la pluie, transformant la ville en un bourbier jaune.

L'eau traçait des sillons sur la vitre, que la nuit figeait en petites souillures glacées. Nous n'avions plus envie de sortir. Le calorifère de la chambre tirait mal, mais suffisamment pour nous apporter un peu de douceur. Lee restait allongée des heures sur le lit. Le garçon d'étage déposait des bouteilles de *zuica* devant la porte – nous avions l'un et l'autre pris goût à cette liqueur vive qui fouette le palais et réchauffe les entrailles. C'était comme une saison d'automne au milieu de l'hiver, avec son odeur de feuilles brûlées, la nuit qui tombe tôt, les heures ralenties. Nous avons parlé de mille choses, de tout et de rien, sauf de l'avenir. Nos conversations étaient d'un autre âge. Entre deux verres revenaient des noms qui avaient été ceux de notre première jeunesse. Pourquoi avons-nous évoqué Johnny Dodds, Alice Terry ou la Bowery Savings Bank ?... Des noms de New York, vingt ans auparavant. Nous sortions alors de nos petites villes, nous quittions leurs dépôts de poste et leurs réservoirs sur pilotis pour aller vers les métropoles où attendait la vie. Quel avait été, nous demandions-nous, le type de femme que la génération antérieure à la nôtre avait préféré ? Quel était celui que nous avions aimé ? Et celui que la nouvelle époque allait retenir ? Sur les fuselages des B-17 on peignait désormais le galbe de Betty Grable. *Forget it*, disait Lee. Elle n'avait jamais eu l'âge de son état civil. Lee était de bien avant, ou de longtemps après. Celle que les peintres ont vue. Celle que les voyages ont effacée. Elle me raconta une visite dans un atelier de la rue des Grands-Augustins. C'était pendant l'été 1937, avant de partir pour Mougins. Picasso avait rangé contre les murs des études et des esquisses : les travaux prépara-toires de *Guernica*. Lee n'avait pas oublié le cheval hurlant, les mères levant au ciel leurs enfants assas-sinés. Mais *Guernica*, ce n'était que l'éclat du flash sur les animaux défigurés, l'instant où le magnésium pétrifie les choses muettes. C'était, finalement, de la photographie. Cette guerre nous avait emportés dans un monde qui crevait la toile, bien au-delà du tableau. Je n'aurais pas reconnu l'homme qui débarquait en août 1944 sur la piste de Croydon. Celui-là avait des croyances, des certitudes, l'ombre d'un passé. J'avais changé. L'Europe d'où étaient venus mes pères m'avait une nouvelle fois façonné. Et nous n'étions même pas morts. Nous étions là, dans ce cul-de-sac latin au fond d'un corridor de plaines.

Lee me parla de l'Égypte. Elle y avait appris qu'une existence n'est jamais qu'un incident de lumière. L'ombre d'une colonne s'imprime sur la terre, puis l'ombre disparaît et la terre reste. Une palme se détache de l'arbre, tombe lentement dans la poussière. On voit ses nervures gorgées de suc, la trame vivace des fibrilles. Deux jours plus tard la palme s'est racornie en parchemin cassant; la sève se dessèche en humeur jaune et les fourmis dépiècent le limbe. Nos vies s'écrivent elles aussi sur des feuilles qui pourrissent. Il y a des fêtes, puis les lumières s'éteignent. Les silhouettes aimées sont comme ces figurines que l'on taille dans du papier, on les déplie, elles font guirlande entre vos doigts, elles dansent dans l'air, puis retombent déchirées. Lee se laissait aller à cette absence, et cette absence l'envahissait. La fatigue des derniers mois tirait son visage. L'insomnie, la route, les images imprimées sur la rétine, les prises d'alcool et de benzédrine avaient creusé leur sillon en nous. Lee délaissait son Rollei. Son attention se faisait évasive. La vitesse précise de manipulation, sa vitesse de jazzman, cédait la place à une mollesse désœuvrée de tout. Elle voyait les choses sans que l'envie d'en voler le spectre la porte plus au-delà d'elle-même. Cette saison menaçait de l'endormir pour longtemps; c'était l'hiver de la paix. Elle avait les cheveux ternes. Elle ne cessait de boire. Un matin, je vis un filet rouge maculer ses lèvres : ses gencives saignaient. Je sentais qu'elle se retirait de cette exaltation muette qui nous avait habités des semaines durant. J'étais l'homme de ces semaines. Elle me condamnait en les quittant.

Je venais près d'elle. Je caressais ses cheveux lentement, très lentement. Lee n'était à personne, elle était à moi. Quand ma main prenait la sienne, je sentais la vie battre à son poignet. Je n'étais qu'un visage dans les années, une escale entre deux fuites. Nous étions des étrangers dans la nuit, simplement des êtres seuls qui se cherchaient avant le jour. Désormais je peux comprendre ce que nous faisions dans un hôtel de Bucarest, un soir de janvier 1946. Je connais le chemin, je suis allé au bout de la route. Je croyais que la vie continuerait, et elle a continué avec la seule certitude d'avoir suivi ces chemins glacés. Depuis des années je rêve d'un voyage où les saisons s'arrêteraient, d'une route où des êtres fabuleux nous feraient cortège. Le soleil d'hiver joue entre les arbres comme une chanson perdue. Les feuilles roulent, chassées par le vent...

Je sentais Lee flottante. Elle était épuisée. J'ai fait quelque chose dont je n'ai pas à me vanter. Par hantise, par peur de la perdre, j'ai voulu la pousser plus loin encore dans la fatigue, la dépossession. Lee, qui avait couru au-devant de toutes les villes, se protégeait de Bucarest. Sans ménagement je l'ai jetée dehors. Soir après soir je l'ai traînée au milieu des rigoles de cette capitale livrée aux bises meurtrières. La Chevy reprenait du service chaque nuit. Une obscurité charbonneuse était tombée sur la ville. La voiture sortait du garage de l'Athénée Palace, longeait la rue Victoriei, passait devant la délégation soviétique gardée par des pelotons mixtes de soldats roumains casqués d'acier et de sentinelles russes armées de *banjo-guns*. Sur les trottoirs, des hommes se hâtaient, des femmes sous leurs fichus ne levaient plus les yeux. Nous tournions dans Bucarest à la lumière des phares. Les dômes bosselés des couvents, les grilles des parcs surgissaient dans le double faisceau comme des animaux éblouis par le projecteur. La neige détrempée faisait sous les roues un bruit de flaque. Je roulais d'abord vers la chaussée Kisselef. On voyait clignoter au-dessus de l'aérodrome de Baneasa les feux de position des gros Antonov en approche d'atterrissage. L'avenir radieux tombait du ciel; la Roumanie ne tarderait pas à devenir, comme on le disait dans les cafés de Bucarest, la XVIIe République soviétique. Mais ce n'était plus notre affaire. *Drive on*, disait Lee. La suspension tressautait sur les aiguillages de tramways. Des silhouettes de mendiants se tassaient sous les porches. Ils ressemblaient à cette ville, avec ses éboulis en pleine rue, ses défroques de trappeurs, le silence autour des synagogues brûlées. Les rideaux des grands restaurants du nord de la ville – le Lido, le Strand – étaient baissés, recouverts à la craie de mots d'infamie pour avoir naguère accueilli les dignitaires de Codreanu.

Lee criait à mon oreille :

- On dirait le West End!
- Ou Clichy!
- Ou Port-Saïd!
- Ou Broadway South!
- *Drive on!*

La voiture s'engageait dans l'avenue Stefan Cel Mare. Une blancheur de neige croupie montait du sol. Le spectre des tilleuls gelés s'imprimait sur les façades. En tournant la tête je voyais Lee, les yeux brillants de fièvre, qui me souriait pourtant. *Drive on!* Le quartier nord-est de Bucarest avait cette couleur de ciment frais que prennent à la nuit tombée les villes jaunes. Sur les premiers contreforts de Colentina, de grands feux brûlaient au milieu des terrains vagues. Des traîneaux abandonnés, des reliefs de tôle ondulée s'entassaient sur la terre battue; il en émanait une lueur de vieux soc affûté à la pierre, un éclat d'instruments aratoires abandonnés au fond d'une grange obscure. On longeait des échoppes sordides, des maisons avec sur le toit des antennes de TSF humides de pluie noire. Les lampes-tempête des réfugiés terrés dans les caves posaient un halo de forge sur la bouche des soupiraux. Des hommes appuyés sur de vieilles bicyclettes discutaient aux carrefours. Leurs voix se perdaient derrière nous. Au milieu d'un square apparaissaient de grandes croix votives, des *troitçe* rongées de poussière comme un calvaire mexicain. En tournant dans le boulevard Ferdinand on trouvait la chaussée défoncée en longues tranchées où des hommes travaillaient à la lueur des projecteurs. Des soldats roumains surveillaient, baïonnette au canon, ces curieux forçats, dont on ne savait s'ils étaient des employés du gaz ou des prisonniers de guerre. Ils s'activaient sous la lumière électrique, pareils à des pirates qui cherchent un trésor. Il fallait souvent ralentir. Les roues de la Chevy mordaient l'asphalte défoncé, devenu aussi spongieux qu'un fond d'égout. Les chenillettes des chars de Tolboukhine avaient raviné les trottoirs, déraciné les arbres. La terre buvait le ciel et l'eau. Bucarest redevenait une ville d'Asie, avec le bulbe de ses églises métropolitaines, ses odeurs de *ciorba* et ses bazars de caravansérail, mais d'une Asie moderne, celle des loteries de Long Island qui sentent la rhubarbe et le goudron brûlé. Tout s'était consumé en une cendre huileuse qui collait à la peau. L'été de Salzbourg était loin. Plus de fontaines caressantes, plus de sergents noirs sous les arcades ensoleillées...

La Chevy bifurquait vers l'une des avenues qui irriguent en étoile le centre de la ville, la calea Mosilor, la strada Teilor. Nous roulions ivres dans la nuit de Bucarest, les yeux fixés sur la masse sombre du parc Cismigiu. D'autres avenues se mélangeaient à celles-ci, d'autres anneaux interminables, l'U Bahn de Leipzig et le Ring de Vienne, le périphérique de Munich et le boulevard Barabasilor. Ils tournaient en ombilic jusqu'au cœur de la spirale, ils s'enroulaient jusqu'au fond du labyrinthe. Au bout du continent attendaient la peur, les logogriphes descellés des maisons juives, les hommes aux yeux de serpent. L'Europe finissait sur l'abîme, un sillon vénéneux courait de Paris à Bucarest, hanté par des hommes qui haïssaient l'étranger que j'étais. J'avais croisé les miliciens de Vichy et le *Leibstandart* de la SS, les officiers de Seyss-Inquart et les tortionnaires de Bavière, les tueurs du Bund et les partisans d'Antonesco, longue cohorte au même visage noir... Et d'autres encore vivaient sur ce continent, les *fasci* du Duce et les phalangistes de Salamanque, les fuyards de l'armée Vlassov et les rexistes du Brabant, les policiers de Salazar et les hommes de Mosley sur le Mall, et les *oustachis* du Poglawnik Pavelic... C'était la belle Europe de 1946. La belle

Europe... Il y avait bien de quoi attiser une vieille passion américaine, la première de toutes, celle du mal.

Et sur les rives de la Dambovitza, les chars de Malinovsky attendaient.

Nous laissions la Chevy à l'entrée de la strada Lipscani. Sur un terre-plein boueux venaient se garer des véhicules délabrés, vieilles motocyclettes, camions russes, automobiles rescapées de 1938. Il fallait emprunter une rue qui serpentait comme un sentier, un boyau étroit où l'on s'engluait dans la trace des *snow-boots* et les flaques de neige fondue. Des voix résonnaient dans l'air froid. Des silhouettes qui sentaient l'alcool déambulaient au milieu de cette traverse. Lee s'appuyait à mon bras. Devant nous, les lampes-torches éclairaient le sol éclaté en mottes jaunes. Les cigarettes brillaient comme des lucioles sous le ciel renversé. Butait-on contre un obstacle, c'était la charogne d'un chat grouillant de vermine. Au fond de cette sente humide brillait une enseigne. Une porte battait sur les allées et venues de corps ivres. Ce cabaret à l'enseigne de la Mioritza était une pauvre réplique des vieux clubs d'avant-guerre, la Fuica, la Mitica Dona, que les jeunes gens de Bucarest évoquaient encore avec nostalgie. On entrait dans une salle basse éclairée par des ampoules entourées de papier huilé. La foule s'y pressait au milieu d'une odeur de tabac et de cuisine rance. Rien d'un night-club. La Mioritza était un hangar aménagé en mess de fortune, où convergeaient tous ceux qui ne dormaient pas, les soldats russes, les filles de joie, les noctambules. Le sol avait cette couleur de paille souillée que l'on voit dans les granges. Des tables de bois reposaient sur des tapis usés, des *scortze* de la campagne roumaine. Sur les étagères du bar, bizarrement ornées de vieilles plaques de l'Aéro-Club de Bucarest, s'alignait tout ce qui existait en ville pour s'enivrer, oublier, boire et vomir : bouteilles de *zuica*, de vodka, de *spritz* – un curieux vin à l'eau gazeuse –, caisses de bières roumaines, vins de Dealul Mare, bocaux de cornichons, boîtes de caviar vert de carpe. Pour quelques lei on pouvait se nourrir et boire, luxe rare, luxe insulaire réservé aux étrangers, aux maîtres du marché noir, aux Russes pilleurs et aux fonctionnaires des ministères quand leur traitement était versé. Des serveurs disposaient dans les assiettes des boulettes de viande, du poisson séché, des crêpes au froment arrosées de *spritz* ou de bière. Cela sentait le piment, cela sentait la boue. Tout ce qui peut tirer argent de soi-même venait se vendre là. Des jeunes filles à l'œil noir, maigres à faire peur, rôdaient près de la porte. Quelques garçons blancs de froid cherchaient lascivement votre regard. Ils étaient tous efflanqués, vagues, marqués par l'ombre bleue de la mort. Des Tziganes rescapés des déportations en Baranya avaient reparu dans Bucarest. Les *oursari* portaient encore à la ceinture les anneaux où ils attachaient leurs ours des Carpates, mais les gros plantigrades avaient disparu, dévorés en ragoût. On ne les laissait pas entrer; des petites filles brunes se glissaient toutefois entre les tables de la Mioritza et prenaient votre main pour y lire l'avenir. Quel avenir?

Lee regardait la salle enfumée. Elle disait :

– Ça ne ressemble à rien, ici. Ou à tant d'autres endroits...

Je lui prenais la main. Il fallait pour l'aimer avoir connu les bords d'un grand lac aux jours d'automne, la chute des feuilles sur l'eau calme. Lee était ma sœur d'Amérique. Quand elle portait le verre à ses lèvres, je reconnaissais ce petit geste incliné, c'était celui de nos pères les soirs de fête quand on entendait le grelot des voitures attelées qui allaient de maison en maison. C'était le souvenir d'une enfance au bord des routes. Voulait-elle m'attirer une dernière fois vers ces premières années, ou bien m'enjoindre de n'y plus retourner ?

Je lui disais, déjà un peu ivre :

– Allez, tu as eu une belle vie...

– Ne crois pas ça, Dave. C'était du bonheur parfois, et même très grand. Et puis parfois rien, de l'ennui. Mais ça ne ressemblait pas à ce voyage. Rien ne ressemble à ce voyage... Tu sais, Dave, je t'ai aimé.

– Pourquoi dis-tu ça au passé ?

– Je t'aime, Dave.

Lee se fige pour moi à cet instant du temps.

On s'enfonçait lentement au long de ces soirées de la Mioritza. Un phonographe jouait des musiques américaines, d'incroyables cires de Jimmy Rushing ou de Pinetop Smith, des blues scandés par les godillots des soldats soviétiques. Les Roumains aimaient plus que tout les complaintes d'un chanteur d'avant-guerre, leur Caruso folklorique, un certain Chiva Pitzigoi. Sa voix de muezzin résonnait comme l'écho au fond d'un couloir où tout venait pourrir, les stucs d'Autriche et les cafés hongrois, les cadavres décomposés et les visages de cette guerre, cette *rasboiu* disaient les Roumains, cette maudite *rasboiu* qui finissait pour nous dans une ville de chercheurs d'or, la ville du patriarche Antim, la XVIIᵉ République soviétique, le bout du monde.

Un de ces soirs où nous étions assis à une table, Lee était dolente, abandonnée au bruit. Elle avalait verre sur verre. Je lui parlais au milieu du brouhaha en forçant ma voix, comme un pochard peut-être, ou bien je lui parlais simplement pour qu'elle m'entende. Un des fondés de pouvoir de la Phénix vint nous saluer. C'était un grand corps britannique à la bonne poignée de main. Je le présentai à Mrs Lee Miller, du *Vogue* de Londres, ils échangèrent quelques banalités sur la vie en Angleterre, puis le grand corps retourna à la table où il noyait son ennui entre deux Roumaines du genre vénal.

– Excusez-moi, dit une voix derrière moi, mais j'ai entendu un nom que vous avez prononcé.

Je me retournai, surpris par cette voix qui parlait l'anglais avec un fort accent. A la table mitoyenne, un homme sans âge me regardait. Assis devant un verre de *spritz*, il gardait une main posée sur le livre qu'il venait de refermer. Ses yeux enfoncés dans les orbites brillaient curieusement. Son cou était entouré d'une grosse écharpe.

– Vous avez parlé de Lee Miller? reprit l'homme.

– Oui, dis-je, interloqué.

– Vous l'avez connue?

J'étais partagé entre la stupeur et le rire.

– Mais elle est devant vous, lui dis-je en me tournant vers Lee.

Lee leva le nez de son verre. Elle regarda sans émotion l'homme à l'écharpe. Il la dévisageait avec un immense intérêt.

– Lee Miller?... C'est drôle, madame, mais vous n'êtes pas Lee Miller.

– Ah non? dit-elle.

– Vous êtes très belle, pourtant.

– Merci, dit Lee, mi-intriguée, mi-lassée. Vous connaissez une autre Lee Miller?

L'homme fit une petite grimace.

– Connaître... en vérité, non. Mais j'ai vu des photos. Ce n'était pas vous. Pardon, madame, mais la Lee Miller dont je parle ne se serait jamais habillée de cette façon.

– Où avez-vous vu des photos? dis-je sur un ton agressif.

L'homme mit les mains en avant comme pour m'apaiser.

421

– Pardon, j'aurais dû me présenter. Je m'appelle Nicu Veredan. Peut-être m'exprimerai-je mieux en français, si vous comprenez cette langue?

Lee hocha la tête. L'homme reprit en français.

– Je vais vous expliquer. Voilà. En 1932, je suis arrivé à Paris. Je voulais être poète. Poète surréaliste. J'avais un ami là-bas, un peintre roumain, Victor Brauner. Il m'a fait connaître tous ceux qui comptaient. J'ai rencontré Man Ray. Eh bien, à cette époque, tout le monde pensait qu'il allait se suicider...

Ses paroles se détachaient clairement dans le tumulte des voix. Sur le gramophone, une main venait de remettre une cire de Chiva Pitzigoi.

– Pourquoi dites-vous ça? interrompit Lee.

– Parce que c'est ce que l'on m'a raconté, madame. Il voulait mourir pour une femme; une Américaine comme vous... Un mannequin de la haute couture, très intelligente. Très perverse. En tout cas l'entourage de Man Ray le disait. Il a voulu mourir pour elle...

– Est-ce qu'une femme mérite que l'on meure pour elle? dit Lee en avalant nerveusement une rasade de *zuica*.

– Elle oui, dit l'homme. Je vous répète que j'ai vu les photos. Des nus. Il y avait un vertige autour de cette femme. Un gouffre de silence, si je peux dire.

– C'était une femme nue, c'est tout, coupa Lee. On en voit une, on en voit dix.

– Non, madame, c'était plus que cela. Quelque chose d'infiniment mystérieux... Le plus curieux, c'est qu'elle était paraît-il très sympathique. Très dégourdie, comme disent les Français.

Lee l'écoutait, le verre en l'air. Elle paraissait chercher quelqu'un au fond de sa mémoire.

– Et Man Ray, dit-elle, comment l'avez-vous trouvé?

– A ce moment-là, dit Veredan, c'était un homme triste. Il vivait entouré de jolies femmes qu'il ne regardait pas. Ou alors il les faisait souffrir. En vérité, je crois qu'il avait une énergie qui le sauvait, dans son travail, dans ses amitiés... Une sorte de colère, finalement. Tous ces gens avaient commencé par ambition et ils continuaient par colère. Ici, à Bucarest, on fait généralement l'inverse, vous voyez.

Des soldats russes venaient d'entrer dans la boîte. Les serveuses s'affairaient d'une table à l'autre. Lee promenait son index sur le pourtour du verre. Ses yeux ne quittaient pas le Roumain.

– Vous n'êtes pas resté à Paris? dit-elle.

Veredan passa une main devant ses yeux, comme s'il avait voulu dissiper un mirage

– Je suis bien mieux à Bucarest. Mes parents m'ont laissé une maison. Je travaille à la Bibliothèque nationale. Alors j'habite là, avec mes livres et mon tabac. Et puis j'ai découvert une chose, madame.

– Quelle chose? dit Lee.

Il se pencha vers nous avec un air de confidence.

– Ce que je cherchais à Paris était déjà ici. Les conspirations des surréalistes qui vont au café pour chercher la clef des songes... Mais c'est ici qu'ils auraient dû venir, madame. La Roumanie est surréaliste. Un pays vraiment cruel, vous savez. Tenez, Tarzan, l'homme-singe. Eh bien il est né chez nous.

– Le Tarzan du livre était anglais, dis-je. Lord Greystoke.

– Oui, dit-il, mais Johnny Weissmüller est né à Timisoara. Un Saxon de Transylvanie, oui madame... Un Allemand du Banat, pur style Marie-Thérèse... Il règne sur les singes, mais dans sa tête il y a un petit Voïvode avec son bâton sculpté. Tarzan est un sujet des Siebenbürgen... un Kuruzzen farouche... Dans la savane! Dans les arbres! Avec les gorilles! Soûlés, les gorilles... au vin du Pruth! A la *zuica! Noroc!* A la santé des gorilles moldo-valaques! Oui madame... Il leva son verre.

– *Noroc!*

– *Noroc!* dis-je en chœur avec Lee.

– En vérité, reprit-il un ton plus bas, je cherchais à Paris quelque chose de palpitant... une histoire à la Salgari, à la Jules Verne. Mais le château des Carpates, c'est chez nous! De la Carniole jusqu'aux Balkans, les forteresses maudites se dressent sur leurs rochers... Pas besoin de Chirico pour peindre des chevaux néo-classiques... Nous avons les janissaires ensevelis sur les berges du Danube... les cavaliers de Macédoine... les haïdouks sur leurs chevaux noirs... Man Ray, rien du tout... Et Breton pareil! Moi je suis allé à Paris, pour voir. Tous les grands escrocs étaient déjà là. Les Brancovan, les Vacaresco, les Lahovary... Les Bibesco, les Soutzo, tous au Ritz! Comme m'a dit un jour le professeur Iorga, les Roumains naissent francophiles, antisémites et divorcés... C'est vrai... Demandez au Conducator Antonesco. A la Garde de Fer! Ils se sont pris pour des César... Pour les légions abandonnées par Rome au bord du Danube... Des surréalistes, tous! Ceux d'aujourd'hui sont pareils! Pauker et Gheorgescu, le Stoïcu et Dej le petit Staline! Ils attendent leur trône repeint en rouge! Des Daces, des Illyriens, des montreurs d'ours! Nous sommes pauvres, mais l'or du monde est ici, madame. Ici! Il faut remonter... Il faut remonter...

Sa main désignait un horizon invisible. Cet homme me parut soudain fou. Lee ne riait plus.

– Remonter quoi? dit-elle.

L'homme renifla :

– Les vies se remontent, madame. Tenez, celle qui portait votre nom, elle est devenue une reine du Caire. Elle dîne tous les soirs à la table du roi

Farouk... avec les momies! Avec les dieux à tête de chat! C'est décevant... Une femme comme elle, faite pour vivre avec les artistes... Chez les Pharaons! Au papyrus!... Mais ici, on remonte la route. La sauvagerie est au bout de la route. Vous cherchez un autre, vous croyez chercher un autre, et c'est vous-même que vous cherchez. Au bout de la route, il y a un visage...

– Quelle route? insista Lee.

L'homme observa un silence. On entendait la voix hululante de Chiva Pitzigoi. L'endroit était de plus en plus enfumé.

– La route est devant vous, reprit-il. Suivez-la. C'est la route brûlée... La route du Jonc... Celle qu'Étienne de Moldavie a fait brûler pour retarder les troupes de Mahomet II... C'est une route de mort. Parfois on y voit des pétales rouges couvrir la terre, mais c'est du sang. Ne croyez pas que j'invente, il suffit de sortir de Bucarest et de rouler vers le Delta... Vous verrez les frênes et les roselières... Les sentiers d'eau, les *ghiol*... Vous croiserez des barges plates qui vont vers les souterrains, les gouffres aux trésors... C'est là-bas qu'il faut aller, madame, vers le Pont-Euxin... Il y ont envoyé Ovide en exil, et il a vu là des créatures fabuleuses... beaucoup mieux que Dalí! Plus cruel que tout! Les merles se posent sur les chardons, et dans les marais sablonneux glissent des serpents d'eau... Si vous avez encore vos yeux, vous verrez les barques noires des Lipovènes à longue barbe s'évanouir dans les roseaux... Il y a des bancs de carpes qui habitent dans des forêts inondées dont on ne voit plus le fond. Je ne mens pas, vous savez... tout cela est écrit. Là-bas, c'était le royaume cimmérien... l'origine... le désert des Gètes... le pays des Odryses... Ils traînaient les vaincus dans la poussière des feuilles jaunes... Ils avaient de grands cimiers blancs... Beaucoup mieux que

Tanguy, que Miró... Beaucoup mieux! Mais le plus terrible, je ne vous l'ai pas dit.

Il avala le fond de son verre de *spritz*. Des filles aux yeux noirs s'asseyaient aux tables voisines en compagnie de Russes ivres. La main de Lee s'était refermée, comme si elle avait craint que l'on n'y lise un signe.

– Le plus terrible, reprit Nicu Veredan, c'est ce qui est encore au-delà. Oui madame. Au-delà, on trouve les fleuves de la mort... Les maîtres du chaos... Les Thraces ont remonté la route avant vous, avec leurs chevaux couverts d'or et de bronze... Ils allaient au-devant de Zalmoxis, le Dieu caché... Oui madame, Zalmoxis le Siffleur, le Lacérateur dans sa cave sans fond... Remontez, remontez encore... Des avions partent vers la mer Noire, et ils ne reviennent pas... Au fond de la Balta, plus loin que tout, les dieux mauvais attendent dans leur royaume... Éleusis... Hécate tricéphale et la Grande Cybèle... et le plus atroce, le Dévorateur... l'Horrible... Glykon à tête de chien, oui madame, lui-même... L'Immonde, Glykon à tête de chien!!

L'homme porta son verre vide à sa bouche, puis il posa sur Lee un regard brûlant.

– Je vous dis tout cela, mais ce ne sont pas des fables. Avancez dans le Delta et vous verrez un visage. Il apparaît à chacun, et il est pour chacun différent. Peut-être est-ce le vôtre... peut-être est-ce celui d'un autre. Quand on l'a vu, on peut mourir. Et au-delà de cette mort il y a encore des villes éternelles. Un vent doux balaie leurs rues. Ces cités ont des noms qui résonnent suavement à nos oreilles... Constanza la voluptueuse où tout finit... Et dans la lumière des étés, une ville morte attend comme un labyrinthe. Pour nous, elle est le miroir du passé. Les Turcs l'appelaient Güzel Istria... Istria la belle...

– Istria?...

Lee était blême. Elle venait de prononcer ce nom d'une voix blanche, la tête rejetée en arrière.

– Oui madame, Istria... Oh! je sais... A Paris il y avait un hôtel qui portait ce nom. Ils étaient tous là. Duchamp, Picabia, et Maïakovsky, et Louis Aragon... Man Ray habitait à deux pas... Un soir, dans son studio, j'ai vu les clichés dont je vous ai parlé. Oui, je les ai vus. Cette femme était si belle... La cire de Chiva Pitzigoi s'était tue. Lee baissa la tête. Je ne voyais plus ses yeux.

– Oui, murmura-t-elle. Cette femme était si belle...

Cette nuit-là, Lee se réveilla en hurlant dans la chambre de l'Athénée Palace. Elle avait le front trempé de sueur. Je tentai de l'apaiser. Elle gardait les yeux rivés au plafond. Nous descendîmes une bouteille de *zuica*, puis elle se rendormit. Quand elle se réveilla, vers midi, tout était déjà préparé – je savais ce qu'elle me dirait. Le Chevy était chargée, le plein d'essence fait.

– Partons, Dave, me dit-elle d'un air égaré. Partons tout de suite.

La voiture a remonté la rue jusqu'à la place Victoriei. Sous les tilleuls gelés du parc Filipesco, les panneaux du rond-point indiquaient deux directions opposées. Vers le sud-est, Constantza et Istria. Vers le nord-ouest, Sinaïa et Ploiesti. Sans un mot, Lee a tendu la main dans la direction d'Istria.

J'ai pris l'autre route. Celle de Sinaïa.

Elle vécut quatre années à Londres. Les temps sédentaires revenaient, mais toujours sur une île. Lee ne se fit pourtant pas faute de renouveler ce qui une fois sur deux devenait son habitude : elle prit la maison d'une autre en gardant l'homme. Elle avait supplanté Kiki dans le cœur de Man, elle avait poussé Nimet hors de la vie. Elle succéda à Valentine dans les habitudes de Penrose.

Leur maison de Downshire Hill, Hampstead, était modeste mais confortable. Par temps clair, Lee pouvait apercevoir les collines grises du Middlesex. Des jardinets bien tenus montait une odeur poivrée de pickles. Je m'y suis promené l'autre année. C'étaient les mêmes maisonnettes de briques, un village de poupées où les lumières s'allument au crépuscule comme pour signaler le nid des elfes. Derrière les fenêtres à guillotine on devinait les dimanches d'ennui, le *cant*, l'odeur mélangée de malt et de tabac. Dans un square, des moineaux chantaient. De vieux messieurs à col dur en faisaient plusieurs fois le tour comme des pèlerins autour de la Kaabah. Les grands autobus rouges attaquaient la pente en toussant. Puis le bruit de moteur s'estompait. C'était l'Angleterre de la décence et des barrières d'octroi. C'était un sentiment d'éternité.

Je l'ai imaginée, là, en 1940.

Lee affectait de tenir ces années-là pour amusantes, ayant appris des Anglais que le tragique est une forme d'impolitesse. Londres était finalement une sorte de Montparnasse avec la DCA dans le rôle du jazz-band. Elle a vécu là, comme toujours, entre son Leica et l'amour d'un homme.

L'Angleterre l'étonna. L'Angleterre, peut-être, la froissa. Paris tendait aux femmes des miroirs dans les passages, la rue y disait à chacune qu'elle était la plus belle. A Londres, les maisons n'offraient aux passantes que leurs dos, leurs chiches carreaux à réseau de plomb. La pierre grise de Portland était douce à la lumière, elle n'était pas amicale aux visages. Où étaient-ils, les coqs de l'hôtel Istria, leur émulation sonore, leurs fêtes électriques? Et le pisé du delta, les sèches lignes d'épure du désert?

Elle fréquenta quelques demeures, de celles où les gentlemen portent des jaquettes en fil à fil gris et les dames des pétunias sur l'occiput. On la regardait comme une évadée du Small Cat House, de la maison des félins mineurs du zoo londonien. Une Américaine à Londres, c'était un matériel détaxé, une relique du *cash and carry*. On jetait sur elle le regard que l'on avait eu pour les tisserands flamands fuyant le duc d'Albe, pour les Huguenots français et les Carbonari. La Grande-Bretagne, qui se fait gloire d'avoir distribué des parlements à tous les peuples arriérés, ne se remettra jamais d'avoir vu les Hurons de Nouvelle-Angleterre le faire contre la métropole. Lee eut le sentiment que les Anglais évoluaient dans un bocal invisible, qu'ils étaient accessibles à l'épuisette plutôt qu'au charme; que les approches sociales nécessitaient de longues palabres de scaphandre à bathyscaphe pour que les hublots se déverrouillent. Dans la conversation, il lui semblait que ses intonations étaient d'abord analysées par le bureau des Longitudes de Greenwich, avant que la position sociale ainsi déterminée n'entraîne la réponse adéquate.

Quand on apprenait qu'elle avait vécu en France, les visages se teintaient de curiosité. Une Yankee de

Paris, la chose était plus romantique, une panthère lascive, une salamandre de cosy-corner. Les Britanniques tiennent dans une faveur particulière l'épisode vécu, la vie vraie. On la regardait alors comme une dévoyée exotique. Elle avait donc connu cette ville de salons particuliers, d'algarades aux carrefours et de femmes à barbe qu'est Paris. Lee nota une curieuse dissociation. La France, de Calais à Lyon, était tenue pour une sorte de Kenya reprochable où l'on protégeait la faune adultère. Mais passé Avignon, c'était le Paradis. *Do you know Provence?* lui disait-on avec le sourcil levé, le couperet prêt à tomber. A sa réponse affirmative, elle voyait un sourire en croissant de lune éclairer les visages. Elle connaissait en effet la Provence, la plage de La Garoupe, et le reste. Elle n'en parlait jamais, comme de ses autres vies.

Quelques rousses tapageuses, quelques brunettes à bas couture lui marquèrent de la sympathie. Elle crut que la porte s'ouvrait. *Fierce dykes*, laissa tomber Penrose. En bon français, Man eût traduit : des gousses perdues.

La guerre commença en farce. On attendait l'offensive sur le front français. Elle ne venait pas. Lee, comme pour se moquer, prenait à cœur son rôle de *housewife* britannique. Elle stocka des poivrons. S'il fallait manger des rats, qu'au moins ils soient épicés. Elle avait un chat qu'elle nommait Taxi, parce qu'il ne venait jamais quand on l'appelait. Dans les jardinets de Hampstead, des guérites de fer recouvraient les plantations d'orchidées. Les casques de tommies surgirent sur la tête des ménagères de la défense passive telles des casseroles transformées en couvre-chefs par la faillite du chapelier.

Lee traîna dans les hôtels de Piccadilly. Au bar,

des émissaires interalliés, des Américains du YMCA, des experts en balistique se croisaient, l'oreille ouverte. Les jeunes aviateurs de la RAF venaient à la rotation attendre le combat dans les chambres. Ils parlaient sans animosité, comme si l'agression allemande n'avait été que le dessein erroné d'un peuple importun. William Pitt avait muselé le Bonaparte, on ne doutait pas que Churchill eût assez d'échine pour ratatiner le caporal autrichien, à qui d'aucuns se plaisaient à trouver un faciès *français*.

Penrose avait été mobilisé dans l'armée territoriale comme instructeur en camouflage. On réquisitionnait là des artistes, des dessinateurs, des prestidigitateurs. La guerre qui partout ailleurs déchire devenait ici une école de la sourdine, de l'estompe. Comment masquer les usines? Voiler les nids de DCA? Effacer le dôme des monuments? Comment éteindre un visage? Avec l'assistance de Lee, Penrose étudia d'abord les solutions classiques : le filet à crevettes, la rayure de zèbre et la peau de caméléon. Elles étaient éventées. Il fallait résoudre des équations à base de mouvements, d'ombres portées, de surfaces brillantes, en trouvant des martingales inédites. Le salon de Hampstead fut transformé en atelier de maquillage. Penrose et Lee se disputaient fiévreusement, taillant le papier, maniant les étoffes, courant les musées. Ils étudièrent les rayures bichromes des poupées Kachina, les terres ocres du Luberon et même l'étui pénien des Masaïs, qui convenait aux cheminées. Ils surent tout des mœurs de l'ara cinghalais qui déploie ses plumes en palette pour paraître feuille. Ils exploraient les rocailles italiennes, la vie des crapauds géomorphes, les fraises du duc d'Essex. Penrose avait une affection déclarée pour la spirale du mandala et le pendule en ombilic des magnétiseurs. Le cubisme leur fournissait une solution radicale : poser le carré blanc de

Malevitch sur l'Angleterre pour qu'elle disparaisse. Le tachisme, le pointillisme, les floralies du Quattrocento, les visages potagers d'Arcimboldo offraient des pistes plus heureuses. Lee découvrait que le vert de Hesse utilisé pour les uniformes de la Wehrmacht retrouvait les teintes d'étang noyé, les tonalités aqueuses des tableaux de Millais ou de Burne-Jones. L'état-major allemand, donc, était préraphaélite.

Une maison de cosmétiques leur proposa de tester un onguent corporel verdâtre destiné aux commandos. Dans le jardin dérobé aux regards, Lee s'enduisit courageusement le corps de cette mixture. Penrose éclata de rire. Elle avait pris une figure de Dogon rendu malade par le paquebot. Lee riait moins. Au lavage à l'eau chaude, l'onguent verdit mais ne se détacha pas. Allait-elle rester verte comme une rainette? Il fallut l'eau froide pour détacher la pâte chlorophylle.

Une nuit, les premières bombes tombèrent sur Londres. Maisons soufflées, mannequins dénudés, ballons d'observation abattus : cette première onde de guerre ressemblait au surréalisme ordinaire.

Du Blitz, Lee conservait des souvenirs souterrains. Une brume noyait le quartier aux fenêtres barrées de papier kraft. Les réverbères étaient en berne. Au premier hennissement de sirène il fallait courir à la bouche de métro. Le ciel vibrait vers le Sud d'un grondement ténébreux. Les pinceaux lumineux des projecteurs de DCA se croisaient dans les étoiles comme des baguettes de restaurant chinois. On entendait, porté par l'écho, le vrombissement des Spitfire décollant de Croydon et de Stag Lane.

Les bouches noires vomissaient sur les quais du métro une population aux yeux rougis. Tout ce monde reprenait une vie adventice, installée déjà dans ses habitudes. Passé les premières semaines, ce fut Londres sous la terre comme Venise est une ville sous-marine temporairement rendue à l'air libre. Tandis que les Heinkel passaient tous feux éteints au-dessus de Highgate, des policemen marchaient au long des quais en s'attardant auprès des joueurs d'échecs. Les cockneys à casquette grignotaient du réglisse. Des familles entoilées dans des bâches de jardin dormaient sous l'œil pensif du père, qui portait à sa bouche la pipe éteinte du commissaire. On voyait des secrétaires arrachées à leurs ébats, enveloppées dans des cirés de fortune. Lee remarquait les coutures factices peintes par économie sur leurs jambes nues ; elle trouvait émouvant ce soin qu'elles avaient d'elles-mêmes, cette attente malgré tout de l'amour. Il y avait déjà pénurie de casques. Les gardiens d'îlot portaient donc des *crash-helmets*, des casques de motocycliste sur cendrée. Sous la voûte humide, véritable coupole de temple sikh, des Hindous à turban sortaient de leurs cantines des reliques de *tandoree food*. De bizarres voyageurs à mallette stationnaient là comme s'ils avaient suivi à pied la ligne des rails.

De nuit en nuit l'animation redoubla. Une vie de place italienne saisissait ces bas-fonds. De vieilles filles assises sur leurs poissons rouges s'entretenaient d'expositions canines et de la dernière semaine d'Ascot en 1939. Elles déploraient que les régates de Cowes fussent suspendues, mais vantaient le *Times* qui publiait encore, entre deux communiqués du *War Office*, le relevé du gibier chassé à courre dans les comtés. Parfois un manipule de souris traversait furtivement les rails. On chantait des *Christmas carols* pour rassurer les rares enfants restés en ville. Ils promenaient sur l'entrée du tunnel leurs yeux ronds, s'attendant à voir surgir du souterrain les connétables forfaits de Jean sans Terre, ou peut-être une armada de fées minuscules aux ailes poudrées de suie. Puis des banderoles se déployaient. Le son des clochettes s'élevait, suivi du petit ressac des troncs d'église. Toute une philanthropie de ligues, de chapelles, tout un peuple de chiens d'aveugles et de vieilles dames dressées contre le vice trouvaient dans le métro une cause à leur mesure. Des escouades de l'Armée du Salut appâtées par la misère quêtaient sur les visages mal rasés une proie, puis soûlaient d'harmonium leurs victimes. Des presbytériens prêchaient l'Armaggedon tandis que sur l'autre quai les adventistes du Septième Jour incitaient à la précaution testamentaire. Les versets se répondaient, les bibles volaient au milieu des bookmakers à visière de celluloïd qui prenaient des paris sur les impacts. Çà et là, des clochards transformaient en couvertures les journaux du jour : on pouvait lire sur leur dos les nouvelles du Commonwealth, les meurtres à Mysore, les relevés pluviométriques à Sidney. Lee aimait surtout une vieille poissarde à fichu qui tenait en cage son perroquet. Le volatile roulait sur ce spectacle un œil offusqué, ébouriffait ses plumes et, n'y tenant plus, lançait à la cantonade : « King Geooorge! »

A la fin de l'alerte, le caravansérail remontait en vagues lentes vers les accès. Une lumière de soupirail soulignait les cernes, éteignait l'air de kermesse qui régnait dans ces souterrains. On aurait dit des fêtards revenant d'une noce chez le Béhémoth, le visage noirci au bouchon. Les chefs d'îlot refermaient les grilles. C'était comme un retour sur le pont après la tempête. Des colonnes de fumée noircissaient le ciel. Les arbres des squares se dressaient intacts dans une blancheur laiteuse, couleur de brume et d'alerte. Sans excès de chaleur, on se séparait comme on quitte à la sonnerie des compagnons de bureau. Le cri du contrevenant s'élevait une dernière fois au-dessus de la foule ensommeillée.

« King Geooorge ! »

Au sortir de ces nuits sans sommeil, Lee se jetait sur son lit. Derrière ses yeux fermés elle voyait passer des images. Elle les rouvrait pour tout effacer. Le plafond blanc pesait sur elle. Elle se relevait. Dans la cuisine, elle beurrait des toasts, avalait sans entrain ses scones. Lee surprenait dans le miroir d'angle un reflet blême. Les formes prenaient un éclat blanc et tremblé. Elle dévissait le bouchon d'une bouteille de pur malt, s'en versait une rasade. Les nuits étaient presque gaies, c'est la lumière du jour qui la blessait. Penrose était reparti dans sa caserne. Elle tournait dans les pièces. Puis elle n'y tenait plus, elle sortait.

Lee hélait un taxi qui la déposait au cœur de la ville. Elle marchait sans but. Pendant les jours du Blitz elle arpenterait ainsi les rues, son Leica à la main, comme un robinson échoué longe les plages de son île. Elle photographiait les *slums* de Hackney dépecés en reliques noires, les écuries de Mayfair calcinées par les bombes. Elle suivait l'alignement de Saint James's Park voilé par le *fog*. L'Amirauté, le Foreign Office, Carlton House Terrace se dressaient dans la brume comme des falaises du pliocène matelassées de sacs de sable. Les frontons grecs lui rappelaient d'autres temples, l'éclat perdu du soleil d'Égypte. Dans les parcs, les étangs avaient été vidés de leur eau pour que l'aviation allemande ne puisse ajuster ses tirs sur les repères hydrographiques. Des chaises pliantes soufflées par la bourrasque gisaient en paquets de cartes abattues. Le gibier d'eau avait fui. Seuls restaient quelques paons hébétés. Des sacs crevés d'où coulaient la pierraille et le salpêtre posaient des tons de sablière sur le gazon frais. Les statues avaient quitté leur socle ; de petits écureuils gris y prenaient la pose de Nelson ou de lord Cavendish. Surgi d'on ne sait où, un cavalier traversait parfois Hyde Park sur son cheval steppant. Les perspectives buissonnantes se brouillaient. Ce n'était plus la clarté à ciel ouvert des Tuileries en hiver, ni le deuil ombreux des palmeraies. C'était un ciel de théâtre que perçait parfois une lame de soleil aussitôt ravalée par la nuée.

Londres offrait à l'œil des scènes curieuses. Lee les photographiait. Il y avait les Français blagueurs sortant des bureaux Citroën à Devonshire House, les Polonais exilés longeant les chancelleries de Grovesnor Square. Les écuries de Belgravia avaient été transformées en dépôts de pioches et de masques à gaz. Devant Queen's Hall, des motocyclettes de la Cavalerie légère étaient postées en faction. Lee en vit sortir à plusieurs reprises une Silver Ghost noire. Sur le bouchon de calandre, les deux ailes de la *Silver Lady* étaient emmaillotées de minuscules Union Jack.

Les courses de lévriers avaient encore lieu, mais le matin. Sur le cynodrome de White City, on affublait les chiens de casques en carton bouilli, pour donner l'exemple. Lee trouva qu'ils ressemblaient à des tommies au crâne de lémurien, à des flèches chafouines et fuyantes. *Cowards!* hurlaient les cockneys. A la sortie, on signalait des rixes. Les maquereaux français qui vendaient leurs Toulonnaises sur le pavé de Shaftesbury Avenue étaient devenus ultragaullistes. Ils allaient rosser les Italiens du *fascio* de Greek Street qui, non contents d'avoir cotisé pour Mussolini, se faisaient passer depuis la déclaration de guerre pour *niçois*.

Lee traversait des quartiers ravagés par les bombes. Ce fut un prélude à l'Europe ; un avant-goût du sombre voyage. L'ironie se tournait vers le ciel. Des pancartes couchées à terre proclamaient à l'intention des aviateurs allemands : *NO NIGHT*

RAID, ONE NIGHT OF LOVE; ou bien : *OH DAR-LING, AREN'T YOU EXCITED?* Des gravats balayés, des fumées d'entrepôt, des particules d'essence brûlée faisaient lever une poussière grise et adhérente. Cela huilait les vêtements, empoissait la peau. On se sentait collant. Il flottait sur la ville quelque chose de la mort sifflante, de l'effroi sidérant que les machines martiennes de H.G. Wells jettent sur la terre dévastée.

Lee revenait vers Hampstead, l'estomac retourné.

A la nuit tombante, elle écoutait avec Penrose les émissions en français de la BBC. Ils avaient l'un et l'autre vécu à Paris. Ils ressentaient l'étrangeté de cette langue devenue à son tour une langue d'exil, parlée depuis leur sol. Des voix jeunes et nerveuses égrenaient dans l'éther des phrases qui auraient pu sortir d'une séance d'écriture automatique. *Le chat montera sur la branche du figuier, je répète, le chat montera sur la branche du figuier. Anatole a sorti ses œufs du panier, je répète, Anatole a sorti ses œufs du panier. Le père a décidé de châtier sa fille, je répète, le père a décidé de châtier sa fille.* Lee et Penrose se regardaient. Où étaient-ils, ceux qui leur avaient appris la douceur des rires à l'aube, et les arbres du boulevard Arago dans l'éblouissement du printemps? Lee aimait cette langue de France, jamais plus elle-même que dans une bouche étrangère, lorsqu'un accent la ploie doucement, lui arrache son ailleurs en sympathie de passé avec une histoire qui n'est pas la sienne. Elle se souvenait des intonations de ceux qui entraient dans ce phrasé comme en montagne on trouve le refuge. Français catalanisé de Picasso, avec des touches canailles de Montmartrois 1900. Français saxon de Man Ray ponctué d'expressions parisiennes *à la mode*. Français syncopé, preste et ravalé des Haïtiens de Spanish Harlem jouant leurs femmes aux dés les nuits de pleine lune. Français de palabre, comme marseillais, des négociants Issas montés à Port-Saïd, leurs ballots éventrés sur le quai. Français aussi onctueux qu'un riz paddy d'Aziz parlant sur les rives du fleuve. Français précis de Julien Lévy, tenant ses mots comme un aurige raccourcit les guides. Où étaient-ils, tous ceux de sa vie ? Perdus, mais dans quelles ténèbres ?

Lee avait retrouvé son auberge de jeunesse. Elle reprit un emploi à *Vogue*. Elle n'y fut pas heureuse. L'édition anglaise était destinée à quelques lecteurs d'Eaton Square qui la feuilletaient sous leurs colonnades en se mouchant dans des rideaux de chintz. Londres vivait à l'heure du Blitz, *Vogue* inventait donc le camouflage de salon. Malgré les restrictions – le bois canadien était contingenté –, ce n'étaient au long des pages que tasseaux et pompons, miroirs à feuilles d'or et lierres torsadés, étoffes bouillonnantes et branchages de studio. Cecil Beaton y régnait en empereur chinois. Porté par le vent, jubilatoire et défripé, il infligeait à une aristocratie qui avait ruiné sa famille, ou qui ne l'avait pas enrichie, sa vengeance italienne. Confondant dans sa revanche le Londres huppé et les femmes qui l'habitaient, il avait choisi de gouverner par la surabondance et par l'étouffement. Il vantait les roses du jardin de Wilsford, avec leur parfum *rose pâle*. Il reprenait en hyperbole les pâmoisons des femmes de la bonne société, tout était *terribly nice, too sweet, divine*. Les teintes mignardes – le vert amande, le blanc cassé, le chevreau clair – avaient sa préférence. Il recommandait aux nièces à héritage les faux coquillages, les fouettés de palmes et les kiosques à tonnelles. Photographe, il plaçait ses clientes sous des pergolas fleuries puis les traitait comme des bouquets de jardin Ming. Le meurtre avec entrechats avait sa préférence. Rarement fit-on meilleur usage des femmes contre elles-mêmes, qui plus est avec leur consentement, ce qui est le comble de l'art.

Il faisait poser Helen Bennet devant des blocs de glace. Natasha Paley étendue sur un lit, étranglée par un homme tatoué. Tilly Losch encastrée dans un tronc d'arbre comme un vieux hibou. Dietrich dialoguant avec une statuette. Madame Milbanke sous un globe de verre. La mise en scène, quand elle épure, vampirise : le sang des femmes était bu, les humeurs purgées. Il restait ces visages diaphanes, ces peaux translucides, ces regards de martyrs. Insinuant, jouant des ailes jusque dans la famille royale, Beaton traînait derrière lui une faune de riches excentriques qui lui faisaient cortège comme une cavalerie funéraire Tang. Il ajoutait en effet au snobisme des hiérarchies sociales celui des affinités sensuelles, ce en quoi il restait britanniquement orthodoxe. Stephen Tennant, manteau de cuir noir à grand col de chinchilla, couvrait les murs de papier argenté et les parquets de peaux d'ours polaires. Edward James faisait tisser à même le tapis de son salon l'empreinte du pied de la femme qu'il prétendait aimer. Angus McBean, le photographe de l'Old Vic, et John Gieguld n'étaient pas loin. Rien pourtant chez Beaton d'un languide attendant la charge. C'est lui qui chargeait, corseté et sifflant, et parfois il devenait le Néron de *Quo Vadis* observant dans les facettes de son escarboucle le spectacle des chrétiens suppliciés. Il regrettait le Londres d'Elizabeth, les *masques* et les *pageants*. Il regrettait aussi les années vingt, les jeunes lords empalés sur des orchidées, les calligrammes bolcheviques peints sur les murs, les matelots au bras de pompiers en robe de bal. Avec cela porté à railler le vieux sir Rufus Isaacs et les juifs de Whitechapel, qui allaient transformer Mayfair en Bessarabie.

Je l'ai croisé à New York, après la guerre. Je savais tout cela. Je n'en ai rien pensé. Ou plutôt si : il m'a paru être de ces personnages qui dans le pharisianisme pour moi aveuglant, à la plupart invisible, traversent des enfers qui en feront, plus que nous peut-être, des créatures sauvées.

Lee ne fut pas l'otage de Beaton. Dans les bureaux de *Vogue*, ils se croisaient sans sympathie. Il avait le pas sur elle. Elle l'exécrait. Sous sa houlette, Lee n'était plus qu'une petite main. Une supplétive. Un jour, rendue furieuse par un de ses mauvais tours, elle façonna une figurine de cire à son effigie et y planta des épingles. C'était une parodie de sorcellerie dirigée contre un sorcier. Le lendemain, le Dakota de Beaton s'écrasa au décollage sur l'aérodrome de Land's End. On le crut mort. Il était indemne. Lee en fut quitte pour quelques ongles rongés.

Elle avait passé les trente-cinq ans. Elle se tenait sur le fil qui coupe toute vie entre un passé et le temps qui reste. Lee sentait la ligne de partage entre les deux mondes qu'elle avait servis. D'un côté, les tentures de théâtre, les torses prisonniers des cerceaux de taffetas, les femmes exaltées comme des académies au geste arrêté : ces mannequins étaient les détails d'une floralie dont les hommes qui n'aimaient pas les femmes avaient la clef. De l'autre, la vérité oblique zébrant la toile, la violence du Sud, le soleil implacable de Mougins, la peau cuite sur le sable comme dans un four, Picasso enfin, cette guerre d'elle-même contre elle-même, ces odalisques cassées, l'Espagne interdite.

Elle était passée de l'une à l'autre rive; elle avait été la statue d'un film et la femme au portrait de 1937, elle se souvenait de ces deux instants. Du premier, surtout. Cocteau, les manches relevées, tournait dans le studio en retouchant le maquillage de plâtre. Il était facétieux, adorable, mais pas mécontent de la figer dans une gangue de marbre blanc. A la troisième prise il lui avait dit : « Ne bouge plus, ma chérie, tu es faite pour ne pas bouger. » Elle sentait encore l'ankylose qui l'avait saisie, ses pieds prenant racine, la pétrification qui gagnait ses membres. *Tu es faite pour ne pas bouger.* Il la voulait ainsi, statique, prise par le sommeil de la pierre, éternellement jeune, éternellement morte. A chaque séance de pose elle redevenait cette statue qu'une main façonnait jusqu'à la mort. Elle ne l'avait plus supporté, elle avait fui l'instantané minéral que chaque cliché donnait d'elle-même. Cette démiurgie qui lui était intolérable, elle l'avait pourtant retournée contre les autres. Quand elle dirigeait à son tour une séance, Lee imposait l'immobilité au modèle, sculptait sa blancheur, se vengeait de l'inertie en l'infligeant au sujet. L'idée d'être d'une famille l'avait rassurée. Elle était Cocteau modelant un fétiche de glaise, *ne bouge plus ma chérie.* Elle était George Hoyningen-Huene, l'égale du maître, l'œil qui figeait les pierreries et les chairs dans un même métal grisé. Cela lui conférait une autorité sur les choses, et plus encore sur les êtres, assujettis, livrés à son vouloir, arrêtés par sa main.

Elle s'en était satisfaite, atteignant ou croyant atteindre le point où dans sa vie s'étaient tenus son père, puis Man. Ce point où un regard d'homme fixe l'ordonnancement, maîtrise le spectacle, tient le modèle à sa merci. Après avoir été leur objet, leur Galatée, elle voyait maintenant ce qu'ils avaient vu. Lee comprenait qu'il y a pas de photographie sans qu'un principe mâle, même contrefait ou nié, s'instille dans l'objectif arrêté sur les choses pour en voler le spectre, pour en tuer le mouvement comme un chasseur abat au sortir du taillis l'oiseau surpris.

441

Elle avait d'abord été cette proie, ce passereau englué. Elle était devenu à son tour prédatrice, vrillant sa focale sur des corps auxquels elle imposait le silence. Lee n'était pas certaine de toujours aimer ceux qu'elle portraiturait; mais elle aimait l'ascendant que le portraitiste prend sur le modèle, ce droit de vie et de mort que l'objectif lui octroie. Viseur : le mot valait pour un fusil comme pour une caméra. Lee était allée à l'école du studio où les gestes se règlent tel un ballet, où le temps ne compte pas, où l'éclairage se prémédite comme une offensive. Quand elle travaillait un tirage, elle ne distinguait plus guère qu'un paysage de formes dont elle atténuait ou précisait les contours : une équation de lumière dans laquelle un sourire, un front, un œil ne comptaient que pour leur *valeur* – elle calculait des contrastes, elle ne voyait plus les visages.

Elle ne voyait plus rien. L'entêtement qu'elle avait mis à photographier les êtres, des années durant, ne trouvait rétrospectivement à ses yeux plus d'autre justification que le besoin. Il fallait vivre; elle en avait tiré de l'argent. Mais ces tirages désassortis, ces milliers de clichés accumulés composaient une mémoire faite de la vie des autres. Et cette mémoire lui devenait intolérable.

Lee rua dans les brancards, mais trop poliment encore. Elle fut l'une des premières à prendre des clichés de mode dans les décombres. Cette pauvre audace ne la contenta pas, bien au contraire. La mèche était allumée : elle devait brûler. Je crois qu'à cette époque, pour la première fois de sa vie, elle a un peu trop bu. L'alcool était le début d'un voyage dont Penrose fit les frais. Lee aimait sa subtilité, sa fantaisie. Mais elle souffrait de ce qu'il faut bien appeler sa couardise. Le charmant lutin se révélait au fil du temps ce qu'il était aussi : un *instructeur en camouflage*.

442

Pourquoi se résoudre à un lieu, à un homme ? Elle était restée quatre ans sur une île. Elle n'avait entrevu de la guerre que ces nuits dans les abris, ces ruines incendiées. Puis les raids s'étaient faits plus rares. L'Angleterre devenait l'arrière perpétuel d'un monde qui brûlait. Lee avait honte, désormais, de rester dans cet entre-deux. Elle avait besoin de recevoir des certitudes, de voir sa vie éclairée. De l'amour elle avait connu trois visages. La passion sans prudence, qui embellit. Le bovarysme colonial, qui pourrit l'âme. Et les fonds noirs – le vertige. Je crois que toute sa vie elle a cherché un homme à aimer, une passion qui illumine ses jours. Elle aimait les débuts et les apogées, et fuyait dès que le redoux menaçait. Au fond, c'était une Américaine, une vraie, de celles qui autrefois marchaient en serrant les dents vers la frontière sans cesse repoussée. Et certes pas une de ces adeptes du pessaire dominical, toquées de veuvage et de nursery, que sont en train de devenir les femmes de mon pays. A trente-sept ans, Lee était restée intraitable. Elle avait appris le silence, mais le vent soufflait de nouveau.

Juin 1944 fut providentiel. Le continent perdu s'ouvrait. Les rédactions étaient en ébullition. Tout cela promettait les plus beaux reportages de la décennie. Lee n'hésita pas. Elle obtint son accréditation auprès de l'US Army, arracha à *Vogue* un billet de mission pour Paris en prétextant la réouverture prochaine des maisons de couture. Elle fit valoir à Penrose qu'elle serait absente quelques semaines. Mais elle avait tout autre chose en tête.

Lee arriva à Paris avec la première vague de troupes motorisées. On la dirigea vers l'hôtel Scribe.

La Chevy s'était essoufflée sur les premières pentes des monts Boutchégui. Bucarest évanoui quatre-vingts miles en arrière, c'était maintenant l'anse d'une vallée qui s'ouvrait dans la profondeur. Lee dormait sur le siège, la tête inclinée contre le cuir.

J'avais suivi depuis Bucarest les panneaux qui fléchaient la route. Aux friches boueuses du nord de la ville avaient succédé des champs enneigés où l'on distinguait la bosse des *stinas*, ces huttes de bois pareilles à la coque retournée d'une barque. Des corneilles volaient haut dans le ciel. Je sentais les battements de mon cœur, le martèlement du sang frappant aux tempes. Mes yeux allaient sans cesse de la route au visage de Lee, bleue de froid, exténuée. L'amertume jaune de Bucarest s'était transformée en angoisse. Où irions-nous désormais, sinon vers ces montagnes qui avaient surgi sur l'horizon, vers ce mont qu'un connétable fuyant les Turcs baptisa du nom sacré de Sinaï, *Sinaïa*.

La route s'était rétrécie en devenant plus escarpée. A chaque tournant les essieux grinçaient. De loin en loin apparaissaient de hautes croix votives taillées dans les pins écorcés. Un maigre soleil filtrait à travers les résineux, éveillant des éclats de gemme sur les cascades pétrifiées. Le grand hiver avait endormi la terre roumaine sous un capiton de neige.

Lee ne voyait pas cela. Elle reposait comme une enfant ballottée par les cahots d'un exode, et la vapeur d'eau qu'exhalait sa bouche se perdait dans l'habitacle glacé de la Chevy. Mais ce qui s'étendait devant nous, à l'ombre d'un versant monumental, c'était une immense vallée où sinuait une rivière brillante comme l'ivoire, une rivière qui charriait dans le lointain ses congères grises. Au long des rives, on apercevait la silhouette des villages posés sur la blancheur comme des chardons noirs. Des forêts s'accrochaient à flanc de roche, drues, serrées, épousant le vallonnement immaculé. Dans les trouées de sapinières pointaient les flèches de petits châteaux. L'éloignement les rendait aussi fragiles, aussi minuscules que des aiguilles de verre.

Cette rivière s'appelait la Prahova. La station enneigée visible sur un contrefort était Sinaïa, la villégiature des grands boyards qui avaient bâti leurs palais autour des résidences royales de Pelesch et de Pelisor. Là, en surplomb de forêt, le relief roumain dresse une muraille rocheuse que les collines subcarpatiques adoucissent jusqu'à la grande plaine valaque. Avant-guerre, les Balkaniques fortunés y séjournaient à l'ombre des sentiers qui fleuraient la pomme de pin. C'était leur Davos, leur Garmisch, leur Sintra. Les églises aux clochers habillés d'échandoles protégeaient les fabriques de papier et les sucreries de Bouchténi, les scieries et la grande brasserie d'Azuga. Des ermitages se cachaient au fond des hêtraies. A Campina, une centrale électrique lançait des casemates à l'assaut du village où des paysannes vêtus de jupes amples et froncées se réfugiaient dans leurs maisonnettes ornées de céramiques noires de Suceava. Un train de campagne haletait en sifflant dans les montées. Au-delà de la prairie du Bouc, la cascade Urlatoarea, la Hurlante, jette son fracas entre les feuilles. La vallée est dominée depuis l'aube des temps par trois sommets; le mont Pietra Arsa; le Vîrful cu Dor ou Pointe de la Nostalgie; et le mont Furnica où une jeune fille, disent les anciens Roumains, vit prisonnière des fourmis. Elles l'ont choisie comme reine pour sa grande sagesse, mais elles lui interdisent à jamais de retourner chez les hommes.

Les cylindres s'étaient encrassés. Le moteur de la Chevy ahanait rudement. Je conduisais à l'aveuglette, enchaînant une courbe sur un lacet, avançant vers ces montagnes qui fermaient l'horizon. Lee dormait toujours d'un sommeil divaguant, d'un sommeil de blessé que l'on évacue vers la paix. J'avais été son chauffeur, elle avait été ma prisonnière, et moi aussi j'avais voulu lui interdire de retourner chez les hommes, je n'avais rien fait d'autre que de l'amener jusqu'à ce pic qui portait le nom de son passé. La pointe de la nostalgie se perdait dans les nuages poussés par le vent. Elle attend dans ma mémoire comme une montagne blanche que l'on ne franchira jamais. En découvrant cette vallée dans ses brouillards, je sentais les versets d'autrefois me remonter aux lèvres... *Mon ange vous conduira vers ce pays où coulent le lait et le miel... Je vous ai emportés sur les ailes de l'aigle pour vous amener jusqu'à moi... On dirait qu'il y a dans le camp un tumulte de bataille. Ce ne sont pas des cris de victoire, ni des clameurs de défaite; j'entends des chants.*

Les arbres géants étendaient leur ombre sur la neige. La nuit ne tarderait pas à tomber. Je consultai ma montre-bracelet : seize heures. Le ciel s'assombrissait de minute en minute. Un bruit roulant de congères entraînées par le flot, entrechoquées, craquantes, monta jusqu'à la route. Je vis surgir à main gauche les bâtiments gelés d'une station de forage. Les derricks et les baraquements de tôle dressaient leur bâti désolé au bord de la Prahova. Rien ne bougeait. Quelques wagonnets gisaient renversés sous de hautes éjections de sable ravinées par le vent. Des trépans empilés en vrac sur le sol allumaient une lueur ferreuse de ville-fantôme. J'eus le temps de déchiffrer une inscription sur un grand panneau à la surface brouillée de givre. Il signalait des concessions de la Regatul et de la Dutch-Astra.

J'accélérai. Ma tête me faisait mal. Un cahot arracha à Lee un bref gémissement. La route remontait vers une tache plus dense, plus ramassée sous les branches, qui paraissait indiquer à la crête les premières bâtisses d'un village. Il ne fallut que quelques minutes pour y parvenir. L'endroit était l'une de ces esplanades accotées à la roche sur laquelle on avait construit, comme dans toute villégiature de montagne, un hôtel et quelques villas de rapport. Une enseigne dansa devant mes yeux : hôtel Caraiman. Le bâtiment était construit dans ce style alpin cher aux *Jäger* de Bavière, qui avait gagné par contagion toute l'Europe centrale avant la guerre. Je fis tourner la Chevy sur l'esplanade. Personne. Les volets de l'hôtel étaient arrachés. Sous la marquise de fonte, une porte défoncée rappelait que la guerre et les pillards faisaient partout leur œuvre. Le moteur éveilla un écho sinistre sur la façade : il n'y avait rien à attendre de cette ruine de neige. En désespoir de cause je repris la route de lisière. Le soleil pâle mourait sur l'horizon. La Chevy s'engagea sous une voûte de sapins où le froid fouettait. Je sentis une main se poser sur mon bras. Lee venait d'ouvrir les yeux.

– Où sommes-nous, Dave ?

– A Sinaïa.

– J'ai si froid, dit-elle d'une voix engourdie.

– Nous allons nous arrêter.

J'accélérai encore. La voiture émergea du tunnel de sapins. La vallée réapparut dans la lueur du couchant, somptueuse, glacée, enfermée dans l'immense cirque des montagnes.

– C'est incroyable, dit Lee.

Elle restait saisie, presque hagarde sur son siège. On avait le sentiment d'être écrasé par cette prison de pierre qui montait vers le ciel. Les corneilles planaient au-dessus de nos têtes comme des ombres mortelles. Le vent frisait la surface des champs en soulevant une poussière blanche. Ce paysage était indifférent à qui le traversait. Qu'importaient la faim, le froid, les châteaux des Lahovary, la Chevrolet de deux journalistes américains à bout de forces, qu'importaient les corps endeuillés et ces chimères qui naissent au cœur des hommes... Lee se recroquevilla sous sa capote. Le moteur résonnait dans l'air sec, mais personne hormis nous ne paraissait habiter cette terre solitaire. Ma tête brûlait. Devant mes yeux défilaient les tirs orangés dans la neige d'Alsace, les chars de Torgau, le général Cork et son salon de musique, et l'enfant mourant de Vienne, et les maîtres déchus de Budapest... Tout cela s'était succédé sans nécessité – jusqu'à cette dernière montagne où le chemin nous acculait.

– Regarde, dit soudain Lee.

A la droite de la route, un alpage neigeux s'étendait, avec quelque chose de nu, de violemment retiré. Plusieurs centaines de croix blanches y étaient plantées en carré. Ce cimetière géométrique qui remontait comme une vague vers l'orée des bois avait la netteté des vraies hallucinations. Ce n'était pas des *troitçe* roumaines au petit toit pyramidal, mais des croix anonymes, réglementairement identiques, endormies par une symétrie blanche. L'alignement évoquait ces cimetières de Nouvelle-Angleterre où l'on mesure les écarts au cordeau. Les croix s'enchâssaient dans la neige dont elles se distinguaient à peine. Comme pour confirmer l'irréalité de cette vision, un drapeau américain déplié par le vent flottait devant les tombes. Qui pouvait bien reposer au milieu de cette prairie déchirante?

– Arrête-toi, dit Lee.

A peine avais-je freiné que Lee ouvrit la portière et sauta à terre. Elle trébucha en se portant vers le talus. J'immobilisai la voiture moteur en marche. Lee gravissait déjà le petit monticule gelé qui séparait la route du champ aux croix blanches. Je courus derrière elle, les semelles aspirées par la neige. C'était bien un drapeau américain qui claquait au-dessus de cet étrange funérarium. A dix pas devant moi Lee venait de s'agenouiller. Quand j'arrivai à sa hauteur, elle était en train de dégager une plaque scellée dans le sol. Ses gants écartaient la pellicule de neige durcie. Une inscription apparut. Lee resta quelques secondes immobile, puis tourna les talons. Je lus à mon tour ce qu'elle avait lu.

Ces morts étaient américains. Quelques mois auparavant, l'US Air Force avait lancé ses forteresses volantes sur Ploiesti. Les raids furent désastreux. La *Flak* avait mitraillé les gros avions égarés loin de leurs bases. Certains explosaient en plein vol. D'autres s'écrasaient, à court de carburant. A la fin de la guerre, la *War Graves Commission* avait regroupé les morts sur un versant de Sinaïa, dans cette immense prairie où les tombes, je m'en aperçus à cet instant, ne portaient aucun nom. Les archanges des B-17 reposaient anonymes au fond d'une solitude glacée.

Lee prit un cliché au flash. Puis elle courut vers la Chevy. Je la rejoignis en trébuchant plusieurs fois.

– Démarre, Dave, démarre, me dit Lee à peine la portière refermée.

Le moteur remonta en puissance, mais avec d'inquiétants crachotements. La nuit tombait. J'allumai les phares. Lee restait silencieuse, les yeux rivés sur l'horizon. La route déserte serpenta entre les champs. Les fantômes des aviateurs tombés devaient errer par là, au bord des torrents, sous les sapins givrés. Jusqu'au bout la mort, jusqu'à la fin les ombres du passé.

Dix minutes plus tard, la Chevy venait mourir lentement au bord du chemin, moteur cassé. Je tentai de redémarrer. Rien à faire. Très loin dans la vallée on voyait briller les lumières des maisons. Lee était transie sur son siège. Elle s'enveloppa en grelottant dans une couverture tirée du coffre. Il fallait trouver de l'aide au plus vite. Lee resta dans la voiture. Je partis sur la route à la recherche d'un abri.

J'ai marché de longues minutes en suivant un sillon de roues. Mes pas éveillaient un bruit mat de neige foulée. La silhouette de la Chevy s'amenuisait au loin. Je cherchais un rai de lumière, une maison. Seul répondait le silence ténébreux des sapins, une mauvaise lueur de neige froide. La lune s'était levée. Du lointain montait le bruit des congères charriées par la Prahova. Je quêtais désespérément du regard l'amorce d'une trouée, un sentier qui conduirait vers un repaire d'hommes. Rien. D'un buisson s'élevait parfois le bruissement d'une bête fuyante.

Je marchais toujours quand je distinguai au milieu d'un alignement d'arbres une trouée taillée de main humaine. Entre deux fûts de sapins apparaissait une grille descellée. Elle gardait une allée qui partait sous les arbres, à la perpendiculaire de la route. La grille avait déjà été forcée; elle ne résista guère. Je me glissai à travers le passage. Au bout de l'allée s'encadrait la silhouette d'une grosse bâtisse à tourelles. J'ai couru comme un insensé dans la neige, les poumons en feu. La lune éclairait la façade grise d'une demeure à l'abandon. Pas un signe de vie. Arrivé devant le bâtiment, j'ai gravi l'escalier de la terrasse. Une double porte était prise par le gel. Mais le bois entaillé, l'interstice entre le cadre et la feuillure prouvaient que d'autres l'avaient ouverte avant moi. J'ai défoncé la croûte de gel à coups de talon. La porte a cédé.

Une demi-heure plus tard, Lee franchissait à son tour le seuil de la maison. Elle jeta son barda sur le sol. J'avais pris des couvertures et une lampe-tempête dans le coffre de la Chevy. La lampe éclaira notre nouvel abri. Nous étions dans une grande bâtisse, une sorte de castel bourgeois édifié au milieu d'un parc. Un hall à verrière précédait l'entrée d'un salon déshabité, pris dans un piège de givre. La maison avait été pillée. Une fresque néo-médiévale représentant des scènes de tournois était recouverte d'inscriptions récentes tracées à la peinture rouge. On devinait sur l'un des murs de la pièce vidée de ses meubles l'emplacement de tapisseries arrachées. Une fenêtre ogivale à gros vitrage, intacte, donnait sur le parc. Des bouteilles vides, des reliques de vieux journaux, des bûchettes jonchaient le parquet.

J'allumai une cigarette et la tendis à Lee. Elle tira avidement sur le filtre.

– Ça va? lui demandai-je.

– Ça va.

Quand elle me rendit la cigarette, j'effleurai sa main gantée. Elle tremblait. Lee me montra la cheminée.

– Essaie de faire du feu, Dave.

Je montai à l'étage en quête de meubles à brûler. Les carreaux des chambres avaient été brisés. Un souffle glacial s'engouffrait par les fenêtres crevées. Je dénichai finalement dans un cabinet deux chaises et un guéridon. En redescendant, je trouvai Lee age-nouillée sur le parquet; elle rassemblait les mor-ceaux de bois traînant dans la pièce.

Je pris les chaises l'une après l'autre et les cognai à toute force contre le mur. Elles volèrent en éclats.

Je fis de même avec le guéridon. L'enduit plâtré du mur explosait aux points d'impact. Puis je plaçai dans la cheminée les débris frais sur un lit de petit bois, en bourrant les interstices avec les feuilles de vieux journal ramassées sur le plancher. Le papier se racornit sous la flamme du zippo. Comme elle me voyait souffler sur les flammèches, Lee s'approcha et me glissa dans la main deux formes rondes : des pellicules dans leur boîtier.

Je déroulai fébrilement le premier film souple et le jetai dans l'âtre. Le ruban se tordit en exhalant une odeur chimique. Puis une flambée bleue fit éclater des bulles de résine sur les stries du bois. Je soufflai encore. Des languettes de feu attaquaient l'entame d'une bûche. L'écorce craquait. Le feu prenait dans un rougeoiement pâle, mais il prenait. Une flamme vive jaillit quand je jetai l'autre pellicule. Je sentais la chaleur sur mes mains. Ma tête bourdonnait. Lee s'était affalée contre le mur. Elle me regardait en souriant faiblement.

– J'ai soif, Dave.

Je tirai de mon sac une gourde où il restait un fond de *zuica*. Lee but avidement au goulot. Le feu éclairait son ombre transie. Derrière la fenêtre, la neige s'était remise à tomber. Je suis venu à elle, je l'ai prise contre moi. Elle était ce qu'elle était, une femme totalement épuisée, appuyée contre le mur, se réchauffant à la lueur d'un feu qui vacillait.

Je l'aimais.

Elle a passé une main dans mes cheveux. Puis elle a dit cette chose absolument inattendue, cette chose qui trente ans plus tard brûle encore en moi :

– Tu sais, Dave, le petit garçon qui est tombé dans l'étang... S'il avait vécu, je crois qu'il aurait eu ton visage.

Elle ne sait pas ce qu'est devenu mon visage. La nuit tombe sur New York. Je regarde l'unique cliché qui me reste d'elle. Si je le déchirais, si je grattais la tranche, peut-être la trouverais-je entre l'image révélée et le verso blanc. C'est un temps arrêté : tout ce qui reste d'un autre. Je la regarde mais elle ne me voit plus. Elle y est comme elle fut si souvent, un corps figé par le flash, une statue de sel. Ce ne sont pas les photos qui vous survivent. On survit plutôt à ses photos, aussi longtemps que l'on peut vieillir. Chaque cliché est une première mort. Je survis donc à Lee.

Elle a rendu la misère de ma vie sans importance.

Je n'affirme pas que le passé est par essence meilleur, je crois que la vie seule répond d'elle-même, à tout moment. Elle donne à ceux qui ne la refusent pas tout ce qu'on peut lui arracher, et parfois tellement plus. Et en même temps je n'y crois pas. Ces cadavres étendus dans les jardins des Tuileries, un chapelet de cartouches autour du cou, ces Feldwebels que j'ai vus cloués par des rafales dans l'hiver d'Alsace, étaient-ils tombés là pour parfaire un destin ? Quelle nécessité contraignait ce mélange d'enfance, d'illusions et d'amertume qu'est un homme à venir mourir loin des couleurs de sa première terre sur un autre sol qu'il teignait de son sang ? J'ai parfois pensé qu'ils étaient morts pour défendre ces étranges choses pour lesquelles on meurt pourtant – leur patrie, leur liberté, leurs enfants. Il y avait des soldats, des hommes enrôlés de part et d'autre. Ils avaient obéi comme un citoyen doit obéir, et pourtant cette obéissance qui justifiait les uns condamnait les autres. Car si je persiste à justifier le pays que j'ai servi, si je maintiens que les deux partis étaient inégaux devant la justice, je ne peux que priver de dignité une partie de ces morts, non parce qu'ils ont perdu, mais parce qu'ils étaient du côté du mal.

C'est un grand mot, mais on ne peut pas l'écarter. Pour un Américain tout est d'ailleurs plus facile, Dieu et la Constitution y pourvoient. Le mal, nous nous en accommodons à l'intérieur avec nos femmes et nos banquiers. Mais voilà. Ceux de mon âge ont été civilisés par la mort. En 1944 il y avait une guerre, un continent dans la nuit, les nazis et plus loin les soviets. En Alsace, j'ai eu de l'estime pour la bravoure des soldats allemands et du mépris pour leur cause; et puis de l'horreur quand j'ai compris que le courage des derniers serveurs de *Panzerfaust* cachait un monde où l'on tirait dans la nuque des enfants. C'est tout, je n'en sors pas, je n'en sortirai jamais. Le reste, je le prends pour moi. Le reste, c'est que lorsque vous êtes un soldat de la liberté, comme l'on dit, vous n'êtes pas pour autant épargné par cette vibration qui secoue la terre quand un obus tombe, par cette odeur de cordite et de chaumes brûlés. C'est l'odeur de ma jeunesse, voilà, et ce bruit de chenillettes sur les routes de France, le profil des clochers sur l'horizon, je l'ai encore en moi comme une chanson qui ne finit pas. J'ai été, à cet instant-là du temps, appelé par une énigme dont j'ai lu le reflet dans les yeux d'une femme. Ma génération, si ce mot a un sens, c'était cela, une ville à chaque aube, le visage des filles au gré des frontières. Des hommes qui avançaient coude à coude, très loin en eux-mêmes, des hommes qui appelaient leur mère en mourant. L'Europe est entrée en nous comme un songe, et au bout du chemin j'ai vu ces plaines rouges qui allaient vers l'Asie. Je me suis arrêté sur la frontière des conquêtes, aux lisières des royaumes. Je n'en suis jamais revenu.

Parfois je me demande s'il n'y a pas d'existence qui vaille sans ces lices où l'on combat, ces terres ravinées où une armée avance. En Amérique, chaque portée d'hommes a trouvé en face d'elle le litige, tous les trente ans. Quand j'étais enfant les vieilles estafettes de l'armée Grant sortaient encore chaque 4-Juillet avec leurs capotes bleues, les Remington à baguette sur l'épaule, les sabres de fil d'or brodés sur les casquettes. A leur tour leurs fils mordraient la terre des Éparges derrière les tanks de Pershing. Moi j'ai vu les GIs au bivouac de Torgau, quand les eaux de l'Elbe charriaient des corps brûlés, quand les balles traçantes partaient vers les étoiles. Et maintenant les enfants d'Iwo Jima retournent vers l'Est, les F-105 patrouillent au-dessus du Mékong. Chaque fois nous nous sommes sentis justifiés, mais de moins en moins peut-être. Dans les rizières tout est devenu plus ténébreux. On tue un dragon, il en naît dix autres. Et faut-il vraiment tuer les dragons ?

Au fond, quand j'ai Lee, elle est encore la femme de deux hommes. Elle n'a pas formellement divorcé d'Aziz. Et Penrose, même s'il batifole, l'attend à Londres. Le soleil en tournant réveille un de ses hommes, puis un autre, jusqu'à Man Ray qui vit à Los Angeles. Sur le chapitre de la possession, j'étais prévenu : d'autres hommes l'attendaient au tournant de son âge sans avoir tout à fait renoncé. Elle avait trente-huit ans. Derrière elle, des demeures hospitalières dont elle ne voulait plus. Pas d'enfant non plus. Comme chaque fois, elle était revenue à Paris. Il fallait, quand elle se lassait d'un homme sans pouvoir le quitter, qu'elle s'en remette au hasard français. Man en 1929. Aziz en 1932. Penrose en 1937. L'hôtel Scribe en 1944.

Je peux me l'avouer maintenant : j'ai eu cette mauvaise et obsédante pensée que son âge la mettrait à ma merci. J'avais bien tort.

Je revois les routes minées, dix échelons de mines en profondeur, les véhicules dans la boue, la lueur orange des mitrailleuses prenant les véhicules en enfilade. Était-ce un rêve, cela aussi s'est effacé. Je ne suis pas retourné aux paysages. Je ne sais pas ce qu'est aujourd'hui cette route d'Allemagne. Des enfants peut-être jouent sous les feuillages. Étais-tu le rêve d'un rêve, le rêve d'un visage, celle de New York et celle du Caire, couverture de *Vogue*, statue blanche, portrait à Mougins, que faisais-tu en mai 1945 dans une maison de Rosenheim ? J'ai revu les lieux de ta vie, ce Paris d'avant nous. Hautes croisées de la rue Victor-Considérant, grilles de la villa Saïd. Je ne savais plus l'adresse, la maison. Mais j'ai deviné, j'ai su.

Rue Victor-Considérant, sous les murs du cimetière Montparnasse. Je crois bien que c'était là. Un immeuble d'ateliers à hauts vitrages qui fait l'angle. Le trottoir était désert. Dans cette ville il restait sans doute des vivants qui avaient un jour passé le porche, qui se souvenaient d'une autre encore que je n'ai pas connue. Au bout de la rue il y avait cette grande place, Denfert-Rochereau, les arbres verts dans un jardin fermé. Des voitures tournaient et disparaissaient. Qui savait encore ?
Toi, là, en 1931.

Nuits de l'hiver 1944, vent sifflant sur la place de l'Opéra, odeur de vieilles tentures, toussotement des

456

jeeps sur les avenues. Des orchestres jouaient sur la TSF française, j'entends la douce tristesse de Ravel, cette musique de futaies et d'adieux. J'entends les touches de la Baby Hermes, halo de lumière sur la table de bois, je revois la silhouette d'Eisenhower dans le hall du George V et la dignité de ceux qui avaient faim. J'étais un homme de rien dans une ville noire et blanche, avec son parfum de planches brûlées et de café fade. Les voix de New York résonnaient dans le téléphone, irréelles, venues de l'au-delà. Quel était ce monde, dans quelle nuit étais-je entré?

Nuits, aubes, petit jour derrière les volets du Sacher, heures sans sommeil. Combien de fois ai-je gravi le vieil escalier, couloirs aux papiers déchirés, éclat bleu des ampoules électriques? On entendait des voix dans les chambres, des voix d'hommes et de femmes. Il fallait cela avant de repartir, pour rien, pour vivre, cet enfoncement d'un corps dans un autre, ces couloirs sombres aux rires de femmes, ces lits aux draps rapiécés dans une pièce froide. Chambres, ampoules flash sur le secrétaire, odeur de scotch, tu avais voulu cela. C'était une pauvre escale pour nos combats, un royaume pour notre saison. Je voyais dans l'ombre tes yeux ensauvagés, les yeux d'une autre, main crispée, empoignades à en mourir, les autres sont inconnaissables, il n'y a pas de rémission, mais tu étais belle, dans la fatigue tu étais belle, tes jambes se refermaient comme pour étreindre la vie, la retenir, et dans tes yeux passait quelque chose qui déchirait.

Sur la tablette, les Rolleiflex dormaient dans le monde des images mortes.

Je sais que des photographes parfois ne touchent plus leur caméra, ils ne le peuvent plus, c'est trop demander, ils ont trop joué sur les lisières du danger, de la fragilité, ils sont entrés plusieurs fois dans le monde comme dans un mur traversé, étoilé, et les hommes et les femmes aussi sont faits pour se détruire. Lee, perdue dans la nuit qui refuse la nuit, fuyant dans les plaines du Danube la lumière qui pétrifie, elle est là à jamais, clichés de Steichen et de Man, images de Cocteau, portrait de Picasso. Je la *vois* maintenant.

J'ai toujours gardé de l'amitié pour *Life*, pour ses journalistes. Année après année, je surveillais les chroniques de Corée, d'Indochine, de Suez, les récits venus du Congo et d'Amérique centrale. C'était la même vieille chanson. En mai 1965, le magazine publia un cahier spécial. Je n'avais jamais sauté une page. Je les ai tournées.

Au milieu du cahier, des photos portaient la date du 30 avril 1945. Le cœur m'a manqué. Elles étaient signées d'une femme aux côtés de qui je m'étais tenu quand elle les cadrait en silence. Je n'ai jamais su parler de ce jour-là, je ne sais toujours pas. Mais l'angle dans lequel les clichés avaient été pris était celui d'un lieu où je m'étais tenu et que le monde commençait à oublier. Lee avait photographié cela sans fléchir. En face. C'était le point d'extrême effacement des êtres.

Dachau, dans l'après-midi du 30 avril 1945. *I implore you to believe this is true.*

Que le vent souffle encore, qu'il m'emporte avec lui. Il ne restera rien de moi, je n'ai pas su consigner les preuves. Parfois je retrouve un être proche dans ses photographies d'enfance, il y est un autre, et déjà lui-même. La vérité dort là, dans le monde de ce qui fut, dans les vieux négatifs oubliés au fond des cartons. Qui sait, un jeune homme retrouvera peut-être un jour ceux de Lee. Il me verra dans les jardins

Mirabell un après-midi de l'été 1945, silhouette grise devant les lilas du Kapuzinerberg. Il se demandera qui était ce mort, cette ombre sur le cliché. Il ne le saura pas, mais le savais-je moi-même ? Je ne garderai de cette vie, et cette vie ne gardera de moi qu'une certitude : un jour, le spectre de ce que j'étais a impressionné une pellicule. Un jour, Lee m'a vu.

Fleuves, nos vies sont des fleuves traversés, des eaux mêlées. Nous nous sommes arrêtés au gué de la Prahova, et l'eau glacée était le dernier miroir où j'ai vu ton visage, non pas celui des bacs chimiques, mais le passage fluide, la profondeur bleue. Il n'est que l'eau pour refléter le passage, il n'est que le mouvement pour dire le mouvement, et de fleuve en fleuve tu étais allée, c'était Manhattan entre l'East River et l'Hudson, la Seine au crépuscule et la Lauch gelée, c'était le Nil aux palmiers et la Tamise brune, et le Rhin charriant des congères et le Danube au long des plaines, fleuves qui oublient le temps, fleuves jusqu'à la fin, fleuves jusqu'à la mer que nous ne verrons jamais.

Quelquefois si douce. Elle dormait contre moi, je passais un bras autour d'elle. Ma main se posait sur la sienne, nous étions cet entremêlement que le sommeil ne distingue plus, cette vague que l'obscurité emporte dans le temps des débuts. Reviendraient-ils, les jours de 1912 où nous marchions l'un et l'autre sur la terre d'Amérique sans nous connaître, enfants d'un homme et d'une femme, petit garçon de sept ans, petite fille de cinq ans, livrés à l'air, aux saisons, destinés à vivre, promis aux blessures ? Retrouverais-je jamais ces jours où vivaient encore ceux qui allaient mourir, les pères, les mères aux beaux sourires, les nuits remplies d'étoiles jetant leur coupole immense sur le lac ? Je marchais près de la rivière dans les sous-bois aux senteurs claires, et une femme douce qui était ma mère me tendait la main, un souffle sur un brin d'herbe, la ligne de crête des sapinières, ce monde superbe m'avait été donné. Qu'allait-il rester à la fin, quand on écarterait les bagatelles, les feuilles qui s'envolent? Est-ce que la vie me ramènerait toujours à ces chemins où je m'étais perdu enfant, vers la grande route qui se fermait sur la nuit?

Je tenais dans mes bras cette femme, qu'est-ce qu'une femme, une chair qui va se flétrir, une peau, un satin, une voix qui murmurait à mon oreille, elle disait David, elle m'a nommé une deuxième fois, ce nom de roi que je porte et cet être de fange que je suis se sont accordés au long des nuits d'hiver parce qu'une voix de femme les prononçait. J'étais David parce qu'elle faisait rouler sous sa langue ce nom, qu'elle consentait à lui, qu'elle me l'accordait, *my David*, nous avions connu cette étrange joie, cette tristesse violente d'un monde qui finissait. J'avais attendu en vain la certitude, j'avais cherché sans le savoir la lumière que donne l'existence d'un autre qui entraîne. Je vivais sans recours, d'être nommé et sans nom, et elle m'a appelé, elle m'a nommé David, nous étions l'heure arrêtée et l'autre qui ne viendra plus, mais il venait pourtant. J'ai toujours su que l'amour est une fable, une affaire intérieure, une affaire de police, je n'y crois pas, rien n'est réciproque, et surtout pas cela. Mais parfois les moules se brisent, les rivières remontent vers la source, l'heure sonne et ne sonne plus, et ce qui devait venir advient, l'amour devient amour parce qu'il est, il meurt mais il est, jusqu'à la fin il est.

Dors doucement, mon véritable, mon unique amour, et au réveil je me pencherai vers toi, ce sera

460

de nouveau la poussière de septembre, les lumières sur la Seine. Nous traverserons le fleuve sur un pont de bois, j'achèterai un journal fraîchement encré, nous lirons des mots français au bord de l'eau, puis nous irons vers les boulevards par des ruelles qui ne changent pas. Et je voudrais que tu n'aies pas changé, toi non plus, je voudrais que tu sois comme les choses qui ne meurent pas, il n'y a que les êtres pour vieillir, pour mourir, pour se perdre dans la nuit, les choses n'ont pas de cœur, elles ne te voient pas, et moi aussi je partirai, j'oublierai parce que le monde oublie. J'aurai été celui qui tenait ton bras dans les rues d'Europe, année 1945, les villes sont invisibles à ceux qui y naissent, elles attendent l'étranger qui passe. Les villes donnent tout à ceux dont elles n'exigent rien, il ne faut rien exiger, c'est en étant rejeté que l'on apprend à aimer.

Une brise est passée tout à l'heure, soulevant le rideau, chassant sur le seuil la poussière, ce vent-là qui tombe au soir me retourne la mémoire comme un sac, en tombent les années telles des objets que l'on lâche dans un gouffre, on les voit descendre, se mettre en écharpe, leur chute se vrille, et l'on croit qu'ils ne descendent pas, ou très lentement, comme portés par l'air cotonneux qui les retient, et soudain ils touchent le fond, éclatant sur les rochers, sans un bruit, très loin, et c'est fini.

Ma mère me lisait autrefois une légende grecque. *Orphée.* L'homme qui va chercher une femme d'entre les morts.

Je suis sorti dans la nuit de Sinaïa. La lune éclairait un ciel floconneux : la neige tombait doucement sur le parc. Des cris d'oiseaux nocturnes résonnèrent au loin. Le vent apportait une rumeur d'eaux grondantes montée des berges de la Prahova. J'ai fait quelques pas sur la terrasse avant de descendre l'escalier. L'allée courait jusqu'aux limites de la grille d'enceinte. On distinguait les carreaux brisés de deux lanternes à demi ensevelies sous la neige. Quelles promenades avaient-elles éclairées, et quels bonheurs?

Une brise inclinait légèrement la pointe des sapins. L'ondulation des branches donnait une curieuse sensation de ralenti, comme en rêve on marche sur un sol sablonneux où le pied mollement s'enfonce. La façade du castelet se détacha à travers la nuée des flocons. Derrière le volet du salon la lueur du foyer éveillait des ombres. Cette demeure était morte. Mais Lee m'attendait près du feu. Au fond de ce paysage abandonné elle était la vie, comme dans un tableau le sourire énigmatique d'un personnage semble parfois vous adresser un signe. Je suis revenu vers la maison. D'avancer vers le seuil me donnait comme autrefois la certitude du retour, quand on marche vers une demeure où le poêle bruit doucement. On y réchauffe ses mains gourdes, et la tasse de lait fumant est posée sur la table.

Lee s'était endormie près de la cheminée. La lueur des braises faisait danser des ombres rouges sur ses traits, mais son teint pâle prolongeait la blancheur de la neige qui tombait dans la nuit. J'ai remonté sur elle la couverture. Une porta claqua à l'étage. Puis le silence revint. Quelque chose de Lee se délivrait dans le sommeil. Sa force aventureuse s'abandonnait comme dans une onde mêlée, elle était à son tour prisonnière d'une étrange chambre noire, capturée dans la boîte quadrangulaire du salon glacé. Ce souffle lent, ces cheveux en rideau de pluie, ce visage de belle évanouie paraissaient soudain habités de tous les chemins qui l'avaient arrachée et rendue à elle-même, et sur ces yeux qu'un jour la mort fermerait d'autres êtres s'étaient penchés qui jamais ne reviendraient. Et je sus que je l'avais aimée dans la certitude qu'elle m'échapperait, comme m'échappaient les images qui traversaient ses rêves.

Je me suis coulé à son côté. Le feu mourait. Mes yeux se sont fermés.

Était-ce un songe? Mais non, je revois la scène plus tard dans la nuit. Une odeur de bois consumé flottait dans la pièce. Roulé sous ma couverture, j'ai ouvert les yeux. Lee ne dormait pas. Elle se tenait debout devant la fenêtre, cigarette allumée, le regard perdu vers le dehors. Je ne voyais que son dos. La neige tombait toujours. Puis j'ai sombré de nouveau.

Ce qu'elle voyait, je peux le deviner. Ce qu'elle regardait au-delà de la vitre était un monde où je ne la suivais pas. Elle voyait un étang de Nouvelle-Angleterre par un beau jour d'été, et le petit garçon qui était son amour basculait lentement dans l'eau noire, la surface s'écartait pour prendre son corps, pour l'engloutir, et elle avait hurlé, elle hurlait d'un cri qui ne finirait qu'avec elle. Elle voyait les ailes déchiquetées et la carlingue en flammes d'un biplan écrasé sur l'aéroport Roosevelt, tandis qu'un *liner* constellé de roses rouges sortait de l'Hudson pour l'emmener vers une autre vie. Elle voyait un homme perdu écrivant dix fois, cent fois sur une feuille de papier *Elizabeth Lee Elizabeth Lee*, il découpait un œil et le fixait sur la tige d'un métronome et regardait cet œil solfier le temps et l'oubli. Elle voyait une femme étendue dans une chambre de l'hôtel Bourgogne et Montana, sa robe ouverte souillée de renvois, cette Circassienne était belle, et morte, et au pied du lit une bouteille vide gisait. Elle voyait un homme brun arpenter les docks de Boûlâk, résigné, triste, il refermait les volets sur le fleuve en priant Dieu qui unit et répare ainsi qu'Il l'a résolu en Sa volonté. Elle voyait Penrose dans une maison de Hampstead, accrochant au mur les tableaux sauvés de la guerre, regardant le lit où ils avaient dormi, mais elle n'était plus qu'une absence. *Tu crois que c'est si simple de se débarrasser d'une blessure? De fermer la bouche d'une blessure?* Qu'à tant d'amour donné elle n'ait su rendre que la fuite; qu'à ceux qui l'avaient aimé elle ait apporté la mort, mais qui était-elle, qui était-elle donc? Je ne sais si ses yeux ont quitté la fenêtre pour revenir vers moi; je ne veux pas l'imaginer, je ne veux rien savoir de ce dernier regard, une nuit de janvier 1946 au fond d'une maison délabrée de Sinaïa, dans un pays qui est désormais englouti de l'autre côté du temps.

Un rayon de soleil me réveilla. Un rayon de ce soleil d'hiver qui entre blême dans les maisons et annonce le retour d'un jour pâle. Je me frottai les yeux, engourdi jusqu'aux os. Le feu n'était plus qu'un amas de cendres froides. Deux couvertures chiffonnées traînaient devant la cheminée. J'ai cherché Lee dans la pièce. Elle n'était pas là. Les murs renvoyèrent l'écho de ma voix. J'avais crié son prénom, une fois, deux fois, de plus en plus fort. Rien. Il n'y avait trace dans le salon ni de sa capote, ni de son havresac, ni de l'étui à Rollei. Tout ce campement familier qui m'entourait depuis des mois s'était évaporé. Je me suis levé fébrilement, j'ai couru vers la porte. Une angoisse sans nom me mordait le ventre. J'ai jailli sur la terrasse.

Le grand calme du matin avait saisi la sapinière. Une couche de neige immaculée recouvrait le paysage. Tout de suite j'ai vu les traces. Elles partaient du seuil, suivaient l'escalier et continuaient dans la neige. J'ai hurlé son nom en dévalant les marches, j'ai couru dans l'allée les yeux rivés sur ses empreintes. Chaque pas me brûlait, me mettait au martyre, je savais déjà ce que j'allais trouver, ce que j'avais perdu. Les empreintes se dirigeaient vers la route. Je suis tombé, me suis relevé, je criais son nom dans le silence. La Prahova au loin roulait son flot noir.

En arrivant sur la route j'ai vu ceci : les pneus d'une voiture avaient creusé un double sillon dans la neige fraîche qui recouvrait la chaussée. Cette voiture s'était déportée vers l'entrée du domaine, avait stationné là, puis avait redémarré. Les empreintes de Lee disparaissaient à l'endroit où le véhicule s'était arrêté.

J'ai regardé la route qui se perdait vers la vallée. Des nuages passaient à l'horizon, denses et rougeâtres comme un souffle d'incendie.

Je ne l'ai jamais revue.

Ce livre va se refermer comme une ville que l'on abandonne, comme une porte que l'on n'ouvrira plus. La vraie vie et la fausse se mêlent toujours quand le rideau tombe. Qui m'assure que je n'invente pas ce récit, que ce passé n'est pas l'affabulation d'un homme qui a vieilli? Celui qui me lirait serait alors ma victime; j'aurais transmis à sa mémoire des faits qui ne témoignent que de l'état de confusion dans lequel les années m'ont jeté. Qui peut savoir? Peut-être devenons-nous à cet instant les personnages d'une fable : je vous demande de croire ce qui n'a pas été, vous me rendez en me croyant à ce que j'aurais pu être. Lee Miller, je l'ai peut-être entrevue une nuit à Budapest, un soir de 1945. Elle est venue à ma table, nous nous sommes déplu, je ne l'ai jamais revue. Peut-être ai-je rencontré à New York un de ses intimes, Alfred de Liagre ou Julien Lévy, ou même Man Ray, de qui je tiens les détails de cette histoire? Il y avait parmi la troupe de correspondants accrédités à Paris en septembre 1944 un reporter de *Life* du nom de Dave Scherman. Je m'appelle David Schuman. Nous avons dû nous croiser à Torgau, et auparavant en Normandie. Qui vous dit que, par une translation somme toute explicable, je n'ai pas endossé sa romance avec Lee en devenant avec le temps l'acteur d'une histoire dont je n'aurais été à l'époque que le témoin jaloux? Je vous ai décrit une femme, certes. Mais son visage n'est que celui d'une inconnue que je décide d'appeler Elizabeth Miller. Existe-t-il un cliché où j'apparaisse à ses côtés? Et si je le détiens, qui peut se prévaloir de l'avoir vu? Sa vie en Égypte, à New York, qui pourra en témoigner? Celui qui lira ce manuscrit le traversera comme un mirage; mais cette histoire, parce qu'il l'aura lue, aura été. Ma version des faits est une variation tirée d'actes sans traces, et vous êtes le miroir d'événements qui peut-être n'ont pas été vécus, précisément pour qu'à travers vous ils soient. Une existence, je l'ai appris à mes dépens, se justifie par une femme qui a compté et un enfant à qui l'on transmet. Je n'ai pas d'enfant. Il se peut alors que vous soyez devenu, en faisant crédit à ma relation, l'enfant que je n'aurai pas. Ma vie n'est plus dans ma vie, elle est dans la vôtre. Cette Lee que vous avez retrouvée dans sa nouveauté fraîche, intacte, c'est la femme qui m'est apparue il y a trente ans, et qui ne reviendra pas. Elle est à vous, désormais. Pour moi elle n'existe plus, et la nostalgie que j'en ai sera la vôtre, qui jamais ne pourrez retrouver son visage tel qu'il était au premier jour. Je vous ai inoculé mon tourment. Votre regret chasse le mien.

Une chose avant que tout s'efface. Ce que j'ai retenu de ces années, de tous ces êtres entrevus, de quelques-uns que j'ai connus, mais au fond si peu, c'est qu'un homme, ou une femme, n'est jamais que le reflet des valeurs auxquelles il a acquiescé et qui composent son visage dernier, où s'imprime un caractère de veulerie ou de noblesse. J'ai vu les masques, et j'ai connu le dégoût. Personne, en vérité, n'est tenu à rien. Vous marchez au long des rivières sous le feulement des arbres, et les frondaisons inclinées vous disent que c'est le temps qui gagne à la fin. Toutes les barbaries sont possibles, elles s'accordent à l'indifférence des choses, et je ne crois pas qu'un être soit jamais jugé à la mesure de ses abdications. Je crois qu'il y a beaucoup d'impunité, beaucoup trop. Mais ce que j'ai aimé dans cette vie, outre l'amour qui n'est jamais donné et qui passe, c'est l'estime que je pouvais porter à un autre. A ceux qui traitent la vie avec respect, avec pitié, avec aménité. Ceux qui ont l'intelligence de ravaler en eux le cerveau reptilien pour considérer les choses avec égalité. Ceux qui ne renoncent pas à cette transaction avec soi-même, ténébreuse, éprouvante, d'où sort quelquefois un être qui se connaît, qui traite le mal par le mal – je n'ai jamais estimé les agneaux – mais qui ne fait pas défection à l'idée que les autres, les meilleurs des autres, ont de lui. Les plus grandes blessures ne sont pas celles des affronts, des batailles perdues, des femmes trompeuses : pour moi, ce sont celles que l'on éprouve quand quelqu'un à qui l'on a accordé son estime vous déçoit. J'en ai vu qui à trente ans soutenaient leur exigence, ne manquaient pas à l'appel et qui plus tard ont consenti. Consenti à la jalousie, à leur part de mauvaise enfance, à la mégalomanie ordinaire. Cette méprise sur eux-mêmes m'accusait autant qu'eux, ils s'égaraient et je les tuais ; mais en les effaçant c'est une parcelle de confiance dans la vie qui se calcinait, ils brûlaient cette partie de moi qu'ils avaient éclairée. Et j'en étais malheureux.

Je n'ai pas aimé admirer, on peut laisser ça aux femmes devant leurs miroirs. J'ai aimé l'estime. C'est un sentiment qui n'appelle pas forcément la réciprocité, mais qui vous justifie. Vous êtes libre d'estimer en silence, de suivre de loin celui qui ne se dérobe pas, de l'approuver à part vous. C'est un sentiment sans rémunération, qui ne laisse une empreinte qu'en vous-même et disparaît quand vous disparaissez. Mais cette empreinte-là, quand je l'ai reçue, m'a aidé, m'a porté.

Je connaissais comme tout le monde les facilités du cynisme : la violence qui nie, la fin assise par tous les moyens. En prévoyant le pire, on ne risque que rarement d'être détrompé. Ne croyez pas que j'étais incapable de tout cela, il suffisait de suivre la mauvaise pente, la mienne : casser des reins, régler le viseur, *et s'en accommoder par surcroît*. Je connais les martingales, j'ai appris l'alphabet. Mais je ne me sentirais pas justifié, quand la nuit tombera, si je n'avais pas – et cela me reste très énigmatique – recherché dans les autres les raisons que j'avais de ne pas désespérer d'eux et, à travers eux, de moi-même.

Je suis ainsi fait, pour le pire. Qu'une personne qui a mon estime déroge à elle-même, je le ressens comme un manquement personnel. Une gifle. Cela ne m'a pas aidé, cela m'a contrarié. Cela m'a rendu avec le temps économe de mes affections. J'ai de la tolérance, beaucoup. Et une compassion indistincte pour ce qui souffre. Mais très peu d'indulgence pour ce qui se dérobe à soi, pour ce qui trahit. Pendant ces longues saisons de la guerre, j'ai vu Lee injuste, et parfois je l'ai vue haineuse. Mais jamais, pas une fois, je ne l'ai surprise en retrait de ce qu'était sa vie. Sans doute les temps de guerre, loin d'avilir, ramènent-ils en surface ce qui doit être sauvé. Il y a des circonstances qui créent l'angle, le bon angle. Mais je crois aussi qu'il ne faut pas douter de la noblesse d'un être, quand on l'éprouve, quand elle est là.

Et elle était là.

Plus tard, j'ai souvent rêvé Lee morte pour qu'avec elle meure ce qui restait de ce rêve. Mais Lee est vivante. Il ne m'appartient plus d'entrer dans ce que furent ses orages, car il y en eut d'autres au-delà de moi. Ce récit ne sera pas le mien.

La nuit où elle a quitté Sinaïa, Lee a repris le chemin de Bucarest. De là, elle a traversé l'Europe en train jusqu'à Paris. A Londres, quelqu'un l'attendait. En septembre 1947 elle a eu un fils. Le père s'appelle Roland Penrose. Elle est sa femme.

Penrose a vieilli en directeur de musée, en protecteur des arts. Les vieux pays ont l'intelligence de récompenser leurs marginaux décisifs. En 1966, la reine l'a anobli. Lee Miller est donc lady Penrose. Dix fois j'aurais pu la croiser dans ce monde qui est devenu le mien, et qui est resté le sien. Chaque fois je l'ai évitée, je n'ai pas voulu la retrouver. Il me suffisait d'ouvrir le Burke's Peerage, de décrocher le combiné du téléphone. Je ne la reverrai pas. Ce qui est passé n'est jamais redonné.

Ma vie va finir comme finissent les vies, dans cette douceur qui contente à défaut d'éclairer. Qu'à cet instant où j'écris elle fasse un geste, que sa main rétive à toute voyance s'ouvre, qu'importe, ce n'est plus la mienne qu'elle attend. Ce qui fut a été. Ce qui devait être, est. Nous ne retournerons plus aux rives de la Prahova, et plus sous les frênes du gué. L'air que je respire, ces brises qui passent l'Atlantique viennent venter le vieux socle, balaient ses plaines jusqu'aux confins extrêmes du continent. Je ne reverrai pas Mrs Roland Penrose. Je ne reverrai pas lady Lee.

Elle vit sur le trajet de ces vents.

Ce livre est un ouvrage de fiction. Lee Miller (1907-1977) y apparaît comme un personnage de roman pour devenir cette forme que j'ai rêvée.

A défaut de citer tous les documents consultés, récits de correspondants de guerre, histoires de la Seconde Guerre mondiale, mémoires du surréalisme, témoignages sur la Mitteleuropa de l'après-guerre, je voudrais dire ma dette particulière à l'égard de quelques livres. Tout d'abord deux albums de photographies, *The Lives of Lee Miller* (Thames and Hudson, 1985) et *Lee Miller Photographer* (Thames and Hudson, 1989). Signé par son propre fils, Antony Penrose, le précis biographique accompagnant le premier album cité éclaire d'un jour précieux la véritable Lee Miller. L'ouvrage collectif *Man Ray* des éditions Gallimard (1985) apporte d'utiles indications sur la période parisienne de 1930. Il en va de même, pour les années 1937-1944, du *scrapbook* de Roland Penrose, *Quatre-vingts ans de surréalisme* (Cercle d'Art, 1983).

J'avais ces fragments et j'ai cherché une absente, à travers ses photographies et quelques images animées – celles du *Sang d'un poète*. Peut-être cela s'est-il achevé un soir de mars 1993, à Budapest, devant un bâtiment oublié qui avait été le Park Club.

Le vent soufflait dans la rue Stefania.

C'est là que j'ai dit adieu à Lee.

Cet ouvrage a été réalisé par la
SOCIÉTÉ NOUVELLE FIRMIN-DIDOT
Mesnil-sur-l'Estrée
pour le compte des Éditions Flammarion
en janvier 1994

Imprimé en France
Dépôt légal : août 1993
N° d'édition : 14970 - N° d'impression : 26048